접속과 단절

중국 화본소설의 인간과 귀혼

접속과 단절

중국 화본소설의 인간과 귀혼

김 명 구 저

學古房

머리말

'人鬼道殊, 晦明有別, 幽魂冥合, 世所常有.'
사람과 귀신은 서로 길이 다르고, 어둠과 밝음에도 구별이 있는 법이나,
음혼과 하나가 되는 일은 세상에 늘 있는 일이라네.

인류 문화의 발달과 사회의 분화로 인하여 복잡하고 다양한 사회현상
들이 나타나게 되었다. 문학은 당대 민족 집단 내부에서 나타나는 실질
적인 행동양식이나 규범뿐 아니라 잠재적인 집단의식과 경험들을 고스
란히 반영한다. 특히 소설은 다양한 민족의식 및 사고방식의 패턴
pattern을 구체적으로 구현한 문학 장르이다. 소설의 서사는 개인, 사회,
민족이라는 명확한 체계를 기반으로 대중을 교화, 순화시켜 사회질서를
유지하는 '상부체계'의 역할을 수행한다. 또한 오락적, 유희적 속성을 갖
추고 대중을 인도하고 감화시키는 '하부체계'의 기능을 지니기도 한다.
만약 소설 작품에 의도된 '정치성'을 제외하고 문학 본연의 가치 부여에
주목한다면, 소설이 구현하는 대중적인 '오락성'과 '교감성'을 어렵지 않
게 발견할 수 있을 것이다.

그렇다면 어떤 서사구조가 독자를 고달픈 현실의 굴레에서 벗어나 소
설적 공간에서 자유롭게 예술적 감흥과 즐거움을 느끼게 할 수 있을까?
대표적으로는 '환상세계의 구현'을 들 수 있다. 이러한 '환상세계'는 현실
세계와 동떨어진 허상적인 세계가 아니라, 현실세계와 결합되어 현실
속에서 나타날 수 있는 세계를 말한다. 이러한 환상과 현실의 결합에는
어느 정도의 '상호 연계성'과 '상호 적절성'이 수반된다. 현실세계와 환상

세계의 유기적인 조화는 작품 속에 체계적으로 배치된다. 이 조화된 세계들은 외부적으로 '개인(인물)'과 '전체(집단)', '사실'과 '허구'라는 고정된 틀을 지니나 실제로는 줄거리나 인물의 얼개에서 자유자재로 그 경계를 넘나들면서 적극적으로 작품의 구성에 관여한다.

독자는 '현실'과 '환상'의 조화가 잘 이루어질수록 소설 작품에 더욱 몰입하며, 흥미를 느낀다. 현실세계와 환상세계의 접점에서 두 세계를 넘나드는 독서 경험을 통해 일종의 문학적 카타르시스를 느끼는 것이다. 특히 '인간'과 '귀혼鬼魂'은 '현실세계'와 '환상세계'의 요소를 비교적 명확하고 구체적으로 형상화한 소재이다. '인간'과 '귀혼'이라는 소재는 사건과 배경을 구성하고 내용을 확대하며, 주제를 부각시켜 서사를 이끌어 가는 중요한 역할을 수행한다. 작품 속의 '귀혼'은 인간과 대척적인 긴장 관계를 이루거나 소통할 수 없는 존재로 형상화된다. '귀혼'은 작품 속의 역할과 의도된 기능에 따라 규정된 임무를 수행한다. '요물妖物'은 자신의 욕정을 실현하고자 인간을 해치고, '원귀冤鬼'는 생전의 원한을 풀고자 한다. '혼령魂靈'은 인과응보 사상을 구체적으로 보여 주고자 하며, '귀신鬼神'은 단순히 사건을 해결하기 위해 단서를 제공한다. 인간이 줄거리를 진행하고 사건의 현실성을 부여하는 중요한 주체라면, 귀혼은 환상적인 이야기를 이끌어가는 중요한 객체이다.[1]

소설의 서사적 묘사는 대부분 위진남북조지괴소설魏晉南北朝志怪小說이나 당전기소설唐傳奇小說처럼 '인간'과 '귀혼'의 대결 구도나 현실과 허구

---

1 중국문학에서 '귀혼'은 다양한 형태와 모습으로 나타나며, 특히 소설에서 귀혼의 출현이 다른 장르에 비해 압도적으로 많은 편이다. 민간전설과 구전설화를 포함해, 소설과 유사한 장르에서 모두 나타난다고 해도 과언이 아니다. 귀혼은 이야기 속에서 줄거리와 주제를 이끌어 가는 중요한 역할을 맡는다. 귀혼은 다양한 서사적 묘사를 통해 주인공과 마찬가지로 생동적이며 입체적인 형상을 보여주며, 원혼이 주인공이 되거나 주인공과 동일한 중요 역할을 맡기도 한다.

의 긴장된 대립 양상에 치우쳐 있다. 현실적인 요소(현실계現實界, 활인活人, 속사俗事)와 환상적인 요소(환계幻界, 귀혼鬼魂, 괴이怪異)는 각각 별개의 것으로 인식되었다. 비현실적이고 환상적인 요소는 언제나 현실적인 내용의 보조 역할로, 인간의 특징을 부각시키거나 줄거리의 리듬과 흥미를 유발시키는 인자因子에 불과할 뿐, 그 자체의 예술적인 성과는 제대로 주목받지 못했다. 또한 지금까지 수행된 연구들에서도 '현실'과 '비현실'이라는 두 요소를 동일한 선에 두고 유기적 특성과 조합을 전체적으로 조명하지 못한 것이 사실이다. 이는 전통적인 유교 관념의 강화를 통해 집단적 공동체 의식을 강조했던 중국 고대사회의 특징에 기인한다고 볼 수 있다.

고대중국은 개인과 사회의 통합을 의도적으로 꾀했다. 이러한 사회 구조 안에서 개인에 대한 개별적 인식은 미흡했고, 허구적인 내용에 대해 거부로 일관하거나 부정적으로 반응하곤 했다. 중국 고대 사람들은 '귀혼'을 인간과 대립하는 외부적인 존재로만 인식할 뿐, 본래 인간의 내면적 의식을 투영했다는 가능성은 전혀 생각하지 못했다. '귀혼'은 외형적으로는 유형과 무형, 출현과정에 있어서는 현현과 소실 방식 등 인간과는 다른 모습과 특징을 가지고 있지만, 내면 상 인간의 이면과 변화의 모습을 그대로 반영한다. 만약 우리가 개인의 정신이 객관적 대상이나 현상에 따라 '외형적 자아' 혹은 '내재적 자아'로 인식된다면, 이러한 인간에게 있어서 귀신이나 영혼의 존재는 인간에게 끊임없이 접근하면서 소통하기를 바라는 '외형적 타자' 혹은 '내재적 타자'로 정의해도 좋을 것이다. 귀신이나 영혼은 인간과 항상 대립하는 외형적인 존재만이 아니라 인간상이 투영되고 굴절된 존재로 볼 수 있기 때문이다.[2]

---

2 귀혼이 인간의 또 다른 모습의 투영이라는 관점에 대해서는 兪曉紅, 〈古代哲學'鬼魂'意象的文化索解〉, ≪湖南農業大學學報≫第1卷 第2期, 2000年 6月, 49쪽을 참고.

인간이라는 상대적인 척도가 없다면 귀혼은 그 존재 자체가 무의미해진다. 모든 작품 속에서의 귀혼은 인간과 호응하며, 인간과 긴밀하게 연결되어 있다. 귀혼은 인간을 떠나서는 독립적으로 존재하거나 나타날 수 없으며, 인식되지도 않는다. 현실과 비현실적인 존재로 대표되는 인간과 귀신, 혼령, 요괴는 상호관계 속에서 자아의 투영과 소실, 타자와의 접속과 교감, 현실과 환상세계와의 연동과 대립을 통해 관계는 더욱 구체화되고 형상화된다고 할 수 있다. 인간과 귀혼의 접속은 단순히 인귀人鬼의 대립 구도뿐만 아니라 정신과 육체의 대립과 조화라는 큰 명제를 제시한다. 현실공간에서 귀혼이 출현하는 비현실적인 꿈이나 환상세계 속에서 출현하는 귀혼과의 교감은 바로 인간의 정신을 이해하고 고증할 수 있는 한 방편이 된다고 볼 수 있다.

중국 고전소설에서 귀혼의 역할과 상징적 의미는 시대적 흐름과 소설 작품의 유형에 따라 조금씩 변해왔다. 위진남북조지괴소설魏晉南北朝志怪小說에서 귀혼은 주로 인간과 대적하거나 인간에게 고통을 주고, 어떤 때는 인간을 희롱하고 풍자하는 형상으로 그려졌다. 당전기소설唐傳奇小說의 경우, 귀혼은 완전한 주변 객체로 변화하여 인간과 유사한 감정과 성격을 가지거나, 인간과 함께 생활하는 형상으로 나타난다. 또는 요괴나 이물들과 함께 현실 속의 불가능한 욕망과 허구를 구체적으로 실현하는 주체로 표현되기도 한다. 송원화본소설宋元話本小說의 귀혼은 주변 객체에서 점차 인간의 감정과 의식을 표현하는 대상으로 변화한다. 송원화본소설宋元話本小說에서 귀혼은 단순히 독자의 흥미를 유발하거나 줄거리 진행의 변화를 유도하는 역할에서 탈피해 작품 내용과 주제 및 형식의 구성 요소로 자리 잡았고, 현실 속의 소망과 희구의 실현에 중요한 역할을 맡았다.[3] 명청화본소설明淸話本小說에서의 귀혼은 단순한 '객체'에서

---

3 이 시기에 창작되었던 소설 작품의 내용은 경제발달을 배경으로 실질적이고 현실적인

벗어나, 인간의 감정과 의식을 간접적으로 반영하고 구현하는 대상이 되었다.

이러한 귀혼의 변화 양상은 송원宋元 이후 현실주의가 만연하고 경제 발달과 시민사회의 형성으로 인해 실질을 중시하는 문화적 흐름 속에서, 현실 속의 불가능한 일로부터 정신적 해탈과 평안을 찾고자 하는 노력의 일환으로 볼 수 있다. 귀혼이 등장하는 작품 수가 현저히 줄어들고, 공안公案·애정愛情·경상經商 등 현실적인 제재의 작품들이 증가하면서 이전의 작품에서 보이는 귀혼의 대량 출현과는 어느 정도 거리가 있지만, 여전히 현실적인 제재와 귀혼출현이라는 비현실적인 제재와의 융합을 통해서 현실 속에서 소외된 자아의 균형 회복, 욕망의 간접 실현을 구체적으로 보여주고자 하는 것이다.

본 저서는 송원명청화본소설宋元明淸話本小說을 주요 연구범위로 삼아, 인간과 귀혼의 극명한 대립구도에서 벗어나서 양자가 받는 상호 영향과 표출의 양상을 살펴보고자 하였다. 본 저서의 구성은 크게 두 부분으로 나눌 수 있다. 전반부는 송원명화본소설宋元明話本小說을 대상으로 '인간과 귀혼의 결합과 단절'이라는 주제로 '인간과 귀혼의 접속人鬼交感', '인간과 귀혼의 결합人鬼相連', '인간과 귀혼의 단절人鬼斷絶'로 구분하여 분석을 진행하였다. 후반부는 명청화본소설明淸話本小說을 대상으로 '인간과 귀혼의 반응과 소통'이라는 주제로 '현실과 꿈人鬼通夢', '원한과 복수鬼魂復讐', '공간과 귀혼鬼魂空間'으로 나누어 탐색을 진행하였다. 전반부는 송원명화본소설宋元明話本小說, 후반부는 명청화본소설明淸話本小說로 구분한 이유는 연구 대상과 범위가 각각 달라서 그 시대를 반영하는 현상

_____

주제를 담고 있다. 그 중에서 귀혼의 등장은 위진남북조지괴소설魏晉南北朝志怪小說, 당 전기소설唐傳奇小說 작품보다는 수에 있어서 많이 줄어들었지만, 여전히 작품의 중요한 구성 요소로 자리 잡고 있다. 이러한 귀혼의 등장은 단순히 독자의 흥미를 유발하거나 줄거리 진행의 변화를 유도하는 것보다 더 깊은 의도와 내용을 함축하고 있다.

또한 다르기 때문에 하나로 묶기가 어렵기 때문이다. 명대明代의 화본소설話本小說은 송원대宋元代에서 청대淸代로 넘어가는 과도기적 특징을 가지고 있으므로 송원대宋元代와 청대淸代의 특징을 어느 정도 반영한다. 그러므로 송원명대宋元明代와 명청대明淸代를 형식적으로 구분하지 않고, 명대明代를 송원대宋元代에서 청대淸代로 이어주는 교량적 역할을 강조하게 되었다.

중국 소설의 변화 양상은 시대에 따라 다르지만 전 시대와의 연계성을 잃지 않는다. 우리는 중국 소설의 큰 흐름 속에서 중국 소설이 전시대의 특징을 계승하고 현시대의 특징을 반영하면서 점차적으로 변해가는 현상을 어렵지 않게 발견할 수 있다. 그러므로 송원宋元, 명明, 청淸을 확연하게 구분할 경우, 자칫하면 복잡하고 다양한 현상을 '획일화'하거나 '규범화'시키는 오류에 빠지기 쉽다. 실제로 소설 작품은 그 시대뿐만 아니라 그 이전 시대와 그 이후의 시대까지 언제나 포괄하고 있기 때문이다.

송원대宋元代를 하나의 시대로 묶는 것은 송대宋代와 원대元代가 비록 시대가 다르지만, 문학사에 있어서는 대부분 같이 언급되기 때문이다. 특히 원대元代는 새로운 소설 작품 양상의 등장 없이 송대宋代의 작품 경향을 그대로 이어받았기 때문에 원대元代만의 문학적 특징이 있다고 보기 어렵다. 특히 화본소설話本小說에서는 이러한 현상이 매우 분명하게 나타나는데, 송대宋代 화본소설話本小說과 원대元代 화본소설話本小說을 하나로 통합하여 다루는 것도 이러한 이유라고 할 수 있다. 또한 화본소설話本小說의 특성상 민간 계층에 의해서 주도되었던 만큼 작품의 출현(공연)시기와 출판의 시기가 상당히 모호하다. 때문에 송원대宋元代의 구분이 명확하지 않아 하나의 시대로 다루는 경향이 많다.

본 저서는 인간과 귀혼의 관계를 송원명대宋元明代와 명청대明淸代로 나누어 양자의 '결합과 단절', '반응과 소통'이라는 주제로 다양한 현상을 입체적이고 다층적인 시각으로 살펴보았다. 작품 속 귀혼은 단순한 대상으로서의 객체라는 인식에서 벗어나, 인간의 심리가 간접적으로 투영된 또 다른 '객체' 혹은 '자아'로 상정할 수 있다. 귀혼은 이전 연구에서 '주변적 존재'로 머물렀으나, '중심주체'인 '인간'과 소통하고 서로 영향을 미치면서 인간 내면에 자리한 심리 기저를 복합적으로 살펴볼 수 있는 상호적 존재로 인지될 수 있으며, 이러한 관계 속에서 나타나는 다양한 반응 현상들을 통해 작품을 좀 더 깊이 이해하는데 도움을 줄 수 있을 것이다.

목 차

제1부

'인간'과 '귀혼'의 결합과 단절

제1장

인간과 귀혼의 접속人鬼交感

1. 들어가는 말入話

송원명화본소설宋元明話本小說에서 '인귀교감人鬼交感'은 구체적으로 '귀혼현현鬼魂顯現', '인귀통몽人鬼通夢', '음혼부신陰魂附身', '주유귀부周遊鬼府'로 나눌 수 있다. 송원명화본소설宋元明話本小說의 '인귀교감人鬼交感' 과정 중 '귀혼현현鬼魂顯現'에서는 '인간'과 '귀혼'[1]의 접속이 보다 구체적이고

---

1 '귀혼鬼魂'은 '인간'과 대비되는 대상으로서 산 자와 반대되는 이승을 떠도는 영혼을 말하는데, '귀신鬼神'이나 또는 '혼령魂靈', '귀졸鬼卒', '이물異物' 등을 모두 포함하는 '음혼陰魂', '귀혼鬼魂'을 뜻하기도 한다. '음혼陰魂'은 '귀신鬼神', '혼령魂靈', '이물異物'에 대한 포괄적 개념이면서도 추상적인 의미를 동시에 가지고 있기 때문에 구체적인 주체나 대상을 서술하기에는 '귀혼鬼魂'이 적절하다. 즉, '귀혼鬼魂'은 '음혼陰魂'과 '혼령魂靈'과 같은 대상의 구체성에 기초하여 비교적 명확하게 그 특징을 제시한다고 할 수 있다. 중국 고전소설 연구에 있어서도 이러한 '귀혼鬼魂' 개념과 용어는 상당히 보편적으로 사용하고 있다. 본 저서에서의 '귀혼鬼魂'은 사람이나 동물 등이 죽은 후의 영혼뿐만 아니라, '이물異物', '요괴妖怪', '해골骸骨' 등 형체가 있는 존재도 포함하는 포괄적 개념으로 사용하고자 한다. '귀신鬼神'의 포괄적 의미에 대한 주장은 김종호, 〈'귀신'모티브와 '영원' 상징 체계 - 서정주 시를 중심으로〉, ≪한국문예비평연구≫제7집, 2000년, 336쪽; 중국 전통관념에서의 '귀혼鬼魂'에 대한 상세한 분석은 肖向明, ≪"幻魅"的現代想像 - 論中國現代作家筆下的"鬼"≫, 中山大學博士學位論文, 2006年 6月, 15쪽; 중국인의 '혼백魂魄'과 '귀신鬼神'관념, '귀鬼'와 '신神'의 관계에 대한 자세한 설명은 선정규, 〈中

분명하게 드러난다. 화본소설에서 귀혼이 나타나는 공간은 현실계現實界, 몽계夢界, 환계幻界, 이역異域 등인데, 이 중 현실계現實界에서의 접속과 단절은 몽계夢界와 환계幻界보다 인간과 귀혼의 육체적, 정신적 면모를 다각적으로 보여주고, 서로 소통하는 특징을 뚜렷하게 그려내고 있다. 또한 그 과정에서 인간과 귀혼의 외형적, 내재적 자아와 타자가 어떻게 나타나며, 서로 어떻게 변화하고 반응하는지도 분명하게 제시하고 있다. 만약 이러한 관점에서 인귀人鬼의 상호 관계와 접속과 단절의 과정, 그 과정에서 생성되는 다양한 현상들을 연구한다면, 인귀人鬼의 이분법적 대립과 긴장관계에서 벗어나 다각적인 고찰이 가능할 것이다.

기존 수행된 중국 고전소설 속에서 나타나는 인귀人鬼에 관한 연구에서 인간과 귀혼은 항상 적대적인 대립 관계로 파악된다. 인간은 주로 피해자로, 귀혼은 주로 가해자로 그려진다. 인간은 언제나 귀혼의 일방적인 가해를 받게 되며, 외부의 힘으로 이를 극복하고자 한다. 이러한 자아와 타자의 극명한 대립구도에서 벗어나, 입체적이고 다층적인 관계로 살펴볼 필요가 있다. 귀혼은 일반적으로 보여주는 공격적 행동에서 벗어나, 접속하는 대상에 따라 외·내적 타자로 변화한다. 인간 역시 접속 대상에 따라 외형적 자아와 내재적 자아가 변하게 되어 귀혼을 수용하거나, 거부하고 대립하는 등의 태도를 보여준다.

본 글에서는 인간과 귀혼이 접속할 때 외형적 자아와 타자, 내재적 자아와 타자가 어떻게 변화하며, 접속 대상의 의식과 태도에 따라 어떤 반응의 차이를 보이는지 종합적으로 살펴보고자 한다.

國人의 靈魂觀〉, 《중국학논총》第20輯, 2006년, 5~15쪽; 중국과 한국의 귀신관념에 대한 비교 고찰은 조희웅, 〈귀신의 정체〉, 《한국학논집》第30권, 2003년 12월, 32~34쪽; 동아시아에서의 귀신에 대한 관념은 김태준, 〈동아시아에서의 神의 존재 - 〈死生鬼神論〉의 향방을 중심으로〉, 《東洋學》第31輯, 2001년 6월, 53~55쪽을 참조.

2. 자아와 타자의 개념과 상호 연관성

'자아'의 개념은 여러 연구 영역에서 서로 다른 시각으로 다루어지고 있으며, 각각의 주장 또한 다양하다. 이러한 견해들을 분석하면 자아는 여러 가지 동의어를 가지고 있는데, '나', 'ego', '욕망', '주체', '관념', '감성', '초인', '실존', '신체' 등이 이에 해당한다. 언뜻 보기에 이 말들은 어떤 이름을 지칭하는 것처럼 보이지만, 막상 그 대상을 찾아보려고 하면 쉽지 않다.[2]

'자아'는 크게 사적인 영역과 사회적인 영역에서 살펴볼 수 있다. 사적인 영역으로 본다면, 자아는 개인적인 생각, 가치, 열망, 감정, 욕망의 내적인 영역이라고 할 수 있다. 이런 경향에서 자아 개념은 자아의 진정성과 창조성, 독창성을 내포한다. 사회적 영역에서 자아는 '정체성', '주체', '주체성'이라고 명명된다. 인간이 행위의 주체라고 보는 한편, 이를 부정하고 사회구조가 개인을 결정한다고 보기도 한다.[3] 철학자인 키에르케고르Søren Aabye Kierkegaard(1813~1855)는 자아를 설명이나 정의를 통해 분명해지는 개념이 아니라 특정한 삶의 관계성 가운데서 발견되는 개념으로 보았다.[4]

사회심리학자인 조지 허버트 미드Mead, George Herbert(1863~1931)는 사회적 자아를 강조하며 '상징적 상호 작용'을 언급한다. 사회적 자아를 지닌 개인은 행위의 주체로, 어떤 이들과의 관계 속에서 자신을 경험한

---

2 고광필, ≪자아의 탐색≫, UBF출판부, 2001년, 18쪽 참고.
3 사회학에서는 자아형성에서 문화 형식과 도덕적 규범뿐만 아니라, 다른 사람들과 더 큰 사회가 자신에게 미치는 영향력에 주목한다. 특히 개인 상호간 상호 작용의 역학에 관심을 가지고, 자아는 개인과 사회세계가 교차하는 중심적인 기제로 본다. 앤서니 엘리엇 지음, 김정훈 옮김, ≪자아란 무엇인가≫, 도서출판 삼인, 2007년, 20쪽, 44쪽 참고.
4 고광필, ≪자아의 탐색≫, UBF출판부, 2001년, 18쪽~19쪽 참고.

다.[5] 이처럼 자아의 개념은 다양한 영역에서 포함하는 범위나 대상, 주체의 시각에 따라 다르게 나타나지만, 우리는 이러한 자아는 항상 타자와의 관계 속에서 인식된다는 점을 주목해야 한다. 이는 마치 소설가인 사드Marquis De Sade(1740~1814)가 "(타자는) 우리의 이웃인 동시에 나아가 우리의 자신이다."[6]라고 말한 바와 같이, 자아는 사적이고 가장 내밀한 존재이자 또 다른 타자다. 자아는 자아를 둘러싸고 있는 외부세계의 영향 뿐 아니라 내·외재적인 상호 관계를 통해 다양하게 구축된다.

　'타자'의 범위는 상당히 포괄적이고 전면적이다. 타자는 자신과는 다른 상대방 일수도 있고, 어떤 집단이나 단체일 수도 있으며, 혹은 전체 사회나 국가, 민족, 세계일 수도 있다. 심지어 보이지 않는 관념이나 상징, 법규, 체제, 시간까지도 포함할 수 있다. 이러한 다양한 타자는 '자아'와 밀접한 관계를 지닌다. 타자의 철학으로 널리 알려진 현상학자 레비나스Emmanuel Levinas(1906~1995)는 '타자'를 '나를 중심으로 돌고 있는 친숙하고 편안한 세계에서 낯설고 불편한 것을 가지고 있는 무엇'이자 '내가 완전하게 파악할 수 없는 무한성'으로 인식하였다. 그는 '타자'를 '자아'로 환원되지 않는 초월적이고 절대적인 존재로 보았다.[7] 반면 후설 Edmund Husserl(1859~1938)은 타자를 '다른 자아'로, 자아의 그림자 내지 유산물로 규정하였다. 그는 '나'라는 의미를 토대로 '타자'의 의미를 찾고자 했으며, '타자'를 나의 의식에 존재하는 내재적 동일자로 여겼다.[8] 구

---

5 앤서니 엘리엇 지음, 김정훈 옮김, ≪자아란 무엇인가≫, 도서출판 삼인, 2007년, 47쪽 참고.
6 김용수, ≪자크 라캉≫, 살림출판사, 2008년, 66쪽 참고.
7 서유경, 〈아렌트 정치 - 윤리학적 관점에서 본 레비나스 '타자the Other' 개념의 문제〉, ≪정치사상연구≫제13집, 2007년, 110~113쪽; 김선하, 〈자아와 타자의 만남 - 해석학적 자기 이해〉, ≪해석학연구≫제15집, 2005년, 36~53쪽 참고.
8 김선하, 〈자아와 타자의 만남 - 해석학적 자기 이해〉, ≪해석학연구≫제15집, 2005년, 29쪽, 40쪽, 53쪽 참고.

조주의 학자인 들뢰즈Gilles Deleuze(1925~1995)는 타자를 다른 사람이나
물건을 가리키는 구체적인 타자로 인식하지 않고,[9] 내가 지각하는 세계
혹은 나의 지각장과 그 상관자로서의 나의 의식이 필수 조건인 무엇이라
고 생각하였다.[10] 그러므로 타자는 볼 수 없고 생각하거나 가질 수 없다
고 여겼다.[11] 정신분석학자 라캉Jacques Lacan(1901~1981)은 욕망과 타자
와의 관계를 통하여 '상호 주관성' 혹은 '상호 인정'을 강조하였다. 그는
'타자'를 법과 담론으로 나를 규율하고 조정하는 존재로 여겼으며, 타자를
'부정적 타자', '긍정적 타자', '지양적 타자', '경쟁적 타자'로 구분하였다.[12]
레비나스가 타자의 개념과 의미를 타자로부터 나에게로 향한 움직임으로
여겼다면, 후설은 나로부터 타자에게로 향한 움직임으로 인식했다.[13] 들
뢰즈는 타자는 나의 내부를 채우는 세계이며, 나와 분리되지 않는 나의
내부라고 여긴 반면에, 라캉은 타자는 자아와의 분리를 통해 주체가 성립
된다고 하였다. 이처럼 타자에 대한 이론과 관점은 분석 방향에 따라 다
양하게 나타나는 등 상반된 시각을 보이고 있지만, 모두 '타자'는 '자아'
없이는 존재할 수 없으며 끊임없이 '자아'에 의해서 영향을 받고 있기 때
문에 '자아'와 '타자'의 관계를 중요하게 여긴다는 공통점이 있다.
　'자아'와 '타자'는 서로 상대적으로 반응하며 상호관계를 형성한다. '자

　9 김상구 외, 《타자의 타자성과 그 담론적 전략들》, 부산대학교출판부, 2004년, 127쪽
　　참고.
10 우찬제, 〈한국현대소설에 나타난 '타자'의 서사적 기능과 의미 연구 - 염상섭의 《삼
　　대》를 중심으로〉, 《현대소설연구》제8집, 1998년, 257쪽; 김상구 외, 《타자의
　　타자성과 그 담론적 전략들》, 부산대학교출판부, 2004년, 139쪽 참조.
11 서동욱, 〈주체의 근본 구조와 타자 - 레비나스와 들뢰즈의 타자에 대하여〉, 《세계의
　　문학》제79호, 민음사, 1996년 봄, 101쪽 참고.
12 우찬제, 〈한국현대소설에 나타난 '타자'의 서사적 기능과 의미 연구 - 염상섭의 《삼
　　대》를 중심으로〉, 《현대소설연구》제8집, 1998년, 261~262쪽 참조.
13 김선하, 〈자아와 타자의 만남 - 해석학적 자기 이해〉, 《해석학연구》제15집, 2005년,
　　36쪽 참조.

아'와 '타자' 그 자체의 독립성과 연관성을 통해 관계는 다양한 형태로
나타난다. 먼저 '자아'의 형태는 크게 '외형적'과 '내재적'으로 나누어 볼
수 있다. '외형적 자아'는 '물리적 자아', '불완전한 자아', '경험적 자아',
'개체적 자아' 등으로, '내재적 자아'는 '초월적 자아', '심리적 자아', '내면
적 자아', '절대적 자아', '윤리적 자아' 등으로 명명될 수 있다. 이들 '자아'
는 모두 어떤 시각이나 관점에서 보느냐에 따라 다르게 나타나므로 획일
적으로 구분되기 어렵다.[14]

'외형적 자아'는 외형적으로 드러나는 행동, 언어, 습성, 시각 등 형이
하학적 특징을, '내재적 자아'는 인식, 관념, 이상, 가치, 이념 등 형이상
학적 특징을 가지고 있다.[15] '타자' 또한 '자아'와 마찬가지로 크게 '외형
적 타자'와 '내재적 타자'로 나눌 수 있다. '외형적 타자'는 '타자'의 외형,
속성, 행동, 언어, 표정 등 겉으로 나타나는 특징을 가지고 있고, '내재적
타자'는 '타자'의 내면적 속성, 회상, 자각, 용서, 이해 등 정신적 후퇴와
성찰을 수반한다. '외형적 자아'와 '타자'는 외형적으로 드러나는 표면적
성향, 외부 조건이나 태도에 의해서 대상을 인식하며, 대상을 내면적으
로 상호 소통하려는 의지보다는 객관적 조건에서 오는 두려움으로 인하
여 거부하거나 격리 등의 경향을 보인다. 그러므로 외형적 자아들에서
벗어나지 못한 대상은 언제나 '외형적 타자'로서만 존재하게 된다.[16] '내

---

14 본 글에서는 '자아'와 '타자'를 '외형적 자아'와 '외형적 타자', '내재적 자아'와 '내재적
   타자'로 분류하고, '외형적 자아'와 '외형적 타자'의 경향을 가지는 경우는 '외형적 경향'
   을 가지고 있다고 하고, '내재적 자아'와 '내재적 타자'의 경향을 가지는 경우를 '내재적
   경향'을 가지고 있다고 정한다.

15 문학, 심리학, 철학 등에서는 외형적 자아와 내재적 자아로 분류할 수 있지만, 인류학,
   종교학, 사회학, 지역학 등에서는 다르게 나타날 수 있으므로, 자아와 타자의 개념을
   모든 영역을 아우르는 총체적인 개념으로 정의내리기는 힘들다.

16 인간이 귀혼에 대해 적대적이거나 두려움을 느끼면 '외형적' 경향이 뚜렷하다고 할
   수 있다. 비록 인간과 귀혼의 접속에서 적대적인 감정과 두려움 역시 외물을 접한

재적 자아'와 '타자'는 내면적으로 잠재되어 있는 성향으로, 대상과의 만남과 접속을 통해서 잠재되었던 경험과 기억, 마음속에 내재된 특징들이 밖으로 나타나면서 대상을 이해하고 소통하려고 노력하는 것을 말한다. 이를 통해 자신에 대한 자각과 상대방에 대한 이해가 생겨나며, 단순히 상대를 객관적 대상으로 이해하는 것에서 벗어나, 내면적으로 소통하려는 '타자'로 인식하게 된다.[17]

본 장에서는 '자아'와 '타자'의 개념 발전, 변화의 양상들을 살펴보기보다는, '자아'와 '타자'의 구분과 연관성을 통해서 양자가 서로 어떻게 호응하고 영향을 미치며, 관계를 형성하는지 살펴보고자 한다. 이어 '자아'와 '타자'의 개념을 단지 추상적이고 포괄적인 의미의 분석에만 머무르지 않고, 송원명화본소설宋元明話本小說에서 나타난 '인간'과 '귀혼'의 관계로 확장하여 양자의 상호 연관성을 고찰하고자 한다.[18] 이는 양자의

후에 촉발된 감정이므로 내재적인 특징을 가지고 있다고 할지라도, 본 글에서는 귀혼의 접속을 통해서 나타나는 모든 감정을 내재적인 것으로 보지 않는다. 인간에게 구체적으로 어떤 반응이 나타내며, 그것이 상호 소통하기보다는 거부와 격리의 방향으로 나아가는 것을 '외형적'이라고 하며, 그 반대의 경우를 '내재적'이라고 한다.

17 '외형적 자아와 타자의 접속'과 '내재적 자아와 타자의 접속'은 단순히 이야기 속의 귀혼이 두려움의 대상인지 친근함의 대상인지, 아니면 두려움의 대상에서 친근함의 대상으로 바뀌는 과정을 설명해주기 위한 것만은 아니다. 인간과 귀혼의 접속은 단순히 귀혼鬼魂이 인간에게 유익한가, 해로운가에 의해 인간의 외·내재적 특징이 결정되는 것에서 벗어나, 보다 다양하고 복잡한 현상들을 보여 준다. 인간이 귀혼과 접속할 때 인간의 행동과 감정은 귀혼에 의해서 영향을 받고, 귀혼 역시 인간에 의해 반응한다. 즉 귀혼은 인간이 인식하고자 하는 대상에만 머물러 있지 않고, 자신이 주체가 되어 인간과 교감하며 소통한다. 만약 인간의 입장에서 귀혼을 두려움 혹은 친근함의 대상으로만 여긴다면, 인간과 귀혼은 영원히 주체와 외물의 관계에만 머물러 있게 될 뿐이다. 본 글에서는 인간과 귀혼의 교감과정을 서술의 편의상 인간의 시각에서 살펴보고자 하는 것이며, 귀혼을 단지 외물로만 인식하고자 하는 것은 아니다. 즉 귀혼을 인간과 구별되는 '대상'으로만 여기는 것이 아니라, 인간과 끊임없이 관계를 가지려고 하는 '타자'로 인식하려는 것이다.

18 본 글에서 다루고자 하는 '타자'의 개념은 개인 혹은 인간에 내재되어 있는 '자아'의

관계를 통한 새로운 관계의 생성과 변화를 보여줄 뿐만 아니라 인간을 작품 속에서 주도적으로 작용하는 '자아'로, 귀혼을 인간과 대립하는 '타자'로 보았을 때, 인간만이 모든 사건을 주도하며 귀혼은 상대적으로 고정되고 획일화된 존재로만 인식하는 오류를 극복하고자 하는 것이다.

'자아'와 '타자'의 관계는 언제나 상황과 대상에 따라 다르게 나타난다. 자아와 타자는 구체적으로 어떠한 대상만을 지칭하는 것이 아니라, 서술의 주체, 시각의 주체, 현상의 주체, 인식의 주체가 누구냐에 따라서 서로 바뀌기도 한다. 예를 들어 인간의 입장에서 귀혼을 바라보면, 인간은 서술(혹은 시각, 현상, 인식)의 주체인 '자아'가 되고, 귀혼은 서술(혹은 시각, 현상, 인식)의 객체인 '타자'가 된다. 반대로 귀혼의 입장에서 인간을 살펴보면 귀혼은 서술의 주체인 '자아'가 되고, 인간은 서술의 객체인 '타자'가 된다. 이렇듯 어떤 관점과 시각을 가지느냐에 따라 자아와 타자의 대상이 각각 다르게 나타난다. 즉, 주체와 객체는 고정적인 것이 아니며, 인식되는 주체에 따라 '자아'인 동시에 '타자'인 셈이다.

전체적인 고찰을 위해서는 이러한 쌍방적인 관점의 적용이 필요하다. 그러나 자아와 타자의 관념은 상당히 복잡하게 얽혀 있고 상황에 따라 수시로 변한다. 자아와 타자, 양자의 구분이 불가능한 경우도 있다. 그러므로 본 글에서는 '인간'을 '주체'로 보고, '귀혼'을 '객체'로 보는 일방향적 관점을 통해 인간과 귀혼의 교감을 살펴보고자 한다.

'인간'이 '귀혼'과의 교감 태도와 과정에 따라 다르게 나타나는 심리적 체계를 '외형적·내재적 자아'라고 한다면, 귀혼은 인간에게 이해되고 수용되기를 바라는 '외형적·내재적 타자'라고 할 수 있을 것이다. 자아

반대개념인 제3자의 독립적이고 개별적 형태를 말한다. 사회나 국가 단체 혹은 이념과 사상, 제도와 규율 등의 광범위한 '타자성'이 나타나는 '타자'가 아니라, '귀혼'이라는 인간과 대척되는 객체로서의 '타자'를 의미한다.

와 타자의 상호 연관 관계의 관점에 의하면, 작품 속에서 나타나는 인귀
人鬼의 만남은 인간과 귀혼의 접속, '귀혼현현鬼魂顯現' 현상으로 나타난
다. 귀혼현현鬼魂顯現은 귀혼이 직간접적으로 나타나는 현상인데, 크게
현실공간에서의 출현과 이상공간에서의 출현으로 나눌 수 있다. 현실공
간에서의 출현은 시정市井, 내실內室, 후원後園, 누각樓閣 등에서 이루어지
며, 여기에는 접신接神, 변신變身의 과정도 포함된다. 이상공간에서의 출
현은 선계仙界, 지옥地獄, 환계幻界 등에서 이루어진다. 꿈의 세계는 현실
계現實界와 이상계理想界 모두 포함한다. 꿈속에서의 사건은 현실공간에
서의 연장이거나 내용에 있어서는 현실계現實界에서 이루어지지만 수사
기교를 운용하여 꿈으로 처리한 경우가 대부분이다. 이에 본 연구에서는
현실공간에서 귀혼이 출현한 것으로 다루고자 한다. 현실공간에서 귀혼
이 출현한다고 전제할 경우, 이상공간에서의 귀혼출현보다 귀혼의 형상
과 출현을 구체적으로 살펴볼 수 있다. 또한 인간과의 접속 과정과 그
과정 속에서 나타나는 다양한 반응들을 고찰할 수 있다.

'귀혼현현鬼魂顯現' 현상은 작품의 전체적인 서사구조에서 주요한 부
분을 차지하는 경우와 주요하지는 않지만 서사진행상 어느 정도 영향
을 미치는 경우로 나눌 수 있다. 예를 들면, ≪경세통언警世通言≫제16
권第十六卷〈소부인금전증년소小夫人金錢贈年少〉의 소부인小夫人, ≪석점두
石點頭≫제9회第九回〈옥소녀재세옥환연玉簫女再世玉環緣〉의 옥소玉簫, ≪경
세통언警世通言≫제8권第八卷〈최대조생사원가崔待詔生死冤家〉의 거수수璩
秀秀 등은 작품 속의 주인공이면서 귀혼鬼魂이 되어 다시 나타나 작품의
줄거리를 이끌어간다. ≪서호이집西湖二集≫제22권第二十二卷〈숙궁빈정
채신인宿宮嬪情殢新人〉에서 화씨花氏를 처벌하는 세력(하늘天), ≪청평산
당화본淸平山堂話本≫의〈문경원앙회刎頸鴛鴦會〉의 아교阿巧와 모이랑某二
郎 등은 작품 속에서 주변 인물의 역할을 담당하지만, 사건과 줄거리를
이끌어 가는데 크게 영향을 미친다. 귀혼현현鬼魂顯現에 관한 서술에 있

어서도 주인공이나 사건전개가 귀혼 위주로 기술되는 경우와 단지 주요 인물의 보조적 역할이나 사건 전개의 일부분만을 담당하는 경우가 있다. 본 글에서는 송원명화본소설宋元明話本小說에서 '귀혼현현鬼魂顯現'이 나타나는 모든 작품을 연구범위에 포함하되 귀혼의 단순한 출현을 제외하고, 줄거리 전개와 서술에 있어서 주요하게 작용하거나 혹은 간접적으로 영향을 미치는 경우들을 포괄적으로 분석해 보고자 한다.

3. 현실공간에서의 귀혼출현: '접속'과 '단절' 현상

현실공간에서의 귀혼 출현은 장소에 따라 개인적 공간과 공개적 공간에서의 출현으로 나누어진다. 개인적 공간은 침실, 서재, 객방, 후원 등 '집'과 같은 사적인 장소, 혹은 개인적 공간 특징이 강하게 나타나는 곳을 말한다. 개인적 공간은 '단절된 공간', '내적으로의 확장된 공간'이라고 할 수 있다. 공개적 공간은 저잣거리, 나루터, 찻집, 상점, 여관, 누각, 관청 등 다른 사람들과 자주 왕래하거나 대중들에게 공개된 곳이다. 공개적 공간은 '외적으로 확장된 공간'이라고 볼 수 있다. 공개적 공간에서 귀혼과의 접속은 제한적인 것에서 벗어나 개방적이고 산발적인 양상을 띤다.

그러나 개인적 공간과 공개적 공간이 반드시 대중의 유무, 개방과 밀폐 등 외형적 특징에 의해서 구분되는 것만은 아니다. 공간의 내적 특징이 개인성과 공개성 중 어느 쪽에 보다 밀접하게 관계되어 있는지에 따라 결정된다. 외형적으로 공개적인 공간에 가깝다 하더라도 특징은 개인적인 공간에 더 가까울 수 있다. 또한 내외의 공간의 접속과 분절이 교대로 나타나면서 인귀人鬼의 접속과 단절이 이루어진다. 이러한 안과 밖에서의 접속은 대부분 인간과 귀혼이 함께 주도적으로 이루어지는 상호 교차적인 접속보다는 귀혼의 일방적이고 강압적인 접속이 주를 이루며, 단절에 있어서도 자유로운 단절보다는 전반적이거나 일부

분만 강제적인 경향이 나타나기도 한다. 인간의 관점을 중심으로 하면
서 인간을 주체로 상정할 경우, 다양한 접속과 단절들의 발생 양상 뿐
아니라 빈도와 강도가 상황에 따라 달라지는 것을 볼 수 있다.

현실공간에서 일어나는 인간과 귀혼의 '접속'과 '단절'의 유형은 크게
두 가지로 볼 수 있다. 첫째는 접속+단절로, 접속과 단절의 '단순 결합'
으로 작품에서 가장 일반적인 유형에 해당한다. 두 번째로는 접속+단
절+접속+단절로, 첫 번째 접속과 단절의 '반복 결합'이라고 볼 수 있
다.[19] 접속과 단절의 '단순 결합'과 '반복 결합'에서 귀혼의 접속은 상당히
의도적이며 주동적이다. 단절로는 각각 외부의 힘이나 세력(도사道士, 진
인眞人 등)에 의해서 강제로 단절되는 경우와 스스로 접속을 끊는 경우가
있다. 강제적 단절과 자의적 단절의 경우 귀혼의 구속 의지나 자유 의지에
따라 결정된다. 인간과 귀혼의 '단순 결합'에서는 강제적인 단절과 자의
적인 단절 중 한 가지 형태를 보이는 반면에, '반복 결합'에서는 종종
이 두 가지가 혼재되어 나타나기도 한다. 특히 '반복 결합'의 경우 인간
에 대한 귀혼의 접속 의지가 매우 강하다는 것을 보여주고 있다. 한 번의
접속은 접속 의지도 약하며 외부의 방해에도 쉽게 굴복하지만, 반복될
경우에는 접속 의지도 강하며 외부의 세력이나 힘에도 굴복하지 않고
계속해서 접속하려고 한다.

현실공간에서의 귀혼출현 방식은 몇 가지 유형으로 나누어 볼 수 있
는데, 각각 '귀혼현현鬼魂顯現', '인귀통몽人鬼通夢', '음혼부신陰魂附身', '귀

---

19 본문에서 제시한 두 가지 유형 이외에 '접속+단절+접속+단절+접속+단절'과 같
   이, 접속+단절이 계속적으로 반복되는 경우도 있는데, 이것을 접속과 단절의 '지속
   결합'이라고 한다. 이 경우는 접속과 단절의 결합이 지속적으로 연계하며 발생하는
   경우인데, 귀혼의 접속이 의도적이며, 강제적인 경향이 짙어서 접속과 단절의 '규범화'
   특징을 가진다. 본 글에서는 '단순 결합'과 '반복 결합'의 두 가지 유형을 중심으로
   살펴보고, '지속 결합'에 대한 고찰은 본 서 제1부 제2장을 참고하기 바란다.

혼발성鬼魂發聲'이다.[20] '귀혼현현鬼魂顯現'은 귀혼이 현실공간에 직접 출현

---

[20] 명화본소설明話本小說의 '귀혼출현鬼魂出現' 분류를 살펴보면 다음과 같다. 참고로 청화본소설淸話本小說의 '귀혼출현鬼魂出現' 분류도 같이 제시한다.

篇名		鬼魂出現					
		鬼魂顯現			人鬼通夢	陰魂附身	鬼魂發聲
		女鬼	男鬼	鬼怪			
喩世明言 (40)	第7卷 羊角哀捨命全交		○		○		
	第10卷 滕大尹鬼斷家私		○				
	第16卷 範巨卿雞黍死生交		○				
喩世明言 (40)	第31卷 鬧陰司司馬貌斷獄				○		
	第32卷 遊酆都胡母迪吟詩				○		
警世通言 (40)	第32卷 杜十娘怒沈百寶箱	○			○		
醒世恆言 (40)	第14卷 鬧樊樓多情周勝仙	○			○		
	第40卷 馬當神風送滕王閣		○				
初刻拍案驚奇 (40)	第9卷 宣徽院仕女秋千會 清安寺夫婦笑啼緣	○					
	第14卷 酒謀對於郊肆惡 鬼對案楊化借屍				○	○ (多)	
	第37卷 屈突仲任酷殺衆生 鄆州司馬冥全內姪			○	○		
二刻拍案驚奇 (38)	第11卷 滿少卿饑附飽颺 焦文姬生讎死報	○					
	第23卷 大姊魂遊完宿願 小姨病起續前緣					○	
	第30卷 瘞遺骸王玉英配夫 償聘金韓秀才贖子	○					

篇 名		鬼魂出現					
		鬼魂顯現			人鬼通夢	陰魂附身	鬼魂發聲
		女鬼	男鬼	鬼怪			
鼓掌絶塵 (40)	第38回 乘月夜水魂托夢 報深恩驛使遭誅		○		○		
	第40回 水陸道場超冤鬼 如輪長老悟終身		○		○		
清夜鍾 (16)	第13回 陰德獲占巍科 險腸頓失高第		○		○		
西湖二集 (34)	第4卷 愚郡守玉殿生春	○			○		
	第5卷 李鳳娘酷妒遭天譴	○			○	○	
西湖二集 (34)	第7卷 覺闍黎一念錯投胎		○	○			
	第11卷 寄梅花鬼鬧西閣	○					○
	第12卷 吹鳳簫女誘東牆	○	○		○		
	第13卷 張彩蓮隔年冤報	○				○	
	第15卷 昌司憐才慢注祿籍		○		○		
	第22卷 宿宮嬪情殢新人	○					
	第27卷 灑雪堂巧結良緣					○	
	第30卷 馬神仙騎龍昇天	○		○			
歡喜冤家 (24)	第8回 鐵念三激怒誅淫婦						○
	第17回 孔良宗負義薄東翁	○			○		
	第19回 木知日眞托妻寄子	○	○				○

篇 名		鬼魂出現					
		鬼魂顯現			人鬼通夢	陰魂附身	鬼魂發聲
		女鬼	男鬼	鬼怪			
幻影 (30)	第21回 夫妻還假合 朋友卻眞緣						
鴛鴦針 (16)	楔 子(第1回)	○					
石點頭 (14)	第3回 王本立天涯求父		○				
	第4回 瞿鳳奴情愆死蓋		○		○		
石點頭 (14)	第7回 感恩鬼三古傳題旨	○			○		
	第8回 貪婪漢六院賣風流		○			○	
	第9回 玉簫女再世玉環緣	○					
天湊巧(3), 貪欣誤(6), 一片情(14), 壺中天(3), 芼獮多(3), 宜春香質(20), 十二笑(12)		鬼魂이 출현하지 않는 작품					
明19部小說(433篇): 37篇		17	13	4	17	6	3
豆棚閑話 (12)	第1則 介之推火封妒婦	○			○		
	第11則 黨都司死梟生首		○			○	
醉醒石 (12)	第13回 穆瓊姐錯認有情郎 董文甫枉做負恩鬼	○					
連城璧 (12)	第7卷 妒妻守有夫之宴 懦夫還不死之魂		○				
連城璧 外編(6)	第6卷 連鬼騙有故傾家 受人欺無心落局		○				
都是幻 (12)	梅魂幻 第1回 鬼彈琴妖龍造水劫	○	○			○	
	寫眞幻 第2回 死香魂曲裏訴幽恨	○				○	

하여 인간과 접속하는 비교적 단순한 결합 형태이다. '인귀통몽人鬼通夢'은 꿈을 통해 귀혼과 인간이 접속하는 형태인데, 작품 속에서는 꿈을 주요 매개로 하여 이상공간에서 접속을 이루는 것과 현실공간의 연장선상에서 이루어지는 접속으로 나누어 볼 수 있다. 인귀통몽人鬼通夢에서는 일반적으로 꿈을 통해 이상공간으로의 진입이 진행되고 그 속에서 접속이 이루어진다. 그러나 간혹 현실공간의 귀혼현현鬼魂顯現 과정에서 꿈의 형식을 통해 인간과 귀혼이 접속하는 경우가 있다. 이는 작품 줄거리의 진행을 돕거나 서술적 수사기교를 강화하기 위해서 꿈을 매개로 이용하고 있을 뿐, 실제로는 현실공간이 꿈으로 확대된 것이다. 이러한 기교는 작품의 줄거리 진행에 있어서 종종 이용되곤 하는데, 이는 이미 꿈의 본래적인 속성을 잃고 단지 환상적인 요소를 부각하기 위한 보조적인 장치로만 사용된 것이다. 현실공

篇名		鬼魂出現					
		鬼魂顯現			人鬼通夢	陰魂附身	鬼魂發聲
		女鬼	男鬼	鬼怪			
風流悟 (8)	第7回 仇儷無情麗春院元君雪憤淫冤得白蕊珠宮二美酬恩	○			○		
珍珠舶 (18)	第7回 石門鎮鬼附活人船	○	○	○			○
	第8回 鄔法師牒譴鄷都獄		○				○
珍珠舶 (18)	第9回 桃花橋巧續鴛鴦偶	○			○		
十二樓(12), 雲仙笑(5), 驚夢啼(6), 照世杯(4), 人中畫(16), 五更風(8), 西湖佳話(16), 警寤鐘(16), 錦繡衣(4), 生綃剪(19), 弁而釵(20), 飛英聲(8)		鬼魂이 출현하지 않는 작품					
清19部小說(214篇): 11篇		7	7	1	4	2	2

간의 확장으로 이루어지는 인귀통몽人鬼通夢은 마치 꿈속에서 벌어지는 일처럼 보이나, 여전히 현실에서 일어나는 것과 마찬가지로 현실 공간을 배경으로 하고 현실의 요소들을 반영하고 있다.

'음혼부신陰魂附身'은 현실 속에서 귀혼이 출현하는 또 다른 방식이다. 음혼부신陰魂附身은 귀혼이 산자의 영혼에 기탁하여 현현하는 현상이다. 외형적으로는 산자의 육체이나 생각이나 의식은 산자와 상관 없이 귀혼의 의지와 일치한다. 음혼부신陰魂附身의 종류에는 이미 죽은 자신의 주검에 혼령이 들어가는 '동체부신同體附身'과 타인의 몸에 혼령이 들어가는 '이체부신異體附身'이 있다.[21] '이체부신異體附身' 방식은 귀혼이 직접 자신의 형상을 드러내는 대신 타인의 신체와 정신을 통해서 자신의 생각과 의지를 전달하는 것이다. 귀혼현현鬼魂顯現, 인귀통몽人鬼通夢, 음혼부신陰魂附身의 방식 이외에도 소리로 귀혼의 존재를 알리고 인간에게 접속하는 '귀혼발성鬼魂發聲'이 있다. 이 방식은 주로 공개적인 공간이나 개방성을 가지고 있는 개인적인 공간에서 자주 나타난다. 이는 귀혼현현鬼魂顯現, 인귀통몽人鬼通夢, 음혼부신陰魂附身의 유형보다 작품 수에 있어서 상당히 적은 편이다.[22]

그러나 편폭의 제한으로 인해 본 연구에서 모든 범위의 귀혼 출현을 다루기 힘들다는 한계가 있다. 또한 분석의 집중도를 높이기 위해 현실 공간에서 귀혼 형상이 출현하는 유형에 한정하고자 한다. 이상공간에서

---

21 金明求, 《虛實空間的移轉與流動 - 宋元話本小說的空間探討》, 臺北: 大安出版社, 2004年, 305~306쪽 참고.

22 송원화본소설宋元話本小說에는 '귀혼발성鬼魂發聲'에 해당하는 작품이 보이지 않는데, 명화본소설明話本小說에는 《서호이집西湖二集》第11권第十一卷〈기매화귀료서각寄梅花鬼鬧西閣〉, 《환희원가歡喜冤家》第8회第八回〈철염삼격노주음부鐵念三激怒誅淫婦〉, 《환희원가歡喜冤家》第19회第十九回〈목지일진탁처기자木知日眞托妻寄子〉가 있고, 청화본소설淸話本小說에는 《진주박珍珠船》第7회第七回〈석문진귀부활인선石門鎭鬼附活人船〉과 《진주박珍珠船》第8회第八回〈오법사첩견풍도옥悟法師牒譴酆都獄〉이 있다.

접속이 이루어지는 '인귀통몽人鬼通夢'의 작품과 작품수가 다른 유형보다 적은 '귀혼발성鬼魂發聲'의 작품은 분석대상에서 제외하고자 한다.

4. 인간과 귀혼의 '접속'과 '단절': 단순 결합

접속과 단절의 '단순 결합'의 경우, 귀혼은 항상 의도적으로 인간에게 접속한다. 그러나 단절의 경우 강제로 단절되거나 스스로 단절하는 두 형태들로 나누어 볼 수 있다. 이 과정에서 자아와 타자의 심리적 경향도 다양하게 나타난다. 외형적·내재적 경향에서 어느 한쪽의 특징이 두드러지거나 외형적·내재적 경향이 혼재되어 나타나고, 외형적·내재적 경향이 지속되고 강화되기도 하며, 접속을 통해 변화를 일으키기도 한다. '의도적 접속과 강제적 단절'에서는 강한 외형적 자아와 외형적 타자의 특징이 나타나면서 '보이는 세력'에 의해 방해를 받아 강제적으로 단절되는 경우가 있고, 내재적 자아와 내재적 타자가 소통하면서 '보이지 않는 세력'의 방해로 단절되기도 한다. '의도적 접속과 자유적 단절'에서는 내재적 결합이 많이 나타난다. 또한 내재적 자아와 내재적 타자의 형태가 지속·유지되거나 인간이 외형적 자아에서 내재적 자아로 변화하고 귀혼은 내재적 타자에서 내재적 타자로 지속되는 경우도 있다.

1) 의도적 접속과 강제적 단절

송원명화본소설宋元明話本小說에서 서술의 주요 대상과 줄거리와 사건을 이끌어가는 주체는 대부분 인간이며, 귀혼이나 요괴, 이물 등은 서술과 줄거리 진행에 있어서 '객체'로서 작용한다.[23] 귀혼은 작품 속에서 일

---

23 본 글에서 말하는 '객체'는 송원명화본소설宋元明話本小說에서 자주 등장하는 귀혼의 특징과 역할에 한정하여 말하는 것이다. 인간을 '주체'로 보고, 이것과 상대적인 개념

반적으로 타자의 역할을 맡는다. 처음부터 끝까지 역할 변화 없이 외형적 타자와 내재적 타자의 특징이 각각 지속·강화되는 경우도 있지만, 인간의 접속을 통해 계속 유지되거나 변화하기도 한다. 예를 들면, 귀혼은 단순한 외형적 타자였다가 인간에 의해 내재적 타자로 인식되는 경우가 있다.[24] 이때 귀혼은 인간에게 있어 무섭고 두려운 존재에서 점차 인간에게 정신적 영향을 주고, 상호 교감하는 타자로 변화한다. 이러한 과정을 통해서 인간의 외형적 자아가 변화하고 귀혼의 내면적 속성이 나타나면서 인간과 귀혼은 서로 이해하고 소통하게 된다.

접속과 단절의 '단순 결합'은 인간과 귀혼이 일차적으로 결합하는 경우를 말한다. 송원명화본소설宋元明話本小說에서는 ≪경세통언警世通言≫제16권第十六卷〈소부인금전증년소小夫人金錢贈年少〉, ≪서호이집西湖二集≫제22권第二十二卷〈숙궁빈정체신인宿宮嬪情殢新人〉, ≪서호이집西湖二集≫제30권第三十卷〈마신선기룡승천馬神仙騎龍昇天〉작품 등이 이에 해당한다.[25] 이 작품들 중 인간과 귀혼의 외형적 특징이 강화되는 경우, 인귀人

으로서 귀혼을 '객체'로 보고자 하는데, 이 개념에 국가, 민족, 사회, 규범, 이념 등과 같은 광범위하고 추상적인 부분까지는 포함하지 않는다.
24 본 글에서 말하는 '내재적 타자'는 인간에 의해서 인식되는 귀혼의 타자성뿐만 아니라, 귀혼 자체가 가지고 있는 속성에 의해서도 '내재적 타자'로 정의될 수 있다.
25 ≪서호이집西湖二集≫제30권第三十卷〈마신선기룡승천馬神仙騎龍昇天〉에서는 한 명의 귀혼이 여러 번 등장하는 것이 아니라, 다수의 귀혼이 한 번 씩 등장한다. 비록 인간과 귀혼과의 접속과 단절이 자주 일어나지만, 연속적인 것은 아니므로 접속과 단절의 단일 결합 형태에 해당한다고 볼 수 있다. 이 작품에서는 외형적 자아와 외형적 타자의 접속과 단절이 진행되며, 단절에 있어서 외부의 강제적 압박 없이 자유롭게 이루어지지만, 이것은 내재적인 접속에 의한 것이 아니라 외형적인 접속에 의한 것이다. 원문 내용을 살펴보면 이러한 현상을 구체적으로 살펴볼 수 있다. "那馬自然見了這般一個惡魔, 暗暗道: "我只怕適才那個美人軟纏, 有些纏他不過, 你這般一個硬漢, 我怕你怎的？"憑他把那六隻手中兵器並擧, 刀來槍刺, 火燒雷打, 馬自然全然不動一念。過了一會, 那惡魔弄得沒興沒頭, 也只得去了。少頃之間, 又只見閻羅天子帶領一群牛頭馬面鬼卒, 手執鋼叉、鐵索、枷鎖之類, 口口聲聲道: "馬賊道這廝罪大惡極, 卻

鬼의 결합은 상호 변화를 이끌어내는 대신 귀혼의 일방적인 공격과 그것
에 대한 인간의 수용과 거부를 중점적으로 보여주고 있다. 그러므로 상
호 내재적 변화를 통해 소통을 이끌어 내기는 어렵다. 대부분의 귀혼은
일방적으로 접속하고, 인간은 이를 거부하고 귀혼과의 단절을 진행한다.
결국 귀혼은 외부의 힘에 의해서 강제로 단절된다. 귀혼은 '수성獸性'만
을 보이는 경우와 '수성獸性'과 '인성人性'을 모두 보이는 경우가 있는데,
'인성人性'을 제외한 '수성獸性'이 이러한 단절을 불러일으키는데 크게 작
용한다. 귀혼은 자신이 이루고자 하는 것에 대해서 과도한 집착을 보이
며, 이루어지지 않거나 저지를 당했을 때 강력하게 대응한다. 귀혼에
비해 무력한 인간은 귀혼의 강한 위협을 제압하기 위해 외부의 힘에 의
존해야 한다. 한편 귀혼은 자신의 의지를 강력하게 표출하여 인간을 구
속할 수도 있지만, 자신의 상황을 인간에게 전달하거나 호소하고자하는
일방적인 타자의 모습을 보여주기도 한다. 귀혼은 욕망을 실현하기 위해
인간에게 강제적으로 접근하거나, 자신의 처지를 호소하거나, 항상 어떤
의도와 욕망을 가지고 출현한다. 이때 인간은 '귀혼'이라는 이질적 존재
를 여전히 공포와 두려움의 대상인 '외형적 타자'로만 여기고 있기 때문
에 귀혼과의 접속에서 외형적 자아를 드러내며, 귀혼에 대해서도 외형적
타자의 심리가 지배적으로 작용한다.

　≪경세통언警世通言≫第16권第十六卷〈소부인금전증년소小夫人金錢贈年
少〉에서는 인간과 귀혼의 외형적 심리가 강화되는 양상을 잘 보여주고
있다. 먼저 이 작품의 줄거리를 살펴보면, 개봉부開封府에 포목점(비단,
털실, 화장품, 장신구 등을 판매)을 연 장사렴張士廉은 부인과 사별하고

在這裡興妖作怪, 可拏他去落油鍋。"那些牛頭馬面紛紛的走將攏來, 要把鐵索套在
頭上。馬自然憑他嚕喗, 也只是不動。忽然間, 見太上老君在面前"咄"的一喝, 那閻
羅天子並衆鬼使, 都走得沒影。馬自然從此煉就了金丹, 六丁侍衛, 變成了一個神
仙之體, 再無損傷。"(≪西湖二集≫第三十卷〈馬神仙騎龍昇天〉)

나이가 60세가 넘도록 혼자 살고 있었다. 그는 매파를 통해 왕초선부王招
宣府에서 나온 소부인小夫人을 아내로 맞이한다. 소부인小夫人은 매파의
말만 믿고서 장사렴張士廉과 결혼을 했지만, 실제로 장사렴張士廉이 매파
가 말한 나이보다 훨씬 많아, 매파에게 속았다는 것을 알게 된다. 그녀는
가게에서 일하고 있는 장승張勝에게 마음을 두고, 장사렴張士廉이 외출한
틈을 타서 금전과 의복 등을 그에게 준다. 장승張勝은 홀로 어머니를 모
시고 살고 있는데, 이 사실을 어머니께 이야기하자, 어머니는 그녀가 다
른 의도가 있음을 알고 다시 가게에 나가지 말라고 한다. 이로부터 한
달여가 지나 장승張勝은 원소등元宵燈을 보러 나갔다가 장사렴張士廉의 가
게가 이미 문을 닫았다는 것을 알게 된다. 그는 집으로 돌아오는 도중에
소부인小夫人을 만나게 되는데, 그는 소부인小夫人의 청을 들어주어 그녀
를 자신의 집에 잠시 기거하게 한다. 소부인小夫人은 생전에 장승張勝에
대한 애정을 드러내지만, 장승張勝은 언제나 한결같이 주인마님으로 그
녀를 대한다. 장승張勝은 길을 가다가 우연히 옛 주인인 장사렴張士廉을
만나게 되고, 그가 보주寶珠를 훔친 일에 연루되어 모든 재산이 압류되
고, 자신은 관가에 압송되었으며, 소부인小夫人은 자신이 저지른 일이라
는 것이 알려지게 되자 스스로 목을 매어 죽었다는 사실을 일러준다.
며칠이 지나 장사렴張士廉이 장승張勝의 집에 찾아와 소부인小夫人을 찾았
을 때 그녀는 보주寶珠만 남겨두고 사라져버린다.

　이 작품에서의 장승張勝은 소부인小夫人(귀혼)과의 관계에서 외형적
자아를 강하게 드러낸다. 그는 도덕적 관습의 옹호와 어머니에 대한
지극한 효심, 철저한 이성적 판단, 자기보호를 위한 처세를 가지고
있다. 장승張勝은 소부인小夫人(인간)과의 만남에서 그녀의 사랑을 단
지 경계와 거부의 대상으로만 여기며, 소부인小夫人이 귀혼이 된 사실
을 알고 나서는 더욱 심각한 공포와 위협을 느끼고 있다. 그는 내재
적 자아의 가능성 없이 외형적 자아로 일관한다. 결국 소부인小夫人은

외형적 타자로만 머무를 수밖에 없다. 소부인小夫人은 우연을 가장하여 강제로 그와 접속하지만, 장승張勝의 외형적 자아와 그녀와의 단절은 필연적인 결과이다.

장승張勝이 길을 따라 걸으면서 생각하였다. '사람을 잘도 홀리는구나!' 장승張勝이 집으로 돌아와서 소부인小夫人을 보고 한발 짝 물러나며 말했다. "부인, 이놈을 살려주시오!" 소부인小夫人이 물었다. "어찌 그리 말하시나요?" 장승張勝은 장원외張員外를 만나서 들었던 이야기를 모두 들려주었다. 소부인小夫人이 듣고서 말하기를, "저는 전혀 이상하지 않아요, 당신이 한번 보세요! 제 옷에는 꿰맨 자리가 있고, 제 목소리도 크고 분명하게 들리잖아요! 당신은 어찌 아무것도 모르시나요? 그가 제가 당신 집에 있다고 여기고, 당신이 나를 더 이상 머무르게 하지 않도록 하려고 고의로 말한 것이에요." 장승張勝이 대답하였다. "당신 말도 일리가 있구려." 며칠이 지나고, 문 밖에서 소리가 들렸다. "소원외小員外 계시오!" 장승張勝이 나가니 장원외張員外가 있었다. 장승張勝은 마음속으로 말하였다. "집안에 있는 소부인小夫人더러 나와서 만나게 하면, 사람인지 귀신인지 분명해지겠지!" 장승張勝은 하녀를 시켜 소부인小夫人을 나오게 시켰다. 하녀가 들어가서 아무리 찾아보아도 소부인小夫人을 찾을 수 없었다. 장승張勝은 드디어 소부인小夫人이 진짜로 귀신인지 알게 되었고, 전에 일어났던 일들을 하나하나 장원외張員外에게 고하였다. 장원외張員外가 물었다. "그 보주寶珠 목걸이는 어디 있는가?" 장승張勝은 방에 들어가서 갖고 나왔다. 장원외張員外는 장승張勝과 함께 왕초선부王招宣府에 가서 자초지종을 아리고, 보주寶珠를 돌려주고, 나머지 모자란 보주寶珠 알은 돈으로 대신 갚았다. 왕초선王招宣은 장원외張員外의 죄를 면해주었고, 가산은 돌려주어 옛날처럼 포목점을 열게 해주었다. 장원외張員外는 천경관天慶觀의 도사에게 부탁하여 제단을 만들어 소부인小夫人의 명복을 빌어주었다. 소부인小夫人은 생전에 장승張勝을 깊이 생각하여 죽은 후에도 여전히 그를 따라 다녔지만, 다행히 장승張勝은 마음이 한결 같아서 욕정에 몸을 더럽히지 않아 화를 피할 수 있었으며, 초연하여 화에 연루되지 않았다.[26]

---

26 張勝沿路思量道: "好是惑人！"回到家中, 見小夫人, 張勝一步退一步道: "告夫人, 饒了張勝性命！"小夫人問道: "怎恁他說？"張勝把適來大張員外說的話說了一遍。小夫人聽得道: "卻不作怪, 你看我身上衣裳有縫, 一聲高似一聲, 你豈不理會得？

이 장면은 장승張勝이 어느 날 장사렴張士廉을 만나고 난 후, 그의 집에 머무르고 있는 소부인小夫人이 산 사람이 아니라 이미 죽은 혼령임을 알게 되는 부분이다. 장승張勝은 소부인小夫人이 귀혼인지 바로 확인하려 하고, 그녀는 자신이 귀혼이 아님을 강력하게 주장하고 있다. 장승張勝은 소부인小夫人이 귀혼임을 확인하는 과정에서 소부인小夫人과 대등한 입장에서 그녀를 추궁하거나 진위를 밝혀내는 것이 아니라, 그녀에 대한 애걸과 호소의 형식을 취하고 있다. 이것은 장승張勝이 소부인小夫人의 마음을 진정으로 받아들이지 못하고, 그녀를 거부하며 소통할 수 없는 대상으로만 여기고 있음을 간접적으로 보여준 것이라고 할 수 있다. 장승張勝은 외형적 자아에 치중하며, 사회적 규율과 도덕적 관념만을 중시하여 불륜이나 치정에 관련한 어떠한 행동도 하지 않는다. 그는 자신의 내면적 감정을 그대로 보여주지 않으며, 철저히 규범화된 인간상을 가지고 있다. 소부인小夫人은 사회적, 도덕적 규범에서 벗어나 진심으로 장승張勝을 사모하며 그와 같이 있고자 한다. 그러나 사랑을 추구하는 방법에 있어서는 장승張勝을 이해시켜 내면의 변화를 이끌어내기 보다는 금품으로 환심을 사려고 한다. 그래서 그에게 의복, 금전, 보주寶珠를 주며 그의 관심을 얻고자 하지만, 장승張勝은 철저히 외형적 자아로만 일관된 채

他道我在你這裡, 故意說這話教你不留我。張勝道: "你也說得是。" 又過了數日, 只聽得外面道: "有人尋小員外！" 張勝出來迎接, 便是大張員外。張勝心中道: "家裡小夫人使出來相見, 是人是鬼, 便明白了。" 教養娘請小夫人出來。養娘人去, 只沒尋討處, 不見了小夫人。當時小員外既知小夫人眞個是鬼, 只得將前面事, 一一告與大張員外。問道: "這串數珠卻在那裡？" 張勝去房中取出, 大張員外叫張勝同來王招宣府中說, 將數珠交納, 其餘剪去數顆, 將錢取贖訖。王招宣贖免張士廉罪犯, 將家私給還, 仍舊開胭脂絨線鋪。大張員外仍請天慶觀道士做醮, 追薦小夫人。只因小夫人生前甚有張勝的心, 死後猶然相從。虧殺張勝立心至誠, 到底不曾有染, 所以不受其禍, 超然無累。如今財色迷人者紛紛皆是, 如張勝者萬中無一。
(≪警世通言≫第十六卷〈小夫人金錢贈年少〉)

진심으로 소부인小夫人의 애정과 정성을 받아들이지 못한다.

장승張勝과 소부인小夫人은 서로 소통이 이루어지지 않는 격리와 단절의 상태에 놓여 있다. 접속은 일시적으로 이루어졌을 뿐, 교감과 소통보다는 거부와 이탈의 과정이 더 분명히 나타난다. 소부인小夫人 역시 진정으로 장승張勝에게 자신의 사랑을 전달하기 보다는 생전에 이루지 못한 사랑에 대한 갈망을 보다 더 강하게 드러내고 있다.[27] 장승張勝에게 있어서 소부인小夫人은 항상 일정한 거리를 두고서 경계하는 대상이며, 심정을 이해하고 가까이 대하고자 하는 대상은 결코 아니다. 만약 장승張勝이 마음을 열고 진심으로 소부인小夫人의 사랑을 받아들였다면, 장승張勝과 소부인小夫人의 심리는 각각 내재적 자아와 내재적 타자로 변화하였을 것이다. 소부인小夫人은 장승張勝의 외면과 의심, 거부와 두려움으로 인하여 그와의 접속을 스스로 중단하게 된다.[28] 이후에 장승張勝은 소부인小夫人이 귀혼임을 확인하고 난 뒤, 도사를 불러 소부인小夫人을 천도한다. 이러한 행동은 겉으로는 그녀를 위로하는 것처럼 보이지만, 한편으

---

27 화본소설話本小說에서 나타나는 여자 주인공인 여귀女鬼는 강인한 인간의 풍모를 가진 것으로 묘사되어 있다. 예를 들면, ≪경세통언警世通言≫第16권第十六卷〈소부인금전중년小小夫人金錢贈年少〉의 소부인小夫人과 ≪경세통언警世通言≫第8권第八卷〈최대조생사원가崔待詔生死冤家〉의 거수秀秀는 인간 세상에 이룰 수 없는 사랑을 죽어서라도 이루고자 한다. 이에 반해 남자 주인공인 장승張勝과 최녕崔寧은 유약하고 과감함과 용기가 없는 형상으로 묘사되고 있다. 함은선, 〈화본소설에 나타난 女神·女鬼·女妖怪의 형상〉, ≪中語中文學≫第37輯, 2005년 12월, 251쪽; 王瑞宏, 〈隱微幽蔽的女性身影 - 解讀 ≪京本通俗小說≫與≪淸平山堂話本≫中的女性妖魅形象之意涵〉, ≪東方人文學誌≫第7卷 第2期, 2008年 6月, 157쪽 참고.

28 장승張勝에 대한 소부인小夫人의 접속은 의도적이며, 단절에 있어서는 소부인小夫人이 스스로 사라지는 형태를 취하고 있다. 그러나 이것은 장승張勝의 외면으로 인하여 더 이상 접속을 진행하기 힘들고, 장사렴張士廉의 등장으로 인하여 자신의 정체가 탄로 날 것이 두려워서 스스로 자취를 감추는 것이다. 소부인小夫人은 사라지고 난 뒤에 다시 나타나지 않는데, 근본적으로 소통과 교감의 가능성이 제거된 상태에서는 장승張勝과의 접속을 지속할 수 없는 것이다.

로는 귀혼과의 접속을 철저히 단절시키기 위한 조치라고 할 수 있다. 비록 인간과 귀혼이 소통하기 위한 만남은 이루어졌지만, 근본적인 소통의 장애는 해결되지 못하고 다시 단절의 상태로 돌아가게 된 것이다. 결국 장승張勝에게 소부인小夫人은 거부의 대상으로만 남게 된 것이다.

≪경세통언警世通言≫제16권第十六卷〈소부인금전증년소小夫人金錢贈年少〉의 장승張勝과 소부인小夫人의 접속과 단절은 외형적 자아와 타자의 경향을 가지고 있다. 그러므로 장승張勝은 소부인小夫人과의 만남을 회피하고 두려움의 대상으로만 여기고 있으며, 소부인小夫人은 자신의 욕망을 우선적으로 해결하고자 하였기 때문에 상호간에 진정한 교감은 이루어질 수 없었다. 또한 장승張勝과 소부인小夫人과의 단절에서 장승張勝은 감정적 이해에 치중하기보다는 이성적 판단을 중요시하였고, 소부인小夫人에 대한 믿음이 굳건하지 못했던 것도 큰 작용을 하였다.

〈소부인금전증년소小夫人金錢贈年少〉의 장승張勝과 소부인小夫人의 관계가 장승張勝의 의심과 거부 그리고 장사렴張士廉의 출현이 중요한 촉매로 작용하여 단절된 것이었다면, ≪서호이집西湖二集≫제22권第二十二卷〈숙궁빈정체신인宿宮嬪情殢新人〉에서는 추생鄒生과 화씨花氏가 서로 진정으로 사랑하였지만, 하늘의 벌로 인해('보이지 않는' 세력의 처벌로 인해) 단절하게 된다.

> 화씨花氏가 말하였다. "아닙니다. 소녀가 본래 바라던 것은 낭군님과 함께 백년해로하는 것인데, 뜻밖에도 하늘에서 벌을 내려 화가 집안에까지 미치니, 오늘 이 기쁨이 다하면, 내일 아침에는 영원히 만날 수 없을 것입니다. 부디 낭군님은 속히 멀리 피하십시오. 그렇지 않으면, 화가 미칠 것입니다." 추생鄒生은 크게 놀라 재차 그 이유를 물었지만, 화씨花氏는 더 이상 말하지 않았고, 그저 비통해할 뿐이었다. 추생鄒生은 계속하여 그녀의 눈물만 닦아줄 뿐, 이해할 수 없었다. …… 화씨花氏는 황급히 자리에서 일어나, 추생鄒生과 서로 머리를 감싸 안고 눈물을 흘렸다. 울음을 그치자 날이 밝아왔다. 화씨花氏는 다급해하며 추생鄒生에게 떠나라고 다그쳤지만, 추생鄒生은 차마

그렇게 하지 못하고, 마치 미련이 남는 듯 문 밖으로 나가려 하지 않았다. 화씨花氏는 "낭군님 재앙이 오고 있으니 어서 속히 떠나세요."라고 말하며 추생鄒生을 문 밖으로 밀었다. 추생鄒生은 여전히 발을 땅에 붙이고 버티며 떠나기를 싫어하자, 화씨花氏가 큰소리로 말하였다. "낭군님! 어서 속히 떠나세요! 만약 조금이라도 지체한다면 목숨을 부지하기 힘들 것입니다!" 추생鄒生은 그 말을 듣고 어쩔 수 없이 허둥지둥 도망쳐 나왔고, 반리도 채 못가서 하늘에 갑자기 검은 구름이 사방에서 몰려드는 것이 마치 칠흑 같이 어두운 밤이 된 것 같았다. 추생鄒生은 놀라서 허둥대며, 황급히 숲으로 들어가 몸을 숨겼다. 얼마 지나지 않아 천둥과 비가 교대로 내리치며, 벼락소리가 수차례 들렸고, 섬광이 온 하늘에 퍼졌다. 뒤이어 구름이 걷히고 비가 그쳤다. 추생鄒生은 의아해 하며 다시 이전의 집을 보러 갔는데, 호화롭던 저택과 아름다운 여인은 보이지 않고, 울창한 숲 속에 오래된 무덤 하나가 천둥과 벼락에 다 파헤쳐져 백골이 여기저기 흩어지고, 해골이 산산이 부서졌고, 온통 붉은 피가 흘렀다. 추생鄒生은 너무 놀라서 입을 벌리고 멍하니 서서 어찌할 바를 몰랐다.[29]

주인공인 추생鄒生은 산에서 길을 잃어 인가人家를 찾다가 우연히 화씨花氏의 집에 머물게 된다. 추생鄒生은 화씨花氏와 같이 살면서 화씨花氏가 이 세상의 여인이 아님을 여러 상황을 통해서 짐작한다. 그러나 그는 전혀 개의치 않고 그녀를 산 사람과 똑같이 여기고 사랑한다. 추생鄒生은

---

29 花氏道: "非也, 妾本欲與郎君共期偕老, 不料上天降罰, 禍起蕭牆, 今日盡此一歡, 明朝便當永別。郎君速宜遠避, 如其不然, 禍且及君矣。"鄒生大驚, 再三問其緣故, 花氏只是不說, 一味悲慟而已。鄒生再三與他拭淚, 只是不解。……花氏急急起來, 又與鄒生抱頭而哭。哭畢, 天已大明, 遂慌慌張張催促鄒生出外。鄒生不忍, 尙有留戀之意, 不肯出門。花氏道: "郎君速走, 禍就來矣。"急急把鄒生推出門外, 鄒生還立住著脚, 不肯行走, 花氏大聲叫道: "郎君速走, 若少遲延, 性命不免!"鄒生只得跟蹌而奔, 不上半里之程, 忽然陰雲四合, 白晝有如黑夜。鄒生慌張, 急急走入樹林中躲避。少頃之間, 雷雨交作, 霹靂數聲, 火光遍天, 已而雲收雨散。鄒生疑心, 再往前村看視, 並無華屋美人, 但見樹林之中, 有一古墓, 被雷震壞, 枯骨交加, 髑髏震碎, 遍流鮮血。鄒生驚得目瞪口呆, 罔知所措。(≪西湖二集≫第二十二卷⟨宿宮嬪情殢新人⟩)

화씨花氏 곁을 떠나지 않고 영원히 같이 있으려고 하지만, 화씨花氏는 그가 계속 자신과 있으면 생명이 위험하기 때문에 끊임없이 그에게 떠나라고 재촉한다. 화씨花氏는 추생鄒生을 해하려 하지 않고 하늘(혹은 다른 이계의 세력)로부터 그를 보호하기 위하여 혼신의 힘을 다한다. 추생鄒生과 화씨花氏는 단지 외형적 자아와 타자의 접속에서 벗어나 내재적 접속으로 이어져 상대방을 위하여 끝까지 자신을 희생하려는 정신을 보여주고 있다. 이 둘은 이미 인간과 귀혼이라는 한계를 벗어나 서로를 이해하고 소통하고자 하는 내재적 심리를 가지고 있다.

추생鄒生과 화씨花氏는 내재적 자아와 타자로 소통하게 되는데, 단절에 있어서는 보이지 않는 세력이 등장하여 이들의 교감을 방해한다. 내재적 심리 경향의 소통은 보이지 않는 세력의 등장과도 깊은 연관 관계를 가지고 있다. 만약 ≪경세통언警世通言≫제16권第十六卷〈소부인금전증년소小夫人金錢贈年少〉의 소부인小夫人과 장승張勝처럼 외형적 자아와 타자의 접속이라면 '보이는 세력', 즉 구체적인 인물張士廉이 나타나 양자의 단절을 유도했을 것이다. 그러나≪서호이집西湖二集≫제22권第二十二卷〈숙궁빈정체신인宿宮嬪情牒新人〉에서는 내재적 자아와 타자의 접속이므로 그 단절 세력 또한 구체적으로 나타나지 않으며 상징적으로 나타난다. 이것은 내재적 접속에서 구체적 형상의 출현(도사道士, 진인眞人)으로 인해 단절을 일으키는 것보다, 보이지 않는 세력의 출현으로 인해 단절의 현상을 더욱 분명하게 나타내며, 접속과 단절의 극명한 대비를 보여준다.

그렇다면, 추생鄒生과 화씨花氏의 만남을 저지하는 '보이지 않는 세력'은 무엇인가? 작품에서는 이 둘의 교감을 방해하는 존재에 대해서는 자세히 언급되어 있지 않다. 화씨花氏는 "뜻밖에도 하늘에서 벌을 내려"라고 말하고 있는데, 단순히 그녀의 해명에 한해 살펴본다면 그녀의 잘못에 대한 '일종의 처벌[30]로 이해될 수 있다. 이처럼 두 사람의 접속을 방해하는 보이지 않는 존재는 추생鄒生과 화씨花氏의 내재적 접속을 단절시

키는 가장 구체적인 원인으로 작용하고 있다. 비록 추생鄒生과 화씨花氏
의 내재적 접속은 보이지 않는 힘으로 인해 의도적으로 단절되지만, 이
전까지 외형적 접속에서 볼 수 없는 내면적인 깊은 교감과 긴밀한 소통
의 진행이 분명하게 드러난다.

2) 의도적 접속과 자유적 단절

송원명화본소설宋元明話本小說에서 어떤 작품들은 인귀人鬼의 일방적
인 접속과 외부세력에 의한 단절을 볼 수 있는 반면, 접속은 일방적일지
라도 단절은 귀혼의 자유 의지에 달린 작품들도 볼 수 있다. 위진남북조
지괴소설魏晉南北朝志怪小說이나 당전기소설唐傳奇小說에서 '인귀교구人鬼
交媾'나 '귀혼보은鬼魂報恩' 등의 내용을 제외한 인귀人鬼의 결합에서의 단
절은 일반적으로 강제적 단절의 방식이었다.[31] 귀혼은 인간과 대립적인
존재이며, 인간에게 해를 가하는 타자로 인식되었다. 그러므로 인간은
스스로 귀혼에 대적하는 방법을 택하거나, 외부의 힘을 빌려 귀혼에게
벗어나려고만 하였다. 하지만 송원명화본소설宋元明話本小說에서는 이전
의 소설에서 보이는 일방적인 단절 경향과는 달리 강제적 단절과 자유
적 단절의 상반된 형태가 자주 나타난다. 이 중에서 자유적 단절은 귀혼

---

30 그녀가 추생鄒生과 같이 지낸 것에 대한 처벌인지, 아니면 과거의 잘못에 대한 징벌인
지는 자세히 알 수 없다. 법을 집행하는 '하늘'은 화씨花氏에게 처벌을 내리는데, 천둥
소리와 뇌우가 일어나고, 유골이 다 파헤쳐지는 등의 심각한 상황을 보여준다.

31 위진남북조지괴소설魏晉南北朝志怪小說이나 당전기소설唐傳奇小說에서 귀혼이 예시豫示,
보은報恩, 교환交歡 등 선의의 의도로 인간과 접속한 것 이외에 대부분 자신의 목적을
이루기 위하여 현현하며, 인간을 단지 욕망실현의 대상으로만 여긴다. 당전기소설唐傳
奇小說에서 인귀人鬼의 접속을 주요 내용으로 하고 있는 많은 작품에서 비록 내재적
접속의 형태가 나타난다고 하더라도, 송원명화본소설宋元明話本小說와 마찬가지로 빈
번하지 않으며, 또한 전면적으로 나타나지도 않는다. 또한 단절에 있어서도 자유적
단절이 나타나기는 하지만, 강제적 단절이 주를 이룬다.

의 자유 의지에 의해서 단절하는 것을 말하는데, 우연히 인간에게 나타나고 스스로 사라지는 것뿐만 아니라, 자신의 목적이나 희망을 이루거나 혹은 그렇지 않다고 하더라도 자신의 자유 의지로 접속을 중단하는 모든 경우를 포함한다.

인귀人鬼의 소통과정에서 단절의 방식은 상당히 중요하다. 귀혼과 인간의 단절방식을 통해 양자가 어떻게 소통하고 거부하는지 자세히 살펴볼 수 있다. 또한 귀혼의 타자적 속성과 그 속성이 어떻게 변화하여 작품에 반영되는지 명확하게 분석할 수 있다. 귀혼의 자유적 단절은 강제적 단절과 달리 귀혼의 외형적인 면과 내재적인 면모를 동시에 살펴볼 수 있다. 특히 내재적인 면은 인간이 가지고 있는 이성이나 감정과 상당히 유사한데, 이것은 생전에 가지고 있던 이성과 감정의 연장이거나 발현이라고 할 수 있다. 이러한 양면성은 귀혼이 단순히 수성獸性만을 가지고 있는 것이 아니라, 인성人性을 가지고 있을 수 있다는 가능성을 보여준다.[32] 자유 의지로 단절하는 경우는 인간과 귀혼의 관계를 구체적으로 보여줄 수 있으며, 일방적인 단절의 경우에서 벗어나 상호교감과 소통의 과정을 다각적으로 살펴볼 수 있다.

'의도적 접속과 자유적 단절'에서는 내재적 자아와 내재적 타자의 결합이 비교적 많이 나타나고 있는데, 구체적인 작품으로는 ≪이각박안경기二刻拍案驚奇≫제30권第三十卷〈예유해왕옥영배부瘞遺骸王玉英配夫 상빙금한수재속자償聘金韓秀才贖子〉, ≪유세명언喩世明言≫제16권第十六卷〈범거경계서사생교范巨卿雞黍死生交〉, ≪서호이집西湖二集≫제11권第十一卷〈기매화귀료서각奇梅花鬼鬧西閣〉, ≪석점두石點頭≫제9회第九回〈옥소녀재세옥환연玉簫女再世玉環緣〉 등이 있다. 이 작품들에서의 귀혼은 의도적으로 인간과

32 霍美麗, 〈論傳統鬼故事中的魂鬼與魄鬼〉, ≪太原師範學院學報≫第5卷 第4期, 2006年 7月, 79쪽 참고.

접속을 꾀하지만 자유 의지로 인간과 단절하는데, 내재적 자아와 타자가 그대로 결합되거나 심리적 기질이 변화되어 결합하기도 한다. 먼저 ≪이각박안경기二刻拍案驚奇≫제30권第三十卷〈예유해왕옥영배부瘞遺骸王玉英配夫 상빙금한수재속자償聘金韓秀才贖子〉를 살펴보면,

> 한경운韓慶雲은 영하嶺下에서 집으로 돌아와, 이웃집에서 호미, 곰방메, 삼태기, 가래 등을 빌려왔다. 그러나 도와 줄 사람이 없어서 친히 수고하여 유골을 잘 묻어 주었다. 흙을 돋우어 향을 피우는 것을 대신하고, 물을 뿌려 제주祭酒로 삼았다. 영혼을 위로하고 예를 표하고 돌아갔다. 그날 밤에 홀로 서당에서 지내는데 갑자기 울타리 밖에서 똑똑 문을 두드리는 소리가 들렸다. 한경운韓慶雲은 일어나 문을 열고 나가 보니 단정하고 아름다운 여인이 서 있었다. 한경운韓慶雲은 황급히 인사하였다. 여인은 "귀관貴館에 온 것은 알려드릴 말이 있어서입니다."라고 말하였다. 한경운韓慶雲은 안으로 맞이하며 함께 서당 안에 이르렀다. "소첩의 성은 왕王이요, 이름은 옥영玉英으로 본래 초楚지방 상담湘潭 사람입니다. 송宋나라 덕우德祐연간에 아버지께서 민주閩州지방을 지키기 위해 병사를 거느리고 원나라 병사와 전쟁을 치르다 돌아가셨습니다. 소첩은 오랑캐의 포로가 되는 수모를 당하지 않으려고 여기 고개 아래에서 죽었습니다. 당시 사람들이 저의 절의를 불쌍히 여겨 흙을 돋아 덮어주었습니다. 지금 200여 년이 흘렀고, 유골이 파헤쳐졌으나 낭군께서 잘 묻어 주셨습니다. 그 은혜가 깊어, 깊은 밤 이곳에 와 보답하고자 합니다." 한경운韓慶雲은 "유골을 다시 묻어주는 일은 작은 일이어서 언급할 필요조차 없습니다. 사람과 귀혼이 서로 길이 다른데, 노고에 대해 마음 쓸 필요가 있겠습니까?"라고 하자, 옥영玉英은 말하였다. "소첩이 비록 사람이 아니라고 해서 어찌 사람으로서 지켜야 할 도리가 없다고 하겠습니까? 낭군께서는 공부하는 사람으로, 산 사람과 혼령과의 혼인은 세상에 늘 있는 일임을 알고 계실 것입니다. 소첩의 유골을 낭군께서 다시 묻어주셨으니, 곧 부부의 정이 있는 것이나 다름없습니다. 게다가 전생의 인연 또한 중하여 침석에 모시기를 바라오니 아무쪼록 의심치 말아 주십시오." 한경운韓慶雲은 홀로 서당에서 외롭고 쓸쓸하게 지내다가 이 아름다운 여인을 보니, 비록 분명히 귀신이라고 말했으나 행보에 그림자가 있고 옷에는 꿰맨 자리가 있어 행태가 분명한 것이 결코 귀신의 기운이 느껴지지 않았다. 또한 말하는 것이 분명한데 어찌 마음이 끌리지 않을 수 있겠는가? 바로 혼쾌히 그녀와 동침하니, 교감을 나누는데 사람의 그것과 조금도 다를 것이 없었다.[33]

　한경운韓慶雲은 왕옥영王玉英의 유골이 풀숲에서 나뒹구는 것을 불쌍히
여기고 무덤을 다시 만들어주고 제를 지내준다. 왕옥영王玉英은 그의 선행
에 대한 보답으로 부부의 인연을 맺는다. 그녀는 한경운韓慶雲의 서당으로
직접 찾아와 보은의 의지를 보여 주며, 한경운韓慶雲에 대해 진실한 감정을
드러낸다. 한경운韓慶雲은 비록 그녀가 귀혼이라 하더라도, 산 사람과 다
름없이 형태를 가지고 있는 데다 언행에서도 예를 다하고 있어서 그녀를
쉽게 받아들인다. 특히 오랫동안 홀로 지냈던 한경운韓慶雲에게 있어서 아
름다운 여인의 방문은 이성적 분별을 흐리기에 충분했다. 비록 아름답고
고운 자태를 지닌 왕옥영王玉英의 방문에 의해 한경운韓慶雲이 쉽게 그녀를
수용했다고 하더라도, 한경운韓慶雲과 왕옥영王玉英의 소통은 분명히 내재
적 자아와 내재적 타자의 심리가 작용해야 가능한 일이다. 만약 한경운韓
慶雲이 그녀를 단지 귀혼이라는 이유로 두려워하거나 거부하였다면, 외형
적 자아가 나타나 그녀를 강하게 배척하며 그녀와의 접속을 끊으려고 하
였을 것이다. 그러나 한경운韓慶雲은 그녀를 이해하고 산 사람과 똑같이
대해준다. 그는 그녀를 자신의 부인으로 받아들인다. 왕옥영王玉英은 한경

---

33 (韓慶雲)就歸向鄰家借了鋤欕畚鍤之類, 又沒個人幫助, 親自動手, 瘞埋停當, 撮
　土爲香, 滴水爲酒, 以安他魂靈, 致敬而去. 是夜獨宿書館, 忽見籬外畢畢剝剝,
　敲得籬門響. 韓生起來, 開門出看, 乃是一個端麗女子. 韓生慌忙迎揖. 女子
　道: "且到尊館, 有話奉告."韓生在前引導, 同至館中. 女子道: "妾姓王, 名玉英,
　本是楚中湘潭人氏. 宋德祐年間, 父爲閩州守, 將兵禦元人, 力戰而死. 妾不肯
　受胡虜之辱, 死此嶺下. 當時人憐其貞義, 培土掩覆. 經今二百餘年, 骸骨偶出,
　蒙君埋藏, 恩最深重, 深夜來此, 欲圖相報."韓生道: "掩骸小事, 不足卦齒. 人
　鬼道殊, 何勞垂顧."玉英道: "妾雖非人, 然不可謂無人道. 君是讀書之人, 幽婚
　冥合之事, 世所常有. 妾蒙君葬埋, 便有夫妻之情, 況夙緣甚重, 願奉君枕席, 幸
　勿爲疑."韓生孤館寂寥, 見此美婦, 雖然明說是鬼, 然行步有影, 衣衫有縫, 濟
　濟楚楚, 絕無鬼息. 又且說話明白可聽, 能不動心? 遂欣然留與同宿, 交感之際,
　一如人道, 毫無所異. (≪二刻拍案驚奇≫第三十卷〈瘞遺骸王玉英配夫 償聘金
　韓秀才贖子〉)

운韓慶雲에게 내재적 타자로서 접속하였다. 비록 한경운韓慶雲이 말한 것처럼, "사람과 귀혼의 길이 다르지만人鬼道殊", 이 둘은 내재적 자아와 내재적 타자의 접속을 통해 서로 긴밀하게 소통하고 있는 것이다.

　이러한 내재적 자아와 타자의 결합은 단절에 있어서 자율적으로 나타난다. 만약 어느 한쪽이 외형적 경향으로 일관했다면, 단절에서는 외부 세력의 개입으로 인한 강제적 단절을 면하기 어려웠을 것이다. 그러나 내재적 자아와 타자의 결합을 통하여 단절 또한 그녀의 자연스러운 이별로 이어진다. 한경운韓慶雲과 왕옥영王玉英의 소통은 왕옥영王玉英의 접속 의지와도 밀접하게 관련이 있다. 그녀는 단순히 자신의 욕망을 채우기 위해 한경운韓慶雲과 접속하려는 것이 아니라, 그가 자신에게 보여준 행동에 대해 은혜를 갚고자 그를 찾아간 것이다. 그녀의 이러한 태도는 "비록 사람이 아니라고 해서 어찌 사람으로서 지켜야 할 도리가 없다고 하겠습니까?妾雖非人, 然不可謂無人道?"에서도 잘 나타나 있다. 은혜를 갚는 행위는 귀혼의 일반적인 성질인 '수성獸性'에서 벗어나, '인성人性'의 특징을 보여준다. 왕옥영王玉英은 한경운韓慶雲과 접속 했을 때 한경운韓慶雲이 주저하는 태도와 상관없이 이미 그와 교감하고자 하는 의지를 분명하게 보이고 있다. 한경운韓慶雲은 귀혼과 접속하는 순간에는 외형적 자아로서 그녀를 대했지만, 그녀의 진실한 태도와 마음은 그의 외형적 자아의 관념을 허물고 그녀를 내면적으로 이해하고 받아들이게 된다. 이렇게 서로 내면적 의지의 표출과 수용을 통한 접속은 단절에 있어서도 인위적이거나 강제적인 단절이 아닌 자유 의지로 이루어지게 된다. 이러한 현상은 《유세명언喩世明言》제16권第十六卷〈범거경계서사생교范巨卿雞黍死生交〉에서도 예외는 아니다. 〈범거경계서사생교范巨卿雞黍死生交〉에서 범거경范巨卿은 살아 있을 때 장소張劭와의 약속雞黍之情을 귀혼이 되어서도 지키고자 하였으며, 살아 있을 때와 마찬가지로 장소張劭와의 접속에서 여전히 내재적 자아와 타자의 관계를 유지하고 있다.

　　장소張劭가 "제 아우를 불러 형님께 인사하도록 하는 것이 어떻겠습니까?"
라고 말하자 범거경范巨卿이 손을 저으며 그만 두라고 하였다. 장소張劭가 "형
님께서 먼저 닭과 기장을 드시고 나서 술을 드시는 것이 어떠한지요?"하자,
범거경范巨卿이 눈썹을 찌푸리는 것이 마치 장소張劭가 뒤로 물러나기를 바라
는 것 같았다. 장소張劭가 말하였다. "이 닭과 기장으로 형님을 모시기에는
부족하지만, 제가 그날의 약속을 지키고자 하는 것이니 허물치 말아주십시
오." 범거경范巨卿은 "아우 잠시 물러나 있게나. 내가 자네에게 내 사정을 말
해야겠네. 나는 이 세상 사람이 아니라 귀신이라네."라고 말하자, 장소張劭가
크게 놀라며 말하였다. "형님, 무슨 까닭으로 그런 말씀을 하십니까?" 범거경
范巨卿이 말하였다. "나와 자네가 이별한 후에, 집으로 돌아가 처자식을 먹여
살리느라 장사에만 푹 빠져 있었다네. 세상은 빠르게 가고, 세월은 유수 같
이 흘러, 어느새 일 년이 지나갔다네. 일전의 우리의 약속雞黍之約은 마음에
두고 잊지 않았지만, 요즘 작은 이익에 이끌려 장사에만 매진하다 보니, 약속
날짜를 잊어버렸다네. 오늘 아침 마침 이웃이 수유주茱萸酒를 보내 온 것을
보고, 중양절重陽節임을 비로소 알게 되었다네. 갑자기 아우와의 약속이 생각
나, 온통 이 생각으로 정신이 없었다네. 산양山陽에서 이곳까지 천리나 떨어
져 있으니, 하루 안에 도착할 수 없다네. 만약 오늘 안에 도착하지 않는다면
아우가 나를 어떻게 생각하겠는가? 당시의 약속雞黍之約에 대해서 스스로 믿
음을 저버린다면, 어찌 큰일이 아니겠는가? 깊이 생각해 보았지만 좋은 수가
없었는데, 옛 사람이 자주 이야기하던, "사람은 천리를 갈 수 없지만, 귀신
은 하루에 천리를 간다."는 말이 떠올라 부인에게 "내가 죽은 후에, 바로
장례를 치루지 말고, 아우 장소張劭가 오면 그 때 묻어 달라."고 분부하고,
스스로 목숨을 끊었다네. 나는 바람을 타고, 특별히 약속을 지키러 이렇게
왔다네. 제발 이 어리석은 형을 불쌍히 여겨, 내가 약속을 소홀히 여긴
것을 용서하고, 약속을 지키기 위해 이렇게 무모하게 행동한 것도 이해해
주게나. 천리를 멀다 않고 친지와 떨어져 산양山陽에 와서 내 시신을 봐
준다면, 죽어서도 여한이 없다네." 말을 마치자 눈물이 하염없이 흘렀고,
급히 자리에서 일어나 계단 아래로 내려왔다. 장소張劭가 빠르게 걸어가는
범거경范巨卿을 쫓아갔는데, 갑자기 이끼를 밟아 땅에 넘어졌다. 스산한 바
람이 한차례 스치고 지나가자, 범거경范巨卿은 어디에도 보이지 않았다.[34]

34 劭曰: "喚舍弟拜兄, 若何？"范亦搖手而止之。劭曰: "兄食雞黍後進酒, 若何？"
范蹙其眉, 似教張退後之意。劭曰: "雞黍不足以奉長者, 乃劭當日之約, 幸勿見

범거경范巨卿은 객사에서 병들어 있을 때, 과거시험도 치루지 못하고 자신을 돌보아 준 장소張劭를 고마워하며 1년 후 중양절重陽節에 다시 만날 것을 기약한다. 하지만 범거경范巨卿은 생업에 바빠 그만 약속한 날을 잊어버린다. 그는 이 날이 되어서야 장소張劭와 약속한 사실을 깨닫고, 죽어서 혼령이 되면 당일 안에 도달할 수 있을 것이라 여기고 자결한다. 이 날 범거경范巨卿의 혼령이 찾아와 장소張劭와 재회하는데, 범거경范巨卿은 자신이 이미 산 사람이 아닌 혼령임을 밝히지만 장소張劭는 그가 혼령이라는 것에 전혀 동요하지 않으며, 생전의 맺은 언약을 생각하며 안타까워할 뿐이다. 이것은 범거경范巨卿이 생전에 장소張劭와 쌓은 굳건한 우정때문이기도 하지만, 보다 더 직접적인 원인은 장소張劭가 범거경范巨卿에 대해 깊은 믿음과 이해를 가지고 있기 때문이라고 할 수 있다. 이러한 감정은 범거경范巨卿가 비록 이미 산 사람이 아닌 혼령이라해도, 두려움의 대상으로서 '밖으로 밀어내는 존재'가 아니며, 오히려 소통과 신뢰를 바탕으로 '안으로 끌어들이는 존재'로 여기고 있다고 할 수 있다.[35]

嫌。"范曰："弟稍退後, 吾當盡情訴之。吾非陽世之人, 乃陰魂也。"劭大驚曰："兄何故出此言？"范曰："自與兄弟相別之後, 回家爲妻子口腹之累, 溺身商賈中。塵世滾滾, 歲月匆匆, 不覺又是一年。向日雞黍之約, 非不掛心; 近被蠅利所牽, 忘其日期。今蚤鄰右送茱萸酒至, 方知是重陽。忽記賢弟之約, 此心如醉。山陽至此, 千里之隔, 非一日可到。若不如期, 賢弟以我爲何物？雞黍之約, 尙自爽信, 何況大事乎？尋思無計, 常聞古人有云："人不能行千里, 魂能日行千里。"遂囑咐妻子曰："吾死之後, 且勿下葬, 待吾弟張元伯至, 方可入土。"囑罷, 自刎而死。魂駕陰風, 特來赴雞黍之約。萬望賢弟憐憫愚兄, 恕其輕忽之過, 鑒其凶暴之誠, 不以千里之程, 肯爲辭親到山陽一見吾屍, 死亦瞑目無憾矣。"言訖, 淚如迸泉, 急離坐榻, 下階砌。劭乃趨步逐之, 不覺忽踏了蒼苔, 顚倒於地。陰風拂面, 不知巨卿所在。(≪喩世明言≫第十六卷〈范巨卿雞黍死生交〉)
35 귀신과 같은 신이한 현상에 대한 인간의 반응은 '믿음'과 '두려움'이라는 두 가지 심리적 자질로 상정해 볼 수 있다. '믿음'은 대상을 안으로 끌어들이는 것이고, '두려움'은 대상을 밖으로 밀어내는 것이다. 조현설, 〈조선 전기 귀신이야기에 나타난 新異 인식

장소張劭와 범거경范巨卿의 접속은 범거경范巨卿에 의해서 이루어지지만, 장소張劭 역시 그의 출현을 기대하며 기다린다. 단절 역시 범거경范巨卿이 장소張劭에게 하직을 고하고 스스로 사라진다. 이러한 접속과 단절은 모두 내재적 자아와 타자가 서로 호응하고 소통하는 과정을 보여주고 있다. 장소張劭의 입장에서 살펴보면, 범거경范巨卿이 귀혼이기 때문에 그를 멀리하고 두려워하는 외형적 자아의 면모는 보이지 않고, 여전히 그를 의형義兄으로 받아들이고 그의 상황을 애석해하고 있다. 이런 점에 있어서는 범거경范巨卿도 예외가 아니다. 그는 비록 혼령으로서 장소張劭에게 나타나지만, 일방적이고 강압적인 외형적 타자가 아니라 상대와 진심으로 소통하고자 하는 내재적 타자로 일관하고 있다.

장소張劭와 범거경范巨卿은 외부의 압박이나 강압에 의한 강제적인 단절이 아니라 범거경范巨卿에 의해 의도적으로 단절된다. 비록 갑작스런 단절의 형태를 띠고 있지만, 범거경范巨卿는 자신의 처지와 의지를 장소張劭에게 알린다. 장소張劭에게 있어서 범거경范巨卿은 두려운 존재가 아니라 이해할 수 있고 소통할 수 있는 존재이다. 이들은 내재적 자아와 타자로서 접속하고 있으며, 진실한 대화와 약속에 대한 책임감을 통해 진정한 내면적 소통의 단계에 이르렀음을 잘 보여주고 있다.

≪이각박안경기二刻拍案驚奇≫제30권第三十卷〈예유해왕옥영배부瘞遺骸王玉英配夫 상빙김한수재속자償聘金韓秀才贖子〉의 한경운韓慶雲과 왕옥영王玉英의 만남은 ≪유세명언喩世明言≫제16권第十六卷〈범거경계서사생교范巨卿雞黍死生交〉의 장소張劭와 범거경范巨卿의 만남과는 달리, 처음에는 외형적으로 경계하는 경향을 보이다가 점차로 변화하여 완전한 내재적 자아와 타자의 접속으로 이어진다. ≪유세명언喩世明言≫제16권第十六卷〈범거경계서사생교范巨卿雞黍死生交〉의 장소張劭와 범거경范巨卿은 처음부

───────────

의 의미〉, ≪古典文學硏究≫第23輯, 2003년 6월, 159쪽 참조.

터 내재적 자아와 타자의 경향을 가지며, 상대방을 이해하고 수용하는 과정을 보여주고 있다. 전자가 점차적으로 내재적 교감으로 진행되는 과정을 나타낸 것이라면, 후자는 처음부터 강한 정신적 유대감과 소통과 정을 통해 내재적 자아와 타자와의 완전한 교감이 이루어진다.

≪유세명언喩世明言≫제16권第十六卷〈범거경계서사생교范巨卿雞黍死生交〉의 장소張劭와 범거경范巨卿의 만남과 마찬가지로 ≪석점두石點頭≫제9회第九回〈옥소녀재세옥환연玉簫女再世玉環緣〉의 위고韋皐와 옥소玉簫의 접속에서도 내재적 자아와 타자의 교감을 분명하게 보여주고 있다. ≪석점두石點頭≫제9회第九回〈옥소녀재세옥환연玉簫女再世玉環緣〉에서 위고韋皐와 옥소玉簫는 인간과 귀혼의 접속에서 일방적으로 외형적인 심리를 보이거나 외형적인 면에서 내재적으로 변화하는 모습을 나타내는 것이 아니라, 접속에서 내면적으로 교감하고 자의적인 단절에 이르기까지 모두 내재적 경향을 보여 준다.

이 작품에서는 주인공인 위고韋皐와 귀혼인 옥소玉簫 그리고 이 둘을 연결해주는 도사 조산인祖山人이 등장한다. 작품의 줄거리는 위고韋皐가 장인과의 불화로 고향을 떠나고, 옥소玉簫와 정을 나누다가 귀향하기 위해 이별하는 전반부와 옥소玉簫를 위해 제사를 지내고 그녀의 영혼과 조우하는 후반부로 나뉜다. 먼저 전반부의 줄거리를 살펴보면, 위고韋皐는 어려서 장연상張延賞의 딸 방숙方淑과 정혼하였다. 그러나 장연상張延賞이 서천절도사西川節度使가 되어 멀리 떠나게 되자 부인 묘씨苗氏는 딸을 데리고 멀리 떠나는 것을 측은하게 생각하여 임지에서 결혼을 시킨다. 위고韋皐는 성격이 자유분방하여 언어나 행동에 있어서 제멋대로였으며, 예의범절이나 규율을 지키는 데에 있어서도 태만하였다. 장인인 장연상張延賞은 위고韋皐를 탐탁케 여기지 않고 멸시하였다. 이로 인해 두 사람의 사이가 좋지 않게 되었고, 결국 위고韋皐는 혼자서 멀리 떠나 가 버린다. 그는 이후 강사군姜使君의 아들인 형보荊寶를 가르치게 되었는데, 형보荊寶의 유모의 딸 옥소玉簫와 정을 통하였다. 위고韋皐의 부모는 빨리 고향으로 돌아오라고 재촉하자 옥소玉簫에게 옥가락지 하나를 남기고 이별하였다. 옥소玉簫는 7년 동안이나 그가 돌아오지 않자 그 이듬해 그만 굶어 죽고 말았다. 위고韋皐는 9년째에 공을 세워 관직을 얻게 되는데, 마침 장인 장연상張延賞의 관직을 대신하게 되었다. 위고韋皐는 형보荊寶의 하인이 불을 낸 사건을 심의할 때 옥소玉簫가 이미 죽은 것을 알게 되었으며, 그녀의 처지를 슬퍼하면서 제사를 지내 주었다. 후반부에는 위고韋皐와 옥소玉簫(귀혼)의 접속이 구체적으로 그려지는데, 위고韋皐는 옥소玉簫를 간절히 그리워하며 그녀의 죽음을 진심으로 애통해하지만, 이미 죽은 사람과는 만날 수가 없었다. 옥소玉簫의 죽음을 애통해하는 그의 심정은 저승세계와 하늘까지 이르게 되고, 도사 조산인祖山人은 위고韋皐의 애통함에 깊이 감동하여 그녀를 다시 만나도록 해준다.[36]

> 위고韋皐가 이때 반신반의하며 관사官舍로 들어가 부인에게 자초지종을 말하였다. 부인은 "귀신의 일은 아득하고 요원한 일이지만, 차라리 있다고 믿는 것이 나을 것이라 생각되옵니다."라고 말하였다. 위고韋皐는 고개를 끄덕이며 그렇다고 여기고, 오후에 관청으로 나가 8일째 공무를 볼 수 있도록

---

36 위고韋皐와 옥소玉簫의 접속이 겉으로는 그녀의 주도로만 이루어진 것처럼 보이지만, 사실은 조산인祖山人의 안배와 계도가 중요하게 작용하였다. 그녀와의 접속은 조산인祖山人의 도움과 인도가 절대적으로 필요하다. 본문에서도 나타난 것처럼, '俄見祖山人從外走來, 說道: "幽明異路, 但可相見, 不可相近。"擧袖一揮, 玉簫就飄飄而去。'의 장면을 보더라도 그녀의 출현과 사라짐은 모두 조산인祖山人에 의해서 조정되고 있음을 쉽게 알 수 있다. 이처럼 작품 속에서의 도사道士, 도인道人, 진인眞人 등은 사람과 귀혼 사이를 이어주거나 혹은 경계를 짓는(처벌과 제압의 과정을 수반) 역할을 맡고 있는데, 이러한 서사방식은 이미 위진남북조지괴소설魏晉南北朝志怪小說에서부터 자주 운용되었다. 도사道士, 도인道人, 진인眞人 등이 사람과 귀혼 사이의 중계자와 관계자로서 작용하는 것에 대한 상세한 분석은 劉苑如, 〈形見與冥報: 六朝志怪中鬼怪敍述的諷喩 - 一個導異爲常'模式的考察〉, 《中國文哲研究集刊》第29期, 2006年 9月, 17~23쪽 참고.

모든 것을 분부하였다. 위고韋皐는 당일 밤에 소응사昭應祠에서 재계하며 밤을 지냈고, 야밤에 귀신이 올 때 놀라지 않도록 경을 알리는 징을 치지 말라고 하였다. 7일째 밤이 되자, 위고韋皐는 크고 작은 아전들을 모두 돌려보내고, 홀로 불을 밝히고 앉았다. 대략 이경이 지나자, 정말로 어떤 사람이 문을 똑똑 두드렸는데, 위고韋皐는 황급히 문을 열고 바라보니, 옥소玉簫가 마치 구름과 안개를 거느리는 것처럼 사뿐사뿐 걸어오고 있었다. 위고韋皐를 보자 가볍게 인사를 하며 말하였다. "소녀를 위해 지극 정성으로 예를 다하여 기도하시니, 염라대왕께서 감동하여 10일 내에 환생할 수 있도록 해주었습니다. 12년 후 다시 당신의 첩이 되어 이생에서 못 다한 인연을 이어가도록 하겠습니다." 위고韋皐는 그녀가 분명히 귀신인 것을 알았지만, 조금도 두려워하지 않고 말하였다. "내가 공명에만 눈이 멀어, 지난 약속을 어기고, 당신을 이 먼 길을 떠나게 했으니 후회막급이구려! 생각지도 않게 오늘 밤에 다시 만나게 되구려!" 말하면서 손으로 옥소玉簫의 소매를 잡아당기려고 하였다. 별안간 밖에서 조산인祖山人이 들어오더니, "이승과 저승이 달라, 비록 서로 만났다 하더라도 가까이 가면 안 되오!" 옷소매를 한번 휘젓자, 옥소玉簫는 다시 사뿐사뿐 떠나갔으며, 웃으며 말하는 소리가 희미하게 들렸다. "서방님께서 박복하여 생사의 갈림길에 처하게 되었군요!" 잠시 후 그녀의 그림자도 사라졌고, 조산인祖山人도 보이지 않았다.[37]

도사 조산인祖山人의 도움으로 옥소玉簫가 위고韋皐 앞에 나타나자, 위고韋皐는 그녀를 두려워하지 않고 오히려 가까이 가려고 한다. 위고韋皐

---

37 韋皐此時半信半疑, 退入私衙, 與夫人說其緣故. 夫人道: "鬼神之事, 雖則渺茫, 寧可信其有."韋皐點頭稱是, 午後出堂, 吩咐一應公事, 俱於第八日理行. 當晚卽往昭應祠齋宿, 夜間不用鳴鑼擊柝, 恐驚阻了神魂來路. 到了第七夜, 大小役從盡都遣開, 獨自秉燭而坐. 約莫二更之後, 果然有人輕輕敲門, 韋皐急開門看時, 只見玉簫飄飄而來, 如騰雲駕霧一般. 見了韋皐, 行個小禮, 說道: "蒙僕射禮懺精虔, 感動閻羅天子, 十日之內, 便往托生. 十二年後, 再爲侍妾, 以續前緣."韋皐此時, 明知是鬼, 全無畏懼, 說道: "我止爲功名羈滯, 有爽前約, 致卿長往, 懊悔無及, 不道今宵復得相會."一頭說, 一頭將手去拽他衣袖. 倏見祖山人從外走來, 說道: "幽明異路, 但可相見, 不可相近."擧袖一揮, 玉簫就飄飄而去, 微聞笑語道: "丈夫薄倖, 致令有死生之隔."須臾影滅, 連祖山人也不見了. (≪石點頭≫第九回〈玉簫女再世玉環緣〉)

는 외형적 자아에 치중하여 그녀를 산 사람과 다른 존재로 인식하는 것이 아니라, 그녀를 산 사람과 다름없이 내재적 자아의 시각으로 그녀를 보고 있다. 이러한 그의 태도는 비록 그녀가 '혼령인지 분명히 알았지만, 전혀 두려움이 없었다明知是鬼, 全無畏懼'는 것에서도 잘 알 수 있다. 위고韋皋는 정성을 다해 옥소玉簫를 천도하였고, 이 정성은 염라대왕을 감동시켜 그녀를 다시 환생하게 한다. 그녀는 환생하기 전에 위고韋皋앞에 나타나는데, 이것은 위고韋皋가 그녀와의 만남을 간절히 바라는 것 못지않게 그녀 역시 위고韋皋와의 만남을 바란다는 점을 보여주고 있다. 이것은 그녀가 단지 외형적 타자, 즉 귀혼으로서 인간과 거리를 두고 대립하는 존재가 아니라, 위고韋皋와 소통을 원하는 내재적 타자이기 때문이다.

내면적인 소통은 이 둘 간의 외부적 대립을 소멸시키고, 내면적인 교감을 가능하게 만든다. 만약 위고韋皋가 조산인祖山人의 말에 귀 기울이지 않고 단순히 지나가는 말로 흘려들었다면, 결코 옥소玉簫와의 만남은 이루어지지 않았을 것이다. 또한 옥소玉簫의 일방적 노력에 의해서 위고韋皋와 접속을 이루었다 하더라도, 위고韋皋가 진정으로 그녀와 만나고자 하는 마음이 없었다면, 그녀를 받아들이기 보다는 귀혼이라는 것에 대한 놀람과 두려움만 앞섰을 것이다. 이렇게 된다면, 위고韋皋에게 있어서 귀혼의 접속과 단절방식은 상호 소통의 방식보다는 일방적인 경향으로 변하게 되며, 관계 또한 외형적 자아와 타자에 그칠 것이다. 그러나 위고韋皋는 조산인祖山人이 일러준 대로 7일 동안 공무를 맡지 않고, 소응사昭應祠에서 재계齋戒를 하고 기도를 드린다. 이 7일간의 시간은 옥소玉簫가 기다린 7년과 커다란 차이를 보이는데, 이러한 대비를 통해서 옥소玉簫가 겪었던 고통의 시간을 더욱 강조하고 있으며, 동시에 서로를 만나기 위해 어느 정도의 기다림과 준비가 필요하다는 것도 의미하고 있다. 위고韋皋는 옥소玉簫와의 접속을 통해서 그녀의 처지를 이해하며, 그녀에 대한 애절한 그리움을 해소할 수 있었다. 옥소玉簫 역시 7년 동안 기다리

다가 위고韋皐를 만나지 못하고 죽음으로써 마음속에 가졌던 슬픔을 어느 정도 위로받을 수 있었다. 위고韋皐와 옥소玉簫는 비록 인간과 귀혼이라는 서로 다른 존재이지만, 상호 거부와 대립의 관계에서 벗어나 처음 조우에서부터 이별에 이르기까지 내재적 자아와 타자의 접속으로 이어지고 있으며, 서로간의 정신적 소통을 이루고 있다. 이러한 과정은 인귀人鬼의 접속과 단절의 과정을 통해서 더욱 구체적으로 나타나고 있다.

≪서호이집西湖二集≫제11권第十一卷〈기매화귀료서각寄梅花鬼鬧西閣〉의 인귀교감人鬼交感은 ≪유세명언喩世明言≫제16권第十六卷〈범거경계서사생교范巨卿雞黍死生交〉와 ≪석점두石點頭≫제9회第九回〈옥소녀재세옥환연玉簫女再世玉環緣〉에서처럼 처음부터 내재적 자아와 타자의 접속이 강하게 나타나는 것과는 달리, 인간은 외형적 자아가 내재적 자아로 이행하고, 귀혼은 처음부터 내재적 타자를 고수하는 양상을 보여준다. ≪이각박안경기二刻拍案驚奇≫제30권第三十卷〈예유해왕옥영배부瘞遺骸王玉英配夫 상빙김한수재속자償聘金韓秀才贖子〉에서 한경운韓慶雲의 경우, 왕옥영王玉英과 접속했을 때 약간의 외형적 심리가 나타났다가 완전히 내재적 자아로 변하지만, ≪서호이집西湖二集≫제11권第十一卷〈기매화귀료서각寄梅花鬼鬧西閣〉의 주정지朱廷之와 평두平頭는 각각 외형적 자아에서 점차적으로 내재적 자아의 경향으로 변한다.

　　몇 차례 바람이 지나가고 주인과 노복 두 사람은 온 몸이 얼음같이 차갑고 솜털이 뿌리째 쭈뼛쭈뼛 서기 시작했다. 탁자 위의 가물가물한 등불이 꺼지려다 다시 밝아지더니, 멀리서 흐느껴 우는 소리가 들리는데 매우 처량하고 슬펐다. 주인과 노복은 이상하게 여기고 있는데, 우는 소리가 점점 서재 문 앞으로 가까워지더니, 문이 갑자기 덜커덕 열렸다. 한 사람이 갑자기 들어오는데 여인인 것 같았다. 두 사람은 서둘러 머리를 들어 살펴보니 바로 마경경馬瓊瓊이었다. 머리를 풀어헤치고 목에는 수건 하나를 두르고 있었으며 온 얼굴이 눈물로 뒤범벅이었다. 그녀는 소리 내어 울며 말하였다. "이 의리를 저버린 왕괴王魁, 나를 이렇게 고통스럽게 하다니!" 주인과 노복은 일제히 크게 놀라서 물었다. "대체 왜 그러시오?" 마경경馬瓊瓊이 말하였다. "일전에 제가 설매사雪梅詞를 보냈을 때, 원래 동각東閣이 모르도록 했습니다. 동각東閣은 평두平頭가 집에 없는 것을 알게 되었고, 이 일의 사정을 모두 알게 되었습니다. 저를 원망하는 마음이 골수에 파묻힐 만큼 깊어, 매일 저를 못살게 굴었습니다. 3개월 남짓 지나서 그의 괴롭힘을 차마 피할 수 없어, (일전에) 밤에 수건에 목매어 죽을 수밖에 없었습니다. 오늘 밤 특별히 바람을 타고 찾아와 이 고통을 하소연 하는 것입니다. 정말 괴롭습니다!" 이야기가 끝나자 대성통곡하였다. 주정지朱廷之가 앞으로 가서 끌어안으려 하니 마경경馬瓊瓊이 "저는 음귀陰鬼이고 상공께서는 양인陽人이십니다. 절대 이쪽으로 오지 마십시오!"라고 하자, 주인과 노복은 대성통곡하며, "당신은 이미 죽었는데, (그 사람을)어떻게 처벌하면 좋단 말이오?"라고 물었다. 마경경馬瓊瓊은 "소첩은 단지 상공께서 불법佛法으로 혼령을 구제하여 명복을 빌어주기를 바랄뿐입니다."라고 대답했다. 말이 끝나자 또 대성통곡하며 갔다. 주정지朱廷之는 서둘러 앞으로 가서 옷소매를 붙잡으려 했으나 한차례 찬바람이 불더니 마경경馬瓊瓊의 모습은 이미 보이지 않았다. 주정지朱廷之는 울며 쓰러졌다.[38]

마경경馬瓊瓊은 죽어서 혼령이 되어 객사客舍에 머무르는 주정지朱廷之와 하인 평두平頭에게 나타난다. 마경경馬瓊瓊의 혼령은 주정지朱廷之와 평두平頭에게 나타날 때부터 내재적 타자의 특징을 보여 주고 있다. 귀혼

---

38 這幾陣風過處, 主僕二人吹得滿身冰冷, 毫毛都根根直豎起來, 桌上殘燈滅而復明, 卻遠遠聞得哭泣之聲, 嗚嗚咽咽, 甚是悽慘。主僕二人大以爲怪, 看看哭聲漸近於書房門首, 門忽呀然而開, 見一人搶身入來, 似女人之形。二人急急抬頭起來一看, 恰是馬瓊瓊, 披頭散髮, 項脖上帶著汗巾一條, 淚珠滿臉, 聲聲哭道: "你這負義王魁, 害得我好苦也!" 主僕二人一齊大驚道: "卻是爲何?" 瓊瓊道: "前日我寄雪梅詞來之時, 原不把東閣知道。東閣知平頭不在家, 情知此事, 怨恨奴家入於骨髓, 日日凌逼奴家。三個月餘, 受他凌逼不過, 前日夜間, 只得將汗巾一條自縊而死。今夜特乘風尋路而來, 訴說苦楚, 眞好苦也!" 說畢, 大哭不止。廷之要上前一把抱住, 瓊瓊又道: "妾是陰鬼, 相公是陽人, 切勿上前!" 主僕二人大哭道: "今旣已死, 卻如何處置?" 瓊瓊道: "但求相公作佛法超度, 以資冥福耳。" 說畢, 又大哭而去。廷之急急上前扯住衣袂, 早被冷風一吹, 已不見了瓊瓊之面。廷之哭倒在地。(≪西湖二集≫第十一卷〈寄梅花鬼鬧西閣〉)

이 인간에게 접속하게 되는 가장 보편적인 이유 중의 하나가 자신의 원한을 하소연하고 동정을 얻고자 하는 것인데, 특히 여러 사람에게 나타나는 방식은 자신의 의지와 호소를 강하게 토로하기 위해서이다.

귀혼은 주로 원한을 풀기 위해 가해자에게 일방적으로 복수를 가하는 외형적 타자의 형식을 가지고 있다. 이러한 복수는 현실에서 상처받은 정신을 가장 폭력적이고 원초적인 방식을 통해서 위에서 받은 고통과 갈등을 해소하고자 하는 것이다. 가해자에게 구체화된 응징을 가해 자신의 심리적 상처를 회복하는 심층적 희구는 자신을 긍정하고 상대를 철저히 부정하는 외형적 타자의 태도에 기인한다고 볼 수 있다. 귀혼의 호소는 자신의 내면적 고통과 처지를 누군가에게 하소연하면서 자신의 고통을 이해받고 가해자를 비난하는 욕망의 간접실현이라고 볼 수 있다. 이 작품에서 마경경馬瓊瓊은 직접적인 복수 대신 자신의 억울함을 두 사람에게 호소하는 방식을 취하고 있다. 주정지朱廷之와 평두平頭는 이 사건의 피해자인 마경경馬瓊瓊의 처지를 동정하며 함께 분노하며, 이로써 그들 사이에서 내면적 소통이 일어난다.

처음 마경경馬瓊瓊가 갑자기 나타났을 때, 주정지朱廷之와 평두平頭는 두려워하는 반응을 보인다. 이는 마경경馬瓊瓊이 나타나기 직전의 배경 묘사와 나타났을 때의 그들의 태도를 통해서 추측할 수 있다. 한밤중에 갑자기 찬바람이 불면서 등불이 가물거리고, 문 밖에서 흐느껴 우는 소리가 들리면서 문이 열린다. 홀연히 한 여인이 방으로 들어온다. 더불어 마경경馬瓊瓊의 혼령에 대한 공포와 순간적인 만남에서 오는 이질감이 두 사람의 심리에 크게 영향을 미친다.[39] 그러므로 마경경馬瓊瓊 출현 자

---

39 위진남북조지괴소설魏晉南北朝志怪小說이래로 죽은 자가 다시 부활하거나 윤회하여 환생되는 것 외에 사람들 앞에 나타나는 귀혼은 대부분 순간적으로 이루어진다. 石育良, 〈死亡女鬼魂形象的文化學闡釋－≪聊齋志異≫散論〉, ≪中山大學學報≫第2期, 1995年, 110쪽 참고.

체가 이미 이들에게 있어서는 강력한 두려움을 유발하게 만든다. 그러나 이 긴장관계는 잠시 동안만 진행될 뿐이며, 바로 귀혼과 정신적 교감을 나누게 된다.[40] 주정지朱廷之와 평두平頭는 마경경馬瓊瓊의 하소연을 듣고서 대성통곡하며, 그녀를 위로하려고 가까이 다가가려 한다. 그녀는 자신이 이미 귀혼이므로 가까이 오지 못하게 한다. 그녀는 두 사람에게 자신의 처지를 호소하는 중에 혹시라도 자신으로 인해 그들이 피해를 입을까 주의한다. 이러한 행동을 통해서도 마경경馬瓊瓊은 그들의 안위를 진심으로 걱정하며, 그들과 교감을 나누려는 내재적 타자의 특징을 가지고 있다고 할 수 있다. 주정지朱廷之와 평두平頭는 비록 산 사람으로 귀혼을 두려워하지만, 마경경馬瓊瓊의 처지를 이해하고 함께 분노하며 그녀와 소통하려고 노력한다.

귀혼이 단지 자신의 욕망을 충족시키기 위해 외형적 타자의 관념으로만 인간과 접속을 시도할 경우, 인간은 귀혼을 단순히 거부의 대상으로만 인식하게 되고, 강제적 단절을 진행하게 된다. 반면 주정지朱廷之, 평두平頭와 마경경馬瓊瓊의 만남처럼 내재적 자아와 타자의 접속으로 시작될 경우, 대부분 귀혼의 자유 의지로 단절하는 방식을 취하고 있다.

5. 인간과 귀혼의 '접속'과 '단절': 반복 결합

현실공간에서의 인귀교감人鬼交感에는 접속과 단절의 방식이 다양하게 나타난다. 우선 접속과 단절의 빈도에 따라 '단순 결합', '반복 결합', '지속 결합'으로 나눌 수 있다.[41] 반복 결합의 경우 여러 차례의 접속과

---

40 인간과 귀혼의 접속은 마경경馬瓊瓊의 일방적인 출현으로 시작되지만, 나중에는 주정지朱廷之와 평두平頭가 마경경馬瓊瓊의 슬픔을 함께 동정하며 이해한다. 이 때 인간과 귀혼은 상호 대립구조에서 벗어나 서로 인정하고 연대하는 관계로 발전하는 것이다.

41 '인귀교감人鬼交感'의 단절과 접속의 방식은 접속과 단절이 구체적이고 분명히 나타나

단절이 이어져 인귀교감人鬼交感 현상을 자세히 살펴볼 수 있다. 지속 결합 또한 다양한 접속과 단절이 이루어지나 산만하다는 단점이 있다.

접속과 단절이 반복될 경우, '접속'은 1차이든 2차이든 귀혼의 주도로 일방적으로 이루어지고, '단절'은 1차, 2차가 강제적이거나 자유적인 어느 한 방향으로 나타나거나 혹은 이 두 가지가 혼재하여 나타난다. 접속과 단절의 '반복 결합'에서 접속(1차 접속과 2차 접속)도 중요하지만, 보다 중요한 것은 단절이 어떻게 이루어지느냐는 것이다. 접속은 귀혼의 일방적인 주도로만 이루어지며, 접속 과정에서 심리적 경향이 바뀌는 것은 상당히 드물다. 그러나 단절의 경우에는 외형적, 내재적 특징이 지속 혹은 강조되거나 다양하게 변화하는 모습을 보여주고 있다. 전체적인 작품에서 단절을 살펴본다면, 1차 단절은 2차 접속과 단절을 염두에 둔 경우가 대부분이다. 즉, 2차 단절을 위한 일종의 '전제前提'인 셈이다. 1차 단절이 인간과 귀혼의 접속에서 모종의 결과를 이끌어 내는 과정에 속한다면, 2차 단절은 1차 단절을 기초로 인간과 귀혼의 접속에서 외형적, 내재적 경향을 확정짓는 역할을 한다. 그러므로 2차 단절에서 인간과 귀혼의 외형적 특징 혹은 내재적 특징이 구체적으로 나타나는가에 따라 인간과 귀혼의 심리적 자질이 결정된다.[42]

는 경우를 가지고 분류한다. 이러한 방식에는 접속과 단절이 한차례만 나타나는 '결합'의 현상이 있고, 두 차례 진행되는 '반복'의 경우가 있으며, 여러 차례 진행되는 '지속'이 있다. 접속과 단절의 결합에는 접속과 단절이 여러 차례일지라도 귀혼의 접속 의지와 인간의 단절 상태가 분명히 나타나는 경우가 한차례일 때는 한차례로 정의한다. '반복'의 경우에는 비록 여러 귀혼이 여러 차례 나타난다고 하더라도 출현하는 귀혼이 단순히 주변 인물의 역할을 담당하거나, 어떤 행위를 지속하기 위하여 반복적으로 나타나거나, 혹은 동일한 접속과 단절 패턴pattern을 지속적으로 반복하는 경우에는 한차례로 정한다. 지속은 접속과 단절의 패턴이 다른 경우가 세 차례 이상 일어나는 경우이다.

42 본 장에서는 1차 접속과 단절을 통해 접속과 단절의 기본적인 특징과 작품 속에서 단절의 변화를 이해하고, 2차 접속과 단절을 중심으로 외형적, 내재적 경향이 어떻게 구체적으로 나타나고 있는지 살펴보고자 한다.

인간과 귀혼의 접속과 단절이 한차례이던지 혹은 여러 차례이던지 일단 접속이 이루어지면 반드시 단절도 같이 나타난다. 접속과 단절은 서로 대칭적으로 작용하며, 인귀교감人鬼交感의 처음과 끝을 나누는 요소이다. 인간과 귀혼의 '반복 결합'에서 접속은 모두 귀혼의 의도로 이루어지지만 단절은 이와 다르게 나타난다. 단절은 '강제적 단절'과 '자유적 단절'로 나누어 볼 수 있으며, 차수에 있어서 1차 단절과 2차 단절로 나눌 수 있다. 1차 단절과 2차 단절은 외부 세력이 개입하여 강제적 단절을 하거나, 혹은 귀혼 자신의 자유 의지로 단절한다. 귀혼이 어떠한 욕망과 의지를 가지고 있느냐에 따라 단절의 형태도 각각 다르게 나타난다.

1) 강제적 단절의 연속

인간과 귀혼의 접속은 보통 귀혼의 일방적인 접속으로 이루어지고, 강제적으로 단절된다. 이러한 접속과 단절이 연속되는 과정을 살펴보면, 접속(의도)＋단절(강제)＋접속(의도)＋단절(강제)의 형태를 보이는데, 강제적 접속과 단절의 연속에서는 외형적 자아와 외형적 타자가 분명하게 나타난다. ≪경세통언警世通言≫제36권第三十六卷〈조각림대왕가형皂角林大王假形〉에서 이물[43]과의 접속과 단절이 이러한 특징을 잘 보여주고 있다.

≪경세통언警世通言≫제36권第三十六卷〈조각림대왕가형皂角林大王假形〉

---

[43] 이 작품 속에 등장하는 조각림대왕皂角林大王은 늙은 쥐가 변신한 요괴인데, 귀혼의 포괄적 범위에 포함된다고 할 수 있다. 중국 고전소설에서 나타나는 귀혼의 경우를 살펴보면, 사람이나 동물 등이 죽은 후의 영혼뿐만 아니라, 이물異物, 요괴妖怪, 해골骸骨 등 형체가 있는 존재도 포함된다. 특히 송원명화본소설宋元明話本小說에서 인귀교감人鬼交感의 현상이 나타나는 작품에서는 귀졸鬼卒, 혼령魂靈, 이물異物, 요괴妖怪, 해골骸骨 등이 혼재하여 나타나며, 혼령魂靈과 이물異物과의 구분이 상당히 모호하다. 이들은 비록 서로 다른 형태와 특징을 가지고 있지만, '귀혼'의 특징을 공통적으로 가지고 있으며, 작품 속에서 거의 같은 부류로 다루어지고 있다.

에서 귀혼과의 접속과 단절은 모두 2차례 나타나는데, 1차 접속과 단절, 2차 접속과 단절 모두 관청(동헌東軒, 대청大廳)에서 일어나며, 외형적 자아와 외형적 타자의 심리가 공통적으로 나타나고 있다. 먼저 전체적인 줄거리를 살펴보면, 동경東京의 조재리趙再理는 광주廣州 신회현新會縣의 현령으로 부임하였는데, 그 지역에서는 해마다 조각림대왕皂角林大王에게 어린 아이들을 제물로 바쳐 제사를 지내는 풍습이 있었다. 그는 이러한 악습을 알고 화가 나 사당을 부수어 버린다. 조각림대왕皂角林大王이 인간으로 둔갑하여 나타나자 조재리趙再理는 활을 쏘아 쫓아 버린다. 이후 임기가 다 되어 동경東京으로 다시 돌아가는데 봉두역峰頭驛에서 하룻밤을 보낸다. 다음 날 일어나 보니, 그를 수행했던 하인들과 짐들이 모두 사라져 어쩔 수 없이 홀로 동경東京으로 돌아오는데, 집에 도착해보니 이미 가짜 조재리趙再理가 와 있었다. 진짜 조재리趙再理와 가짜 조재리趙再理를 구분하기 힘들어 이들은 개봉부開封府로 끌려가서 판결을 받는데, 가짜 조재리趙再理가 관리에게 뇌물을 주어 진짜 조재리趙再理는 쫓겨나게 된다. 그는 이후 생명을 위협하는 위태로운 상황을 모면하면서 가짜 조재리趙再理가 조각림대왕皂角林大王이 둔갑한 것임을 알게 된다. 진짜 조재리趙再理는 구자모낭낭九子母娘娘의 도움으로 조각림대왕皂角林大王을 처치한다.

　　대윤大尹은 진짜 조재리趙再理를 끌고 가서 한쪽에 있게 하고, 즉시 가짜 조재리趙再理를 데리고 오도록 하였다. 가짜 조재리趙再理가 관청에 도착하여 앉자 대윤大尹이 말하였다. "여기에 어떤 이가 현령인 그대가 사람이 아니라고 고하였소. 이 요물은 본래 광주廣州 신회현新會縣의 조각림대왕皂角林大王이라 하오." 가짜 조재리趙再理가 이 말을 듣고 얼굴이 온통 빨개지며, "누가 그런 말을 합니까?"라고 묻자, "저기 진짜 조재리趙再理라고 하는 자가 동봉동대악東峰東岱岳에 올라, 구자모낭낭九子母娘娘을 만나서 들은 것이라 하오." 가짜 조재리趙再理는 크게 놀라며 황급히 자리를 뜨려고 하였다. 진짜 조재리趙再理가 계단 아래에 있었고, 대윤大尹의 명령을 기다리지 않고, 바로 누른 보자기를 풀고 상자를 열었다. 비바람이 심하게 불었는데, 한치 앞을 볼 수 없을 정도였다. 잠시 후 구름이 흩어지고 바람이 멈추자, 관청에는 가짜 조재리趙再理가 보이지 않았다. 대윤大尹은 놀라서 어찌할 바를 모르면서 벌벌 떨었다. 부득이 이 일을 도군황제道君皇帝에게 고하였는데, 세 개의 성지가 내려왔다. 첫째는 개봉부開封府의 관료들을 파직하고, 둘째는 조재리趙再理를 부모와 상봉하게 하며, 이전의 관직을 돌려주고, 셋째는 광주廣州일대에 신에 대한 공양을 불허하도록 명하였다.[44]

이 장면은 진짜 조재리趙再理가 구자모낭낭九子母娘娘의 도움으로 상자를 얻게 되고 동경東京으로 돌아와 다시 개봉부開封府에 가서 진위를 가리는 부분이다. 주인공인 진짜 조재리趙再理는 가짜 조재리趙再理를 철저히 거부하고 배척한다. 진짜 조재리趙再理가 집으로 돌아와 가족들과 상봉할 때와 개봉부開封府에서 진위를 구분할 때도 진짜 조재리趙再理는 가짜보다 여러 면에서 우월하다고 생각하였지만, 가짜 조재리趙再理는 이미 진짜 조재리趙再理의 귀향길뿐만 아니라, 그에 관한 모든 것을 알고 있었다. 심지어는 소송에 관한 변통까지도 꿰뚫고 있었다. 그래서 개봉부開封府에서 본인의 진위여부를 판단하기 전에 이미 관리들에게 뇌물을 주어 자신에게 유리한 쪽으로 판결을 이끌어 낸다. 이처럼 진짜보다도 더 진짜 같은 가짜 조재리趙再理는 늙은 쥐가 변한 요괴인 조각림대왕皂角林大王이다. 조재리趙再理와 조각림대왕皂角林大王의 접속은 두 차례 모두 조각림대왕皂角林大王의 주도로 이루어진다. 조재리趙再理와 조각림대

---

44 大尹教押過一邊, 卽時請將假知縣來。到廳坐下。大尹道: "有人在此告判縣郎中非人, 乃是廣州新會縣皂角林大王。"假知縣聽說, 面皮通紅, 問道: "是誰說的?" 大尹道: "那眞趙知縣上東峰東岱岳, 遇九子母娘娘所說。"假知縣大驚, 倉惶欲走。那眞的趙知縣在塔下, 也不等大尹臺旨, 解開黃袱, 揭開盒子。只見風雨便下, 伸手不見掌。須臾, 雲散風定, 就廳上不見了假的知縣。大尹嚇得顫做一團, 只得將此事奏知道君皇帝, 降了三個聖旨: 第一開封府問官追官勒停; 第二知縣認了母子, 仍舊補官; 第三廣州一境不許供養神道。(≪警世通言≫第三十六卷〈皂角林大王假形〉)

왕皂角林大王의 단절에서도 조각림대왕皂角林大王의 자유 의지로 이루어지는 것이 아니라, 바로 구자모낭낭九子母娘娘이 준 상자속의 이물(여우요괴)에 의해서 조각림대왕皂角林大王이 제압당하면서 이루어진다.

1차와 2차의 접속과 단절에서 조각림대왕皂角林大王을 대하는 조재리趙再理의 자아는 외형적 자아가 강하게 나타나고, 조각림대왕皂角林大王의 경우에는 외형적 타자가 강하게 나타난다. 가짜 조재리趙再理는 진짜의 모든 것을 다 빼앗아 이전에 자신이 당했던 고통을 복수하고자 하는데, 이러한 복수의식 이면에는 인간관계의 지속(제사)과 존재감의 회복(수호신)이라는 강한 심리가 내재되어 있다. 마을 사람들은 그를 무서워하며 해마다 어린아이를 바쳐 제사를 지내는데, 이와 같이 많은 사람들에게 두려움과 경외감의 대상인 조각림대왕皂角林大王이 조재리趙再理로 인해 모든 것을 잃게 되었을 때, 마음속으로는 원래 상태로 회복하려는 강한 욕망이 내재해 있었을 것이다. 그는 조재리趙再理와 타협하기 위해 나타났지만, 오히려 그에 의해서 쫓겨나게 된다. 조각림대왕皂角林大王은 조재리趙再理와 진정한 소통을 하는 대신, 자신에게 무례한 행동을 하는 것에 대한 경고의 방식으로 자신의 존재를 알리고자 하였다. 이렇게 철저하게 외형적 자아로 일관한 조재리趙再理와 외형적 타자의 심리를 가진 조각림대왕皂角林大王은 강제적으로 단절할 수밖에 없었다.

조각림대왕皂角林大王은 조재리趙再理가 자신에게 공손하고 경외하기를 바랐지만, 결국 이러한 의도는 실패로 돌아간다. 이것은 그가 조재리趙再理에 대한 이해를 기본으로 하지 않고, 강압적으로 타협을 진행했기 때문이다. 조각림대왕皂角林大王의 이러한 태도는 조재리趙再理에게 있어서 생명을 위협하는 치명적인 공격으로 받아들여지게 된다. 조각림대왕皂角林大王은 진정으로 조재리趙再理를 해하려는 의도가 없음에도 불구하고 오히려 강력한 거부에 부딪힌다. 조각림대왕皂角林大王은 조재리趙再理와 1차 조우에서 타협에 이르지 못하자, 조재리趙再理가 임기가 다 끝나서 고향에 돌아갈 때까지 기다렸다가 그에게 복수를 한다. 이것은 1차 접속했을 때의 실패에서 얻은 고통과 분노를 그대로 반영한 것이다. 2차 접속에서는 조각림대왕皂角林大王과 조재리趙再理는 동일 인물로 직접 대면하게 되는데, 이때는 1차 접속 보다 더 강압적이고 공격적인 양상을 보인다. 1차 접속에서 조재리趙再理에 의해 강제로 쫓겨난 조각림대왕皂角林大王은 2차 접속에는 오히려 반대로 조재리趙再理보다 우세를 취하며, 심지어는 그를 죽음의 지경까지 이르게 한다. 존재감 획득에 상처를 받게 된 조각림대왕皂角林大王은 조재리趙再理에게 가장 치명적이면서도 효과적인 복수 방법을 취하는데, 이 방법은 자신의 복수에 대한 집착과 그것을 통한 보상심리를 직접적으로 보여주고 있다.

　조재리趙再理의 생활의 여러 면을 보다 자세히 알고 있는 조각림대왕皂角林大王은 조재리趙再理와 똑같은 형상과 언행으로 제2의 조재리趙再理를 창조하였다. 이 가짜 조재리趙再理는 진짜 보다 세상일에 잘 적응하며, 처세에 있어서도 적절하게 융통성을 발휘한다. 같은 형상이지만 다른 존재인 두 사람은 서로가 자신의 또 다른 모습으로 내면 속의 자아와 외형의 자아의 양면성을 간접적으로 보여주고 있다. 이렇게 같지만 서로 다른 모습을 가진 조재리趙再理는 서로 대칭을 이루는데, 조재리趙再理가 외형적 자아를 강화할수록 그의 또 하나의 모습인 조각림대왕皂角林大王의 외형적 타자는 더욱 강화된다. 그러므로 조재리趙再理가 조각림대왕皂角林大王를 거부할 때마다 조각림대왕皂角林大王은 더욱 외형적 타자로 바뀌며 서로가 타협할 수 없는 극명한 대립으로 치닫게 된다. 이러한 현상은 2차 접속에서 보다 분명하게 나타난다.

　조재리趙再理는 자신이 직접 조각림대왕皂角林大王을 퇴치하기를 바라지만, 스스로의 능력으로는 불가능하였다. 이 때 구자모낭낭九子母娘娘의 도움이 절실히 필요한데, 구자모낭낭九子母娘娘은 직접 나서서 조각림대왕皂角林大王을 제압하지 않고, 상자 속의 이물(여우요괴)을 통해 조각림대왕皂角林大王을 제거하도록 한다. 이 상자는 외형적 자아와 외형적 타자의 접속을 끊는 구체적 표식이라고 할 수 있고, 조재리趙再理가 조각림대왕皂角林大王과 단절하고자 하는 의지의 표상이기도 하다. 결국 접속은 조각림대왕皂角林大王에 의해서 진행되고, 단절은 조재리趙再理와 상자속의 이물에 의해서 이루어지면서 외형적 자아와 타자의 긴장과 대립 관계를 끝맺게 된다. 2차 접속에서는 1차 보다 더욱 강한 외형적 자아와 외형적 타자가 나타나고 있으며, 이러한 자아와 타자는 둘의 소통과 이해를 더욱 요원하게 만든다.

≪청평산당화본淸平山堂話本≫의 〈서호삼탑기西湖三塔記〉에서도 ≪경세통언警世通言≫第36권第三十六卷〈조각림대왕가형皂角林大王假形〉과 마찬가지로 외형적 자아와 타자 사이에서 일어나는 접속과 단절의 양상이 나타나고 있다. ≪청평산당화본淸平山堂話本≫의 〈서호삼탑기西湖三塔記〉에서는 접속과 단절이 각각 2차례 나타나는데, 접속(의도)＋단절(강제)＋접속(강제)＋단절(강제)의 형태를 가지고 있다. 작품에서는 귀혼이 여러 명 등장하는데, 크게 줄거리를 이끌어 가는 주요 인물인 세 요괴와 주변 인물로 등장하는 귀사鬼使, 역사力士 등이다. 주변 인물로 나타나는 귀사鬼使, 역사力士 등은 세 요괴의 일을 대신 처리하고 도와주는 역할을 한다. 주변 인물인 귀사鬼使, 역사力士가 비록 해선찬奚宣贊 앞에 나타난다고 하더라도 단순히 요괴들을 도와서 인간을 잡아오거나 혹은 진인眞人의 명령으로 요괴를 제압하는 인물로서 잠깐 등장할 뿐이다. 또한 이들이 작품 속에서 반복적으로 나타난다고 할지라도, 단순한 출현과 사라짐은 자아와 타자의 접속 및 단절 관계와 외형적·내재적 경향을 나타내기 위한 중요한 역할을 담당하지는 않는다. 이와는 반대로 주요 인물인 세 요괴는 인간과 귀혼의 접속과 단절의 과정에서 중요한 역할을 담당하고 있다. 이 세 요괴는 묘노卯奴, 할멈婆婆, 백의낭자白衣娘子인데, 처음에는 묘노卯奴, 다음으로는 할멈婆婆, 이어서 백의낭자白衣娘子 순으로

해선찬奚宣贊 앞에 나타난다. 묘노卯奴는 본래 오계烏雞였고, 할멈婆婆은 수달水獺, 백의낭자白衣娘子는 백사白蛇가 변한 것이다. 이들은 모두 해선 찬奚宣贊과 접속과 단절을 이루는데, 간단한 만남이나 대립을 제외하고 양자의 관계에 긴밀하게 관여하는 경우는 두 차례이다.

이 작품에서 단절과 접속의 특징은 접속을 이루는 귀혼이 한 명이 아니고 여러 명이 나타난다는 것인데, 접속은 순차적으로 진행되며, 귀 혼과의 단절도 인간의 도망, 진인眞人의 처벌의 형태로 나타난다. 인간과 귀혼의 단순 결합에 나타나는 귀혼과는 다르게 묘노卯奴, 할멈婆婆, 백의 낭자白衣娘子는 다양한 감정의 변화와 양상을 보여주고 있다. 묘노卯奴의 경우는 해선찬奚宣贊에 대해서 한편으로는 측은함과 보은報恩의 마음을 가지고 있으며,[45] 한편으로는 자신의 행동에 대한 자책감, 이성理性과 수 성獸性에 대한 심리적 갈등을 함께 가지고 있다. 할멈婆婆은 끈질긴 집념 을 가지고 있고, 포악함과 잔인함의 소유자이다. 백의낭자白衣娘子는 단순 히 해선찬奚宣贊을 성욕의 대상으로만 여긴다. 그녀는 일단 성적 욕구가 충족되면 남자들을 무참히 살해하는데, 남자들은 단지 성적 욕구를 위한 희생양에 불과할 뿐 그들에 대한 사랑의 감정이라고는 전혀 없다.[46] 이중 에서 할멈婆婆은 동류의 고위인물(백의낭자)에 대해서는 충성과 복종의 태 도를 가지고 있지만, 반면 인간에 대한 강한 공격성과 폭력성을 내재하고

---

45 백의낭자白衣娘子는 두 차례나 해선찬奚宣贊을 잡아와 그의 간을 빼 먹으려 하였으나, 묘노卯奴가 해선찬奚宣贊의 부탁을 받고 백의낭자白衣娘子에게 그의 목숨을 구해달라고 부탁한다. 비록 묘노卯奴가 의도적으로 해선찬奚宣贊에게 접근하여 형식적으로 그의 도움을 받았지만, 그녀는 해선찬奚宣贊에 대해 여전히 측은함과 보은의 마음을 가지고 있다. 묘노卯奴를 비롯하여 할멈婆婆, 백의낭자白衣娘子 형상에 대한 분석은 王瑞宏, 〈隱微幽藏的女性身影 - 解讀≪京本通俗小說≫與≪淸平山堂話本≫中的女性 妖魅形象之意涵〉, ≪東方人文學誌≫第7卷 第2期, 2008年 6月, 153~154쪽 참고.
46 함은선, 〈화본소설에 나타난 女神・女鬼・女妖怪의 형상〉, ≪中語中文學≫第37 輯, 2005년 12월, 252쪽 참고.

있다. 할멈婆婆은 세 요괴 중에서 해선찬奚宣贊과 가장 직접적인 접속과 단절을 진행하는 인물이다. 할멈婆婆은 해선찬奚宣贊을 데려가기 위하여 주도면밀하게 계획을 세우고 지속적으로 접속한다. 그녀는 처음에는 해선 찬奚宣贊을 정중히 초청하지만, 두 번째에는 그를 강제로 귀차鬼車에 태워 데려간다. 접속하는 방식에 있어서도 다른 양상을 보인다. 1차 접속은 할 멈婆婆이 의도적으로 방문하여 그를 자신의 소굴로 끌어들이지만, 2차 접 속은 일여 년 동안 그의 집밖에서 기다렸다가 강제로 잡아간다.

　　이 할멈은 가마에서 내려 문 앞에 이르자, 해선찬奚宣贊은 검은 옷을 입고 있는 할멈을 보았다. 묘노卯奴는 주렴 아래에서 할멈을 바라보며, "할머니, 인사드립니다!"라고 소리치자, 할멈은 "네가 어떻게 됐을까 얼마나 걱정했는 지 모른다. 길 따라 물어물어 여기까지 왔단다. 누가 널 구해서 여기에 있느 냐?"라고 물었다. 묘노卯奴가 말하였다. "이 나리께서 저를 구해주셔서 여기에 있게 됐어요!" 해선찬奚宣贊은 할멈과 인사를 나누고, 할멈에게 차를 대접하였 다. "이런 큰 곤란에서 어렵사리 나리를 만나 너를 구해 주셨으니, 은인에 대한 보답으로 집으로 모셔 술이라도 대접하여 그 감사의 인사를 해야겠구 나." 하며 묘노卯奴와 함께 가마에 올랐고, 선찬宣贊의 어머니께도 감사의 인사 를 드렸다. 해선찬奚宣贊은 가마를 따라 나섰고, 곧바로 사성관四聖觀의 옆 쪽 작은 문이 나 있는 건물에 도착하였다. …… 해선찬奚宣贊은 말하였다. "작년 이맘때 한가로이 노닐다가 그 부인을 만났었는데, 이미 일 년이 지났구나." 선찬宣贊은 그 날 활을 들고 문 밖으로 나가 버드나무 쪽으로 가서 사냥할 새를 찾았다. 그 때 나무위에 어떤 새가 지저귀는 것이 보였는데, 자세히 보니, 그것은 사람들이 보고 나서는 모두 싫어하는 짐승이었다. …… 원래는 까마귀였다. 해선찬奚宣贊은 활을 시위에 걸고 정확히 본 후 활시위를 당겨 바로 까마귀를 명중시켰다. 까마귀가 바닥으로 떨어졌는데, 갑자기 몇 번 퍼 덕거리더니 땅에서 검은 옷을 입은 할멈으로 변하였다. 작년에 보았던 그 할멈이었다. "선찬宣贊! 너 발이 빠르기도 하구나, 여기로 이사 왔구나!" 선찬 宣贊은 "귀신이다!" 소리치며 몸을 돌려 황급히 도망가려고 하였다. 할멈은 "선찬宣贊아! 어디를 가려고?" 하며, "내려오너라!" 소리치자, 공중에서 가마 한 대가 내려오고, 여러 명의 귀졸들이 있는 것이 보였다. 할멈은 말하였다. "이 놈을 가마에 가두어라! 너는 눈을 감아라! 만약 눈을 감지 않으면, 목숨을 부지하기 힘들 줄 알아라!" 가마가 잎에 에워 쌓여 땅에서 일어나더니, 순식간에 예전의 사성관四聖觀 산문루山門樓 앞에 다다랐다. …… 신장神將이 읍하며, "사부님! 어떤 분부를 내리시겠습니까?"라고 묻자, 진인眞人이 "호수에 있는 그 세 마리의 요물을 잡아 오너라!" 신장神將이 명령을 받고 떠난 지 얼마 지나지 않아 할멈婆婆, 묘노卯奴, 백의낭자白衣娘子 모두 잡아와 진인眞人 앞에 대령하였다. 진인眞人은 "이 요망한 것들, 어찌 감히 관리의 아들에게 달라붙어 해를 끼치느냐?"라고 하자, 세 요괴는 "그가 거슬리게 우리의 수문을 막아버렸습니다. 사부님 용서해 주십시오, 다시는 그의 생명을 해치지 않겠습니다."라고 말하였다. 진인眞人이 "정체를 드러내라!"라고 말하자, 묘노卯奴는 "(선찬宣贊)나리, 제가 한 번도 나리를 어떻게 한 적이 없는데 모습을 보일 수가 없습니다!"라고 말하였다. 진인眞人은 하늘의 신장神將을 불러 이들을 때리기 시작했다. 만일 때리지 않았다면 본 모습을 알 수 없었을 것인데, 몇 차례 때리자 묘노卯奴가 오골계로 변하였고, 할멈婆婆은 수달, 백의낭자白衣娘子는 백사로 변하였다. 해진인奚眞人은 "이 철관鐵罐으로 세 요괴를 잡아서 담아야겠다."라고 말하며 봉하였고, 부적으로 눌러서, 호수 가운데 두었다.[47]

---

47 這個婆婆下轎來到門前, 宣贊看著婆婆身穿皂衣。卯奴卻在簾兒下看著婆婆, 叫聲: "萬福!"婆婆道: "交我憂殺!沿門問到這裡。卻是誰救你在此?"卯奴道: "我得這官人救我在這裡。"婆婆與宣贊相叫。請婆婆吃茶。婆婆道: "大難中難得宣贊救你, 不若請宣贊到家, 備酒以謝恩人。"婆子上轎, 謝了媽媽, 同卯奴上轎。奚宣贊隨著轎子, 直至四聖觀側首一座小門樓。……奚宣贊道: "去年今日閒耍撞見這婦人, 如今又是一年。"宣贊當日拿了弩兒, 出屋後柳樹邊, 尋那飛禽。只見樹上一件東西叫, 看時, 那件物是人見了皆嫌。怎見得?……原來是老鴉。奚宣贊搭止箭, 看得清, 一箭去, 正射著老鴉。老鴉落地, 猛然跳幾跳, 去地上打一變, 變成個著皂衣的婆婆, 正是去年見的。婆婆道: "宣贊, 你脚快, 卻搬在這裡。"宣贊叫聲: "有鬼!"回身便走。婆婆道: "宣贊那裡去?"叫一聲: "下來!"只見空中墜下一輛車來, 有數個鬼使。婆婆道: "與我捉入車中!你可閉目!如不閉目, 交你死於非命。"只見香車葉口地起, 霎時間, 直到舊日四聖觀山門樓前墜下。……神將唱喏: "告我師父, 有何法旨?"眞人道: "與吾湖中捉那三個怪物來!"神將唱喏。去不多時, 則見婆子、卯奴、白衣婦人, 都捉拿到眞人面前。眞人道: "汝爲怪物, 焉敢纏害命官之子?"三個道: "他不合沖塞了我水門。告我師, 可饒恕, 不曾損他性命。"眞人道: "與吾現形!"卯奴道: "告哥哥, 我不曾奈何哥哥, 可莫現形!"眞人叫天將打。不打萬事皆休, 那裡打了幾下, 只見卯奴變成了烏雞, 婆子是個獺, 白衣娘子是條白蛇。奚眞人道: "取鐵罐來, 捉此三個怪物, 盛在裡面。"封了, 把符壓住, 安在湖中心。(≪清平山堂話本≫〈西湖三塔記〉)

이 장면에서 요괴들의 두 차례의 접속이 모두 의도적으로 진행되지만, 방식과 상황이 다르게 진행된다. 해선찬奚宣贊은 청명절淸明節에 서호를 유람하다가 사성관四聖觀 근처에서 할멈婆婆을 잃고 울고 있는 묘노卯奴를 발견한다. 그녀에게 할멈婆婆을 찾아주려고 집에 데려와 10여일 머무르는 사이 할멈婆婆이 나타난다. 할멈婆婆은 묘노卯奴를 구해준 은혜에 보답하려고 그를 사성관四聖觀 근처 소문루小門樓로 데려간다. 묘노卯奴가 길을 잃은 것도, 할멈婆婆이 찾아와 은혜에 보답하려는 것도 모두 해선찬奚宣贊을 끌어 들이기 위해 계획된 것이다. 이들이 해선찬奚宣贊과 접속하는 순서를 살펴보면, 먼저 묘노卯奴가 길거리에서 해선찬奚宣贊에게 접근하고, 이어서 할멈婆婆이 해선찬奚宣贊의 집으로 찾아온다. 다음으로 해선찬奚宣贊가 소문루小門樓로 간 후 백의낭자白衣娘子와 만난다. 세 요괴는 해선찬奚宣贊을 단지 욕망의 대상으로만 여기고 이용하려고만 한다. 이들은 해선찬奚宣贊과의 1차 접속에서 외형적 타자의 경향을 가지고 있다.

해선찬奚宣贊은 묘노卯奴에게 여러 번 애원하며 도망갈 수 있도록 도움을 부탁한다. 묘노卯奴는 그를 원래의 인간세계로 되돌려 보내지만, 해선찬奚宣贊는 다시 할멈婆婆에 의해서 잡혀온다. 이때 묘노卯奴의 도움으로 단절이 이루어지는데, 이것은 외부 힘에 의한 강제적 단절보다는 의도적 도피의 형태를 가지고 있다. 이러한 도피가 여러 차례 반복적으로 일어나지만, 이것은 1차 접속과 단절의 연장이라고 할 수 있는 '강제적 구속'과 '도망'이라는 형태의 반복에 불과하다.[48] 소문루小門樓에서 탈출에 성공한 해선찬奚宣贊은 집에서 1여 년 동안 휴식을 취하다가 어느 날 외출을 하게 되는데, 이때 나무에서 기다리고 있던 할멈婆婆이 다시 나타나

---

48 이것은 여러 번 접속과 단절이 일어난다고 하더라도 동일한 접속과 단절을 지속적으로 반복하는 것이며, 인간과 귀혼의 접속과 단절이 다른 유형과 구분되고 그 형태가 구체적이고 분명하게 나타나지 않는다. 또한 인간과 귀혼의 접속과 단절에서 중요하게 작용하지 않으므로 새로운 접속의 유형이라고는 할 수 없다.

그를 데려간다. 2차 접속은 1차 접속의 우호적인 초대가 아니라 할멈婆婆의 협박과 강압에 의해 일어난다. 2차 단절은 해선찬奚宣贊의 도망이나 묘노卯奴의 협조가 아닌, 그의 숙부인 해진인奚眞人의 도움으로 이루어진다. 이것은 요괴로부터 해선찬奚宣贊을 구하는 것뿐만 아니라, 요괴를 진압하고 치죄하는 의미도 가지고 있다. 2차 단절은 해선찬奚宣贊에게 있어서는 요괴와의 관계를 완전히 끊고 이전의 삶으로 돌아갈 수 있는 기회라면, 요괴들에게 있어서는 본 모습을 드러내야만 할뿐만 아니라 악행에 대해 가혹한 처벌을 받는 순간이기도 하다. 그러므로 2차 단절은 어느 한 편에게는 다시 생명을 부여하고 새 삶으로 환원되는 과정에 해당되지만, 다른 한편에게는 강력한 처벌과 죽음에 이르는 과정인 것이다.

해선찬奚宣贊과 요괴의 접속과 단절이 진행될수록 외형적 경향은 더욱 강화된다. 요괴들은 두 차례나 해선찬奚宣贊과 만나지만, 결국 해선찬奚宣贊과 소통하지 못하고 죽음에 이르게 된다. 이것은 요괴들이 진정한 내면적 이해를 바탕으로 하지 않고, 외형적으로 자신의 욕망만을 이루려고 했기 때문이다. 육욕肉慾의 욕망이 강할수록 해선찬奚宣贊의 저항도 강해지며, 결국 교감할 수 있는 기회는 사라지고 만다. 해선찬奚宣贊과 요괴들은 모두 외형적 자아와 타자로만 일관하고 있어서 반복적인 접속이 일어난다고 해도 강제로 이루어지기 때문에 내면적 교감은 전혀 일어나고 있지 않으며, 단절 역시 일방적이거나 강제적으로만 진행되고 있다.

2) 의도적 접속과 자유적 단절

'강제적 단절의 연속'에서 살펴 본 여러 작품들은 인간과 귀혼이 두 번 접속하고 단절할 때 외형적 경향으로 일관하기 때문에 단절은 강제적으로 이루어진다. 1차 단절은 주인공이 귀혼을 피해서 도망가는 형태로 나타나고 있으며, 2차 단절은 진인眞人이나 신의 도움으로 귀혼을 완전히 제압하면서 자연스럽게 단절이 일어난다. 이와는 반대로 '의도적 접속과 자유로운 단절'에서는 비록 인간과 귀혼이 접속하는 것은 앞의 작품들과 동일하지만, 2차 단절에 있어서는 모두 자유 의지로 이루어진다. 접속과 단절의 형태를 살펴보면, 접속(의도)＋단절(강제)＋접속(의도)＋단절(자유)의 형태를 가지고 있다. 1차 단절은 2차 단절에 비해 타의에 의해서 단절되는 특징이 농후하지만, 자유 의지가 일부분 반영되어 있다.

≪청평산당화본淸平山堂話本≫의〈문경원앙회刎頸鴛鴦會〉와 ≪경세통언警世通言≫第8권第八卷〈최대조생사원가崔待詔生死冤家〉는 2차 단절에서 모두 자유로운 단절을 보인다. 이는 ≪경세통언警世通言≫제36권第三十六卷〈조각림대왕가형皂角林大王假形〉과 ≪청평산당화본淸平山堂話本≫의〈서호삼탑기西湖三塔記〉에서 1차 단절과 2차 단절 모두 외부의 압박으로 인하여 강제적인 단절을 보이는 것과는 대조적이다. 비록 ≪청평산당화본淸平山堂話本≫의〈문경원앙회刎頸鴛鴦會〉와 ≪경세통언警世通言≫제8권第八卷〈최대조생사원가崔待詔生死冤家〉의 2차 단절에서 자유로운 단절이 보인다고 해도 인간 혹은 귀혼이 내재적인 경향을 보이지는 않는다. 인간과 귀혼은 외형적 경향이 강하게 나타나거나, 혹은 외형적·내재적 경향 모두 가지고 있으면서 상호 유기적 결합과 복합적인 연결을 보여준다.

먼저 인간과 귀혼 모두 외형적 경향이 강하게 나타나는 작품은 ≪청평산당화본淸平山堂話本≫에 수록되어 있는〈문경원앙회刎頸鴛鴦會〉이다. 이 작품에서 아교阿巧, 모이랑某二郎은 모두 장숙진張淑珍에 의해서 죽게 되고, 혼령이 되어 그녀 앞에 여러 차례 나타난다. 아교阿巧, 모이랑某二郎 혼령이 ≪청평산당화본淸平山堂話本≫의〈서호삼탑기西湖三塔記〉에 등장하는 묘노卯奴, 할멈婆婆, 백의낭자白衣娘子처럼 순차적으로 나타나는 것이 아니라 동시에 등장하며, 구체적으로 어떤 목적을 이루기 위해 직접 행동하는 대신, 암시와 경고를 남긴다.

먼저 줄거리를 살펴보면, 장숙진張淑珍은 어려서부터 욕정이 강하여 아교阿巧와 억지로 운우지정雲雨之情을 나누었지만, 집으로 돌아간 아교阿巧는 기력이 쇠하여 죽고 만다. 이후 그녀는 모이랑某二郞에게 시집을 가지만 식객과 적절치 못한 관계로 모이랑某二郞은 화병으로 죽게 된다. 그녀는 다시 장이관張二官에게 시집을 가지만, 장이관張二官이 먼 곳으로 장사를 나간 사이에 이웃인 병중秉中과 정을 나눈다. 장이관張二官은 그녀를 의심하고, 결국 외도 사실이 발각되어 그녀는 남편에게 죽임을 당한다. 그녀가 남편 장이관張二官 몰래 병중秉中과 정을 나눌 때 아교阿巧와 모이랑某二郞의 혼령이 나타난다. 그들은 장숙진張淑珍에게 경고의 메시지를 전하고 스스로 사라진다. 이후 장숙진張淑珍이 장이관張二官에 의해서 죽임을 당할 때 다시 나타나 이전의 경고가 실현되고 있다는 것을 증명한다.

> 장이관張二官이 제법에 따라 제사를 지내고 있을 때, 본처 장숙진張淑珍은 침상에서 또 아교阿巧와 모이랑某二郞이 나타나 손뼉을 치며 말하는 것을 보았다.[49] "우리가 이미 하늘에 고하였으니 너의 목숨을 가지러 올 것이다. 너의 남편인 장이관張二官이 거듭 간절히 호소하고, 정성이 지극하여, 우리가 5월 5일까지 네 목숨을 연장하니, 그날이 되면 가궁장假弓長의 손에 의해 일회一噲라는 사람과 함께 저승으로 갈 것이다. 그때 너와 만날 것이다." 말이 끝나자, 홀연히 사라졌다. 본처는 그날 밤이 되어서야 정신이 어느 정도 드는 듯하였다. 이후 머지않아 전과 같이 회복하였다. 장이관張二官이 기뻐한 것은 말할 것도 없었다. 병중秉中은 아침 저녁으로 가까이 지냈으며, 무언가를 주러 오는 것이 그 의도가 어느 정도 의심스러웠지만, 아직 확신

---

49 아교阿巧와 모이랑某二郞이 처음으로 장숙진張淑珍에게 나타난 경우는 장숙진張淑珍이 병이 들어 누워있을 때, 그녀가 눈을 감자 아교阿巧와 모이랑某二郞이 나타났으나, 어떠한 구체적인 말이나 행동을 한 것은 아니었다. 단지 그들의 출현을 통해서 장숙진張淑珍을 위협하였을 뿐이다. 원문에 '명목暝目'이라는 말이 있는 것으로 보아 그녀는 깨어있지 않았으며, 현실과 꿈의 경계가 모호한 상태였다. 전체적인 줄거리의 흐름에 있어서도 이 장면은 양자가 상호 반응을 보이며 접속한 것으로 보기에는 상당히 미흡하며, 아교阿巧, 모이랑某二郞과 장숙진張淑珍의 접속과 단절을 구체적으로 보여주는 것은 아니다.

이 서지 않았다. …… 장이관張二官이 손에 칼을 들고, 발소리를 죽이고 문에 이르렀다. 나무를 사다리 삼아 위로 올라가 몰래 들어보니, 두 사람이 희희덕대며 노래 부르며 놀고 있음이 분명했다. 그는 너무 화가나 어찌할 바를 몰라 벽돌을 집어 들어 던졌다. 본처는 등을 끄고, 아무 소리도 내지 않았다. 세 차례 연속해서 벽돌을 던지자, 본처는 병중秉中에게 "내가 가서 살펴보고 오지요."라고 말하며 먼저 자라고 하였다. 아만阿滿이 촛불을 들고 앞장을 서고, 대문을 열어 살펴보았으나 아무런 인기척이 없었다. 본처는 소리를 지르며, "오늘 같이 좋은 단오절端午節에 어떤 놈이 웅황주雄黃酒도 못 얻어 마셨단 말이냐?"라고 욕을 하는 사이, 장이관張二官이 뛰어 내려와 소리쳤다. "이 천한 것! 이 한밤중에 어떤 놈하고 술을 마셔?" 본처는 너무 놀라 당황하여 단지 "아니! 아니! 아니!"라는 말만 되풀이하였다. 장이관張二官은 "나와 같이 위층에 올라가서 보면 될 것 아니냐. 만약 없으면 그만이고! 당황하게 뭐 있어?" 본처는 또 아교阿巧와 모이랑某二郎이 함께 오는 것을 보고, 이번에는 반드시 죽겠다고 생각하고 단지 목을 빼고 죽기만을 기다렸다. 병중秉中은 벌거벗은 채로 놀라서 침상에서 내려와 엎드려 빌면서, "죽을죄를 지었습니다! 죽을죄를 지었습니다! 먹여 살릴 가족과 여식이 있고, 늙은 어머니와 어린 처, 어린 자식들을 봐서라도 저를 용서해 주십시오." 그러나 장이관張二官이 어디 그 말을 듣겠는가? 칼이 지나간 곳을 보니, 두 사람의 머리는 바닥으로 굴렀고, 두 구멍에서 선혈이 하늘로 솟구쳤다. 애당초 본처가 병으로 누워 있을 때, 아교阿巧와 모이랑某二郎이 말했던 대로, "5월 5일, 가궁장假弓長(가假[이二]+궁弓+장長[장張])의 손에 의해 일회一會이라는 사람과 함께 갈 것인데, 그때 너와 만날 것이다."라고 했는데, 과연 5월 5일에 이르러, 장이관張二官에 의해 살해된 것이었다. '일회一會'란 자는, 병중秉中을 가리키는 것이었다.[50]

---

50 張二官正依法祭祀之間, 本婦在床又見阿巧和某二郎擊手言曰: "我輩已訴於天, 著來取命。你央後夫張二官再四懇求, 意甚虔恪, 我輩且容你至五五之間, 待同你一會之人, 卻假弓長之手, 與你相見。"言訖, 欻然不見。本婦當夜似覺精爽些個。後看看復舊。張二官喜甚不題, 卻見秉中旦夕親近, 餽送迭至, 意頗疑之, 猶未爲信。……張二官提刀在手, 潛步至門, 梯樹竊聽, 見他兩個戲謔歌呼, 歷歷在耳, 氣得按捺不下, 打一磚去。本婦就吹滅了燈, 聲也不則。連打了三塊, 本婦教秉中先睡: "我去看看便來。" 阿滿持燭前行, 開了大門, 並無人跡。本婦叫道: "今日是個端陽佳節, 那家不吃幾杯雄黃酒?" 正要罵間, 張二官跳將下來, 喝道: "潑賤! 你和甚人貪夜吃酒?" 本婦唬得戰做了一團, 只說: "不! 不! 不!"

귀혼이 인간 앞에 나타나는 것은 자신의 목적을 달성하기 위해 접속을 시도하는 것이 일반적인 경우이나, 자신의 억울함을 호소하거나 인간에 대해 경고를 전달하기 위해서 출현하기도 한다. 〈문경원앙회刎頸鴛鴦會〉에서 아교阿巧, 모이랑某二郞 혼령의 출현은 장숙진張淑珍에게 간접적으로 자신의 의지를 보여주면서 경고하는 것이다. 장숙진張淑珍과 아교阿巧, 모이랑某二郞 혼령의 두 번의 접속과 단절은 아주 짧은 시간에 이루어지며, 그녀에게 이후에 일어날 일을 암시해 정신적, 심리적 압박감을 가중시킨다. 아교阿巧, 모이랑某二郞 혼령이 나타나더라도 장숙진張淑珍에게 직접적으로 어떠한 해를 끼치거나, 복수에 해당하는 행위를 하는 것은 아니다. 단지 그녀 앞에 나타나서 그녀에게 공포와 위협을 줄 뿐이다.

장숙진張淑珍과 아교阿巧, 모이랑某二郞 혼령의 접속과 단절의 과정을 자세히 살펴보면, 1차 접속에는 이들이 직접 장숙진張淑珍에게 앞으로 일어날 처벌에 대해서 말하고, 2차 접속에서는 한 번 더 경고하는 대신 그녀의 눈앞에 현현하여 이제 처벌의 시간이 도달하였음을 강하게 암시한다. 작품의 줄거리 진행에 있어서 어떤 의미를 부여하거나 중요한 작용을 하는 것은 아니지만, 아교阿巧, 모이랑某二郞 혼령은 강압적인 태도로 장숙진張淑珍을 훈계하고 그녀도 그 점을 스스로 인정한다. 단순히 외부의 힘이나 권력으로써 그녀를 억누르는 대신 그녀의 죄악을 상기시켜 그녀 스스로 죄책감을 느끼며 처벌에 대해 두려움을 갖게 하는 것이

張二官乃曰: "你同我上樓一看, 如無, 便罷！慌做甚麼？"本婦又見阿巧、某二郞一齊都來, 自分必死, 延頸待盡, 秉中赤條條驚下床來, 匍匐, 口稱: "死罪！死罪！情願將家私並女奉報, 哀憐小弟母老妻嬌, 子幼女弱！"張二官那裡准他？則見刀過處: 一對人頭落地, 兩腔鮮血沖天。當初本婦臥病, 已聞阿巧、某二郞言道: "五五之間, 待同你一會之人, 假弓長之手, 再與相見。"果至五月五日, 被張二官殺死。"一會之人", 乃秉中也。(≪清平山堂話本≫〈刎頸鴛鴦會〉)

다. 그들의 경고는 단지 앞으로 일어날 일을 암시하는 정도에 그치지만, 장숙진張淑珍에게 있어서는 강력한 압박으로 작용한다. 이 과정은 아교阿巧, 모이랑某二郎 혼령의 일방적인 의사전달과 암시로만 되어 있으며, 장숙진張淑珍의 변명이나 이유를 전혀 고려하지 않고 있다.

두 차례 접속과 단절은 모두 귀혼의 자유 의지로 이루어진다. 장숙진張淑珍과 아교阿巧, 모이랑某二郎의 관계에서는 외형적인 경향만 드러나고 있다. 장숙진張淑珍은 자신 때문에 목숨을 잃게 된 아교阿巧, 모이랑某二郎에 대해서는 외형적 자아의 심리를 가지고 있어서 그들이 나타나면 두려워하고 회피한다. 아교阿巧, 모이랑某二郎 혼령 역시 외형적 타자의 심리만을 가지고 있어서 장숙진張淑珍과의 진정한 내재적 소통은 이루어지지 않고 있으며, 그녀의 처벌만을 바라고 있다. 비록 장숙진張淑珍과 아교阿巧, 모이랑某二郎의 소통방식은 단순하고 일방적인 경향을 보이지만, 이 또한 인간과 귀혼의 교감의 다양한 방식을 보여주고 있다는 점에서는 중요한 의미를 가진다. ≪청평산당화본淸平山堂話本≫의 〈문경원앙회刎頸鴛鴦會〉에서 일방적으로 외형적 경향만이 강하게 나타난다고 한다면, ≪경세통언警世通言≫제8권第八卷〈최대조생사원가崔待詔生死冤家〉는 외형적 · 내재적 경향이 혼재되어 나타난다고 할 수 있다.

함안군왕부咸安郡王府에서 바느질일을 하는 거수수璩秀秀와 옥을 세공하는 최녕崔寧은 서로 좋아하는 사이인데, 군왕부郡王府에서 불이 난 틈에 도망 나와 부부의 연을 맺는다. 최녕崔寧은 후에 곽립郭立에 의해서 발각되어 군왕부郡王府로 끌려가게 된다. 최녕崔寧은 심문 후에 건강부建康府로 쫓겨 가고, 거수수璩秀秀는 후원에서 매를 맞고 죽는다. 이미 죽은 거수수璩秀秀는 최녕崔寧에게 자신도 풀려났다고 거짓말을 하면서 그와 동행하여 건강부建康府로 간다. 최녕崔寧은 그녀와 함께 생활하는데, 뜻밖에도 곽립郭立의 보고로 인해 거수수璩秀秀와 최녕崔寧은 다시 군왕부郡王府로 끌려가게 된다. 군왕부郡王府에 도착한 최녕崔寧는 군왕 앞에 가게 되지만, 거수수疎秀秀는 가마에서 사라져버린다. 나중에 거수수疎秀秀가 나타나 최녕崔寧을 저승으로 데리고 간다.

　　뒤에서 한 가마가 쫓아와 멈추더니 어떤 부인이 내리는데, 다른 사람이 아닌 바로 거수수疎秀秀였다. 거수수疎秀秀가 "최녕崔寧! 당신이 건강부建康府로 가시면 저는 어쩌란 말입니까?"라고 하자, 최녕崔寧은 "그러면 어떻게 하면 좋단 말이오?"라고 되물었다. 거수수疎秀秀가 말하였다. "당신이 임안부臨安府에서 판결을 받을 때, 저는 후원에 잡혀가 곤장 30대를 맞고 쫓겨 나왔습니다. 당신이 건강부建康府로 가는 것을 알고 이렇게 같이 가고자 뒤쫓아 온 것입니다." ……곽립郭立이 먼저 들어가자, 군왕은 먼저 관청에서 기다리고 있었다. 곽립郭立이 읍을 하고 말하였다. "거수수疎秀秀 낭자를 데리고 왔습니다." 군왕은 "들어오게 하여라."고 말하였다. 곽립郭立이 나와서 말하였다. "낭자, 군왕께서 들어오라고 하시오." 주렴을 들어 안을 살펴보니, 마치 온 몸에 물세례를 맞은 것처럼 입이 다물어지지 않았다. 가마 안에는 거수수疎秀秀 낭자가 보이지 않았다. 가마꾼 두 사람에게 물었더니, "저희는 모르겠습니다. 단지 그녀가 가마에 올랐고, 메고 여기까지 올 때까지 아무런 미동도 느끼지 못했습니다."라고 대답하였다. 곽립郭立은 소리치며 안으로 들어가 말하였다. "군왕님께 아룁니다. 정말로 귀신인가 하옵니다!" …… 최녕崔寧은 아내가 귀신인 것을 알고, 집으로 돌아가 장인과 장모에게 물었다. 두 부부는 서로 마주 보다가 문을 열고 밖으로 나가 청호강淸湖河을 보더니, 풍덩하고 강으로 뛰어 들었다. 당시에 사람들을 불러 구하려 했으나, 시체도 찾지 못했다. 원래 당시에 거수수疎秀秀가 맞아 죽은 것을 들은 두 노인은 바로 강으로 뛰어 들어 자살한 것이었다. 이 두 부부 역시 귀신 이었다. …… 최녕崔寧은 집에 와서 맥이 풀리고 넋이 나간 채로 방으로 들어가자, 아내가 침대에 앉아 있었다. 최녕崔寧은 "부인, 이 놈 목숨을 살려주시오!"라고 하자, 거수수疎秀秀는 "당신 때문에 군왕郡王에게 맞아 죽어 화원에 묻혔어요. 곽립郭立에게 비밀을 지켜달라고 했으나, 군왕郡王에게 일러바친 것에 한이 맺혔습니다. 군왕郡王이 곤장 50대를 때려 이미 제 원한은 갚았습니다. 지금 제가 귀신인 것을 모두가 알게 되었으니, 어찌할 수가 없습니다." 말이 끝나자 몸을 일으켜, 두 손으로 최녕崔寧을 꼭 잡았다. 최녕崔寧은 짧은 비명을 남기고, 갑자기 땅에 쓰러졌다. 이웃에 있던 사람들이 와서 살펴보니, 두 부분의 맥脉이 이미 다하여 가라앉고, 목숨은 이미 끊어졌다. 최녕崔寧 역시 끌려가서, 거수수疎秀秀와 부모를 합한 네 명 모두 귀신이 되었다.[51]

이 장면은 거수수瞭秀秀(혼령)와 최녕崔寧의 두 차례의 접속과 단절을 묘사한 부분이다. 거수수瞭秀秀(혼령)가 최녕崔寧과 1차로 접속한 곳은 최녕崔寧이 건강부建康府로 쫓겨 가는 길가에서이다. 멀리서 자신을 부르는 소리를 들은 최녕崔寧은 그녀가 곧 거수수瞭秀秀임을 알아차리고 같이 동행하게 된다. 이때 거수수瞭秀秀는 자발적으로 자신을 드러내면서 최녕崔寧과 동행하기를 원한다. 이것은 단순히 동행에 목적이 있는 것이 아니라, 죽어서도 같이 지내고자 하는 거수수瞭秀秀의 의지가 그대로 드러난 것이다. 이때 거수수瞭秀秀는 자신의 욕망을 채우기 위해서 최녕崔寧을 바로 저승으로 데려갈 수 있었음에도 불구하고, 그렇게 하지 않고 이승에서의 삶을 영위해 가려고 한다. 이것은 그녀가 외형적 타자 심리를 가지고 최녕崔寧을 욕망의 대상으로만 여기지 않고, 진정으로 사랑을 이루고자 하는 내재적 타자의 심리를 가지고 있기 때문이다. 애정을 추구하려는 의지에 있어서는 비록 거수수瞭秀秀에 미치지 못하지만 최녕崔寧은 여전히 자신의 사랑을 이루려고 하는 마음을 가지고 있다. 그러나

---

51 只見後面趕將上來, 歇了轎子, 一個婦人走出來, 不是別人, 便是秀秀, 道: "崔待詔, 你如今去建康府, 我卻如何?"崔寧道: "卻是怎地好?"秀秀道: "自從解你去臨安府斷罪, 把我捉入後花園, 打了三十竹篦, 逐便趕我出來。我知道你建康府去, 趕將來同你去。"……郭立先入去, 郡王正在廳上等待。郭立唱了喏, 道: "已取到秀秀養娘。"郡王道: "著他入來!"郭立出來道: "小娘子, 郡王敎你進來。"掀起簾子看一看, 便是一桶水傾在身上, 開著口, 則合不得, 就轎子裡不見了秀秀養娘。問那兩個轎番道: "我不知, 則見他上轎, 擡到這裡, 又不曾轉動。"那漢叫將入來道: "告恩王, 恁地眞個有鬼!"……崔寧聽得說渾家是鬼, 到家中問丈人丈母。兩個面面廝覷, 走出門, 看看淸湖河裡, 撲通地都跳下水去了。當下叫救人, 打撈, 便不見了屍首。原來當時打殺秀秀時, 兩個老的聽說, 便跳在河裡, 已自死了。這兩個也是鬼。崔寧到家中, 沒情沒緒, 走進房中, 只見渾家坐在床上。崔寧道: "告姐姐, 饒我性命!"秀秀道: "我因爲你, 吃郡王打死了, 埋在後花園裡。卻恨郭排軍多口, 今日已報了冤仇, 郡王已將他打了五十背花棒。如今都知道我是鬼, 容身不得了。"道罷起身, 雙手揪住崔寧, 叫得一聲, 匹然倒地。鄰舍都來看時, 只見: 兩部脉盡總皆沉, 一命已歸黃壤下。崔寧也被扯去, 和父母四個, 一塊兒做鬼去了。(≪警世通言≫第八卷〈崔待詔生死冤家〉)

최녕崔寧의 이러한 감정은 거수수璩秀秀가 귀혼이 되었다는 걸 모른다는 것을 전제로 한다. 만약 귀혼이라는 것을 알았더라면, 최녕崔寧은 거수수璩秀秀를 거부하고 그녀에게서 벗어나려고만 하였을 것이다. 이러한 행동은 그녀가 최녕崔寧에게 마지막으로 나타났을 때, 그녀에게 살려달라고 애원하는 장면을 통해서도 잘 알 수 있다. 최녕崔寧은 거수수璩秀秀가 혼령이라는 것을 알게 되면서 내재적 자아가 외형적 자아로 변화하고, 거수수璩秀秀 역시 내재적 타자에서 외형적 타자로 급변한다. 그녀는 자신이 생전에 이루지 못한 사랑을 이루기 위해서 최녕崔寧을 죽여서라도 그와 같이 있고자 하였다.

단절에 있어서도 1차 단절은 거수수璩秀秀가 자신을 보호하기 위해 가마가 군왕부郡王府에 도착했을 때 스스로 사라진다. 이것은 자신의 정체가 발각되는 극적인 순간을 모면하기 위한 것이며, 현재 상황을 그대로 유지하고자 하는 자신의 방어책인 셈이다. 이 일로 인하여 곽립郭立은 군왕郡王에게 거짓말을 한 죄로 곤장을 맞게 된다. 이것은 그녀가 곽립郭立에게 자신에 대한 비밀을 지켜달라고 하였음에도 불구하고 군왕郡王에게 고하여 자신의 행복을 파탄 낸 것에 대한 복수이기도 하다.[52]

1차 접속과 단절은 어느 정도 시간을 두고 이루어지는 반면에, 2차 접속과 단절은 매우 짧은 시간에 이루어진다. 곽립郭立의 고발로 다시 군왕郡王에게 불려간 최녕崔寧은 거수수璩秀秀의 죽음을 안 뒤로 사랑하던 거수수璩秀秀를 경계하고 두려워하게 된다. 그의 마음속에는 추생鄒

---

[52] 이 부분에서 실제로 곽립郭立에게 벌을 내린 것은 군왕郡王의 지시에 해당되는 것처럼 보이지만, 최녕崔寧에게 한 말을 통해서 이러한 치죄의 행동도 사실상 암묵적으로 그녀가 조정했음을 알 수 있다. "거수수璩秀秀는 말하였다. "…… 곽립郭立에게 비밀을 지켜달라고 했으나, 군왕郡王에게 일러바친 것에 한이 맺혔습니다. 군왕郡王이 곤장 50대를 때려 이미 제 원한은 갚았습니다."(秀秀道: "……卻恨郭排軍多口, 今日已報了冤仇, 郡王已將他打了五十背花棒。")

生(≪서호이집西湖二集≫제22권第二十二卷〈숙궁빈정체신인宿宮嬪情殢新人〉), 한경운韓慶雲(≪이각박안경기二刻拍案驚奇≫제30권第三十卷〈예유해왕옥영배부瘞遺骸王玉英配夫 상빙김한수재속자償聘金韓秀才贖子〉), 위고韋皐(≪석점두石點頭≫제9회第九回〈옥소녀재세옥환연玉簫女再世玉環緣〉)와는 전혀 다른 인식, 즉 인간과 귀혼은 서로 다른 존재이며, 결코 공존할 수 없다는 생각을 가지고 있었다. 그는 더 이상 그녀를 받아들이지 못하며, 이로써 이 둘 사이에는 철저한 거부와 대립이 나타나게 된다. 거수수璩秀秀는 그를 놓아줄 수도 있었지만, 그녀는 그를 저승으로 데려가는 것을 선택한다. 그녀는 최녕崔寧과 단절하면서 인간과 귀혼의 거리를 넓히는 것이 아니라, 인간을 자신의 세계로 끌어 들여 이들 간의 거리를 좁힌다. 이때 최녕崔寧은 철저히 외형적 자아 경향을 가지게 되며, 거수수璩秀秀도 역시 외형적 타자의 특징을 보인다. 최녕崔寧이 군왕부郡王府에 잡혀갔다가 풀려나서 거수수璩秀秀를 만났을 때 가졌던 내재적 자아는, 거수수璩秀秀가 귀혼인지 몰랐기 때문에 평상시에 가졌던 마음을 그대로 나타난 것이다. 한편 그녀의 집착은 비록 자신이 귀혼이 되었을지라도 포기하지 않고 자신의 사랑을 이루려는 강한 집념을 보여주는 것이기도 하지만, 단지 그녀가 최녕崔寧과 함께 있고 싶다는 의지가 왜곡되어 '대상의 구속'이라는 극단적인 방향으로 나아가는 것을 그대로 보여주고 있다. 최녕崔寧과 거수수璩秀秀의 관계는 1, 2차 접속에 있어서 내재적 경향에서 외형적 경향으로 심리적 변화가 일어나며, 단절에 있어서 이러한 현상은 더욱 명확하게 나타난다. 거수수璩秀秀에 대한 진실이 밝혀짐에 따라 최녕崔寧의 변화가 상황에 의해서 어쩔 수 없이 일어났다면, 거수수璩秀秀의 경우 상황의 변화보다는 사랑을 쟁취하려고 하는 욕구가 심리적 변화를 이끌었다고 할 수 있다.

거수수璩秀秀는 최녕崔寧과의 접속과 단절을 통해서 자신의 의지를 드러내고 그와 영원한 사랑을 이루려고 하지만, 결국 그의 사랑을 얻지 못하자 '동귀어진同歸於盡'의 방식을 택하게 된다. 처음부터 자신의 욕망만 채우려는 일반적인 귀혼의 행동과는 다르지만, 이루지 못한 사랑에 대한 강한 집착과 극단적인 선택은 그녀의 내면적 의지의 부정적인 면으로 다른 귀혼과 유사하다고 볼 수 있다.

6. 나오는 말篇尾

이상으로 인간과 귀혼의 '접속'과 '단절'의 과정을 통해 접속과 단절의 형태 및 외형적·내재적 심리 변화의 구체적인 양상을 살펴보았다. 외형적, 내재적 심리적 경향에서 중요한 부분은 '자아'와 '타자'의 개념인데, 작품에서는 줄거리와 사건의 전개가 대부분 서술자(인간)의 주도로 진행되고 인간의 시각으로 다른 대상을 서술하게 된다. 그러므로 작품 속에서 인간(주인공)은 '자아'의 역할을 하고 귀혼(대상)은 '타자'의 역할을 담당한다. '자아'가 '타자'를 어떻게 보느냐에 따라 '외형적 자아'와 '내재적 자아'로 분류된다. 귀혼은 '타자'의 역할을 하는데, 강압적으로 자신의 욕망을 이루려는 '외형적 타자'가 있는 한편, 인간과 소통하는 '내재적 타자'도 있다.

인간과 귀혼의 '접속'과 '단절'에 있어서는 여러 가지 유형으로 나뉠 수 있는데, 대표적인 유형은 '단순 결합'과 '반복 결합'이다. '단순 결합'과 '반복 결합'에서 인간에 대한 귀혼의 접속은 상당히 의도적이며 주동적이지만, 단절의 경우에는 외부의 힘이나 세력(도사道士, 진인眞人 등)에 의해서 강제로 단절되는 경우와 스스로 단절하는 경우가 있다. '단순 결합'에서는 접속과 단절이 한차례만 일어나며, 그 속에서 자아와 타자의 심리적 경향이 외형적 방향으로 편중되어 나타나거나, 간혹 내재적 경향, 혹은 외형적, 내재적 경향이 혼재되어 나타나기도 한다. 이러한 외형적·내재적 경향은 접속과 단절의 형태에 따라서 어느 정도 다르게 나타나지만, 비교적 외형적 경향이 두드러지는 편이다. 인간과 귀혼의 '단순 결합'에서는 강제적으로 단절되거나 스스로 단절하는 것 중에서 어느 한 가지 형태를 보이는 반면에, '반복 결합'에서는 어느 한 형태를 보이기도 하고, 혹은 이 두 가지가 혼재되어 나타나기도 한다.

'반복 결합'에서는 접속과 단절이 두 차례 일어나는데, '접속'은 1차이든 2차이든 귀혼의 주도로 이루어지고, '단절'은 1차, 2차가 강제적이거나 자유적인 어느 한 방향으로만 나타나거나, 또는 이 두 가지가 혼재되어 나타난다. 송원명화본소설宋元明話本小說 인귀교감人鬼交感의 작품에서는 '단순 결합'과 '반복 결합'이 다양하게 나타나는 것을 볼 수 있다. 이러한 결합 과정의 분석을 통해 인간과 귀혼이 어떻게 접속하며 단절을 이루고, 자아와 타자의 외형적, 내재적 심리가 어떠한 변화와 특징을 보이는지 살펴볼 수 있다. 첫 번째 단절이 인귀교감人鬼交感의 기초라면, 두 번째 단절은 첫 번째 단절을 토대로 인귀교감人鬼交感에서 외형적, 내재적 경향을 확정짓는 역할을 한다. 그러므로 두 번째 단절에서 인간과 귀혼의 외형적 특징 혹은 내재적 특징이 어떻게 나타나는가에 따라 심리적 자질이 결정된다. 때문에 접속과 단절의 '반복 결합'에서 첫 번째와 두 번째 단절이 어떻게 이루어지는지 주목할 필요가 있다.

제2장

인간과 귀혼의 결합人鬼相連

1. 들어가는 말入話

중국 고전소설의 서사구조에서 지속적으로 나타나는 '현실'과 '환상'의 요소는 독자로 하여금 '두 세계를 넘나드는 독서 경험'이나 '문학적 카타르시스'를 유발시켜 작품에 더욱 집중하게 하고, 문학적 흥미를 고취시킨다.[1] 현실과 환상의 유기적인 조합은 '사실과 허구'라는 고정된 틀을 수반하면서도 내부적으로는 줄거리의 진행과 인물의 형성, 주제의 부각에 적극적으로 관여한다. 특히 작품 속에서 현실과 환상의 요소는 종종 '인간'과 '귀혼'으로 구체화된다. 이는 인물이나 사건, 배경을 구성하고 이끌어 가는데 중요한 부분을 담당할 뿐만 아니라, 내용을 확대하거나 주제를 부각시키는 데에 있어서도 핵심적인 역할을 하고 있다.

'귀혼'은 대부분 인간과 대립하고 갈등을 일으키는 존재로 그려지거나[2] 인간의 특징을 부각시키고 줄거리의 곡절함과 흥미를 제고시키는

---

[1] 중국 고전소설의 서사구조에서 '현실'과 '환상'의 적절한 조화는 대중성의 획득에 중요한 의미를 지니고 있다. 독자는 현실세계와 이상세계의 접점에서 두 세계를 넘나드는 독서 경험을 통해 예술적 감흥을 얻게 되며, 그 속에서 일종의 문학적 카타르시스를 느끼게 된다.

보조적인 기능만을 담당하였다. 그러나 귀혼은 인간과의 접촉에 반응하며, 인간의 이면이 투영되고 굴절된 존재이기도 하다.[3] 생전에 인간이었던 귀혼의 경우 죽은 상태라 해도 인간의 특징을 그대로 보여준다. 또한 인간이었을 적 현실에서 행할 수 없었던 바람들은 귀혼이 된 뒤에도 포기할 수 없는 희망과 목표가 된다. 만약 귀혼을 인간의 내재적 자아의 투영과 왜곡으로 본다면, 귀혼은 단순한 대립자나 거부의 대상이 아니라 인간과 소통하고 다양한 심리변화와 내재적 특징을 보여주는 존재로 이해될 수 있다. 이는 인간이 귀혼에 대해 느끼는 감정 뿐 아니라 귀혼이 인간에 대해 느끼는 복잡한 심정을 반영한다. 결국 인간과 귀혼의 접속과 단절은 인간과 귀혼의 '외형'과 '내재', '자아'와 '타자', '사람'과 '이물'의 특징과 관계를 다각적으로 보여준다고 할 수 있다.

만약 우리가 인간과 귀혼의 육체적, 정신적 면모가 상호 관계에 따라 변화하는 현상에 주목한다면, '자아'와 '타자', '외형'과 '내재'가 서로 유기적으로 연결되어 작용하고 있음을 알 수 있다. 인간의 정신을 객관적 대상이나 현상에 따라 인식되는 '외형적 자아', '내재적 자아'로 구분한다면, 귀혼이나 영혼의 존재는 인간에게 끊임없이 접근하면서 인간과 소통하기를 바라는 '외형적 타자', '내재적 타자'로 정의할 수 있다.[4] '외형적

---

2 중국 고전소설에서 인간과 귀혼은 보통 우호적 관계, 보완적 관계 보다는 대립적 관계, 적대적 관계만을 부각시켜, 인간은 귀혼을 굴복시키려 하고, 귀혼은 인간을 굴복시키려 한다. 인간과 귀혼은 서로 신뢰하지 못하고 자신의 의지만 주장하는 평행선을 달리게 된다. 신원기, 〈鬼神談에 나타난 人鬼의 關係 樣相과 意味 - ≪於於野談≫과 ≪靑邱野談≫을 중심으로〉, ≪어문학교육≫제21집, 1999년 11월, 218쪽 참조.
3 귀혼이나 영혼은 삶의 세계, 이성의 세계에 대한 절대적 타자, 인간과 항상 대립하는 외형적인 존재로서만 있는 것이 아니라, 인간과 반응하며, 투영되고 굴절된 존재라고 볼 수 있다. 박진, 〈공포영화 속의 타자들: 정신질환과 귀신이 만나는 두 가지 방식〉, ≪우리어문연구≫제25집, 2005년, 184쪽; 兪曉紅, 〈古代哲學'鬼魂'意象的文化索解〉, ≪湖南農業大學學報≫第1卷 第2期, 2000年 6月, 49쪽.
4 문학, 심리학, 철학 등에서는 대체로 '외형적 자아'와 '타자', '내재적 자아'와 '타자'로

자아'와 '타자'는 외형적으로 드러나는 표면적 성향, 외부 조건이나 태도에 의해서 대상을 인식하며, 대상과 내면적인 상호 소통을 하는 대신 객관적 조건에서 기인한 두려움으로 인해 거부하거나 격리하려는 등의 경향이 나타난다. '내재적 자아'와 '타자'는 대상과의 만남과 접촉을 통해서 잠재된 경험과 기억, 감정들이 밖으로 나타나면서 대상을 이해하고 교감하려는 경향을 말한다.[5] 외형적·내재적 자아와 타자는 긴밀하게 관계를 맺고, 서로에게 반응하며 소통한다.

본 장에서는 인간과 귀혼의 극명한 대립구도에서 벗어나, 양자가 받는 상호 영향과 표출의 양상을 현실공간에서의 '귀혼현현鬼魂顯現'을 중심으로 살펴보고자 한다.[6] 인간은 귀혼과 접속하면서 외형적·내재적 자

분류할 수 있지만, 인류학, 종교학, 사회학, 지역학 등에서는 다르게 구분할 수 있다. 자아와 타자의 개념을 모든 영역을 아우르는 공통적인 개념으로 정의 내리기는 상당히 힘든데, 다양한 분야의 많은 연구자들은 자신의 연구이론과 경험에 입각하여 '자아'와 '타자'의 개념을 정의내리고 구분하고 있다.

5 인간과 귀혼의 '자아'와 '타자', '외형'과 '내재'의 구분은 상당히 중요하다. 이 네 가지 요소는 인간과 귀혼의 내·외적 심리의 변화 및 상호간의 영향 관계를 살펴보는데 중요한 의미를 지니고 있다. 인간과 귀혼의 '자아'와 '타자', '외형'과 '내재'의 개념을 간략하게 구분하면, '자아'는 개인적인 생각, 가치, 열망, 감정, 욕망뿐만 아니라, '정체성', '주체', '주체성'이라고 하기도 하며, 인간주체가 행위의 주체가 되기도 한다. '타자'는 단순히 자신과는 다른 상대방일 수도 있고, 어떤 집단이나 단체, 혹은 전체 사회나 국가, 민족, 세계이거나 심지어는 어떤 관념이나 상징, 법규, 체제, 시간을 일컫는 것이기도 하다. 그러나 본 글에서의 '타자'는 인간과 상대하는 비인간적 존재로서의 '타자'에 한정하고자 한다. '외형적 자아'는 외형적으로 드러나는 행동, 언어, 습성, 시각 등 형이하학적 특징을 가지고 있으며, '내재적 자아'는 인식, 관념, 이상, 가치, 이념 등 형이상학적 특징을 가지고 있다. 타자의 형태도 자아와 마찬가지로 크게 '외형적 타자'와 '내재적 타자'로 나뉠 수 있다. '외형적 타자'는 타자의 외형, 속성, 행동, 언어, 표정 등 겉으로 나타나는 특징을 가지고 있고, '내재적 타자'는 타자의 내면적 속성, 회상, 자각, 용서, 이해 등 정신적 후퇴와 성찰의 반응을 수반하는 것을 말한다. 인간과 귀혼의 '자아'와 '타자', '외형'과 '내재'에 대한 상세한 설명과 구분은 본 서 제1장 2절 '자아와 타자의 개념과 상호 연관성'을 참고하기 바란다.

6 송원명화본소설宋元明話本小說에서 인간과 귀혼의 접속과 단절은 다양한 현상으로 나타

아가 변화하며, 귀혼의 태도 또한 접속하는 인간의 반응에 따라 변화한다. 귀혼은 접속하는 대상에 따라 일반적으로 보여주는 강압적·공격적 행동에서 벗어나 대상을 수용하고 이해하거나 압박하고 대립하는 등의 복합적인 태도를 취한다. 그러므로 본 연구를 통해 양자 간의 관계를 단순히 일방적이고 평면적으로 구분하는 대신, 입체적이고 다층적인 시각으로 살펴볼 수 있을 것이다.

2. 접속과 단절의 '지속 결합'

인간과 귀혼의 '접속'과 '단절'에는 여러 유형이 있는데, 크게 세 가지로 나뉜다. 첫째로는 접속과 단절의 '단순 결합'으로, 작품 중에서 가장 일반적으로 보이는 형태이다. 둘째는 '접속＋단절＋접속＋단절'로, 접속과 단절의 '반복 결합'이라고 할 수 있다.[7] '반복 결합'은 '단순 결합'의

나고 있는데, 비교적 구체적이고 분명하게 드러나는 것은 현실공간에서의 '귀혼현현鬼魂顯現'이다. 현실세계에서의 접속과 단절은 꿈과 환상세계에서보다 인간과 귀혼의 육체적, 정신적 면모를 교차적으로 보여주며, 상호 소통하고 교감하는 특징을 뚜렷하게 그려내고 있다. 또한 그 과정 속에서 인간과 귀혼의 외형적, 내재적 자아와 타자가 어떻게 나타나며, 서로 어떻게 변화하고 반응하는지도 세밀하게 보여주고 있다. 귀혼의 접속은 현실공간에서 인간에게 나타나면서 이루어지는데, 이것은 귀혼이 자신의 처지를 하소연하는 것을 넘어서 내·외적 타자의 특징을 구체적으로 재현하고, 또한 귀혼을 인간과 함께 존재하는 주관적 대상으로 인식하게 하여 인간과 귀혼의 다양한 심리변화와 태도를 드러내고 있다.

7 인간과 귀혼의 결합에 대한 연구로는 본 서 제1장에서 이미 다룬 바 있다. 제1장에서는 인간과 귀혼의 '단순 결합'과 '반복 결합'을 중심으로 공간과 접속유형, 그 내용과 결합구조를 살펴보았다. 본 장에서는 인간과 귀혼의 결합의 다른 유형인 '지속 결합'을 살펴보고자 한다. 인간과 귀혼의 '지속 결합'은 '단순 결합'과 '반복 결합'에서 보이는 1차 혹은 2차적 결합과는 다르게, 좀 더 복잡하고 다양한 양상을 보여주고 있으며, 인간과 귀혼의 상호 관계를 심도 있게 나타내고 있다. 본 장은 '단순 결합'과 '반복 결합' 연구에서 언급하였던 '자아'와 '타자', '외형'과 '내재'의 개념을 적용하고 있지만, 인용하는 작품과 분류 및 분석 과정은 다르다고 할 수 있다.

반복이며, 귀혼의 접속이 첫째보다 빈번한 경우를 말한다. 셋째는 '접속 +단절+접속+단절+접속+단절'인데, 접속과 단절의 '지속 결합'으로 '접속+단절'이 계속적으로 반복되는 것을 말한다. '지속 결합'은 접속과 단절의 1차적인 결합인 '단순 결합'과 2차적 결합인 '반복 결합'의 경우와 는 달리, 단절이 여러 형태로 나타나고, 단절에서 또 다른 단절로, 접속에 서 또 다른 접속으로 이어져 인간과 귀혼이 지속적으로 결합하는 과정을 보여주고 있다. '지속 결합'을 통해 인간과 귀혼의 접속과 단절의 형태를 다각적으로 살펴볼 수 있으며, 인간과 귀혼의 복합적인 반응과 교감과정 을 심도 있게 고찰할 수 있다.

접속과 단절의 '지속 결합'에서 접속은 귀혼이 주도적이고 강제적으로 인간과 접속하는 '강제적 접속'이 대부분이다. 단절은 '강제적 단절'과 '자유 적 단절'로 나누어 볼 수 있는데, 인귀人鬼의 결합에서 귀혼이 강제적으로 혹은 스스로 단절하는 것이 서사구조에 주요하게 작용하는지에 따라 단절 의 양상이 결정된다. '강제적 단절'은 인귀人鬼가 외부의 힘(신神, 진인眞人, 도사道士 등)에 의해서 단절되거나 현실의 상황에 의해 접속을 유지할 수 없는 경우를 말한다. '자유적 단절'은 귀혼 스스로 인간과 단절하는 경우로, 귀혼이 우연히 나타나고 사라지는 것뿐만 아니라 자신의 목적이나 희망을 이루고 난 다음 저절로 사라지거나, 혹은 그렇지 않다고 하더라도 자신의 자유 의지로 접속을 중단하는 모든 경우를 포함한다. 인간과 귀혼이 접속과 단절을 지속한다는 것은 접속과 단절의 패턴을 여러 차례 반복한다는 것을 말한다. 접속과 단절이 한번만 이루어지는 '단순 결합'과 '단순 결합'의 형태 를 중복하는 '반복 결합', 그리고 여러 번 반복하는 '지속 결합' 모두 귀혼이 인간에 대해 집요한 접속 의지를 나타낸다고 할 수 있지만, '단순 결합'과 '반복 결합'에서의 접속은 귀혼 자신의 접속 의지의 강화라는 측면에서 '지속 결합'보다는 미약하다. 한차례의 접속은 의지가 약하며 외부의 방해에도 쉽 게 굴복하는 반면, 여러 차례 진행되는 접속은 외부의 세력이나 힘에도 굴복

하지 않고, 자신의 의지로 지속적으로 접속을 시도한다. 귀혼의 접속 의지
는 접속과 단절이 반복될수록 강하게 드러나며, 외부의 압력에도 쉽게 포기
하지 않고 계속해서 인간과 근접한 관계를 유지하려고 한다.

귀혼은 '지속 결합'을 위해 주로 개인적인 장소나 대중적인 공간에 출
몰하며, 이때 다양한 접속과 단절의 형태가 혼재되어 나타난다.[8] 귀혼이
한 작품에 여럿 등장할 수 있으며, 결합의 형태도 다를 수 있으나 작품에
서 주요 인물이나 중요한 역할을 담당하고 있는 인물들과 귀혼은 모두
'지속 결합'의 형태를 지닌다.[9]

귀혼이 여러 번 나타날수록, 귀혼의 접속에 특정 목적을 위한 의도적
인 성향이 강하다는 것을 알 수 있다. '지속 결합'에서의 접속은 의도적
접속인 경우가 많고, 단절의 경우 강제적 단절과 자유적 단절이 혼재되
어 나타나기도 한다.[10] 단절 과정에서 중요하게 작용하는 것은 주요 인

---

8 '지속 결합'에서의 단절은 '강제적 단절'과 '자유적 단절', 그리고 '강제적 단절'과 '자유
   적 단절'이 혼재되어 나타난다. 본 글에서는 지면의 제한으로 인하여 '강제적 단절'과
   '자유적 단절'의 두 가지 유형을 중심으로 분석하고, '강제적 단절'과 '자유적 단절'이
   혼재된 것에 대한 자세한 분석은 다음 기회로 미루고자 한다.
9 본 글의 분석대상인 '귀혼'은 작품의 주요 인물이거나 줄거리 진행에 있어서 중요한
   역할을 담당하는 대상을 말한다. 단지 자신의 존재를 알리기 위하여 잠시 나타났다가
   사라지거나, 다른 귀혼을 돕기 위하여 인간과 접속하거나, 혹은 인간에게 어떤 메시지
   만을 전달하기 위하여 등장했던 경우는 제외시켰다. 또한 인귀人鬼의 결합에서 인간과
   귀혼의 지속적 결합을 나타낸 것이 아니라, 단순히 줄거리 진행을 돕기 위한 보조적
   운용에만 한정된 경우도 '지속 결합'에서 제외시켰다.
10 송원명화본소설宋元明話本小說의 인간과 귀혼의 '지속 결합'이 나타난 작품을 구체적으로
   살펴보면 다음과 같다. 참고로 '단순 결합'과 '반복 결합'이 나타난 작품도 같이 제시한다.

편 명		인간과 귀혼의 접속과 단절						
		단순결합		반복결합		지속결합		
		강제 단절	자유 단절	강제 단절	자유 단절	강제 단절	자유 단절	강제+ 자유	비고
淸平山堂 話本 (25)	西湖三塔記			○					
	刎頭鴛鴦會				○				
	洛陽三怪記					○			

편 명		인간과 귀혼의 접속과 단절							비고
		단순결합		반복결합		지속결합			
		강제단절	자유단절	강제단절	자유단절	강제단절	자유단절	강제+자유	
喻世明言(40)	第3卷 新橋市韓五賣春情							○	夢
	第7卷 羊角哀捨命全交						○		聲
喻世明言(40)	第16卷 範巨卿雞黍死生交		○						
	第24卷 楊思溫燕山逢故人						○		
警世通言(40)	第8卷 崔待詔生死冤家				○				
	第13卷 三現身包龍圖斷冤						○		
	第16卷 小夫人金錢贈年少	○				○			
	第36卷 皂角林大王假形			○					
醒世恆言(40)	第6卷 小水灣天狐貽書						○		
二刻拍案驚奇(38)	第11卷 滿少卿饑附飽颺 焦文姬生仇死報				○				實+夢
	第30卷 瘞遺骸王玉英配夫 償聘金韓秀才贖子		○						
西湖二集(34)	第5卷 李鳳娘酷妒遭天譴						○		
	第7卷 覺闍黎一念錯投胎						○		
	第11卷 寄梅花鬼鬧西閣		○						
	第12卷 吹鳳簫女誘東牆						○		
	第13卷 張彩蓮隔年冤報						○		
	第22卷 宿宮嬪情殢新人	○							
	第30卷 馬神仙騎龍昇天	○							
石點頭(14)	第9回 玉簫女再世玉環緣		○						
宋元明話本小說(433篇): 37篇		3	4	2	3	2	5	4	

편 명	인간과 귀혼의 접속과 단절							비고
	단순결합		반복결합		지속결합			
	강제단절	자유단절	강제단절	자유단절	강제단절	자유단절	강제+자유	
喻世明言(3), 警世通言(1), 醒世恆言(2), 初刻拍案驚奇(2), 二刻拍案驚奇(1), 鼓掌絕塵(2), 清夜鍾(1), 西湖二集(3), 歡喜冤家(3), 幻影(1), 鴛鴦針(1), 石點頭(3) *								• 귀혼이 등장하지만, 자아와 타자의 접속 관계가 분명하지 않은 작품 • 귀혼이 현실세계가 아닌 이역異域, 이계異界, 지옥地獄 등에서 접속이 일어나는 작품 • 이계異界로서의 꿈 공간에 접속이 일어나는 작품
天湊巧(3), 貪欣誤(6), 一片情(14), 壺中天(3), 芭蕉多(3), 宜春香質(20), 十二笑(12)					귀혼이 출현하지 않는 작품			

* 에 해당하는 작품과 구체적인 편명은 다음과 같다.

작품	편명
喻世明言	第10卷 鬧大尹鬼斷家私,
	第31卷 鬧陰司司馬貌斷獄,
	第32卷 遊酆都胡母迪吟詩
警世通言	第19卷 崔衙內白鷂招妖
醒世恆言	第14卷 鬧樊樓多情周勝仙,
	第40卷 馬當神風送滕王閣
初刻拍案驚奇	第9卷 宜徽院仕女秋千會 清安寺夫婦笑啼緣
初刻拍案驚奇	第14卷 酒謀對於郊肆惡 鬼對案楊化借屍,
	第37卷 屈突仲任酷殺衆生 鄆州司馬冥全內姪
二刻拍案驚奇	第23卷 大姊魂遊完宿願 小姨病起續前緣
鼓掌絕塵	第38回 乘月夜水魂托夢 報深恩驛使遭誅
	第40回 水陸道場超冤鬼 如輪長老怕終身
清夜鍾	第13回 陰德獲占巍科 險腸頓失高弟
西湖二集	第4卷 愚郡守玉殿生春
	第15卷 昌司檮才慢注祿籍
	第27卷 灑雪堂巧結良緣
歡喜冤家	第8回 鐵念三激怒誅淫婦
	第17回 孔良宗負義殺束翁
	第19回 木知日僧托妻寄子
幻影	第21回 夫妻還假合 朋友卻假緣
鴛鴦針	第3回 玉禾立大涯求父
石點頭	第4回 瞿鳳奴情愆死蓋
	第7回 感恩鬼三古傳題旨
	第8回 貪婪漢六院賣風流
喻世明言	第10卷 鬧大尹鬼斷家私, 第31卷 鬧陰司司馬貌斷獄, 第32卷 遊酆都胡母迪吟詩,
警世通言	第19卷 崔衙內白鷂招妖,
醒世恆言	第14卷 鬧樊樓多情周勝仙, 第40卷 馬當神風送滕王閣
初刻拍案驚奇	第9卷 宜徽院仕女秋千會 清安寺夫婦笑啼緣, 第14卷 酒謀對於郊肆惡 鬼對案楊化借屍, 第37卷 屈突仲任酷殺衆生 鄆州司馬冥全內姪

물과 귀혼의 외형적·내재적 자아의 변화와 강화이다. 내재적 자아(인간)와 내재적 타자(귀혼)로서 결합을 유지할 경우, 비교적 자유롭게 단절할 가능성이 많다. 반면에 외형적 자아(인간)와 외형적 타자(귀혼)의 결합이라면 강제로 단절할 경향이 짙다. 인간과 귀혼의 결합에서 서로 어떻게 이해하고 교감하는가에 따라 단절의 양상이 '강제적 단절'과 '자유적 단절'로 나타나는 것이다.

'지속 결합'은 한 개인에게만 집중되지 않고 작품의 주요 인물이나 중요한 역할을 담당하는 여러 인물에게 분산되어 나타난다. 한 작품에서 어느 한 대상에게만 집중되어 여러 차례 나타나는 경우, 여러 대상에게 공개적으로 나타나는 경우, 혹은 개인이든 대중이든 어느 일정한 대상에 집중되는 경향을 보여 주는 경우도 '지속 결합'에 포함된다. '단순 결합'과 '반복 결합'은 주로 개인 혹은 한정된 대상에게만 나타나는 반면, '지속 결합'은 한정된 대상뿐만 아니라 종종 대중에게 공개적으로 나타나기도 한다. 이러한 '지속 결합'은 귀혼의 접속 범위를 개인에게서 대중으로 확대한다. 또한 자신의 의도를 공개적으로 알리면서 억울함에 대한 '호소'를 진행하고, 동시에 가해자에 대한 공공의 처벌을 유도한다.

작품	편명
二刻拍案驚奇	第23卷 大姊魂遊完宿願 小姨病起續前緣
鼓掌絶塵	第38回 乘月夜水魂托夢 報深恩恩驛使遭誅, 第40回 水陸道場超冤鬼 如輪長老怡終身
淸夜鍾	第13回 陰德獲占巍科 險腸頓失高第
西湖二集	第4卷 愚郡守玉殿生春, 第15卷 昌司憐才慢注祿籍, 第27卷 灑雪堂巧結良緣
歡喜冤家	第8回 鐵念三激怒誅淫婦, 第17回 孔良宗負義薄東翁, 第19回 木知日價托妻寄子
幻影	第21回 大妻還假合 朋友卻假緣
鴛鴦針	第3回 王本立人涯求父
石點頭	第4回 瞿鳳奴情愆死蓋, 第7回 感恩鬼三占傳題旨, 第8回 貪婪漢六院賣風流

3. 강제적 단절의 강화: 외형적 심리 경향의 지속

인간과 귀혼의 '지속 결합'에서 접속은 귀혼의 주도적인 접속이 주를 이루고, 단절에 있어서는 자유적 단절과 강제적 단절, 그리고 자유와 강제가 혼합된 단절이 나타난다. 강제적 단절은 인간과 귀혼이 상호 소통하는 내재적 경향을 가지기보다는 소통 불가능한 외형적 측면을 보다 더 분명하게 보여 주고 있다. 인간은 귀혼을 소통 불변의 존재, 거부의 대상으로만 인식하고 귀혼은 인간을 욕망 실현의 도구, 구속과 제압해야 할 대상으로만 여긴다. 인간과 귀혼의 접속 관계에서 '물리적 약자'의 역할을 담당하고 있는 인간은 외부의 도움을 통해 비로소 귀혼과 정면으로 맞서게 되며, 귀혼은 인간을 초월하는 힘에 의해 제압당하면서 단절이 이루어진다. 귀혼은 인간과 소통할 수 있는 기회를 상실한 채, 상호 적대적이고 대립적인 외형적 관계만을 유지하게 된다. 결국 이 둘의 관계는 외형적 자아와 타자의 시각으로만 바라보고 있으며, 서로 철저한 대립과 거부를 진행하면서 교감할 수 없는 존재로만 인식하고 있다.

인간과 귀혼의 지속 결합에 있어서 강제적 단절이 두드러지는 작품은 ≪청평산당화본淸平山堂話本≫의 〈낙양삼괴기洛陽三怪記〉, ≪경세통언警世通言≫제19권第十九卷 〈최아내백요초요崔衙內白鷂招妖〉이다. 이 두 작품은 서로 유사한 줄거리 구조를 가지고 있다. 모두 세 번의 귀혼 접속과 세 번의 귀혼 단절이 나타나는데, 주인공과 귀혼의 접속과 단절은 모두 상호 대립적인 특징을 보여 주고 있다. 귀혼은 인간에게 의도적으로 접속하고, 인간은 이러한 관계에서 벗어나려고 하지만, 귀혼의 끈질긴 접속으로 인해 언제나 구속받는다. 반면에 귀혼은 인간을 자신의 욕망실현의 대상으로만 생각하고 지속적으로 접속하려고 하는데, 이렇게 강압적으로 지속되었던 접속은 외부의 도움으로 단절이 이루어진다.

대체로 인간과 귀혼의 관계는 외형적 시각에 의해 만남과 분리가 진행된다. 그러나 작품 속의 모든 귀혼이 접속하는 순간부터 단절될 때까지 외형적 심리 경향만 가지는 것은 아니며, 인간과 진정으로 소통하고 교감하려는 귀혼도 있다. 하지만 전반적으로 인간과 귀혼의 만남은 일방적이고 강제적인 단절의 양상을 보인다.

먼저 〈낙양삼괴기洛陽三怪記〉에서 인간과 귀혼의 결합을 살펴보면, 인귀人鬼의 접속이 우연과 귀혼의 의도로 진행되고 있다. 단절에 있어서는 처음에는 인간의 도피와 탈출을 통해서 임시적인 단절이 이루어지지만, 나중에는 외부의 힘에 의해 귀혼이 철저하게 제압당하면서 완전한 단절이 이루어진다.

반송潘松이 옹삼랑翁三郎을 찾지 못하자, 홀로 노닐다가 돌아가려 하였지만, 길가의 경치가 너무 좋아 돌아가기가 아쉬웠다. 청산이 마치 그림 같고, 푸른 물을 그려 놓은 것 같아, 이곳저곳을 돌아다니며 아름다운 경치구경을 하는 사이, 어느새 좁은 길로 들어섰다. 홀로 논두렁길을 반 무畝정도 걸어갔는데, 이 길은 지나가는 사람이 아무도 없었다. 그가 걸어가고 있는데, 뒤에서 누가, "소원외小員外!" 라고 부르는 소리가 들렸다. 고개를 돌려 살펴보니, 길옆에 큰 버드나무 아래에, 피부가 쭈글쭈글하고, 백발이 성성한 할멈이 서 있었다. …… 반송潘松이 허둥지둥 도망 나와, 화원花園 문을 지나고, 외나무다리를 건너, 예전에 왔던 큰길을 찾았다. '부끄럽구나, 화원花園이 도대체 누구의 집이란 말인가! 왕춘춘王春春은 죽은 귀신인데, 이곳에 있단 말인가! 백주 대낮에 귀신을 봤구나!' 반송潘松이 꾸불꾸불 돌아서 길을 따라 가는데, 앞에 낡은 주막이 보였다. …… 반송潘松이 잠시 정자에 앉았다. 할멈은 "일전에 호의를 베풀어 머물라 하였더니 어찌해서 그냥 가는 것이냐? 내가 너에게 해 줄 말이 있으니 잠시 정자에서 기다리도록 하여라. 내 곧 오마." 라고 말하였다. …… 반송潘松은 아버지와 동행하여 집으로 돌아오니, 백성모白聖母가 서재에 있는 것이 보였다. 어느 날, 반송潘松이 문 앞에 서 있는데, 할멈이 와서, "아가씨가 나를 시켜 너를 데려오도록 하였다." 라고 말하고 있는데, 때마침 서수진徐守真이 초청한 장진인蔣真人이 반원외潘員外 집 앞에 도달하여 맞닥뜨리게 된다. 할멈은 장진인蔣真人의 호령에 놀라 얼른 숨더니, 차가운 바람이 한바탕 일고는 사라져버렸다. …… 그날 밤 이경二更 무렵, 장진인蔣真人은 법술法術을 펴고, 주문을 외기 시작했다. 두

신장神將은 백성모白聖母를 잡아들였다. 장진인蔣眞人은 닭장을 들게 하여 할멈을 덮어씌운 후, 사방을 장작으로 에워쌌다. 장진인蔣眞人은 크게 소리치며, "불을 지펴라!"고 하였는데, 잠시 후 할멈은 온데간데없고, 까맣게 그을린 닭만이 닭장 안에 있었다.[11]

반송潘松은 우연히 밖으로 유람을 나갔다가 작은 길로 들어서는데 그곳에서 어느 할멈白聖母을 만나게 된다. 백성모白聖母는 자신을 이모라고 소개하며 함께 그녀의 거처로 가기를 권한다. 반송潘松은 백성모白聖母를 따라가다 그곳에서 왕춘춘王春春과 옥예낭낭玉蕊娘娘, 적토대왕赤土大王을 만나게 된다. 왕춘춘王春春이 이미 죽은 이웃집 아이임을 안 그는 놀라서 감시가 소홀한 틈을 타 도망친다. 그는 정자에 이르러 쉬다가 다시 백성모白聖母에게 붙잡히고, 옥예낭낭玉蕊娘娘에게 끌려온다. 그러다가 왕춘춘王春春의 도움으로 그곳에서 벗어나 집으로 돌아오지만, 얼마 지나지 않아 서재에서 다시 백성모白聖母를 보게 된다. 반송潘松은 건강을 회복한 후에 집안에만 있는 것이 답답해서 집 문에 기대어 서 있다가 또다시 백성모白聖母를 보게 된다. 백성모白聖母가 그를 데리고 가려는 순간 장진

---

11 這潘松尋不著翁三郎, 獨自遊玩。待要歸去, 割捨不得於路上景致。看著那靑山似畫, 綠水如描, 行到好觀看處, 不覺步入一條小路, 獨行半畝田地。這條路遊人稀少, 正行之間, 聽得後面有人叫: "小員外!"回轉看時, 只見路旁高柳樹下, 立著個婆子, 看這婆婆時, 生得: 雞皮滿體, 鶴髮盈頭。……潘松慌忙奔走, 出那花園門來, 過了獨木橋, 尋原舊大路來, 道: "慚愧慚愧, 卻才這花園, 不知是誰家的? 那王春春是死了的人, 卻在這裡。白日見鬼!"迤邐取路而歸, 只見前面有一家村酒店。……且說潘松在亭子上坐地。婆子道: "先時好意相留, 如何便走? 我有些好話共你說。且在亭子上相等, 我便來。"……且說小員外同爹歸到家裡, 只是開眼便見白聖母在書院裡面。忽一日, 潘松在門前立地, 只見那婆子道: "娘娘交我來請你。"正說之間, 卻遇著徐守眞請蔣眞人來到潘員外門前, 卻被蔣眞人鎭威一喝, 嚇得那婆子抱頭鼠竄, 化一陣冷風, 不見了。……當夜二更前後, 蔣眞人作罷法, 念了咒語。兩員神將驅提白聖母來。蔣眞人交抬過雞籠來, 把婆子一罩住, 四下用柴圍著。蔣眞人喝聲: "放火燒!"移時, 婆子不見了, 只見一個炙乾雞在籠裡。(≪淸平山堂話本≫〈洛陽三怪記〉)

인蔣眞人이 나타나 요괴들을 처치한다.

이 작품에서 나타나는 귀혼들 중에서 반송潘松과 가장 많은 접속을 시도하는 것은 '백성모白聖母'이다. 그녀와 반송潘松과의 접속과 단절에 있어서 공간의 흐름과 심리적 경향을 중심으로 살펴보면, 접속(작은 길 小路: 의도)+단절(화원花園: 도망)→접속(정자亭子: 의도)+단절(화원花 園: 도망) → [접속(서재: 의도)+단절(서재: 자유)]→접속(집 앞: 의도)+ 단절(집 앞: 강제) → 접속(집: 강제)+단절(집: 강제)이다. 모두 다섯 차 례의 접속과 단절이 나타나는데, 서재에서의 접속과 단절이 비교적 모호 한 점을 제외하고는 전체적으로 공간의 특징과 '접속+단절'의 방식이 분명하게 드러난다.

백성모白聖母는 반송潘松을 단지 옥예낭낭玉蕊娘娘에게 바쳐 자신의 지 위를 인정받기 위해서 모든 수단을 동원해 그를 데려가려고 한다.[12] 옥 예낭낭玉蕊娘娘은 반송潘松을 자신의 욕망을 채우는 대상으로만 여기며, 백성모白聖母와 함께 그를 해치려고 한다. 단지 왕춘춘王春春만이 그를 위해 조언과 도움을 아끼지 않으며 그를 걱정하여 옥예낭낭玉蕊娘娘의 소굴에서 탈출시킨다. 작품에서 등장하는 백성모白聖母와 왕춘춘王春春 은 반송潘松에 대해서 두 가지의 다른 시각으로 접근하고 있다. 백성모 白聖母는 철저히 외형적 타자 관념을 가지고 반송潘松을 대하고 있으며,

---

12 백성모白聖母가 반송潘松이 도망간 것에 대해 불평하는 것을 통해서 옥예낭낭玉蕊娘娘에 대한 임무와 책임의 강도를 어느 정도 엿볼 수 있다. 예를 들면, "백성모白聖母는 몇 발자국 가더니, 다시 돌아와, "때마침 아가씨께서 청하셨는데, 네가 도리어 도망가 버렸 으니, 오히려 나만 탓하잖느냐. 네가 만약 또 도망간다면, 가만 안둘 것이야!'라고 말하 고서는 큰 닭장을 가져와 반송潘松을 덮어씌우고, 옷 띠로 세 번 묶은 후, 입김을 닭장 안으로 불어 넣은 뒤 떠났다.(只見婆子行得數步, 再走回來: "適來娘娘相請, 小員外 便走去了, 到怪我. 你若再走, 卻不利害!"只見婆子取個大鷄籠, 把小員外罩住, 把 衣帶結三個結, 吹口氣在鷄籠上, 自去了. 潘松用力推不動, 用手盡平日氣力, 也 卻推不動。)"

그를 대상으로 자신의 임무와 욕망을 성취하려고 한다. 이와는 반대로 왕춘춘王春春은 비록 자신은 백성모白聖母, 적토대왕赤土大王, 옥예낭낭玉蕊娘娘과 같은 부류에 속하지만, 여전히 반송潘松을 불쌍히 여기고 동정한다. 하지만 그녀의 이러한 마음은 옥예낭낭玉蕊娘娘과 백성모白聖母에게 적극적으로 대항하여 반송潘松을 구하려는 정도에는 미치지 않고, 단지 자신을 드러내지 않으면서 소극적인 도움을 줄 뿐이다. 이것은 그들에 비해서 신분적으로 지위가 가장 낮은 그녀가 반송潘松의 탈출을 도왔다는 강한 질책에서 벗어날 수 있는 방법이다. 그녀는 이물이 변한 백성모白聖母, 적토대왕赤土大王, 옥예낭낭玉蕊娘娘과는 달리 인간이 죽어서 되었으며, 이웃인 반송潘松에 대해서 연민과 동정을 가지고 있어서 그를 계속해서 탈출시키려고 한다. 그녀는 반송潘松에 대해서 어느 정도 내재적 타자의 경향을 가지고 있지만, 그것을 구체적으로 드러내기에는 여전히 미흡하다. 그녀는 비록 외형적 타자와 내재적 타자의 경향을 동시에 가지고 있지만, 어느 한쪽 경향도 분명하게 드러내지 못하고 갈등하고 있는 모습을 보여주고 있다.

이 작품에서 반송潘松과의 접속과 단절에서 백성모白聖母를 제외하고 여러 차례 접속과 단절을 진행하는 인물은 옥예낭낭玉蕊娘娘이다. 옥예낭낭玉蕊娘娘은 반송潘松을 단지 외형적 타자의 관점으로만 바라보고 있다. 이러한 경향은 반송潘松에 있어서도 마찬가지이다. 단절의 경우에는 반송潘松의 일방적인 '도망'과 '거부'로 인하여 일시적으로 이루어지지만, 옥예낭낭玉蕊娘娘은 자신의 욕망을 채우기 전까지 스스로 단절하고자 하는 의도는 전혀 없다. 옥예낭낭玉蕊娘娘이 스스로 단절한다는 것은 그녀가 반송潘松을 통해서 욕망을 어느 정도 채웠다는 것을 말하며, 이것은 곧 반송潘松의 죽음을 의미한다. 그러므로 옥예낭낭玉蕊娘娘이 욕망을 포기하지 않는 한, 반송潘松과의 단절에서 자유적 단절 양상은 일어나지 않는다.

옥예낭낭玉蕊娘娘과 반송潘松과의 초기 단절은 겉으로는 반송潘松의 주도(도망)로 이루어지는 것처럼 보인다, 그러나 사실은 옥예낭낭玉蕊娘娘, 백성모白聖母가 요괴이며, 산 사람의 심장을 빼먹기 위해 수많은 남성을 홀렸다는 사실을 알게 된 후, 반송潘松는 극도의 공포로 인하여 탈출하게 된다. 이는 반송潘松이 옥예낭낭玉蕊娘娘으로부터 자신의 생명을 지키기 위한 극단의 행동이며, 강제적 단절의 변형이라고 할 수 있다.

반송潘松과 옥예낭낭玉蕊娘娘, 백성모白聖母 등은 여전히 서로가 단절된 시각으로 바라보고 있으며, 입장과 행동에 있어서도 평행선을 유지하고 있다. 이러한 과정에서 인간은 피해자가, 귀혼은 가해자가 된다. 이러한 강압적인 접속을 단절시키기 위해서 진인眞人이 나타나 술법을 사용하여 귀혼들을 제압한다. 결국 내재적 자아와 타자가 배제되고 외형적 자아에 치우친 접속은 상호 교감을 이루어낼 수 없을뿐더러, 이후 일방적이고 강제적인 단절로 이어져 다시 접속할 수 없는 지경에 이르게 된다.

이러한 결과의 원인을 분석할 경우, 해당 작품에서 등장하는 요괴들이 모두 이물의 변신이라는 점에 주목할 필요가 있다. 인간이 죽고 난 후 귀혼이 되었을 경우(예를 들어 왕춘춘王春春)는 어느 정도 인간에 대한 정이 남아 있으며, 강한 원한, 욕망, 복수의 심리를 제외하고는 항상 소통의 여지를 두고 있다. 그러나 이물(요괴)의 경우에는 '인성人性'보다는 '수성獸性'이 강하여 인간을 이해하기 보다는 인간을 이용하고 해치려는 경향이 뚜렷하다. 그러므로 작품에서 옥예낭낭玉蕊娘娘(백묘白描), 적토대왕赤土大王(능구렁이)과 백성모白聖母(백계白鷄)는 모두 '수성獸性'의 특징을 가지고 있어 반송潘松을 통해서 욕구를 채우려 하며, 그를 자신의 소유물로 만들고자 한다. 반송潘松을 소유물로 구속하려고 하는 옥예낭낭玉蕊娘娘과 백성모白聖母는 외형적인 타자의 관점에서 접속을 시도하며, 반송潘松 역시 외형적 자아로서만 그들과 상대한다. 이러한 접속은 결국 강제적인 단절로 이어지며, 진정한 소통은 이루어지지 않는다. 비록 인간과 귀혼의 접속이 여러 차례 이루어지고 귀혼의 접속 의지가 인간보다 강력하다고 할지라도 근본적으로 내재적인 교감과 소통의 의지가 없는 한 여전히 거부와 강제적 단절을 진행할 수밖에 없다.

인간과 귀혼의 외형적 자아와 타자의 접속은 ≪경세통언警世通言≫제19권第十九卷〈최아내백요초요崔衙內白鷂招妖〉에서도 예외가 아니다. 이 작품은 ≪청평산당화본淸平山堂話本≫〈낙양삼괴기洛陽三怪記〉의 전반적인 줄거리와 서사구조가 상당히 유사할 뿐 아니라, 귀혼 접속의 빈번함과 그에 따른 인간의 회피 과정, 강제적 단절의 경향이 매우 비슷하다. 그러나 〈낙양삼괴기洛陽三怪記〉는 처음부터 끝까지 의도적인 접속과 강제적 단절이 일정하게 진행되는 반면, 〈최아내백요초요崔衙內白鷂招妖〉는 인간과 귀혼의 접속이 처음과 나중이 다르게 나타난다는 점이다. 처음에는 우연한 사건에 의해서 인간과 귀혼이 접속하지만, 나중에는 귀혼이 계속해서 의도적으로 접속하려고 한다. 단절에 있어서 처음의 단절(1차, 2차 단절)에는 인간의 의도적인 회피나 도망으로 나타나지만, 나중에는 단절(3차 단절)이 외부의 힘眞人에 의해 강제적으로 일어난다. ≪청평산당화본淸平山堂話本≫〈낙양삼괴기洛陽三怪記〉에서 인귀人鬼의 접속과 단절이 비교적 단순하고 획일화된 경향을 보인다면, ≪경세통언警世通言≫제19권第十九卷〈최아내백요초요崔衙內白鷂招妖〉의 접속과 단절의 과정은 보다 더 다양하고 복잡하게 그려지고 있다.

먼저 작품의 줄거리를 살펴보면, 당唐 현종玄宗은 최승상崔丞相에게 신라新羅 흰 수리를 하사하는데, 그의 아들 최아내崔衙內가 이 흰 수리를 데리고 사냥을 나간다. 그는 숲 속에서 사냥을 하다가 흰 수리를 잃어버리자 혼자 찾아다니다가 해골신을 만난다. 해골신이 흰 수리를 잡고서 돌려주지 않자 최아내崔衙內가 화살을 쏘아 맞히지만, 흰 수리와 해골신 모두 사라진다. 최아내崔衙內는 숲 속에서 길을 잃고 헤매던 중 어떤 민가民家를 찾게 되고 한 여인의 환대를 받는다. 밤이 되어 누군가가 이 집으로 돌아오는 것을 듣고 최아내崔衙內가 몰래 살펴보자, 바로 낮에 보았던 그 해골신이었다. 해골신은 집으로 돌아오자마자 자기에게 활을 쏜 최아내崔衙內에게 잔인하게 복수하겠다며 울분을 토한다. 최아내崔衙內는 이 말을 엿듣고 놀라서 도망쳐 나온다. 다행히 주점酒店에 이르렀지만, 주점酒店에 있는 반견班犬 역시 이들과 같은 무리임을 알게 된다. 최아내崔衙內는 겨우 이들의 소굴에서 도망쳐 나와 집으로 돌아와서는 일체 밖으로 나가지 않는다. 그러던 어느 날 정원에서 바람을 쐬고 있는데, 그 여인과 반견班犬이 함께 나타난다. 그녀는 자신이 신선이며 최아내崔衙內와 전생의 연분을 가지고 있다고 속이고는 억지로 그와 정을 나눈다. 최아내崔衙內가 점점 초췌해지는 모습을 보고 의심한 최승상崔丞相은 사실의 전말을 알게 되어, 나공원羅公遠 진인眞人을 불러서 해골신, 여인, 반견班犬 이 세 요괴를 제압한다.

　　"신이시여, 소인이 무지하여 어디 신이신지는 모르겠습니다만, 갑자기 신라新羅의 흰 수리가 날아가 버렸는데, 신께서 보시고 돌려주셨으면 합니다." 그 해골은 마치 거들떠보지 않는 것 같았다. 최아내崔衙內는 예닐곱 번이나 아뢰었고, 여러 차례 물어보았지만, 마치 아무도 없는 듯 딴청을 피우며, 응대하지 않았다. 최아내崔衙內는 더 이상 참지 못하고 활을 들어 활시위를 최대한 당겨, 실눈을 뜨고 겨누고는 한 번에 쏘았다. 잠시 우렁찬 소리가 나더니, 해골이 보이지 않았고, 흰 수리 역시 보이지 않았다. …… 여인이 말하였다. "아버지께서 오셨습니다, 잠시 여기서 기다려 주십시오." 가볍게 잰걸음을 옮기며, 앞으로 가버렸다. 최아내崔衙內는 "여기에 무슨 장군이 온단 말인가?"라고 말하며, 살금살금 발소리를 죽이며, 꽁무니를 따라 곁채로 갔다. 몸을 돌려 한 누각 안으로 들어갔는데, 어떤 사람이 안에서 이야기하는 소리가 들렸다. 최아내崔衙內는 어두운 곳으로 가서 혀끝으로 창문에 구멍을 뚫고 안을 들여다보았다. 그러다 그는 너무 놀라 온몸에 식은땀이 흐르고, 조금도 움직일 수 없었다. "난 이제 죽었구나! 밤새 달려왔는데, 오히려 이 해골 집에 온 것이로구나!" …… (집으로 돌아온)최아내崔衙內는 달빛에 끌려 한가로이 거닐면서 경관을 감상하고 있었다. 갑자기 하늘에 검은 구름이 보이기 시작하더니, 구름이 모인 곳에 한 여인을 태운 마차를 어떤 사람이 몰고 내려오는 모습이 보였다. 마차를 모는 사람은 일전에 보았던 술집 심부름꾼 반견班犬이었다. 마차 안에는 붉은 적삼을 입은 여인이 타고 있었는데, 최아내崔衙內가 달빛아래에서 살펴보니, 예전에 장원莊園에서 하룻 밤을 묵게 해주며 술을 대접했던 여인이었다. …… 한차례 바람이 불고, 선동仙童 두 명을 불렀다. 한 명은 요물을 묶는 밧줄을 가지고, 한 명은 검은 곤봉을 들었다. 나진인羅真人은 두 선동仙童에게 여인을 잡아오라고 하였다. 여인은 선동仙童이 자신을 잡으러 오는 것을 보고, 반견班犬을 불렀다. 허공 에서 반견班犬이 뛰어 내려 왔는데, 매우 화가 나서 두 주먹을 불끈 쥐며, 적과 싸우려는 태세였다. 원래 사악한 것은 정의를 이길 수 없는 법이다. 두 선동仙童은 밧줄로 먼저 반견班犬을 포박하였고, 다음으로 여인을 묶었다. 나진인羅真人은 큰 소리로 모습을 드러내라고 꾸짖자, 반견班犬은 큰 벌레로 변하였고, 붉은 적삼을 입은 여인은 붉은 토끼로 변하였다. 나진인羅真人은 말하였다. "본래 해골신은, 晋나라 때의 장군이었는데, 죽어서 정산定山 꼭대 기에 묻혔다. 이후 오랜 세월이 흘러 스스로 형체를 갖추게 되고, 모습을 드러내면서 기괴한 일들을 일으킨 것이다." 나진인羅真人은 이 세 요괴를 처벌하고 최아내崔衙內의 목숨을 구하였다.[13]

이 부분은 최아내崔衙內가 흰 수리를 잃어버리고 해골신, 붉은 적삼을

---

13 "尊神, 崔某不知尊神是何方神聖, 一時走了新羅白鷂, 望尊神見還則個!"看那骷髏, 一似佯佯不采。似此告了他五七番, 陪了七八個大喏。這人從又不見一個人林子 來, 骷髏只是不采。衙內忍不得, 擎起手中彈弓, 拽得滿, 覰得較親, 一彈子打去。 一聲響亮, 看時, 骷髏也不見, 白鷂子也不見了。……女娘道: "爹爹來了, 請衙內 少等則個." 女娘輕移蓮步, 向前去了。衙內道: "這裡有甚將軍!"捏手捏脚, 尾著他 到一壁廂, 轉過一個閣兒裡去, 聽得有人在裡面聲喚。衙內去黑處把舌尖舐開紙 窗一望時, 嚇得渾身冷汗, 動揮不得, 道: "我這性命休了!走了一夜, 卻走在這個人 家裡。"……衙內乘著月色, 閑行觀看。則見一片黑雲起, 雲綻處, 見一個人駕一輪 香車, 載著一個婦人。看那駕車的人, 便是前日酒保班犬。香車裡坐著乾紅衫女 兒, 衙內月光下認得是莊內借宿留他吃酒的女娘。……那陣風過處, 叫下兩個道 童來。一個把著一條縛魔索, 一個把著一條黑柱杖, 羅眞人令道童捉下那婦女。 婦女見道童來捉, 他叫一聲班犬。從虛空中跳下班犬來, 忿忿地擎起雙拳, 竟來抵 敵。原來邪不可以幹正, 被兩個道童一條索子, 先縛了班犬, 後縛了乾紅衫女兒。 喝教現形。班犬變做一隻大蟲, 乾紅衫女兒變做一個紅冤兒, 道: "骷髏神, 原來晋 時一個將軍, 死葬在定山之上。歲久年深, 成器了, 現形作怪。"羅眞人斷了這三 怪, 救了崔衙內性命。(≪警世通言≫第十九卷〈崔衙內白鷂招妖〉)

입은 여인, 반견班犬을 만나게 되고 나중에는 나진인羅眞人을 통해 요괴들을 제압하는 전 과정을 보여주고 있다. ≪경세통언警世通言≫제19권第十九卷 〈최아내백요초요崔衙內白鷂招妖〉에서 나타나는 인귀人鬼의 접속과 단절은 어떤 개인과 한 귀혼의 관계로 한정되지 않고, 동시적 혹은 교차적으로 다른 귀혼들의 관계에서도 이루어진다. 전체적인 접속과 단절의 구조를 살펴보면, 접속(산속, 장원莊園: 우연)[해골신, 여인]＋단절(산 속: 도망) → 접속(주점酒店: 우연)[반견班犬]＋단절(주점酒店: 도망) → 접속(서원書院: 의도)[여인, 반견班犬]＋단절(서원書院: 자유) → 접속(서원書院: 강제)[해골신, 여인, 반견班犬]＋단절(서원書院: 강제)의 순으로 전개된다. 최아내崔衙內와 해골신과의 접속은 산속 → 장원莊園 → 서원書院순으로 이루어지는데, 산속에서 서원書院으로 공간이 이동할수록 접속과 단절의 과정이 모호하다. 최아내崔衙內와 해골신과의 접속이 가장 분명하게 보이는 것이 처음의 접속(산속)이다. 처음의 접속은 최아내崔衙內가 흰 수리를 찾기 위해 직접 해골신이 있는 공간(산속)으로 들어가는 형태로 나타난다. 최아내崔衙內는 해골신을 두려워하지 않았지만,[14] 내재적 교감을 시도하지도 않았다. 해골신 역시 흰 수리를 소유하고자 하며 최아내崔衙內와 극단적으로 대립하고 있다. 최아내崔衙內가 찾으려고 한 흰 수리는 사냥하는 맹금류로서, 생전의 장수였던 해골신에게는 놓치기 아까운 것이었을 것이다. 또한 해골신의 행동에는 습득한 물건을 주인에게 돌려줘야 한다는 '인성人性'보다는 주운 것은 자기 것이라는 '수성獸性'이 보다 더 중요하게 작용하였다. 즉, 욕망을 억제하는 '절제' 보다는 소유를 주장하는 '욕구'가 더 강하게 작용한 것이다.[15] 그러므로 자신에게 날아 온

---

14 최아내崔衙內는 산속에서 해골신을 보자 심리적으로는 어느 정도 두려움을 가지고 있었지만, 흰 수리를 돌려받고자하는 마음이 우선이므로 해골신과 대화하려고 한다. 이때 최아내崔衙內의 두려움과 공포는 겉으로 잘 드러나지 않는다.

15 최아내崔衙內와 해골신의 접속과 단절 과정은 최아내崔衙內의 우연적인 접속과 해골신

흰 수리를 놓아주지 않고, 자신의 것으로 여긴 것은 당연한 것이었다.

해골신이 사라지고 난 뒤 최아내崔衙內는 산속에서 길을 잃고 묵을 곳을 찾게 되고, 한 장원莊園에서 여인과 조우하게 된다. 이 여인과의 만남도 해골신과의 만남과 마찬가지로 그녀가 억지로 최아내崔衙內에게 접속하려고 한 것이 아니라, 최아내崔衙內가 길을 잃고 이계異界로 들어오게 되면서 만났을 뿐이다. 최아내崔衙內와 귀혼들의 첫 번째 접속은 귀혼들의 의도적인 접근 보다는 우연한 만남의 특징을 가지고 있다.

그러나 두 번째 접속부터 상황이 다르게 전개되는데, 여인은 주동적으로 최아내崔衙內의 거처로 찾아온다. 그녀는 자신의 신분과 최아내崔衙內와의 인연에 대해서 이야기하면서 그와 정을 나눈다. 반견班犬도 그녀와 같이 나타나 그녀의 시중을 든다. 처음에는 최아내崔衙內가 우연히 귀혼의 공간으로 들어가게 되어 진실을 알고 도망가는 형태로 전개되었지만, 두 번째는 귀혼들이 의도적으로 찾아오고 나진인羅眞人의 도움으로 강제적으로 쫓김을 당하는 구조로 되어 있다. 세 번째는 귀혼들이 지속적으로 나타나자 나진인羅眞人은 그들과 최아내崔衙內를 단절시키는 데 그치지 않고 두 선동仙童을 통해 세 요괴를 완전히 제압한다. 귀혼과의 강제적 단절은 보통 위협적이고 강력한 수단이 동원되는데, 이는 귀혼을 죽음에 이르게 한다. 귀혼이 일반적으로 인간과 접속할 때 강한 욕구를 가지므로, 이것을 제어할 수 있는 방법으로는 '위로'와 '설득'이 있지만, 접속 의지의 불순한 정도와 '수성獸性'의 강도에 따라 단호하고 극단적인 조치가 이루어지기도 한다. 귀혼의 접속 의지와 욕망이 강할수록, 인간은 귀혼에게 벗어나고자 하는 욕구가 강하며, 이 욕구는 어느

의 거부(회피)로 이루어져 있으며, 최아내崔衙內와 해골신 모두 외형적인 자아와 타자의 시각을 가지고 접속과 단절을 진행하고 있다. 이러한 경향은 최아내崔衙內가 장원莊園에서 해골신을 다시 보게 되고 도망치는 과정에서도 잘 나타나고 있다.

한쪽의 철저한 파괴와 제압을 통해서만 실현된다.

최아내崔衙內와 귀혼들의 의도적 접속과 강제적 단절의 이면에는 외형적 심리와 내재적 심리의 불협화음이 존재한다. 최아내崔衙內는 흰 수리를 잃어버렸을 때만 하더라도 해골신을 두려워하는 마음은 있었지만, 원만하게 사건을 해결하려고 하였다. 그러나 해골신은 최아내崔衙內의 의도를 받아들이지 못하고 그를 소통 불가능의 대상으로 보았다. 여인 역시 최아내崔衙內를 욕망의 대상으로 여기고 집요하게 접근하여 그를 통해 욕정을 채우려고 하였다. 최아내崔衙內는 귀혼들(해골신, 여인, 반견班犬)과 거부와 긴장의 관계를 유지하고 있으며, 귀혼들은 최아내崔衙內를 욕망의 대상으로만 인식하는데, 이러한 외형적 자아(최아내崔衙內)와 타자(귀혼들)의 접속은 거부와 대립을 더욱 가속화시키며, 이들의 결합은 외형적인 경향으로 치닫는다.

비록 〈최아내백요초요崔衙內白鷂招妖〉에서 접속의 과정은 〈낙양삼괴기洛陽三怪記〉와 어느 정도 다르지만, 단절에 있어서는 동일한 패턴을 따르고 있다. 인간은 외형적 시각으로 귀혼을 바라볼 때 소통을 거부하는 존재로만 여기고, 귀혼 역시 인간을 자신의 욕망을 해소하고 목적을 이루는 대상으로만 인식한다. 외형적 자아와 타자의 시각으로만 접속이 진행될 경우, 귀혼의 '수성獸性'은 더욱 강화되고, 인간의 '이성理性' 또한 더욱 분명해져서 양자의 소통은 이루어지지 않는다.

〈낙양삼괴기洛陽三怪記〉와 〈최아내백요초요崔衙內白鷂招妖〉에서는 여러 귀혼이 한 개인에게 지속적으로 나타나는 경우를 볼 수 있다. 이것은 '단순 결합'이나 '반복 결합'에서 보이는 한 개인과 귀혼의 관계로 완전히 집중되는 경우와는 달리, 여러 귀혼이 출현하고 인간에 대한 접속 방식이 다양하게 나타나고 있다는 것을 시사한다. 이 두 작품은 비록 서로 유사한 줄거리 구조를 가지고 있고, 여러 귀혼이 나타나는 현상도 비슷하지만, 접속하는 방식과 의도는 사뭇 다르다. 〈낙양삼괴기洛陽三怪記〉는 처음부터 끝까지 귀혼의 의도적인 접속방식이 중심이지만, 〈최아내백요초요崔衙內白鷂招妖〉는 처음에는 인간에 의해 우연적인 접속이 일어나다가, 나중에는 귀혼들의 의도적이고 지속적인 접속이 나타난다. 이 두 작품이 처음 접속에 있어서는 어느 정도 차이가 있지만, 나중에는 모두 의도적인 접속이 중심을 이룬다. 단절에 있어서는 처음에는 외부의 도움(왕춘춘王春春)이나 자발적인 도망으로 이루어지지만, 나중에는 모두 진인眞人의 힘으로 귀혼들을 제압하면서 완전한 단절이 이루어진다. 제압의 정도가 단지 인간과 귀혼을 격리하는 정도에서 그치지 않고, 귀혼을 제거하는 강력한 조치로 이어지는데, '인성人性'이 부재한 귀혼은 자신의 욕망을 실현하기 위해서 인간의 생명을 수단으로 사용하기 때문에 강력한 단절이 필요하다고 할 수 있다. 이것은 작품 속에서 '수성獸性'이 강하게 나타나는 귀혼들 대부분이 요괴나 이물이 변한 것이라는 것과 무관하지 않다. 이렇게 자신의 욕망을 절제하지 못하는 귀혼은 인간과의 접속에서 언제나 일방적 경향으로 나아가며, 내재적인 교감보다는 외형적으로 소유와 집착만을 고수하게 된다. 외형적 타자의 시각만을 주장하는 인간과 귀혼은 서로 간에 내재적 교감을 이루지 못하고 언제나 강력하게 거부하고 대립하는 극단적 관계만을 형성하게 된다.

4. 자유적 단절의 연속: 외형적 심리 변화와 강화

몇몇 작품에서 귀혼은 대부분 자신의 의지에 따라 인간에게 접속하고 또한 스스로 사라진다. 귀혼은 인간에게 자신이 원하는 것을 강조하거나 암시하며, 인간이 주동적으로 나서서 그것을 해결해주기를 바란다. 귀혼이 인간으로 하여금 자신의 원한을 풀어주기를 바라는 것은, 인간을 자신의 요구를 해결해주는 구체적인 집행자로 여기기 때문이다. 귀혼의 원망과 복수의 구체적인 대상은 또 다른 인간이며, 이 인간에 대한 처벌은 귀혼 자신이 아니라 인간의 의해서 집행되어야 한다는 의도가 감추어져 있다. 귀혼은 자신의 목적을 이루기 위해 인간(대리자)에게 여러 차례 접속하면서 자신의 처지를 호소하지만, 만약 인간이 해결하지 못할 때는 오히려 인간을 귀찮게 하고 괴롭히면서까지 자신의 목적을 이루려고 한다. 비록 귀혼이 인간에 접속할 때 선의를 가졌거나, 혹은 이러한 선의가 집착으로 변하여 인간을 강압하던지 간에 귀혼이 의도적으로 접속하고 자유롭게 단절하는 형태에는 변함이 없다.

'강제적 단절'이 구체적으로 드러난 ≪청평산당화본淸平山堂話本≫〈낙양삼괴기洛陽三怪記〉, ≪경세통언警世通言≫제19권第十九卷〈최아내백요초요崔衙內白鷂招妖〉에서는 귀혼의 태도와 감정이 '동물적 특징'으로 나타난다고 한다면, '자유적 단절'이 지속적으로 나타나는 ≪경세통언警世通言≫제13권第十三卷〈삼현신포룡도단원三現身包龍圖斷冤〉에서는 '인간적 특징'이 돋보인다. 이러한 특징은 원한을 갚기 위해 지속적으로 인간과 접속하고 스스로 단절하는 경우에 주로 나타난다. 귀혼의 심리적 경향은 '수성獸性'보다는 '인성人性'이 더욱 더 강하게 작용하는데, '인성人性'을 가진다는 것은 귀혼의 심리가 내재적인 면을 바탕으로 하고 있을 뿐만 아니라, 내면적 지향점을 향하고 있다는 것을 보여주고 있다.

귀혼이 이러한 내면적 지향점을 향하는 정도가 강한 경우에는 내재적 특징이 두드러지지만, 이 특징이 아주 미약한 경우는 외형적 특징으로 나타난다. 인간도 이와 마찬가지로 두 가지 다른 경향을 가지는데, 하나는 귀혼의 접속을 외형적 접속으로만 여겨서 귀혼을 거부하여 일정한 거리를 두는 것이고, 다른 하나는 귀혼의 내재적 접속으로 인해 외형적 경향에서 내재적 경향으로 바뀌는 것이다.

인간과 귀혼의 접속은 구체적으로 인간과 혼령魂靈, 원귀冤鬼와의 접속으로 나타나는데, 귀혼은 인간적인 특징을 가지고 있으며, 스스로 접속과 단절을 자유롭게 조절한다. 또한 자신의 욕망이 완성되면 더 이상

인간과 접속하지 않는다. 욕망을 무제한으로 추구하는 '동물적 본성' 뿐
만 아니라, 욕망을 어느 정도 절제하고 제약하는 '인간적 이성'도 갖추고
있기 때문이다.[16] 이렇듯 이 두 가지 유형에는 접속과 단절을 스스로
조절한다는 공통점을 가지고 있으나, 욕구를 해결하는 대상에 따라 차이
점을 지닌다. 인간이 혼령과의 접속에서 혼령을 대신하여 원한을 풀어
줄 대상(인간)에 주목했다면, 이물과의 접속에서 이물은 직접 인간과 접
속해서 자신의 욕구를 해결하려고 한다. 인간과 귀혼의 자유적 단절에서
는 귀혼이 대리자를 통한 원한해결에 집착하거나, 직접적인 현현과 접
속으로 사건을 해결한다. 두 사례 모두 귀혼의 자유적 단절이 구체적으
로 나타나 있다. 이러한 현상이 분명하게 나타나는 작품에는 ≪경세통언
警世通言≫第13권第十三卷 〈삼현신포룡도단원三現身包龍圖斷冤〉, ≪서호이
집西湖二集≫第7권第七卷 〈각도려일념착투태覺闍黎一念錯投胎〉, ≪서호이집
西湖二集≫第12권第十二卷 〈취봉소녀유동장吹鳳簫女誘東牆〉(입화入話), ≪유
세명언喩世明言≫第7권第七卷 〈양각애사명전교羊角哀捨命全交〉 등이 있다.

먼저 귀혼이 자유롭게 접속하고 단절을 이루는 ≪경세통언警世通言≫
第13권第十三卷〈삼현신포룡도단원三現身包龍圖斷冤〉을 살펴보면, 귀혼은
자신의 목적을 이루기 위해 개인적인 공간이든 공개적인 공간이든 지속
적으로 나타난다. 귀혼이 인간에게 접속하는 것은 자신의 억울함을 알리
고 원한을 풀어 줄 대리인과 만나기 위해서다. 여기에서 인간은 귀혼의
원한(욕망)을 직접적으로 해결해주는 '집행자'이며, 귀혼은 자신의 원한
을 풀 수 있도록 인간을 도와주는 '매개자'의 역할을 하고 있다.

---

16 혼령이나 여우는 '물物'이면서 '인人'의 특징을 가지고 있다. 또한 이들은 '물物'의 특징
을 가지고 있으므로 보통 사람도 아니다. 그러므로 '물物'과 '인人'이 관계가 있으면서
도 또 구별되는 제3자, 즉 '물物'의 특성을 지닌 '인人'이 된다. 김혜경, 〈≪聊齋志異≫
에 나타난 蒲松齡의 作家意識 - 人鬼交婚小說을 중심으로〉, ≪中國學報≫第35
輯, 1995년, 4~5쪽 참조.

　어느 날 두 사람은 술을 거나하게 마시고 영아迎兒에게 해장국을 끓여오라고 시켰다. 영아迎兒는 부엌으로 가서 불을 지피며 불평하였다. "이전의 손압사孫押司 나으리가 계실 적에는 시간이 이르든 늦든 간에 그냥 자게 했는데, 지금 이 작은 손압사小孫押司 나으리는 나에게 해장국을 끓여오게 하는군!" 화통火筒에 구멍이 막혀 불꽃이 일지 않았다. 영아迎兒는 고개를 숙이고 화통火筒을 부뚜막의 다리 쪽에 두드렸다. 몇 번 두들기지 않아서 부뚜막의 다리가 점점 일어나기 시작하더니 땅에서 한 척 이상이나 높이 올라왔다. 한 사람이 부뚜막을 머리 위에 이고, 목에는 우물 난간을 걸치며, 머리를 풀어헤치고 혀를 길게 내밀고 있었다. 피 눈물을 흘리면서, "영아迎兒야! 나를 대신해서 원한을 갚아줘!" 영아迎兒는 놀라 크게 소리치며 땅바닥에 쓰러졌다. …… 영아迎兒는 압사부인押司娘이 오기를 기다렸다가 문을 두드리려고 했으나, 그녀가 또 불평할까봐 이러지도 저러지도 못해서 단지 다시 걸어서 집으로 돌아올 수밖에 없었다. 두세 채 인가人家를 지나가니 누가 말하기를, "영아迎兒야! 내가 너에게 어떤 물건을 주마!" …… 낮은 소리로 말하기를, "영아迎兒야! 나는 이전의 손압사孫押司란다. 지금은 어떤 곳에 있는데, 너에게 알려줄 수가 없구나. 손을 내밀어보아라, 내가 너에게 뭔가를 주마." 영아迎兒는 손을 뻗어 받았다. 이 물건을 받자마자, 붉은 색 저고리와 각대角帶[17]를 한 사람은 보이지 않았다. 영아迎兒는 이 물건을 살펴보니, 은자 꾸러미였다. …… 압사부인押司娘은 문을 잠그고 영아迎兒와 함께 동악묘東嶽廟에 갔다. 동악묘전東嶽廟殿에 이르러 향을 사르고 전殿 아래로 내려와 양쪽 곁채에서 향을 피웠다. 속보사速報司에 이르렀을 때 영아迎兒는 치마끈이 헐거워져 치마끈을 풀었다. 압사부인押司娘은 먼저 앞에 가버렸다. 영아迎兒는 뒤에서 치마끈을 다시 매고 있을 때 속보사速報司 안에서 위쪽이 평평한 관舒角幞頭[18]을 쓰고 붉은 저고리와 각대角帶를 한 판관이 보였다. "영아迎兒야! 나는 이전의 손압사孫押司란다. 내 원한을 풀어다오! 내가 너에게 이 물건을 주마." 영아迎兒는 이 물건을 손에 받아 들고 살펴보며, "참으로 이상한 일이지! 진흙 신상神像이 말을 다하네. 왜 이 물건을 나에게 주는 거지?" …… "소인

---

17 벼슬아치들이 허리에 두르던 띠를 말하며, 금이나 은, 무늬를 새겨 넣은 뿔로 만들기도 하였다.
18 관리가 머리에 쓰던 관冠의 일종인데, 위가 모지고 뒤쪽의 좌우에 날개가 달려 있거나, 혹은 위쪽이 평평하기도 하다. 여기에서 말하는 '서각복두舒角幞頭'는 구체적인 모양이나 재료 등은 알 수 없고, 고위 관리가 쓰는 관冠의 일종으로 보인다.

(왕흥王興)의 처가 처음에는 손씨孫氏네 집 부엌에서 죽은 손압사孫押司가 나
타난 것을 보았습니다. 목에는 우물 난간을 걸치고, 머리는 풀어 헤치며
혀를 내밀고, 눈에서는 피를 흘리며, "영아迎兒야! 나를 대신해서 원한을 갚
아줘!"라고 말했습니다. 두 번째는 한 밤중에 손씨孫氏네 집 앞에서 또
죽은 손압사孫押司를 만났는데, 위쪽이 평평한 관을 쓰고 붉은 색 저고리에
각대를 하고, 은자 꾸러미를 소인의 처에게 주었습니다요. 세 번째는 악묘嶽
廟에 있는 속보사速報司의 판관 모습으로 나타나, 이 종이를 소인의 처에게
주면서 원한을 풀어 달라고 부탁했습니다요. 그 판관의 모습을 보니 바로
죽은 손압사孫押司였고, 원래 소인 처의 옛 주인이었습니다요."[19]

이 작품에서는 큰 손압사大孫押司[20]의 혼령이 세 차례 나타난다. 이 세

---

[19] 不則一日, 兩口兒喫得酒醉, 教迎兒做些個醒酒湯來喫。迎兒去廚下一頭燒火, 口
裡埋冤道: "先的押司在時, 怎早晚, 我自睡了。如今卻教我做醒酒湯!"只見火筒塞
住了孔, 燒不著。迎兒低著頭, 把火筒去灶牀脚上敲, 敲未得幾聲, 則見灶牀脚漸
漸起來, 離地一尺已上, 見一個人頂著灶牀, 肐項上套著井欄, 披著一帶頭髮, 長伸
著舌頭, 眼裡滴出血來, 叫道: "迎兒, 與爹爹做主則個!"唬得迎兒大叫一聲, 匹然倒
地。……迎兒欲待敲門, 又恐怕他埋怨, 進退兩難。只得再走回來。過了兩三家
人家, 只見一個人道: "迎兒, 我與你一件物事。"……低聲叫道: "迎兒, 我是你先的
押司。如今現在一個去處, 未敢說與你知道。你把手來, 我與你一件物事。"迎兒
打一接, 接了這件物事, 隨手不見了那個緋袍角帶的人。迎兒看那物事時, 卻是一
包碎銀子。……押司娘鎖了門, 和迎兒同行。到東嶽廟殿上燒了香, 下殿來去那
兩廊下燒香。行到速報司前, 迎兒裙帶繫得鬆, 脫了裙帶。押司娘先行過去。迎
兒正在後面繫裙帶, 只見速報司裡, 有個舒角襆頭, 絆袍角帶的判官, 叫: "迎兒, 我
便是你先的押司。你與我申冤則個! 我與你這件物事。"迎兒接得物事在手, 看了
一看, 道: "卻不作怪! 泥神也會說起話來! 如何與我這物事?"……"小人的妻子, 初
次在孫家灶下, 看見先押司現身, 項上套著井欄, 披髮吐舌, 眼中流血, 叫道: "迎兒,
可與你爹爹做主。"第二次夜間到孫家門首, 又遇見先押司, 舒角襆頭, 緋袍角帶,
把一包碎銀, 與小人的妻子。第三遍嶽廟裡速報司判官出現, 將這一幅紙與小人
的妻子, 又囑咐與他申冤。那判官爺模樣, 就是大孫押司, 原是小人妻子舊日的家
長。"(《警世通言》第十三卷〈三現身包龍圖斷冤〉)

[20] 작품에서는 '큰 손압사大孫押司'와 '작은 손압사小孫押司'가 등장하는데, 이 두 사람은
성[姓]과 벼슬[押司]이 같기 때문에 '손압사孫押司'라고 불린다. 단지 이미 죽은 손압사孫
押司를 '큰 손압사大孫押司'라고 하고, 이후 압사부인押司娘과 재혼한 손압사孫押司를 '작
은 손압사小孫押司'로 구분하고 있다.

번 모두 영아迎兒에게만 집중되는데, 큰 손압사大孫押司가 억울한 죽음으로 인한 원한을 풀기 위해서는 영아迎兒의 도움이 절실히 필요하기 때문이다. 큰 손압사大孫押司가 영아迎兒에게만 나타나는 이유는 그에게 도움을 줄 사람은 영아迎兒밖에 없다고 여기는 한편, 영아迎兒는 그와 어떠한 이해관계에도 연루되지 않아서 부탁을 쉽게 들어줄 수도 있다고 여겼기 때문이기도 하다.

이 작품에서는 큰 손압사大孫押司와 영아迎兒의 접속과 단절만 일어나는데, 다른 작품에 비해서 접속과 단절의 장소, 접속과 단절의 과정이 구체적으로 나타나 있다. 접속과 단절의 구조를 '공간'과 접속과 단절의 특징을 중심으로 살펴보면, 접속(부엌: 의도)+단절(부엌: 자유) → 접속(길가: 의도)+단절(길가: 자유) → 접속(사원: 의도)+단절(사원: 자유)이다. 큰 손압사大孫押司와 영아迎兒가 접속한 곳은 큰 손압사大孫押司 집의 부엌, 길가, 동악묘東嶽廟이고, 세 차례 모두 큰 손압사大孫押司의 의도로 영아迎兒와 접속하고, 큰 손압사大孫押司가 스스로 사라지는 형태를 취한다. 큰 손압사大孫押司와 영아迎兒가 처음 접속한 곳은 부엌인데, 영아迎兒는 압사부인押司娘과 작은 손압사小孫押司의 해장국을 끓이려고 부엌으로 가고, 그곳에서 큰 손압사大孫押司의 혼령과 만나게 된다. 큰 손압사大孫押司는 영아迎兒에게 자신의 원한을 구체적으로 말하지 않고, 단지 억울함을 풀어달라는 말만 남기고 사라진다. 그는 자신의 죽음이 우연이 아니라 의도된 것임을 영아迎兒에게 암시하지만, 영아迎兒는 그가 나타난 것만을 보고 놀라서 기절한다. 이러한 태도는 그녀가 진정으로 그의 처지를 이해하려고 하지 않았을 뿐만 아니라, 그를 이해할 상황이 조성되지 않았다는 것으로 이해할 수 있다. 그를 단지 원귀寃鬼로만 여겼던 영아迎兒는 그가 접속을 시도했음에도 불구하고 서로가 대립 관계를 형성하여 내재적 접속을 이루지 못한다.

영아迎兒가 부엌에서 죽은 큰 손압사大孫押司를 본 일을 압사부인押司娘

에게 말하자, 그녀는 영아迎兒의 사심私心과 부주의함을 몰아세우며, 강제
로 시집보낸다. 영아迎兒의 남편 왕흥王興은 본래 행동이 불량한 사람으로
도박으로 모든 재산을 탕진하고 영아迎兒를 시켜 압사부인押司娘에게 돈
을 꾸게 한다. 영아迎兒는 압사부인押司娘에게 갔으나, 문이 이미 잠겨 있
어 하는 수 없이 그냥 돌아오다가 다시 큰 손압사大孫押司를 만난다. 큰
손압사大孫押司는 영아迎兒를 조용한 곳으로 불러내 은전을 주는데, 이때
영아迎兒는 이전에 부엌에서 처음 큰 손압사大孫押司를 봤을 때와는 다르
게 어느 정도 그를 받아들이는 태도를 보인다. 그녀가 부엌에서 큰 손압
사大孫押司를 보았을 때 큰 손압사大孫押司는 상당히 무섭고 괴이한 형상[21]
을 하고 있었기에 그녀는 상당한 충격을 받았다. 하지만 집으로 돌아오는
길가에서 만난 큰 손압사大孫押司의 모습은 이전과는 다른 모습을 하고
있어, 그녀의 두려움이 어느 정도 감소한다. 큰 손압사大孫押司는 그녀가
지금 이 순간 가장 필요한 것이 금전임을 알고 은자를 미끼로 다시 영아
迎兒에게 접근한다.

　비록 은자의 유혹이 그녀가 큰 손압사大孫押司를 받아들이는데 보다
더 중요한 역할을 했지만, 큰 손압사大孫押司의 외모와 복장의 변화도
그를 수용하는데 어느 정도 중요한 작용을 하였다. 그녀가 큰 손압사大
孫押司와 접속한 공간은 길가의 한적한 곳으로, 비록 개방적인 공간이라
고 할지라도 행인이 다니지 않는 장소이며, 날이 어두워 왕래하는 사람
이 더욱 적어 은밀한 공간이라고 할 수 있다.[22] 영아迎兒는 큰 손압사大孫
押司와의 두 번째 접속에서, 외형적 경향에서 점차 내재적 경향으로 변

---

21 한 사람이 부뚜막을 머리 위에 이고, 목에는 우물 난간을 걸치며, 머리를 풀어헤치고
　혀를 길게 내밀고 피 눈물을 흘렸다.(見一個人頂著灶床, 肷項上套著井欄, 披著一
　帶頭髮, 長伸著舌頭, 眼裡滴出血來。)
22 金明求, ≪虛實空間的移轉與流動 - 宋元話本小說的空間探討≫, 臺北: 大安出
　版社, 2004年, 295쪽 참조.

하고 있다. 큰 손압사大孫押司는 영아迎兒에 있어서 내재적 타자의 경향
으로 일관하고 있으며, 영아迎兒이 자신을 받아들일 수 있도록 접속 공
간('개인적 공간'에서 '공개적 공간')과 해결 방식('암시'와 '동정'에서 '금
전'과 '부탁')을 바꾼다.

큰 손압사大孫押司와 영아迎兒가 세 번째 만난 곳은 사원東嶽廟인데, 이
곳은 많은 사람들이 왕래하는 공개적 장소이다. 하지만 큰 손압사大孫押
司는 영아迎兒가 혼자 있는 틈에 신상의 형상泥神을 빌어 그녀에게 작은
종이를 건넨다.[23] 이 종이에는 그가 억울하게 죽은 원한을 풀어 달라는
의도가 깔려 있다. 영아迎兒는 처음 큰 손압사大孫押司와 접속했을 때와
는 달리, 그가 나타난 것을 더 이상 두려워하지 않는다. 그녀는 큰 손압
사大孫押司가 건네 준 종이에 어떤 사연이 있을 것으로 예측하고 바로
남편 왕흥王興에게 전해주고, 왕흥王興은 관가로 달려가 그 간의 자초지
정을 말한다.

세 번째 접속에서 영아迎兒와 큰 손압사大孫押司는 완전히 내재적인 자
아와 타자의 경향을 가진다. 영아迎兒는 큰 손압사大孫押司가 혼령이고,
신상神像의 형상을 빌어 자신에게 나타난다고 할지라도 더 이상 그를
거부하지 않고, 이해하려고 노력한다. 큰 손압사大孫押司의 접속은 지속

---

23 큰 손압사大孫押司는 영아迎兒에게 나타날 때 세 번의 형상변화를 가진다. 처음에는
　　살해되었을 당시의 비참하고 참혹한 모습이고, 두 번째는 어느 정도 외관을 갖춘 관리
　　의 모습이며, 세 번째는 악묘嶽廟에 있는 속보사速報司의 판관신상判官神像 모습이다.
　　이처럼 귀혼(주로 혼령)은 본래 '무형무성無形無聲'의 형태를 가지고 있기 때문에 자신
　　의 주검이나 기타 타자(이물物, 사람人)의 신체를 빌어서만 나타나고 사람들에게 인식
　　된다. 그러나 이러한 '유형有形'은 귀혼의 본질이 아니기 때문에 귀혼은 언제든지 자신
　　이 빌었던 형체를 떠나갈 수 있으며, 귀혼의 소실에 따라 '유형有形'도 '무형無形'으로
　　바뀐다. 그러므로 귀혼은 언제든지 자신이 원하든, 혹은 강압적이든 빌었던 형체를
　　버리고 순식간에 사라질 수 있다. 石育良, 〈死亡女鬼魂形象的文化學闡釋 - ≪聊
　　齋志異≫散論〉, ≪中山大學學報≫第2期, 1995年, 104쪽 참조.

적인 접속 형태를 보여주고 있으며, 그 접속의 피동자인 영아迎兒는 '거부'에서 '수용'으로 변화하고, 큰 손압사大孫押司를 대하는 시각에서도 '외형적인 자아'에서 '내재적 자아'로 바뀐다. 큰 손압사大孫押司는 영아迎兒의 심리 태도를 변화시키기 위해 다양한 방식으로 접속과 단절을 반복하며, 그녀에게 금전과 단서를 주면서 자신을 내재적 타자로 인식하도록 이끌어 낸다. 영아迎兒는 비록 자신이 주동적으로 나서지 못하고 남편 왕흥王興을 통해 사건을 해결하려고 하였지만,[24] 그 이면에는 큰 손압사大孫押司에 대한 인식의 변화가 크게 작용했다는 것을 알 수 있다. 비록 큰 손압사大孫押司가 억울하게 죽임을 당한 사실에 대한 중요한 단초를 판관의 꿈을 통해서 제시하였다고 하더라도, 결정적으로 영아迎兒의 도움이 없었다면 불가능했을 것이다. 귀혼은 판관에게 직접적으로 나타나기 보다는 중개인을 통해 판관이 스스로 사건을 해결하고 자신의 억울함을 풀어주기를 바란다.[25] 큰 손압사大孫押司는 영아迎兒와 접속과 단절의 과정에서 출현방식의 전환, 형상의 변화, 그리고 구체적 단서를 제공하면서 영아迎兒가 좀 더 적극적으로 사건을 해결할 수 있게끔 유도한다. 이 과정에서 접속 공간은 개인적 공간에서 공개적 공간으로, 단서의 제공은 암시적인 방식에서 구체적인 방식으로, 심리적 태도는 외형적 경향에서 내재적 경향으로 전환된다. 결국 큰 손압사大孫押司는 영아迎兒와의 세 번

---

24 영아迎兒가 직접 관아에 가서 고발하지 않고 남편을 통해서 고발하는데, 이것은 당시 부녀자가 직접 관아에 가서 고발하기 힘든 사회적 여건에도 기인하지만, 무엇보다도 그녀가 항상 남편의 횡포를 두려워하며, 모든 일에 자신이 주체가 될 수 없는 개인적 처지와도 관계가 있다.

25 '귀혼서사鬼魂敍事'의 작품에서 귀혼 자신이 직접 인간을 공격하는 경우, 대체로 인간의 방어에 밀려 패퇴하는 일이 많다. 반면에 중개인을 통해서 중재하는 경우는 모두 성공한다. 그러므로 '귀혼서사鬼魂敍事'라고 하지만, 서사의 중심축에는 여전히 인간이 서 있는 셈이다. 김재용, 〈귀신이야기의 기호학〉, 《한국학논집》제30권, 2003년 12월, 68쪽.

의 접속과 단절을 통해 자신의 목적을 이룬 셈이다.

이와 같이 지속적인 결합을 통해 인간과 귀혼은 상호 밀접한 반응을 보이며, 외형적·내재적 자아와 타자가 변화한다. 외형적인 타자로만 여겨졌던 귀혼에 대한 인간의 인식을 변화시키기 위해서 귀혼은 지속적으로 다양한 방식을 통하여 접속과 단절을 진행하고 있다. 이러한 과정은 외부의 강압적인 단절을 강화하는 것이 아니라, 오히려 귀혼에 대한 인간의 태도와 심리 변화를 이끌어, 자신의 원한을 풀기 위해서 다양한 방식과 형상으로 자유롭게 접속하고 단절하도록 유도한다. 이것은 접속하는 대상이 직접적인 원한의 제공자가 아니며, 오히려 그 원한을 풀어 줄 사람이기 때문에 가능한 것이다. 비록 접속하는 대상이 처음 접속에서는 어느 정도 두려워하지만, 접속이 진행될수록 이러한 두려움은 귀혼에 대한 연민, 이해와 수용으로 전환된다. 이것은 '강제적 단절'의 경우에 흔히 보이는, 귀혼이 자신의 원수에게 직접 나타나 복수하거나, 혹은 자신의 욕망을 채우기 위해 강제로 접속하는 것과는 사뭇 다르다. 귀혼은 인간에게 원한을 가졌더라도 직접적으로 해결하지 않고, 매개적 존재를 통해서 간접적인 복수를 진행하고 있다. 즉, 직접 원수에게 처벌을 가하는 것보다는 '법률'과 '판관'을 통해 가해자의 치죄를 모색하고 있는 것이다. 또한 자신이 직접 판관에게 나타나 억울함을 호소하지 않고, 매개자에게 지속적으로 나타나 단서를 주면서, 그를 통해 판관이 사건을 해결할 수 있도록 유도하고 있다.

≪경세통언警世通言≫제13권第十三卷〈삼현신포룡도단원三現身包龍圖斷冤〉에서 인간(영아迎兒)은 외형적 자아에서 내재적 자아로 변화하고 귀혼大孫押司은 내재적 타자의 경향으로 일관했다면, ≪서호이집西湖二集≫제7권第七卷〈각도려일념착투태覺闍黎一念錯投胎〉는 인간史彌遠과 귀혼濟王 모두 외형적 자아와 타자의 경향을 보이고 있다. 〈각도려일념착투태覺闍黎一念錯投胎〉에서는 인간과 귀혼의 접속이 분명하지만 단절이 모호하게

이루어진다. 그 이유는 개인과 개인의 접속이 아니라, 개인과 대중의 접속이므로 단절의 과정이 한 개인에게 집중되어 나타나지는 않기 때문이다. 그리고 인간과 귀혼이 여러 차례 접속과 단절을 진행하고 있지만, 한 개인에게 해를 입히거나 강압하지 않으며, 단지 자신의 억울함과 그 억울함을 풀지 못하는 분노를 대중에게 표출하고 있다. 귀혼은 자신의 임의대로 대중에게 나타나 접속과 단절을 반복한다. 이러한 이유는 귀혼이 어떤 특정 인물에 대한 원한을 구체적으로 드러내면서 그에게 복수하는 데 목적을 두지 않고, 단지 자신의 억울함과 울분을 표출하고자 하는 데 집중하기 때문이다. 인간과 귀혼의 접속은 개인이 아닌 대중과 이루어지며, 접속 후 상호 관계 형성에 있어서 개인과의 접속에 보이는 세부적이고 미묘한 긴장관계보다는 순간적이고 획일적인 대응관계만 이루어진다. 인간과의 심리활동 역시 상당히 간략하게 묘사되어 있으며, 대상과의 반응과 영향도 비교적 미약하게 그려지고 있다.

≪서호이집西湖二集≫제7권第七卷 〈각도려일념착투태覺闍黎一念錯投胎〉의 구체적인 줄거리를 살펴보면, 송宋 효종孝宗 때에 재상인 사호史浩는 나이가 오십이 넘도록 아들이 없었다. 그는 각도려覺闍黎 장로長老와 친하게 지냈는데, 각장로覺長老는 부귀에 대한 욕심이 발동하여 25년 동안의 수련이 물거품이 되었다. 그는 죽어서 사호史浩의 아들인 사미원史彌遠으로 환생하였다. 사미원史彌遠은 영종寧宗 때에 재상인 한차주韓侂冑를 죽이고 재상이 된다. 이어서 귀비인 양후楊后, 楊貴妃와 정을 통하였다. 영종寧宗이 병으로 승하하자, 그들은 귀성태자貴誠太子를 이종理宗으로 즉위시키고, 귀화태자貴和太子를 제남군왕濟南郡王으로 봉했다. 제왕濟王이 호주湖州에서 지내고 있을 때, 반도叛徒인 반임潘王과 반병潘丙이 군왕부郡王府로 쳐들어와 제왕濟王을 강압하여 황제로 즉위시키려고 하였다. 제왕濟王이 그들의 그릇된 속셈을 알아차리고 허락하지 않으려 했지만 위협 때문에 하는 수 없이 반도叛徒들의 요구에 응하여 억지로 황제로 등극하

였다. 반임潘壬과 반병潘丙은 거짓으로 방문을 내걸고, 의병을 모았다. 이에 멀리서 의병이 몰려들었지만, 겨우 촌민 100여 명에 불가했다. 이후에 반임潘壬과 반병潘丙은 잡혀서 죽게 되고 제왕濟王은 이 일로 병을 얻게 되었다. 사미원史彌遠은 관리를 파견하여 제왕濟王을 위로하는 척하면서, 몰래 독살시킨다.

동틀 무렵에 이르러 살펴보니, 겨우 태호太湖의 어민과 순사巡司[26] 궁병弓兵을 합하여 백여 명뿐이었다. 창과 검을 들고 오는 이도 있었고, 어떤 이는 창과 검은 없었지만, 손에는 모두 작살이나 몽둥이를 들고 있었다. 제왕濟王은 일이 성사되지 않았음을 알고, 주장州將에게 병사를 이끌고 돌아가게 하고 이 약간의 무리들을 모두 무찔러버렸다. 이후에 사방에서 병사를 배속하여 도적을 처단하니, 도적 무리들은 이미 모두 몰살당했다. 제왕濟王은 크게 놀라, 병을 얻었다. 사미원史彌遠은 관리를 파견하여 제왕濟王을 위로하였다. 한편으로는 태의원太醫院에 명을 내려 병세를 살펴보라고 하면서, 몰래 독약不按君臣佐使的藥을 처방하였다.[27] 제왕濟王은 순식간에 온 몸에서 피를 토하며 죽고 말았다. 제왕濟王은 억울하게 죽어서 원혼이 흩어지지 않고, 종일 머리를 풀어 헤치고 사람들 앞에 나타나 기이한 일을 일으키고 해를 끼쳤다. 사미원史彌遠은 몹시 두려웠지만, 단지 제왕濟王의 무덤을 이장하고, 불사佛事를 벌려 혼을 제도濟度할 뿐이었다. 이후 사미원史彌遠은 누구에게도 구속받지 않고 제멋대로 굴었으며, 하루 종일 궁에서 양후楊後와 술을 마시며 즐겼는데, 외부의 사람들도 모두 다 알게 되었다.[28]

---

26 순사巡司는 순검사巡檢司라고도 하며, 지방의 치안을 담당하는 직책을 일컫는다.
27 '군신좌사君臣佐使'는 정치제도에 견주어 약을 처방한 데서 비롯된 한의학상의 처방법을 말한다. 여기서 군君은 군약君藥을 뜻하는 것으로, 처방에서 가장 주된 작용을 하는 약물로 대표적인 증상에 적합한 것을 말한다. 신臣은 신약臣藥으로 주主 작용 약물인 군약의 효력을 보조해주고 강화시키는 약물이다. 좌약佐藥은 군약이 유독有毒한 경우 그 독성을 완화해줄 때, 혹은 주된 증상에 수반되는 증상들을 해소할 목적으로 사용하는 약이다. 사약使藥은 처방의 작용 부위를 질병 부위로 인도하는 작용과 여러 약들을 중화하는 역할을 한다. 여기서의 '不按君臣佐使的藥'은 독약毒藥을 의미한다.
28 及至天明一看, 不過是太湖中漁戶及巡司弓兵百餘人而已, 有的有鎗刀, 有的沒鎗刀, 手中都執著漁叉, 白棍。濟王知事不成, 就與州將勒兵轉去, 把這一幹人勒

제왕濟王은 사후 억울함으로 인해 혼백이 흩어지는 대신 귀혼이 되어 여러 차례 사람들 앞에 나타난다. 이 과정에서는 어떤 한 개인에 대한 귀혼의 접속 대신, 다수의 사람들과 귀혼의 접속이 포괄적으로 그려지고 있다. 비록 원문의 짧은 서사는 인간과 귀혼이 구체적으로 어떤 교감이 있었는지, 서로 어떠한 소통을 진행하며 상호 외·내재적 경향을 어떻게 표출했는지 상세히 보여 주지는 않는다. 하지만 이야기 전후의 흐름과 세부적 묘사를 살펴보면, 인간과 귀혼의 접속과 단절에서 외형적 심리 경향을 가지고 있음을 알 수 있다.

제왕濟王은 죽어서 처참한 모습으로 나타나 사람들에게 동정과 이해를 구한다. 귀혼의 이러한 접속에 위협을 느낀 사미원史彌遠은 비록 자신에게 어떤 해를 입히지는 않았지만, 자신의 안위를 걱정하여 제왕濟王의 무덤을 이장하고, 불사佛事를 벌여 그를 위로한다. 이것은 강력한 제재와 단절을 통해서 귀혼을 제압하는 것이 아니라, 귀혼을 어우르고 진정시켜 자신의 심리적 안정을 얻기 위해서다. 물론 이것은 사미원史彌遠이 자신의 잘못에 대해서 어느 정도 두려움을 가지고 있었기 때문이기도 하지만, 자신에게 구체적으로 어떤 해를 가하지 않았기 때문에 귀혼을 위로하는 방식을 택한 것이다. 제왕濟王은 자신의 억울함을 풀고 싶은 감정과 이러한 사연을 대중에게 알리기 위해 기이한 일을 일으키고, 해를 끼치는 외형적 타자의 특징이 강하게 나타난다. 그와 접속한 인간들도 그를 이해하기 보다는 어느 정도 거리를 두는 외형적 자아

滅已盡。後來四處調兵前來殺賊, 那賊已通殺完了。濟王驚懼, 因此得病。史彌遠遣官來諭慰濟王, 一壁廂命太醫院來看視, 暗暗下了一貼不按君臣佐使的藥, 霎時間, 濟王九竅流血而死, 嗚呼哀哉矣。那濟王死得甚是可憐, 冤魂不散, 終日披頭散髮, 現形露體, 作神作禍。彌遠恐懼, 只得把濟王來改葬, 又作佛事超度。後來彌遠無人拘管, 一發放肆, 終日在於宮中與楊後飮酒取樂, 外邊人通得知。(≪西湖二集≫第七卷〈覺闍黎一念錯投胎〉)

의 특징을 가지고 있다. 이러한 관계는 사미원史彌遠에 있어서도 예외가 아니다. 사미원史彌遠을 포함한 대중과 제왕濟王은 서로 다른 경향을 가지고 일정한 간격을 유지하고 있지만, 인간과 귀혼의 접속과 단절에 있어서 서로 같은 경향과 방식을 보여주고 있다.

이처럼 자유적 단절에서 인간은 외형적 경향에서 내재적 경향으로 변하고, 귀혼은 내재적 경향으로 일관하거나, 혹은 인간과 귀혼 모두 외형적 경향을 가지는 경우로 나타난다. 인간과 귀혼의 접속에서 귀혼은 인간에게 의도적으로 접속하며, 인간을 원한을 하소연하거나 소원을 이루기 위한 매개자로 여긴다. 인간은 욕망 해결의 궁극적 대상이 아니며, 귀혼의 욕망을 이루는데 어떤 작용이나 역할을 할 뿐이다. 귀혼이 인간과의 접속에서 의도적으로 혹은 우연히 접속했다고 하더라도, 단절에 있어서는 자유롭게 사라지는데, 이 과정에서 인간과 귀혼의 서로 다른 심리적 경향과 그 경향에 따른 반응이 다양하게 나타나는 것을 볼 수 있다.

5. 나오는 말篇尾

본 글에서는 접속과 단절의 강제적 경향과 자유적 경향과 인간과 귀혼의 외형적·내재적 자아와 타자가 어떻게 관계하며 작용하는지 살펴보았다. 인간과 귀혼의 접속 유형에는 '단순 결합', '반복 결합', '지속 결합'이 있다. '단순 결합'과 '반복 결합'의 접속은 한 개인에게 집중적으로 나타나므로 의도적 접속이 강하지만, '지속 결합'의 경우에는 의도적 접속뿐만 아니라 자유적 접속도 일부분 나타난다. '단순 결합'과 '반복 결합'에서의 접속은 한 개인 혹은 어떤 인물에게만 편중되어 나타나지만, '지속 결합'에서의 접속은 어떤 한 개인에게 집중되는 것뿐 아니라 여러 사람에게로 분산되어 접속하기도 한다.

인간과 귀혼의 '지속 결합'에서도 귀혼의 주도적인 접속이 주를 이룬다. 반면 단절은 강제적 단절과 자유적 단절이 나타난다. 강제적 단절은 인간과 귀혼이 여러 번 접속하고 단절했을 때, 귀혼의 자유 의지가 아닌 제3자의 힘에 의해서 단절되는 경우를 말한다. 이러한 단절의 경우, 인간과 귀혼의 접속이 상호 소통하는 내재적 경향을 가지기보다는 외형적인 거부의 측면이 더 분명하게 드러난다. 이때의 인간은 귀혼을 소통불변의 존재, 거부의 대상으로만 인식하고 있으며, 귀혼은 인간과 진정으로 교감하기보다는 자신의 욕망을 실현하는 대상으로만 여기고 있다.

자유적 단절은 귀혼이 자신의 원한을 풀기 위해서 다양한 방식과 형상으로 자유롭게 접속하고 단절하는 경우를 말한다. 귀혼은 주로 외형적 타자로 인식되어 왔으나, 다양한 방식을 통해 접속하고 단절하면서 인간의 태도와 심리의 변화를 야기한다. 접속하는 대상이 직접적인 원한의 제공자가 아니라 원한을 풀어 줄 사람이기 때문에 접속과 단절이 자유롭다. 때문에 외부의 힘으로 강제적으로 단절할 필요가 없다. 또한 접속하는 대상 역시 첫 접속에서는 어느 정도 두려워하지만, 접속이 계속해서 진행될수록 이러한 두려움은 귀혼에 대한 연민, 이해와 수용으로 전환된다.

이와 같이 인간과 귀혼의 '지속 결합'에서 외형적·내재적 자아와 타자가 변화하는 접속과 단절의 과정을 통해 인간과 귀혼이 상호 밀접하게 반응하는 것을 구체적으로 살펴 볼 수 있다. 인간은 귀혼을 외형적 타자로만 인식하는 대신, 귀혼의 외형적 타자의 경향을 점차적으로 강화하거나 내재적 타자로 인지하고, 또는 외형적 경향에서 내재적 경향으로 바뀌기도 한다. 이는 인간도 마찬가지로, 외형적 자아와 내재적 자아를 강화하거나 혹은 양자가 서로 교착하면서 다양한 방식의 접속과 단절을 통해 심리적 변화를 일으키고 있다. 이러한 특징은 인간과 귀혼의 '외형적'과 '내재적' 자아의 이행 및 '자아'와 '타자'의 반응과 변화과정을 다각적으로 살펴보는 데 있어서 중요한 의미를 지닌다.

제3장

인간과 귀혼의 단절人鬼斷絕

1. 들어가는 말入話

중국 고전소설의 서사구조에서 '현실'과 '환상'의 적절한 조화는 대중적인 흥미를 유발하는 중요한 요인이다. 독자는 현실과 이상의 접점에서 두 세계를 넘나드는 독서경험을 통해 예술적 감흥을 얻게 되며, 그 속에서 일종의 문학적 카타르시스를 느끼게 된다. 공간과 시간의 부조화, 인간과 귀혼의 접속, 이성理性과 수성獸性의 대립, 삶과 죽음의 반복 등에서 나타나는 환상적 요소들은 종종 '몽경夢境', '선계仙界', '지옥地獄', '귀혼鬼魂', '이물異物' 등의 제재로 구체화되기도 한다. 특히 현실적 서사(현실계現實界)를 대표하는 '인간과 환상적 서사(이계異界)를 대표하는 '귀혼'의 접속은 현실과 환상을 주요 내용으로 하는 작품에 있어서 주제를 부각시키고 사건이나 배경을 구성하고 이끌어 가는데 중요한 역할을 담당한다.

현실과 환상의 결합을 주요 제재로 하는 작품에서 귀혼은 대부분 인간과 대립하고 갈등을 일으키는 대상으로 그려지고 있다.[1] 여태껏 귀혼

1 중국 고전소설에서 인간과 귀혼은 보통 우호적 관계, 보완적 관계 보다는 대립적 관계, 적대적 관계만을 부각시켜, 인간은 귀혼을 굴복시키려 하고, 귀혼은 인간을 굴복시키려

은 단지 상대적인 인간의 특징을 강조하거나, 줄거리의 곡절함과 흥미만을 제고시키는 보조적인 기능만을 담당한다고 인지되었다. 그러나 '귀혼'은 삶·이성을 기반으로 한 세계의 절대적 타자이거나 인간과 대립하는 비인간적 존재이기만 한 것이 아니라 인간처럼 반응하는 등 인간의 다양한 면이 투영되고 굴절된 존재이기도 하다.[2] 독립적으로 출현한 이물이 아니라 '한때 인간이었던' 귀혼의 경우, 인간으로서 포기할 수 없는 염원과 감정들을 '귀혼'과 '환상'이라는 매체를 통해서 충실히 반영하고 있다. 귀혼은 단순히 인간과 대립 혹은 인간을 보완하는 대상의 출현 혹은 거부의 대상만이 아니며, 인간과 소통하고 그것에 따라 다양한 심리변화와 내재적 특징을 보여주는 존재로 이해될 필요가 있다. 물론 귀혼이 인간의 여러 면이 굴절된 양상이라고는 하나, 부속적인 역할에만 매여 있지는 않다는 점을 주의해야 한다. 귀혼은 인간에게 자신의 감정과 요구를 드러내기도 하는 존재이기도 하다.

　귀혼은 인간의 또 다른 내면의 모습으로 주관적 관념과 대상의 반영인 동시에 자신의 역할과 각성을 가진 객관적인 실체인 것이다. 그러므로 인간과 귀혼의 접속과 단절의 과정은 인간과 귀혼의 관계에 있어서 '대립'과 '구속', '복수'와 '화해', '이해'와 '수용'뿐만 아니라, 그 이면에 감취진 '자아'와 '타자', '외형'과 '내재', '사람'과 '이물'에 대한 각각의 특징과 상호 반응을 다각적으로 보여준다고 할 수 있다.

　송원명화본소설宋元明話本小說 작품에서의 인귀人鬼의 '접속'과 '단절'은

한다. 인간과 귀혼은 서로 신뢰하지 못하고 자신의 의지만 주장하는 평행선을 달리게 된다. 신원기, 〈鬼神談에 나타난 人鬼의 關係 樣相과 意味 - 《於于野談》과 《靑邱野談》을 중심으로〉, 《어문학교육》제21집, 1999년 11월, 218쪽 참조.
2 박진, 〈공포영화 속의 타자들: 정신질환과 귀신이 만나는 두 가지 방식〉, 《우리어문연구》제25집, 2005년, 184쪽; 兪曉紅, 〈古代哲學'鬼魂'意象的文化索解〉, 《湖南農業大學學報》第1卷 第2期, 2000年 6月, 49쪽.

이러한 '자아'와 '타자', '외형'과 '내재', '사람'과 '이물'의 요소가 복합적으로 얽혀 있다.³ 만약 이러한 다각적 관점과 시각으로 인간과 귀혼의 접속과 단절을 살펴본다면, 인간이 귀혼과 접속할 때 '외형적 자아'와 '내재적 자아'가 어떻게 변화하며 귀혼 또한 접속 대상에 따라 어떻게 반응하고 영향을 받는지 자세히 살펴볼 수 있다. 만약 귀혼과 인간을 한 연장선상에 두고 서로의 반응에 따라 다양하게 위치하는 점에 주목한다면, 인간과 귀혼의 관계를 이분법적 대립과 긴장관계에서 벗어나 다각적인 연구가 가능할 것이다.

본 장에서는 현실공간에서의 인간과 귀혼의 '지속 결합'을 중심으로, 단절의 '강제적 경향'과 '자유적 경향'이 인간과 귀혼의 외형적·내재적 자아와 타자에 끼치는 영향과 작용을 살펴보고자 한다.⁴ '단순 결합'과

---

3 인간과 귀혼의 '자아'와 '타자', '외형'과 '내재'의 구분은 상당히 중요하다. 이 네 가지 요소는 인간과 귀혼의 내·외적 심리의 변화 및 상호간의 영향 관계를 살펴보는데 중요한 의미를 지니고 있다. 인간과 귀혼의 '자아'와 '타자', '외형'과 '내재'의 개념을 간략하게 구분하면, '자아'는 개인적인 생각, 가치, 열망, 감정, 욕망뿐만 아니라, '정체성', '주체', '주체성'이라고 하기도 하며, 인간주체가 행위의 주체가 되기도 한다. '타자'는 단순히 자신과는 다른 상대방일 수도 있고, 어떤 집단이나 단체, 혹은 전체 사회나 국가, 민족, 세계이거나 심지어는 어떤 관념이나 상징, 법규, 체제, 시간을 일컫는 것이기도 하다. 그러나 본 연구에서는 인간을 인식의 주체로 하여 '자아'는 인간을, '타자'는 인간과 상대되는 비인간적 존재로서의 '타자'에 한정하고자 한다. '외형적 자아'는 외형적으로 드러나는 행동, 언어, 습성, 시각 등 형이하학적 특징을 가지고 있으며, '내재적 자아'는 인식, 관념, 이상, 가치, 이념 등 형이상학적 특징을 가지고 있다. 타자의 형태도 자아와 마찬가지로 크게 '외형적 타자'와 '내재적 타자'로 나뉠 수 있다. '외형적 타자'는 타자의 외형, 속성, 행동, 언어, 표정 등 겉으로 나타나는 특징을 가지고 있고, '내재적 타자'는 타자의 내면적 속성, 회상, 자각, 용서, 이해 등 정신적 후퇴와 성찰의 반응을 수반하는 것을 말한다.
4 인간과 귀혼의 '접속'과 '단절'에는 여러 유형이 있는데, 크게 세 가지로 나눌 수 있다. 첫째, '접속+단절'인 경우인데, 접속과 단절의 '단순 결합'으로 볼 수 있으며, 작품 중에서 가장 일반적으로 보이는 형태이다. 둘째, '접속+단절+접속+단절'인 경우이며, 접속과 단절의 '반복 결합'이라고 할 수 있다. 이 경우는 '단순 결합'의 반복인 셈인데,

'반복 결합'에서의 단절은 강제적 단절이 주를 이루고 자유적 단절은 일부에 불과한 반면, '지속 결합'은 '강제적 단절'과 '자유적 단절'이 각각 나타나거나 서로 혼재되어 나타나기도 한다.[5] 특히 강제적 단절과 자유적 단절이 혼재되어 나타나는 경우, 인간과 귀혼 서로간의 복잡한 심리과 인식 과정을 다양한 반응들을 구체적으로 드러낸다.

본 글에서는 '지속 결합' 중에서도 '강제적 단절'과 '자유적 단절'이 같이 나타나는 작품을 통해 인간과 귀혼의 외형적·내재적 자아와 타자의 변화와 반응, 대응을 살펴보고자 한다. 이러한 분석을 통해 인간과 귀혼의 '외형적'과 '내재적' 심리 태도의 지속과 변화, '자아'와 '타자'의 반응과 관계를 다각적이고 입체적으로 고찰할 수 있을 것이다.

2. 인간과 귀혼의 접속과 단절

인간과 귀혼의 '접속'과 '단절'에는 '접속+단절'의 구조를 가진 '단순 결합', '접속+단절+접속+단절'의 구조를 가진 '반복 결합', 그리고 '접속+단절+접속+단절+접속+단절'의 구조를 가진 '지속 결합'이 있다. 이 중 '지속 결합'은 '접속+단절'이 계속적으로 반복되는 경우로, '단순

___

귀혼의 접속이 첫 번째보다 빈번하다. 셋째, '접속+단절+접속+단절+접속+단절'인 경우이고, 접속과 단절의 '지속 결합'이라고 할 수 있다. 인간과 귀혼의 결합에 대한 연구로는 제1장과 제2장에서 다룬 바 있는데, 제1장은 인간과 귀혼의 '단순 결합'과 '반복 결합', 제2장은 '지속 결합'을 중심으로 공간과 접속유형, 그 내용과 결합 구조를 살펴보았다. 본 장에서는 '지속 결합'을 토대로 '강제적 단절'과 '자유적 단절'이 결합된 작품을 중심으로 살펴보고자 한다. 이러한 작품의 분석을 통해서 인간과 귀혼의 '외형적'과 '내재적' 심리 태도의 지속과 변화, '자아'와 '타자'의 반응과 관계를 다각적이고 입체적으로 살펴볼 수 있을 것이다.

5 접속과 단절이 지속적으로 일어나는 '지속 결합'은 단순히 일차적인 결합(단순 결합)보다는 인간과 귀혼의 소통을 자세히 살펴볼 수 있고, 반복에서 나타나는 획일적이고 산만한 형식(반복 결합)보다는 인간과 귀혼의 관계를 보다 다각적으로 살펴볼 수 있다.

결합'과 '반복 결합'보다 단절이 여러 형태로 나타나므로 인간과 귀혼, 상호간의 반응과 소통과정을 자세하게 고찰할 수 있다.

귀혼은 왜 지속적으로 인간과 접속을 시도하는가? 작품에서 나타나는 귀혼은 개인 혹은 다수이며, 그들 나름대로 사연과 목적을 가지고 다양한 방식을 통해 인간과 교섭하고자 한다. 귀혼의 출현과 퇴장에 대해 획일적인 법칙을 적용하기는 어려우나, 그 심리적 기저는 다음 몇 가지로 귀결된다고 볼 수 있다.

첫째, 자신의 욕망 실현에 있다. 귀혼이 생전에 실현하고자 하는 욕망은 사회규범이나 제도, 이성적 억압에 의해 제한되고 억제된다. 이는 그 당시 사회의 정치, 사회, 경제적 억압과 그로 인해 굴절된 민중들의 욕망과 한, 생존의 전략이 반영된 것이기도 하다.[6] 귀혼은 귀혼이 된 후 모든 사회적 구속과 억압에서 벗어나고, 이성적 통제 능력을 상실한다. 귀혼은 자신의 욕망을 실현하고자 모든 수단을 동원하며, 그것에 수반되는 죄의식, 불안, 걱정 등 심리적으로 위축되지도 않고 사회적 제재, 도덕적 규범에서도 제한을 받지 않는다. 그들은 자신의 욕망만을 중시하며, 인간을 자신의 의지대로 조종하면서 그 욕망을 채우려고 한다. 반면이 욕망의 대상인 인간은 심한 고통과 강한 거부감을 보인다.

둘째, 사회구성원으로의 복귀와 인간관계의 지속을 원한다. 귀혼은 생전에 인간이었으며, 인간의 문화를 공유하였다. 그러나 죽은 후 다른 세계에 속한 존재가 되었고, 인간과의 소통은 단절되었다. 귀혼은 인간과의 접속을 통해서 생전에 가졌던 사회 공동체 구성원으로서 지속성을 인정받고 싶어 하며, 그 속에서 자신의 존재성과 상징성을 획득하고자 한다. 또한 인간과의 관계를 회복하여 그 관계를 유지하면서 인간과 지

---

6 유세종, 〈루쉰의 귀신과 민중 - ≪태평시대의 귀신노래≫를 읽기 위하여〉, ≪中國現代文學≫第19號, 2000년 12월, 289쪽.

속적으로 접속하고자 한다. 이러한 과정을 통해서 귀혼은 사회구성원으로서의 회복을 기대한다. 그러나 중국 고전소설 작품 속에서 자주 등장하는 '인귀도수人鬼道殊'의 주제와 같이, 귀혼과 인간은 이미 서로 다른 세계에 속해 있어서 비록 귀혼이 인간과 소통을 원하고 유지하려 해도 인간 사회의 규범은 귀혼을 용납하지 않는다.

셋째, 정신적 균형을 회복하고, 인간 사회에 원활하게 정착하고자 한다. 귀혼은 일단 인간과는 다른 존재이므로 인간을 중심으로 하는 현실 세계에서는 철저하게 배척당한다. 귀혼이 인간에게 접속하는 것은 소외된 자로서 정신적인 균형을 회복하고자 하는 것이다. 자신이 죽고 난 후의 정신적 공허감, 고독, 슬픔을 지속적인 접속을 통해서 극복하고자 한다. 이는 귀혼의 육체적 교환交歡뿐만 아니라, 잃어버린 정신적 균형을 회복하고 인간과의 원활한 정신적 소통을 원하기 때문이다.[7]

넷째, 자신의 가치와 존재감을 인간에게 증명하려고 한다.[8] 귀혼은 한때 산 사람과 같은 한 인간이었으며, 여러 사람들과 관계를 이루고 그 속에서 존재를 인정받았다. 그러나 죽고 난 후 인간과는 다른 존재가 되었고, 인간에게서 잊혀져가게 되었다. 귀혼은 지속적으로 인간과 접속하면서 자신의 존재를 인간에게 각인시키고 존재감을 획득하고자 한다.

---

7 귀혼은 작품 속에서 종종 인간으로 분장하여 나타나곤 하지만, 본래 인간과 다른 형태를 가지고 있으며, 인간과 같은 형태를 지속적으로 유지할 수가 없다. 비록 긴 시간(몇 개월 혹은 몇 년)동안 인간의 모습을 유지한다고 할지라도 언젠가는 그 본 모습이 드러나며 이때 인간과의 관계는 단절된다. 비록 육체적으로는 인간과 영원히 같이 지낼 수 없지만, 정신적인 소외감은 어느 정도 회복할 수 있다.

8 김재용은 그의 논문 〈귀신이야기의 기호학〉에서 귀혼의 등장은 자신의 가치를 증명하기 위한 마지막 방어기제라고 말하고 있다. 송원명화본소설宋元明話本小說에서도 귀혼은 지속적으로 인간과 접속하면서 자신의 존재를 인간에게 알리고자 하며, 그 과정을 통해서 자신의 존재감을 획득한다고 할 수 있다. 김재용, 〈귀신이야기의 기호학〉, 《한국학논집》제30권, 2003년 12월, 68쪽 참조.

귀혼은 인간과의 접속을 통해 큰 목적을 이루기보다는 자신의 존재와
가치를 알리는 것에 주력한다. 이는 귀혼이 인간에게 접속하고서 스스로
단절하거나, 귀혼의 접속 의도나 목적이 분명하지 않거나, 또는 강한 접
속 의지 없이 출현하는 경우에 주로 나타난다. 귀혼은 인간과의 접속과
단절로 자신의 존재를 더욱 부각시키면서 자신의 처지와 슬픔을 위로받
고자 한다.

이처럼 귀혼이 인간과의 접속을 시도하는 데에 다양한 심리적 원인들
이 있다. 귀혼의 접속은 상당히 의도적이며 주동적이다. 단 단절의 경우
에는 외부의 힘이나 세력(도사道士, 진인眞人 등)에 의한 강제적 단절과
스스로 접속을 끊는 자유적 단절의 경향을 동시에 보여 주고 있다. 강제
적 단절과 자유적 단절의 구분은 단절에 있어서 귀혼의 구속의지가 구
체적으로 나타나는가, 아니면 귀혼의 자유 의지가 더 강하게 나타나는
가에 따라 결정된다.

인간과 귀혼의 접속과 단절의 유형에서 '단순 결합'의 경우, 강제적으로
단절되거나 스스로 단절하는 것 중에서 어느 한 가지 형태를 보인다. '반
복 결합'에서는 두 가지가 혼재해서 나타나기도 하나 그 형태는 상당히
제한적이다. 반면 '지속 결합'은 접속과 단절의 결합이 지속적으로 연계하
여 발생한다. 의도적·반복적인 접속으로, 접속과 단절의 '규범화(접속＋
단절＋접속＋단절＋접속＋단절)' 특징을 보인다. '지속 결합'은 단절은
'분절'로 더 세분화되기도 하며,[9] 분절은 단절로, 단절에서 또 다른 접속으
로 이어지기도 한다.[10] 이는 귀혼의 끊임없는 접속 의지를 보여주는 한편,

---

9 '단절'은 여러 '분절'을 염두에 둔다. 즉, 여러 분절은 접속과 단절을 위한 일종의 '과정'
이라고 볼 수 있다. 여러 분절이 인간과 귀혼의 접속에서 단절을 이끌어 내는 과정에
속한다면, 단절은 이러한 분절을 기초로 인간과 귀혼의 접속에서 외형적, 내재적 경향
을 확정짓는 역할을 한다.
10 '단절'이란 '접속'과 상대되는, 고정된 의미를 가지지만, '분절'은 하나 내에서의 또 다른

귀혼과 인간의 소통에 있는 보이지 않는 장애 때문에 진정한 교감을 얻기 위하여 여러 차례 접속을 시도해야 한다는 점을 보여주기도 한다.[11]

인간과 귀혼의 '지속 결합'에서는 접속과 단절, 단절과 또 다른 접속으로 이루어질 뿐 아니라, 접속과 단절이 양분화 되는 '이분화(접속 ‖ 단절)'의 특징도 가지고 있다. 또한 단절에 있어서 다시 여러 분절로 나눠지는 '세분화(접속＋[분절＋분절]＋단절＋[분절＋분절]＋접속)'의 특징을 가지고 있으며, 접속과 단절이 계속적으로 순환되는 '지속화(접속⟵단절)'의 특징도 가지고 있다. '이분화'를 통해서 접속과 단절의 구분과 관계를 나타내고, '세분화'를 통해서 귀혼과의 접속의 '다양성'과 '미시성'을 보여주며, '접속화'를 통해서 지속적으로 교감하는 특징을 이끌어낼 수 있다. 이러한 다양성은 전체 줄거리 구조, 주제의 부각, 수사기교와의 적절한 조화 그리고 인물의 행동과 심리 경향에 의해서 복합적으로 나타난다. 작품에서 나타나는 접속과 단절의 다양한 양상은 단순히 인간과 귀혼의 결합과 격리로 나타나는 물리적 현상만이 아닌 포괄적 개념으로 이해되어야 할 필요가 있다. 이러한 결합 과정을 통해서 인간과 귀혼의 외형적·내재

구분으로 나아가는 연속의 특징을 가진다. 그러므로 단절이 다른 것과 구분의 특징을 가지고 있다면, 분절은 일정부분 공통적인 부분을 가지면서 나누어지는 연속의 특징을 가진다고 할 수 있다. 분절은 접속에서 나누어지고, 다시 통합되고 다시 나누어진다. 단절과 단절, 혹은 접속과 단절 사이에 무수히 존재하는 미미한 분절을 모두 연구 범위에 포함하여야 하지만, 접속과 단절, 그리고 분절의 상호 관계가 작품마다 각기 다르게 나타나고, 상당히 복잡하게 얽혀있어서 그 관계를 세밀히 고찰하는데 상당한 어려움이 따른다. 또한 지면의 제한과 연구의 집약성을 위하여 단절과 분절의 관계와 특징에 대한 고찰은 다음 논문으로 미루고자 한다.

11 '귀혼현현鬼魂顯現' 현상은 인간과 귀혼의 접속과 단절로 이루어지지만, 그 가운데는 수많은 분절이 나타난다. 분절은 단절의 일부분이며, 분절과 단절, 또 다른 접속이 교차적으로 나타난다. 접속에서 단절이 일어나는 과정에 수많은 미시적인 분절이 일어나고, 접속도 수많은 분절과 파생적으로 연결되어 있으며, 단절의 발생과도 깊이 관여하고 있다. 이렇듯 단절과 분절, 접속은 상호 긴밀하게 연결되어 있으며 서로 다양하게 반응하고 있다.

적 자아와 타자의 변화와 소통을 다각적으로 보여줄 수 있다.

접속과 단절의 결합에서 접속이 중요하지만, 보다 중요한 것은 단절이 어떻게 이루어지느냐는 것이다. 접속은 귀혼의 일방적인 주도로만 이루어지며, 접속이 지속되더라도 접속 과정에서 심리적 경향이 바뀌는 것은 매우 드물다. 그러나 단절의 경우에는 외형적·내재적 특징이 지속·강조되거나, 상호 전환되거나, 동시에 존재하는 등 다양한 형태로 나타날 수 있다. 단절의 다양한 형태를 통해 인간과 귀혼의 소통 과정을 구체적으로 살펴볼 수 있고, 인간과 귀혼의 복잡한 심리와 태도를 세부적으로 고찰할 수 있다.

귀혼과 인간은 위진남북조지괴소설魏晉南北朝志怪小說과 당전기소설唐傳奇小說에서 이분화된 존재로 나타난다면,[12] 송원화본소설宋元話本小說에서는 상호 유기적으로 반응하고 결합하는 것을 보여준다. 인간과 귀혼은 비록 서로 동일선상의 대척점에 위치하고 있지만, 이 '대척점'은 상대방의 특징과 관계에 따라 '합일점'이 되기도 하고, 이 둘을 분리시키는 또다른 '변별점'이 되기도 한다. 인간과 귀혼의 접속과 단절은 서로 배척하거나 적대시하며 대립하는 상태를 보여주는 것만이 아니라, 상호의 존재의 외형적·내재적 특징을 더욱 구체화하고 관계를 통해 특징을 뚜렷하게 부각시키면서 유기적 연관성을 나타내기도 한다.

송원명화본소설宋元明話本小說에서 인간과 귀혼의 '지속 결합'은 확실한

---

12 위진남북조지괴소설魏晉南北朝志怪小說과 당전기소설唐傳奇小說에서의 인간과 귀혼의 결합이 반드시 이분화된 존재로 서로 대립하거나 긴장관계를 형성하는 것은 아니다. 귀혼이 선의의 의도로 인간과 접속하는 경우에는 내재적 소통이 이루어진다. 그러나 단순히 자신의 목적을 이루기 위하여 현현하는 경우는 인간을 단지 욕망실현의 대상으로만 여겨서 상호간의 대립과 긴장 관계만을 형성한다. 위진남북조지괴소설魏晉南北朝志怪小說과 당전기소설唐傳奇小說에서 인귀人鬼의 접속을 주요 내용으로 하고 있는 작품에서 비록 내재적 소통의 형태가 나타난다고 하더라도, 빈번하게 일어나지 않으며, 또한 전면적으로 드러나지도 않는다.

단절과 거부의 관계가 주를 이루는 이전의 소설 작품과는 다른 경향을
보인다. 귀혼의 접속과 단절이 이루어지는 작품에서의 세계는 현실계와
다르나 귀혼을 상상의 존재, 불가능하거나 현실 도피의 주관적 대상으로
만 인식하지도 않는다. 인간과 귀혼의 내·외재적 변화와 소통이 다각
적으로 나타나며, 이전의 획일화된 구분과는 달리 귀혼은 인간과 공존하
는 또 다른 존재로 인식된다.

3. 강제적 단절과 자유적 단절의 심리적 특성

인간과 귀혼의 단절이 강제적 혹은 자유적으로만 이루어지는 경우와
는 달리, 강제적과 자유적인 경향이 함께 나타나는 경우가 있다.[13] 인간
과 귀혼이 여러 차례 접속하는 과정에서 상황에 따라 강제적 단절과 자
유로운 단절을 모두 볼 수 있다.[14] 인간과 귀혼의 심리적 경향에 있어서
도 외형적·내재적 경향이 각각 같거나 다르게 나타나며, 그 경향이 지
속되거나 혹은 바뀌기도 한다. 강제적 단절에서 자유적 단절로의 변화는
인간을 욕망의 대상으로 삼아 강제로 접속했다가 외부의 힘이나 인간의
거부로 인해 단절하는 것이 아니라, 귀혼 자신이 원망을 호소하고 이해

---

13 송원명화본소설宋元明話本小說의 인간과 귀혼의 '지속 결합'에서 강제적 단절과 자유적
단절이 혼재되어 나타나는 작품을 구체적으로 살펴보면 다음과 같다.

편 명		인간과 귀혼의 지속 결합	
		강제적+자유적	비고
喩世明言(40)	第3卷 新橋市韓五賣春情	○	夢 + 附身
	第24卷 楊思溫燕山逢故人	○	現實 + 附身
醒世恒言(40)	第6卷 小水灣天狐貽書	○	現實
西湖二集(34)	第5卷 李鳳娘酷妒遭天譴	○	現實 + 附身
	第13卷 張彩蓮隔年冤報	○	現實 + 附身

14 예를 들면, 1차 단절에는 '강제적 단절'이 나타나지만, 2차, 3차 단절은 '자유적 단절'이
나타난다.

를 구하면서 스스로 단절하게 되면서 심리적 경향이 바뀌는 것이다.[15] 이는 귀혼의 입장에서 보면 외형적 심리 경향에서 내재적 심리 경향으로 바뀌는 과정으로 볼 수 있다. 인간의 경우, 외형적 경향을 지속적으로 유지하거나 외형적 경향에서 내재적 경향으로 바뀌기도 한다.

1) 인간과 귀혼의 상반된 심리 기질 – 외형적 심리 강화와 내재적 심리로의 변화

인간과 귀혼의 접속에서 인간이 귀혼의 처지를 이해하고 동정할지라도, 그러한 심정은 구체적인 행동으로 드러나지는 않는다. 비록 인간이 귀혼과 접속함으로써 심리적으로 변화하더라도 여전히 귀혼에 대한 외형적 경향은 강하게 유지된다. 귀혼이 인간에게 해를 입히고 자신의 욕망만을 채우려고 했다면, 이후에 자신의 처지를 호소하면서 이해를 구한다고 할지라도 인간의 심리적 태도를 바꾸기는 어렵다. 귀혼은 자신의 원한과 욕망을 인간에게 호소하고자 다른 사람의 몸을 빌려 인간과 접속한다.[16] 이때 귀혼은 인간에게 자신을 이해하고 동정해주기를 바라며,

---

15 단절의 경향이 외형적인가, 아니면 내재적인가 하는 경우는 대부분 귀혼의 성향에 기인한다. 인간과 귀혼의 접속은 특수한 경우를 제외하고는 대부분 귀혼의 의도로 이루어지며, 단절 형태는 귀혼의 단절 형태에 따라 외형적 기질이 강하게 드러나는가, 아니면 내재적 기질이 강하게 드러나는가에 따라 '외형적 경향'과 '내재적 경향'으로 나뉜다.

16 귀혼이 다른 사람의 몸을 빌려 현현하는 현상을 연구영역에 따라 각각 다르게 칭하지만, 분석심리학에서는 '빙의憑依(possession)'라고 한다. 분석심리학에서는 말하는 '빙의憑依'는 집단무의식이 창조해낸 것이라고 보는데, 이러한 현상은 외부적인 사건이 너무나 충격적이거나 집단적 무의식이 강한 에너지를 갖게 되어 의식에 영향을 줄 때 나타난다고 한다. 이러한 변화는 외부적인 원인이라기보다는 무의식적으로 작용하고 있는 삶에 대한 새로운 자세의 다른 것이라고 할 수 있다. 분석심리학에서는 빙의憑依 현상을 일종의 집단무의식에 의해 오도된 의식, 병적인 심리 현상으로 보지만, 문학작품에서는 종종 나타나는 빙의憑依 현상을 이와는 전혀 다른 현상으로 이해한다. 이것은 어떤 현상에 집착된 감정, 강렬한 자아의식, 존재감의 체현 등 개인적 심리상태라고 할 수 있다. 비록 빙의憑依 현상에 대해서 각 분야별로 이해의 시각과 인식의

소통 의지를 보여준다. 귀혼은 '부신附身'[17]을 통해서 외부에서 오는 충격
과 고통을 완화하면서 인간을 단지 외형적 접속의 상대로만 여겼던 태도
에서 점차 인간과 소통하고자 하는 내재적 타자의 태도를 가지게 된다.
이러한 과정이 구체적으로 나타나 있는 작품이 ≪서호이집西湖二集≫제
13권第十三卷〈장채련격년원보張彩蓮隔年冤報〉이다.

> 왕립王立은 팽칠낭彭七娘이 죽은 지 이미 6~7년이 되었는데, 어떻게 살아
> 있어서 딸을 나에게 시집보냈는가를 생각하니 모두 귀신이었음을 깨닫게
> 되었다. 그는 온 몸을 주체할 수 없이 벌벌 떨면서 심지어 서른 두개의 이가
> 서로 부딪치며 딱딱거렸는데, 마치 학질병瘧疾病에 걸린 것 같았다. 말도
> 꺽꺽거리며 제대로 나오지 않았다. 고개를 조아리며 물었다. "어떻게 하면
> 소인의 목숨을 부지할 수 있을까요?" 양도원楊道元은 "사악한 마귀나 요괴는
> 내몰 수 있지만, 이 여인은 원귀冤鬼라서 목숨 하나를 대신해야만 하는데,
> 어떻게 자네를 구하겠는가?"라고 하였다. 왕립王立은 연신 머리를 조아리며
> 구해달라고 하였다. …… 부인이 말하였다. "당신 무슨 일로 이렇게 떨고
> 계세요?" 왕립王立은 거짓으로 "오한이 드는군!"이라고 말하며, 억지로 둘러
> 대며 부인과 같이 음식을 먹었다. 부인이 먼저 잠자리에 들기를 기다렸다가
> 급하게 부적을 가져다가 그녀의 이마 위에 붙였다. 갑자기 바닥에서 광풍이
> 불고, 광풍이 지나간 곳에 한 신神이 나타났는데, 바로 '복호조현단伏虎趙玄壇'
> 이었다.[18] 손에는 철편을 들고 부인을 쫓아내었다. 부인은 시신으로 변하더니

견해가 다르지만, 빙의憑依 현상은 외부와 개인의 관계에 기인하며, 그것에 대한 일종
의 자아표현이라고 보는 것에는 일치한다. 분석심리학에서 보는 빙의憑依 현상에 대한
고찰은 김진숙, ≪샤머니즘과 예술치료≫, 학지사, 2010년, 198~199쪽을 참조.

17 '부신附身'과 유사한 용어로는 '접신接神', '강신降神', '접체接體', '빙의憑依' 등이 있다.
'접체接體', '강신降神'은 접신의 주체가 '귀鬼'뿐만 아니라 여러 '신神'도 해당되므로 본
글에서 서술하고자 하는 '귀혼'의 의미와 일치하지 않고, '접체接體'는 혼령과의 접속이
라는 의미가 불분명하고, '빙의憑依'라는 용어도 귀신이나 혼령이 인간의 몸에 들어온
다는 의미가 구체적으로 나타나지 않는다. '부신附身'이라는 용어는 이미 중국 고전소
설 작품에서 지속적으로 등장하고 있으며, 학계에서도 '혼령魂靈'이 '활인活人'의 몸에
들어온다는 의미로 폭 넓게 사용하고 있으므로, 본 글에서는 '부신附身'이라는 용어를
사용하도록 하겠다.

시신의 길이가 한 장이나 넘고, 혀를 길게 내밀어 땅바닥까지 쭉 늘어뜨렸다. 음산한 바람이 차갑게 불고, 검은 기운이 가득 차더니 갑자기 보이지 않았다. 왕립王立은 바로 놀라서 땅에 쓰러졌다. …… 양도원楊道元은 주위에 있는 사람들에게 분부하였다. "당신들은 여기서 잘 지켜보고 있으시오. 그를 계단 아래로 내려가게 해서는 아니 되오. 한 달이 지나면 자연히 아무 일이 없을 것이오." 군인들은 이십 여일을 지켰으나, 모두 창전倉前에 가서 양식을 조달해오는 틈에 지키는 것을 소홀히 하였다. 왕립王立은 계단 아래로 내려와 걸었는데, 몸의 길이가 한 장이나 넘고, 혀를 길게 내밀어 땅바닥까지 쭉 늘어뜨린 여인을 또다시 보았다. 왕립王立은 보고서 너무 놀라서 쓰러졌다. 군인들이 식량을 조달하여 돌아오니, 왕립王立은 계단 아래에 넘어져 있었다. 분명히 귀신에 홀린 것이라고 생각하고 바로 부축하여 일으켜 세우려는데, 그 여인의 영혼이 왕립王立의 몸에 접신하였다. 왕립王立은 여러 군인들 앞에 가더니, 여인의 몸짓을 하며, 엎드려 절하였다. …… 말을 마치자 한바탕 크게 목메어 흐느꼈다. 왕립王立이 혼절하여 땅에 쓰러졌고, 나중에 깨어났다.[19]

이 부분은 여인과 왕립王立의 접속과 단절을 구체적으로 나타내고 있

<hr>

18 '복호조현단伏虎趙玄壇'은 '현단원수玄壇元帥' 또는 '흑호현단조원수黑虎玄壇趙元帥'라고도 하며, '조현단趙玄壇', '한단야寒單爺', '도조신道祖神', '오현재신五顯財神'이라고도 불린다. 도교의 호법사원수護法四元帥 중의 하나이며, 민간에서는 '무재신武財神', '오현재신五顯財神'이라고도 불린다.

19 王立方才省得彭七娘已死了六七年, 如何還活著, 有女兒嫁我, 都是一群死鬼, 捉身不住抖將起來, 連三十二個牙齒都捉對兒廝打, 就像發瘧疾病的一般, 話也格格的說不出, 磕頭道: "怎生救得小人性命?" 楊道元道: "邪魔妖鬼可以驅遣, 這是冤鬼, 一命須塡一命, 怎生救解?" 王立只是再三磕頭求救。……妻子道: "你怎生如此?" 王立假意道: "冒了寒。" 只得勉强支吾, 與他一同飮食。待這婦人先上牀睡了, 急急將符來粘在額上, 就地起一陣狂風, 風過處顯出一尊神道, 卻是伏虎趙玄壇, 手執鋼鞭, 驅這婦人起來。屍長丈餘, 舌頭吐出, 直垂至地, 陰風冷冷, 黑氣漫漫, 忽然不見。王立卽時驚倒在地。……楊道元吩咐左右道: "你們在此守候, 不容他下階。過了一個月, 便無事矣。" 衆軍守了二十餘日, 因都去倉前請糧, 失了守候, 王立下階行走, 又見那婦人屍長丈餘, 舌頭吐出直垂至地。王立見了, 大叫一聲, 驀然倒地。衆軍請糧回來, 見王立跌倒階下, 情知是著鬼, 正要攙扶他起來, 那婦人陰魂便附在王立身上, 走到衆軍面前, 作婦人形狀, 倒身下拜道: ……說罷, 哽哽咽咽大哭了一場。王立暈倒在地, 久而方醒。(《西湖二集》第十三卷〈張彩蓮隔年冤報〉)

다. 이 작품에서 두 명의 귀혼이 등장하는데, 여인(장채련張彩蓮의 혼령)과 팽칠낭彭七娘이다. 이들은 동시에 왕립王立과 접속하지 않는다. 또한 왕립王立과의 단절에 있어서도 모두 동시에 이루어지지는 않는다. 작품에서 등장하는 귀혼은 왕립王立의 부인과 장모인 팽칠낭彭七娘이며, 이들을 제압하기 위하여 나타나는 신도神道는 도사 양도원楊道元의 분신이라고 할 수 있다.

먼저 줄거리를 간단히 살펴보면, 왕립王立은 장채련張彩蓮을 죽이고 그녀가 훔친 금은보화를 가로챘다. 그는 어느 날 주점에서 술을 마시고 있는데 팽칠낭彭七娘이 나타나 자신의 딸을 그와 결혼시키고자 한다고 말한다. 왕립王立은 팽칠낭彭七娘의 딸을 부인으로 맞이하지만, 그녀가 이미 죽은 귀혼임을 전혀 눈치 채지 못한다. 이후 대장隊將이자 도사인 양도원楊道元이 진실을 알게 해주자, 왕립王立은 부적으로 그녀의 본 모습을 보게 된다. 왕립王立은 양도원楊道元의 부적으로 부인을 제압하고 잠시 여관에 피신해 있지만, 돌보는 사람들이 없는 틈을 타서 밖으로 나가려하다가 다시 부인을 만난다. 왕립王立은 그녀를 보고 바로 기절하여 더 이상 왕립王立과의 접속을 진행하지 못하자, 왕립王立의 몸에 의탁해서 자신의 억울한 사연을 모두에게 말하고 사라진다.

왕립王立은 양도원楊道元을 통해서 부인이 귀혼이라는 것을 알고 그가 준 부적으로 제압하지만, 완전히 물리치지는 못하고 단지 사라지게 할 뿐이었다. 이것은 강제적 단절 방식으로서, 다른 작품에서처럼 도사가 직접 나서는 대신 왕립王立을 통해 직접 귀혼과 단절할 수 있도록 종용한다. 부인이 스스로 사라졌지만, 이미 외부의 도움으로 인하여 단절을 진행한 것이므로 부인 본인의 의지와는 상관없이 진행된다고 할 수 있다. 단절한 후 부인은 여관에 피신해있는 왕립王立을 찾아온다. 이것은 부인이 처음에 의도적으로 그에게 접근한 것과는 다르게 그가 밖으로 나오기를 기다렸다가 그와 접속하려고 한다. 이 때 왕립王立은 그녀를 보고 바로 기절하고 단절도 같이 이루어진다. 왕립王立의 기절로 인하여 그녀는 더 이상 왕립王立과의 직접적 접속을 진행하지 못하지만, '부신附身'을 통해서 다시 왕립王立과 접속하고 스스로 단절한다.

왕립王立과 귀혼의 접속과 단절의 과정을 자세히 살펴보면, 팽칠낭彭七娘은 한차례의 접속과 단절이 일어나고, 부인은 세 차례의 접속과 단절이 일어난다. 팽칠낭彭七娘의 접속과 단절과정은 접속(주점: 의도)＋단절(현세: 자유)로 이루어져 있다. 부인의 경우에는 강제적 단절과 자유적 단절이 혼재하여 나타나고 있는데, 접속(집: 의도)＋단절(집: 강제) → 접속(여관: 의도)＋단절(여관: 자유) → 접속(여관: 의도)＋단절(여관: 자유)로 나타나고 있다. 1, 2차적 접속과 단절은 왕립王立과 밀접한 관계를 가지고 왕립王立을 중심으로 이루어지고 있지만, 3차 접속은 왕립王立보다는 대중에게 하소연하는 방식을 취하고 있다. 왕립王立은 처음부터 부인을 사랑하기보다는 결혼상대로만 여겼으며, 그녀가 귀혼이라는 것을 안 순간부터 그녀를 완전히 거부하게 된다. 부인은 처음에는 자신의 원수를 갚고자 왕립王立에게 접근했지만, 양도원楊道元의 방해로 이 일이 이루어지지 않자, 나중에는 자신의 한 맺힌 사연을 대중에게 하소연함으로써 상대방의 파멸을 이끌어내는 대리 만족을 꾀하고 있다.

이러한 과정은 왕립王立과 귀혼의 심리적 경향을 분명하게 보여주고 있다. 왕립王立은 비록 여러 차례 그녀와 접속을 했지만, 여전히 그녀에 대해서는 외형적 자아를 유지하고 있다. 그러나 부인은 그와는 다르게 접속을 진행할 때마다 외형적 타자 경향에서 내재적 타자 경향으로 변화하는 모습을 보여준다. 부인이 처음 왕립王立과 접속 하였을 때는 왕립王立을 복수의 대상으로만 여겼지만, 양도원楊道元에 의해 강제로 제압당하고 나서 다시 왕립王立에게 접속할 때는 자신의 욕망을 이루는 대신 진상을 알리고자 하였다. 처음 접속했을 때에는 아름다운 여인으로 분장하였지만, 두 번째는 자신의 험악하고 추한 모습(목이 졸려 죽은 모습)을 그대로 보여주고 있다. 이것은 양도원楊道元의 부적으로 인하여 조작된 모습을 나타낼 수 없었기도 했지만, 이제 더 이상 본 모습을 숨길 필요도 없었기 때문이기도 하다. 다시 왕립王立에게 나타났을 때는 왕립王立을 해치려는 의도보다는 사건의 진실을 알리고자 하는 데에 집중하였다. 그러나 왕립王立은 부인의 출현에 기절하게 되고 그녀의 사연은 다시 밝힐 수가 없게 된다. 이때 그녀의 심리적 기질은 이전의 왕립王立의 정기精氣를 빼앗아 죽이고자 하는 외형적 경향에서 방향을 돌려 대중에게 사건의 진실을 밝히고 더불어 자신의 억울함을 하소연하고자 하는 내재적 경향으로 바뀌게 된다. 이 과정에서 그녀는 복수의 방식을 바꾸어 대중에게 자신의 처지를 알리면서, 자신을 동정하고 이해해주기를 바란다.[20]

≪서호이집西湖二集≫제13권第十三卷〈장채련격년원보張彩蓮隔年冤報〉에서는 접속과 단절이 강제적인 면과 자유적인 면이 나타난다. 접속에서는 인간은 외형적인 경향으로만 일관하나, 단절의 경우 강제적인 단절과 자유적 단절의 두 가지 방식이 나타난다. 강제적인 단절은 외부의 힘에 의한 단절의 형태를 취하고 있지만, 결국 당사자가 강행하는 단절이다. 자유적 단절은 귀혼이 스스로 단절하나 접속을 포기하고 사라지는 것이 아니다. 귀혼은 적극적인 접속 방식인 '부신附身'을 통해서 자신의 억울함과 처지를 호소한다. 부신附身은 '의도적 접속'과 '자유적 단절'의 형태가 고정되어 나타나며, 접속과 단절이 거의 동시에 이루어지기도 한다. 어떤 경우에는 귀혼이 인간에게 접속했다가 메시지(호소, 원망, 견책)를 전달하고는 바로 사라지기 때문에 단절의 형태가 분명하게 드러나지 않

---

20 이 작품 속에서는 등장하는 대중은 구체적으로 어떠한 심리적 경향을 가지고 있는지 분명하지 않다. 부윤府尹은 여러 사람들과 같이 등장하면서 여러 사람을 대변하는 일종의 상징적인 인물이다. 그는 장채련張彩蓮의 하소연을 듣고서 바로 사람을 파견하여 진상을 밝히려고 하는데, 장채련張彩蓮의 처지를 이해하고 동정하고자 하는 행동을 통해서 어느 정도의 내재적 경향을 가지고 있음을 알 수 있다.

는다. '강제적인 단절'이나 '자유로운 단절'의 경우와 달리, 이 작품에서의 접속과 단절의 과정은 그 방식과 태도가 다양하게 나타나고 있다.

≪서호이집西湖二集≫제13권第十三卷〈장채련격년원보張彩蓮隔年冤報〉와 마찬가지로 ≪유세명언喩世明言≫제3권第三卷〈신교시한오매춘정新橋市韓五賣春情〉은 인간과 귀혼의 단절에서 강제적 단절과 자유적 단절이 같이 나타난다. 인간은 귀혼과 접속이 진행될수록 외형적 심리 경향을 강화하는 반면, 귀혼은 외형적 심리 경향에서 내재적 심리 경향으로 바뀐다.

먼저 줄거리를 살펴보면, 송대宋代 임안부臨安府 신교시新橋市에 사는 오방어吳防禦는 포목점을 열어 많은 부를 축적하였다. 그의 아들 오산吳山은 신교시新橋市에서 오리五里 정도 떨어진 회교시灰橋市에 새로 집을 짓고, 포목점을 열었다. 어느 날 한부인韓夫人 일가가 찾아와 잠시 머물 수 있도록 부탁하였는데, 그 후로 한부인韓夫人 일가는 오산吳山의 집에서 머물게 되었다. 한부인韓夫人의 일가 중에는 금노金奴라는 아름다운 여인이 있었다. 그녀는 원래 성 안에서 매음賣淫으로 생계를 꾸려나가다가 사람들에게 발각되어 잠시 피신할 요량으로 이곳에 와 있었던 것이다. 금노金奴의 유혹으로 오산吳山은 그녀와 운우지정雲雨之情을 나누게 되는데, 나중에 금노金奴와 상의해서 외진 곳으로 거처를 옮기려고 하였다. 그러나 일이 뜻대로 이루어지지 않자, 한부인韓夫人 일가는 어쩔 수 없이 성 안으로 들어온다. 오산吳山과 금노金奴는 다시 만나 운우지정雲雨之情을 나누게 되는데, 오산吳山의 꿈속에서 어떤 뚱뚱한 중이 나타나 그를 억지로 끌고 가려고 한다. 집으로 돌아온 오산吳山은 병으로 일어나지 못하는데, 꿈속에서 다시 중이 나타나 저승길 동반자로 오산吳山을 데리고 가려고 한다. 오방어吳防禦는 오산吳山이 이러한 지경에 처했음을 알고 중의 영혼을 위해 제도濟度한다. 중은 다시 오산吳山에게 접신하여 더 이상 그를 괴롭히지 않겠다고 말하면서 떠난다.

오산吳山이 술에 취해 눈을 떠보니 한 뚱뚱한 중이 있었다. 몸에는 다 헤어

진 거사를 걸치고 있었으며, 맨살이 드러난 발에는 승화를 신었으며, 허리
에는 누런 실로 엮은 줄을 두르고 있었다. 그는 오산吳山을 향해 인사를 건넸
다. 오산吳山은 침상에서 뛰어 내려와 예를 갖추어 말하였다. "스님께서는
어느 사찰에서 오셨는지요? 무슨 연고로 저를 부르시는 거지요?" "빈승은
상채원桑菜園 수월사水月寺의 주지입니다. 제 제자가 죽어서 특별히 관인을
감화시켜 출가시키려고 합니다. 빈승이 관인의 관상을 보아하니, 박복하여
부귀영화와는 인연이 없는 것 같으니, 청담淸談의 이치를 받아들여, 속세를
버리고 출가해서 나의 제자가 되는 것이 어떻겠습니까?' …… 그 중은 양쪽
눈을 부릅뜨며, 소리쳤다. "네놈이 나와 같이 갈 것이냐 말 것이냐?" "이
대머리 땡중아! 정말로 예의가 없구나. 나를 억지로 얽어매서 무엇 하려
느냐?" 중이 크게 노하며, 오산吳山을 끌고 가려고 하였다. 계단 쪽에 이르자
오산吳山은 크게 발버둥 치며 억울하다고 소리쳤다. 중은 힘껏 오산吳山을
밀어버리자 오산吳山은 계단 아래로 굴러서 부딪쳤다. 갑자기 놀라 깨어났
고, 온 몸에 식은땀이 흘렀다. …… 초경初更에 이르렀을 때 오산吳山은 약을
먹고 베개에 엎드려 누웠다. 갑자기 일전에 보았던 중이 다시 나타나서 침
상 옆에 서서 소리쳤다. "오산吳山, 억지로 버텨봤자 뭐하겠느냐? 차라리 일
찌감치 나를 따라가는 것이 낫지 않겠느냐?" 오산吳山은 말하였다. "썩 꺼지
시오. 나에게 들러붙지 마시오!" 그 중은 이것저것 따지지 않고 다짜고짜
몸에 두르고 있던 누런 실로 엮은 줄을 오산吳山의 목에 묶어서 끌고 가려고
하였다. 오산吳山은 침상 난간을 꼭 붙잡고 크게 소리쳤다. 놀라 깨어나 보
니 또다시 꿈이었다. …… 오방어吳防禦는 말하였다. "원래 원귀冤鬼에게 홀
린 것이구나." 황급히 문 밖 도로에서 향을 사르고 초를 피우며, 음식들을
차려놓고 허공을 향해 빌었다. "자비를 베풀어 내 자식의 목숨을 놓아 주시
옵소서. 그렇게만 해주신다면, 친히 그곳에 가서 제사를 지내 육도의 업에
서 벗어날 수 있도록 추도하겠습니다." 축사를 마치고 지전을 살랐다. 오방
어吳防禦는 위층으로 돌아왔다. 날이 저물자 오산吳山은 침상 안쪽으로 향하
여 잤다. 갑자기 몸을 일으켜 앉더니 눈을 부릅뜨고 말하였다. "방어防禦,
나는 색계를 범하여서 양모채羊毛寨에서 스스로 목숨을 끊었다. 네 아들 또
한 그곳에서 음욕淫慾이 일었으니, 내가 이전에 저질렀던 일이 갑자기 생각
났다. 네 아들 목숨을 죽은 혼령을 대신하거나,[21] 그렇지 않으면, 그를 제도

---

21 '체두替頭'는 죽은 혼령을 대신한다는 말이다. 원귀冤鬼가 사람을 해치거나 괴롭혀서
죽은 혼령을 대신할 대상을 찾는 것을 '조체두아找替頭兒' 혹은 '납체두아拉替頭兒'이라

濟度하고자 하였는데, 때마침 네가 제사 음식을 차리고 지전을 살라서 나를 육도의 업에서 벗어날 수 있도록 빌었으니, 내가 너의 아들을 놓아주겠다. 다시는 이곳에서 해를 끼치지 않겠다. 나는 먼저 양모채羊毛寨에 가서 너의 축도를 기다리겠다. 만약 환생하게 된다면, 다시는 찾아오지 않을 것이다." 말이 막 끝나자, 오산吳山은 두 손을 합장하여 예를 갖추었다. 오산吳山은 갑자기 깨어나더니, 안색이 예전처럼 돌아왔다.[22]

다른 작품에는 귀혼이 현실공간에 직접 현현하나 이 작품에서는 '꿈'과 '부신附身'의 방식으로 접속과 단절을 진행하고 있다. 인귀人鬼의 접속과정에서는 꿈이 세 차례 등장하고, 부신附身이 한차례 등장한다. '꿈'을 통한 접속 방식은 현실에서의 현현방식이 아니기 때문에 환상공간에서의 귀혼 접속으로 이해하기 쉽다. 이 작품에서 운용된 꿈은 단지 꿈의 외형적 틀만을 가지고 있을 뿐 현실공간에서의 출현과 다름없다. '부신附身'은 꿈의 접속방식과 마찬가지로 직접 가해자(중)가 피해자(오산吳山)의 몸에 기탁

고 한다.
22 吳山醉眼看見一個胖大和尚, 身披一領舊褊衫, 赤脚穿雙僧鞋, 腰繫著一條黃絲條, 對著吳山打個問訊。吳山跳起來還禮道："師父上刹何處？因甚喚我？"和尚道："貧僧是桑菜園水月寺住持, 因爲死了徒弟, 特來勸化官人。貧僧看官人相貌, 生得福薄, 無緣受享榮華, 只好受些淸淡, 棄俗出家, 與我做個徒弟。"……那和尚睜著兩眼, 叫道："你跟我去也不？"吳山道："你這禿驢, 好沒道理！只顧來纏我做甚？"和尚大怒, 扯了吳山便走。到樓梯邊, 吳山叫起屈來, 被和尚盡力一推, 望樓梯下面倒撞下來。撒然驚覺, 一身冷汗。……將及初更, 吳山服了藥, 伏枕而臥。忽見日間和尚又來, 立在床邊, 叫道："吳山, 你强熬做甚？不如早隨我去。"吳山道："你快去, 休來纏我！"那和尚不由分說, 將身上黃絲條縛在吳山項上, 扯了便走。吳山攀住床櫺, 大叫一聲, 驚醒, 又是一夢。……吳防禦道："原來被冤魂來纏。"慌忙在門外街上, 焚香點燭, 擺列羹飯, 望空拜告："慈悲放捨我兒生命, 親到彼處追薦追拔。"祝畢, 燒化紙錢。防禦回到樓上, 天晚, 只見吳山朝著床裏睡著。猛然翻身坐將起來, 睜著眼道："防禦, 我犯如來色戒, 在羊毛寨裏尋了自盡。你兒子也來那裏淫欲, 不免把我前日的事, 陡然想起, 要你兒子做個替頭, 不然求他超度。適纔承你羹飯紙錢, 許我薦拔, 我放捨了你的兒子, 不在此作祟。我還去羊毛寨裏等你超拔, 若得脫生, 永不來了。"說話方畢, 吳山雙手合掌作禮, 洒然而覺, 顏色復舊。

하여 접속하는 것이다. 이때 오산吳山은 피해자가 되는 것이 아니라 매개자로 변신하며, 중은 오방어吳防禦를 비롯한 여러 사람들에게 직접 자신의 내심을 이야기한다. 세 차례 꿈의 접속 방식이 오산吳山과 중의 개인적인 접속이었다면, 부신附身은 오산吳山의 몸을 빌려(외형적 개인 접속) 오방어吳防禦를 비롯한 다른 사람들에게 접속을 시도한 것으로 이해할 수 있다. 뿐만 아니라, 중이 왜 그렇게 오산吳山을 데리고 가려고 하는지에 대한 원인과 심정에 대한 자세한 사정을 듣게 된다. '꿈'과 '부신附身'의 접속 방식은 비록 현실공간에서의 현현과 접속 대상에 있어서 다른 면을 보이고 있지만, 현실에서 출현하는 것과 마찬가지로 현실의 특징이 강하게 드러난다. '꿈'과 '부신附身'의 접속 방식은 현실과 비현실의 접점에서 현실적 면이 강하게 드러날 뿐 아니라, 눈앞에서 바로 벌어지는 것처럼 생생하고 직접적으로 오산吳山과 중의 접속과 단절 과정을 보여주고 있다.

인간과 귀혼의 접속과 단절을 과정을 살펴보면, 접속(금노金奴의 집: 의도)＋단절(금노金奴의 집: 자유) → 접속(오산吳山의 집: 의도)＋단절(오산吳山의 집: 자유) → 접속(오산吳山의 집: 의도)＋단절(오산吳山의 집: 자유)→접속(오산吳山의 집: 부신附身, 의도)＋단절(오산吳山의 집: 자유)이다. 첫 번째의 꿈은 중(귀혼)의 의도적 접속과 오산吳山의 강력한 거부로 나타난다. 비록 단절에는 외형적으로는 중의 자유적 단절이 보이지만, 오산吳山의 강력한 거부로 인해 꿈에서 깨어난 형태로 나타난다. 즉, 중의 자유적 단절과 오산吳山의 강력한 거부로 인한 회피의 특징을 동시에 가지고 있다. 두 번째와 세 번째의 접속도 중의 의도적인 접속이 주를 이루고, 단절 또한 자유적 단절 형식을 가지고 있지만, 회피적 단절의 특징도 일부 지니고 있다. 네 번째의 접속은 부신附身의 방식을 통하여 접속하고, 중이 스스로 오산吳山을 떠나감으로서 자유적 단절이 이루어진다.

꿈을 통한 세 차례의 접속과 단절에는 중이 오산吳山을 저승의 반려자로 같이 데리고 가려고 하는 의지가 강했으나, 오방어吳防禦의 위로를 받고서 오산吳山에게 접신했을 때 모든 원한과 욕심에서 벗어나는 면을 보여준다. 이때는 꿈의 접속에서 보여준 오산吳山을 강하게 얽어매려는 외형적 심리 경향에서 벗어나 모든 것을 포기하고 자신의 세계로 돌아가려는 내재적 심리가 중요하게 작용하고 있다. 그러므로 떠날 때 오산吳山에게 보여준 강압적이고 폭력적인 태도에서 완약과 용서의 태도로 급변하게 된다. 심지어는 이제 더 이상 오산吳山을 괴롭히지 않겠다고 약속한다. 하지만 오산吳山이나 오방어吳防禦는 그의 처지와 심정을 진정으로 이해해주는 것은 아니다. 그들은 중에 대해서 강한 두려움과 거부감을 가지고 있으며, 중에 대해서 외형적 심리 경향을 강화하면서 중이 더 이상 오산吳山을 해치지 않기를 바랄 뿐이다. 오방어吳防禦는 오산吳山이 음욕淫慾이 일었던 금노金奴의 집에 가서 제사를 지내고 원혼을 위로한다. 중은 오방어吳防禦가 자신을 위해 제사를 지내주고 영혼을 위로한 것을 통해 마음속에 가졌던 불만을 해소하며 오산吳山을 구속하지 않고 떠나간다.[23]

≪서호이집西湖二集≫제13권第十三卷〈장채련격년원보張彩蓮隔年冤報〉에서의 왕립王立은 비록 여러 차례 여인(장채련張彩蓮의 혼령)과 접속했지만, 여전히 그녀에 대해서는 육욕肉慾의 감정만 가지고 있었다. 부인은 처음 왕립王立과 접속 하였을 때는 단지 왕립王立을 복수의 대상으로만 여겼지만, 그와 접속할 때마다 자신의 원한을 해소하기보다는 진상을 알리는데 주력하였다. 양도원楊道元에 의해 제압당하면서 호소를 제지당하자, 부신附身을 통해서 모든 사람들에게 자신의 원한을 공개하고 간접적인 복수(판관을 통한 처벌)도 같이 진행한다. 이러한 일련의 과

---

23 '오방어吳防禦는 여러 중들을 불러 금노金奴의 집에서 한바탕 제사를 지냈다. 금노金奴일가는 꿈을 꾸는데, 뚱뚱한 중이 지팡이를 짚고 떠나가는 것이 보였다.(防禦請了幾衆僧人, 在金奴家做了一晝夜道場。只見金奴一家做夢, 見個胖和尙拿了一條拄杖去了。)' 이 장면을 통해 중이 완전히 육도六道의 업에서 벗어나 환생했음을 짐작할 수 있다.

정을 살펴보면, 왕립王立은 여전히 외형적 자아 태도를 유지하고 있는
데 반해, 부인은 외형적 타자의 태도에서 내재적 타자의 태도로 변화하
고 있음을 알 수 있다. 이것은 ≪유세명언喩世明言≫제3권第三卷〈신교
시한오매춘정新橋市韓五賣春情〉에서의 오산吳山, 오방어吳防禦와 중의 관
계에서도 마찬가지이다. 오산吳山과 오방어吳防禦는 중에 대해서 여전
히 외형적 자아 경향을 강화하는 반면에, 중은 오히려 오방어吳防禦의
도움으로 인해 집요하고 강압적이었던 외형적 타자의 태도에서 오방어
吳防禦의 도움으로 순순히 오산吳山을 포기하는 내재적 타자의 태도로
바뀌게 된다.

이처럼 인간과 귀혼의 접속과 단절에서 인간은 모두 외형적 심리를
강화하고 있는 것에 비해, 귀혼은 외형적 심리에서 내재적 심리로 변화
하고 있다. 하지만 이 둘 사이의 소통의 간극은 좀처럼 좁혀지지 않은
채, 여전히 불통이거나 일방적 추동推動 방식에서 벗어나지 못한다.

2) 인간과 귀혼의 외형적 심리 강화

≪서호이집西湖二集≫제5권第五卷〈이봉낭혹투조천견李鳳娘酷妒遭天譴〉
은 ≪서호이집西湖二集≫제13권第十三卷〈장채련격년원보張彩蓮隔年冤報〉와
같이 자유적 단절에 있어서는 '부신附身' 현상이 나타나지만, 〈장채련격년
원보張彩蓮隔年冤報〉와 다른 점은 '강제적 단절'이 도사의 직접적인 개입에
의해 이루어진다는 것이다. 또한 귀혼은 여러 사람에게 공개적으로 자신
의 처지를 설명하는 대신 꿈을 통해서 도사에게 하소연한다. 이 부분도
〈장채련격년원보張彩蓮隔年冤報〉에서는 보이지 않는다. 귀혼이 복수를 진
행하는 데 있어서 〈장채련격년원보張彩蓮隔年冤報〉가 대중에게 알리면서
간접적인 복수를 했다면, 〈이봉낭혹투조천견李鳳娘酷妒遭天譴〉은 자신의
억울한 죽음에 대한 복수를 갚기 위해 여러 번의 '현현顯現'을 통해서 가
해자에게 직접 심리적 압박을 준다.[24]

이후李後, 李鳳娘는 정신이 몽롱한 사이 황귀비黃貴妃가 앞에 있는 것이 보이
자, 크게 노하며, "본래 네 년이었구나! 주상을 꾀어내고, 대답하기가 이처럼
무례하다니!" 바로 분노가 치밀어 오르면서, 증오심이 갑자기 생겨나 바로 앞
에서 다섯 손가락을 펴서 황귀비黃貴妃를 한 대 갈겼다. 황귀비黃貴妃가 번쩍하
더니 모습이 보이지 않았다. 알고 보니 나이 든 궁녀의 뺨을 한 대 때린 것이
었다. 자세히 생각해보니, 황귀비黃貴妃가 이미 죽었음을 알게 되었고, 귀혼이
되어 나타났음을 깨닫게 되었다. 마음이 당황스러웠고 이로 인해 병을 얻었
다. 때때로 황귀비黃貴妃와 손을 잘랐던 어린 궁녀가 보이고, 평소 함부로 죽였
던 시녀들이 모두 피가 낭자한 채로 나타나 목숨을 내놓으라고 하니 안절부절
못하며 어찌할 바를 몰랐다. 단지 따로 불당을 세워 거기서 지내고, 많은 불상
을 만들어 놓을 뿐이었다. 또한 많은 귀혼들이 괴롭힐까봐 두려워서 사금강四
金剛25상을 만들어 문 앞에 놓았는데, 악귀를 제압하고자하는 의도였다.26

---

24 '부신附身'은 귀혼현현의 방식 중에 하나이며, 타인의 몸異體 혹은 이미 죽은 자신의
   몸同體에 혼령이 들어가는 것을 말한다. 귀혼이 자신이 아닌 타인의 몸에 혼령이 들어
   가는 것을 '이체부신異體附身'이라고 하고, 자신의 시신에 다시 혼령이 들어가는 것을
   '동체부신同體附身'이라고 한다. 이 작품에서는 '현현顯現'과 '부신附身'을 통해서 이봉낭李
   鳳娘에게 직간접적으로 복수를 진행하는데, 이중 '부신附身'은 '이체부신異體附身'의 형태
   로 나타나고, 자신의 복수를 진행함과 동시에 그 복수가 끝나자 스스로 단절하게 되는
   과정이 구체적으로 나타나 있다. '부신附身'의 종류와 특징에 대해서는 金明求, ≪虛實
   空間的移轉與流動 - 宋元話本小說的空間探討≫, 臺北: 大安出版社, 2004年,
   305~306쪽 참조.
25 '사금강四金剛'의 명칭은 불경佛經에 보인다. 불가佛家에서 말하는 금강金剛은 각각 기물을
   쥐고 있는데, 보통 풍風, 조調, 우雨, 순順을 말한다. 검을 쥐고 있는 금강은 풍風이며,
   비파를 쥐고 있는 금강은 조調이다. 우산을 쥐고 있는 금강은 우雨이며, 뱀을 쥐고 있는
   금강은 순順이다. 당서唐書 ≪예의지禮儀志≫에 따르면, 무왕이 주紂를 정벌할 때 오방신
   五方神이 명을 받아 행했으며, 각각 그 직책으로 명명命名하였다고 기록되어 있다.
26 李後恍惚之間見黃貴妃站在面前, 大怒道: "原來是你這賤人, 逗引官家, 大膽如
   此無禮!"便怒從心上起, 惡向膽邊生, 趕上前揸開五指, 把黃貴妃一個巴掌打去,
   只見黃貴妃一閃, 早不見了黃貴妃, 反把一個老宮人臉上打了一掌. 仔細一想,
   方知黃貴妃已死, 曉得是死鬼出現, 心下慌張, 遂從此得病, 時時見黃貴妃並那
   割手的小宮人, 及日常裡亂殺死的宮婢, 血淋淋的都立在面前討命, 好生心慌.
   只得另造一個佛堂居住, 塑了許多佛像. 又恐諸鬼纏擾, 塑四金剛像在於門首,
   要他降伏魔鬼之意. (≪西湖二集≫第五卷〈李鳳娘酷妬遭天譴〉)

이 작품에서는 이봉낭李鳳娘과 귀혼의 접속과 단절이 상당히 빈번하고 다양한 형태로 나타나고 있다. 이봉낭李鳳娘에게 접속하는 귀혼은 크게 두 부류로 나눌 수 있다. 하나는 이봉낭李鳳娘의 질투로 인해 처참하게 살해된 황귀비黃貴妃이고, 다른 부류는 이봉낭李鳳娘의 변덕과 분노로 인해 살해된 여러 궁녀들이다.[27] 이봉낭李鳳娘과 귀혼이 접속을 이루는 곳은 '궁전'으로 한정되는데, 공간적 특징을 제외하고 접속과 단절의 경향과 방식을 살펴보면, 접속(의도: 환상)＋단절(자유: 소실) → 접속(의도: 제귀諸鬼)＋단절(자유: 소실) → 접속(의도: 현현顯現)＋단절(강제: 귀몽鬼夢) → 접속(의도: 부신附身)＋단절(자유: 소실) → 접속(의도: 부신附身)＋단절(자유: 소실)이다. 황귀비黃貴妃는 이봉낭李鳳娘에게 집중적으로 접속하는 것뿐만 아니라, 다른 대상을 통해서도 이루어진다. 이것은 황귀비黃貴妃의 원한을 공개적으로 알리면서, 많은 사람들에게 자신의 사정을 드러내고자하는 심리도 가지고 있다. 그녀는 이봉낭李鳳娘과 접신할 때마다 자신의 내면적 분노를 행동이나 공개적인 호소로써 나타낸다. 이 경우에는 이봉낭李鳳娘과 황귀비黃貴妃 모두 강력한 외형적 심리 기질만을 보여주고 있다. 이봉낭李鳳娘과 황귀비黃貴妃를 비롯한 여러 귀혼과의 접속은 현실 속에서 나타난 '현현顯現'과 '부신附身', 그리고 '귀몽鬼夢'의 형태로 나타나는데, 이때 '귀몽鬼夢'을 통해 직접적으로 접속하려는

---

27 작품의 전체적인 줄거리는 이봉낭李鳳娘과 황귀비黃貴妃를 중심으로 이루어진다. 구체적인 내용은 크게 두 부분으로 나뉘는데, 전반부는 이봉낭李鳳娘의 질투와 포악함을 드러내면서, 이봉낭李鳳娘과 황귀비黃貴妃의 갈등과 대립을 중심으로 전개되고 있다. 이봉낭李鳳娘이 황귀비黃貴妃를 처참하게 살해하면서 이 둘의 대립은 끝이 난다. 후반부는 황귀비黃貴妃의 원귀冤鬼가 나타나 이봉낭李鳳娘을 괴롭히면서 정신적 압박을 가하고 나중에는 황귀비黃貴妃가 이봉낭李鳳娘에게 접신하여 스스로 신체를 해치고 결국 죽게 함으로써 복수를 끝낸다. 비록 작품 속에서 황귀비黃貴妃를 비롯한 여러 귀혼들이 나타나지만, 이봉낭李鳳娘과 직접적으로 관련되어있고, 접속과 단절을 구체적으로 진행하는 귀혼은 황귀비黃貴妃라고 할 수 있다.

대상은 이봉낭李鳳娘이 아니라 이봉낭李鳳娘을 도와서 원귀寃鬼를 제압하려는 도사이다. 이봉낭李鳳娘은 자신에 의해 처참하게 살해된 황귀비黃貴妃와 여러 죽은 궁녀들이 나타나자, 불상을 세우고 염불을 외는 등 그들을 위로하려고 하지만, 여의치 않자 도사를 시켜서 보다 적극적으로 원귀寃鬼의 접속을 차단한다. 이봉낭李鳳娘은 황귀비黃貴妃를 비롯한 여러 죽은 궁녀의 혼령들을 두려워하며 철저히 단절하고자 한다. 이는 귀혼들이 인간과 이질적인 존재라고 여기고 있는 심리에 기인하지만, 무엇보다도 자신의 악행으로 인하여 죽게 된 수많은 원귀寃鬼들의 보복에 대한 공포가 더 큰 원인으로 작용하고 있다. 이러한 행동과 거부가 강화될수록 황귀비黃貴妃의 접속 의지는 더욱 굳건해져, 보다 강제적인 접속 방식인 '부신附身'으로 접속을 이끌어 가게 된다.

'부신附身'은 귀혼이 인간과 접속할 수 있는 가장 적극적이고 구체적인 방식이며, 가장 효과적으로 자신의 복수를 진행하면서 복수의지를 그대로 보여줄 수 있는 방법이다. 황귀비黃貴妃는 자신의 처지를 알리는 데에 그치지 않고, 이봉낭李鳳娘의 손으로 자신李鳳娘에게 해를 입히는 '자기학대'의 방식으로 복수한다. 이러한 복수는 다른 외형적인 처벌보다도 잔인하며, 극대화된 분노를 표현한다.[28] 이봉낭李鳳娘의 혼령이 '부신附身'을 통해 강력하게 복수한다는 것은 이미 이 둘 사이에는 철저한 외형적 심리가 작용하고 있다는 것이며, '부신附身'이 반복될수록 이러한 긴장감은 더욱 고조된다. 그리하여 어느 한쪽은 적극적으로 접속을 시도하고

---

28 이러한 복수는 직접 혼령이 나타나 생명을 빼앗는 경우와 타인을 통해서 복수하는 것보다 더욱 잔혹하다고 할 수 있다. 또한 동등하게 복수하는 경우처럼 어느 날 갑자기 생명을 앗아가는 경우가 아니라, 육체적, 정신적으로 똑같은 고통과 괴로움을 주면서 결국에는 자신의 손으로 자신의 목숨을 끊게 만드는 잔인한 방법이다. 가해자의 행동이 악랄하고 잔혹할수록 그 원한의 깊이 또한 가늠하기 힘들고, 보복행위 또한 잔인하고 대담하며, 복수의지 또한 강렬하고 지속적임을 알 수 있다.

다른 한쪽은 완강하게 거부하는 상반된 경향을 지속하게 되는데, 이러한 긴장 관계는 어느 한쪽이 죽거나 제거되어야 해소된다.[29] 이봉낭李鳳娘과 황귀비黃貴妃의 접속이 복수와 처벌에 대한 강한 집착이 근간을 이루고 있으므로 서로 소통할 수 있는 가능성은 상당히 낮다. 황귀비黃貴妃은 자신의 염원을 완성할 때까지 위협과 호소의 방식을 택하며, 결국에는 가장 강력하고 잔인한 방식인 '자해自害'로 종결을 짓는다. 이러한 과정에서 양자는 결코 외형적 심리 경향에서 내재적 경향으로 전환하지 않으며, 인간과 귀혼의 소통은 더욱 요원해진다.

≪성세항언醒世恆言≫第6권第六卷〈소수만천호이서小水灣天狐貽書〉는 ≪서호이집西湖二集≫第5권第五卷〈이봉낭혹투조천견李鳳娘酷妒遭天譴〉과 마찬가지로 인간王庶과 귀혼(여우요괴)은 모두 외형적 자아와 타자의 지속을 보여주고 있다. 일반적으로 인간과 귀혼 모두 외형적인 심리 기질이 강할 경우 '강제적 단절'의 형태를 보인다. 외형적 심리 기질은 내재적인 자아와 타자 간의 이해와 소통을 이끌어 내지 못하고, 외적인 형상과 태도에만 치중해서 대상을 거부하거나 단절의 존재로만 인식한다. 그렇기 때문에 어느 한쪽의 일방적인 접속과 의도로 양자 간의 관계를 이끌어 가는 경우가 많다. 이 과정에서 상대적으로 피동적 존재인 인간은 귀혼의 일방적이고 강압적인 관계에서 벗어나기 위해서 외부 도움을 받아들여 강제적인 단절을 강행한다.

외형적 자아와 타자의 지속은 보통 '강제적 단절'에서 나타나지만, '자

---

29 인간과 귀혼의 접속이 이루어질수록 외형적 심리가 더욱 강하게 작용하는 유형은 귀혼복수고사에서 자주 보이며, 인간과의 접속은 방어와 공격으로 일관하게 되는데 귀혼이 직접적이든, 혹은 간접적이든 복수를 완성했을 때 단절이 이루어진다. 양자는 접속과 단절이 각자 외형적 특징을 강화하는 쪽으로만 치닫게 되고, 어느 한쪽의 파멸이 있은 연후에야 비로소 종결된다. 이 과정에서 자유적인 것이 아닌 다른 외부의 힘에 의해 억지로 단절을 이루어졌다고 하더라도 다른 방식을 통해서 또다시 접속하게 되는데, 귀혼이 자신의 원한을 해소했을 때에만 의도적 접속은 그만두게 되며, 스스로 인간과 단절한다.

유적 단절'에서도 나타나기도 한다. 귀혼이 단순히 인간을 욕망의 대상
으로만 여기거나 자신의 목적을 이루기 위해 인간을 억압할 때 강제적
단절 수단이 동원되는 반면, '자유적 단절'에서는 귀혼이 자유로운 의지
에 의해서 인간에게 접속하고, 자신의 억울함이나 원한을 호소하고 그에
따라 인간이 이해해주기를 바라는 심정이 강하게 작용한다. 귀혼 자신의
목적, 즉 자신의 존재를 되찾으려는 순수한 목적이 완성되면 더 이상
인간과 접속할 필요가 없어진다. 또한 인간에게 해를 입히더라도 자신의
목적 획득을 방해한 정도에 따른 보복에 불과하며 인간의 목숨을 앗아가
거나 생명을 위협할 정도는 아니다. 목적을 이룬 귀혼은 바로 자유적
단절을 진행한다.

≪성세항언醒世恆言≫제6권第六卷〈소수만천호이서小水灣天狐貽書〉에서
는 왕신王臣과 여우요괴의 접속과 단절과정에서 서로 간의 갈등과 대립
이 구체적으로 나타나 있다. 당唐 현종玄宗때에 장안長安에 살고 있는 왕
신王臣은 안록산安祿山의 난亂을 피해 가족들을 이끌고 항주杭州 소수만小
水灣에 이주한다. 이후 난亂이 평정된 후 왕복王福와 같이 고향에 돌아가
가업을 다시 일으키려고 하였다. 그는 고향으로 돌아가는 길에 여우 두
마리가 책天書을 보고 있는 것을 발견하고, 새총을 쏘아 여우를 다치게
하고 책을 얻게 된다. 그러나 그 책에는 알아 볼 수 없는 글자로 가득해서
도무지 해독할 수 없었다. 왕신王臣은 여관에서 쉬고 있는데, 한쪽 눈을
다친 손님이 그 책을 보고자 하였다. 왕신王臣은 그를 이상하게 여기던
차에 한쪽 눈이 다친 것을 보고서 여우가 변신한 것이라 확신하고 쫓아낸
다. 왕신王臣이 장안長安으로 돌아가는 도중, 전답田畓을 다 처분하고 항주
杭州로 돌아오라는 어머니의 서신을 받고서 급하게 가산을 정리한다. 반대
로 처와 어머니는 왕복王福을 통해온 왕신王臣의 서신을 받게 되는데, 항주
杭州의 가산을 팔고서 장안長安으로 돌아오라는 것이었다. 왕신王臣의 배는
항주杭州로 향하고 가족이 탄 배는 장안長安으로 향하던 도중 양주楊洲에서

서로 만나게 된다. 그제야 두 서신이 모두 여우에 의해서 조작된 것임을 알게 된다. 왕신王臣과 가족들은 항주杭州로 돌아왔으나 이미 가산이 반으로 줄어버렸다. 그때 동생인 왕재王宰가 장안長安에서 돌아오자, 그는 여우에게 희롱당한 일을 들려주면서 그 책을 보여 주었다. 왕재王宰는 그 책을 손에 넣자, 여우로 변하며 그 책을 가지고 달아났다. 왕신王臣은 여러 차례 여우에게 농락당하자, 화가 나 어찌할 바를 몰랐다.

왕신王臣이 산세의 경치를 만끽하며 천천히 고삐를 잡고 가다가 어느새 날이 어두워 졌다. 우거진 숲속에서 마치 사람소리 같은 것이 들려서 가까이 가서 보니 사람은 아니고 여우 두 마리였다. 여우들은 고목에 기대어 손으로 서책을 잡고, 손가락을 가리키며 상의하면서 무언가 얻는 바가 있다는 듯이 서로 웃으며 이야기 하고 있었다. 왕신王臣이 말하였다. "저 흉학한 짐승들이 무슨 수작을 부리는구먼! 보고 있는 것이 무슨 책인지 모르겠네? 내 한 방 맛을 보여줘야겠군!" 그는 고삐를 늦추고, 수마각水磨角으로 자루를 장식한 새총彈弓을 움켜잡고, 손을 주머니에 넣고 탄알을 꺼내어 장착한 후, 비교적 가까운 곳에서 노려서 자루를 둥근달처럼 당겨서 쏘니 탄알이 혜성같이 날아가면서 '탁'하고 소리가 났다. 두 마리의 여우는 마침 흡족해하며 있을 때 숲 밖에서 누가 훔쳐 볼 줄은 몰랐다. 활시위가 울리는 소리를 듣고, 고개를 들어 살펴보려는 순간 탄알이 이미 날아와 정확하게 서책을 들고 있는 여우의 왼쪽 눈을 명중시켰다. 그 여우는 서책을 내버려두고, 비명을 지르고 고통스러워하며 도망쳤다. 그 여우는 잠시 기다렸다가 와서 주우려고 하였는데, 왕신王臣이 다시 새총을 쏘아 왼쪽 뺨에 명중시키자 사지가 힘없이 주저앉았고 죽을 힘을 다해 도망쳤다. …… 왕재王宰가 "책이 얼마나 큽니까? 무슨 서체로 되어 있습니까?"라고 묻자, 왕신王臣이 말했다. "얇은 책으로 한 권인데, 나 역시 무슨 서체인지 한 글자도 못 알아보겠구나." 왕재王宰가 "그렇다면 저에게 좀 보여 주시죠."라고 말하자 어머니가 거들며 말하기를, "그래! 네가 동생한테 보여주어라, 혹시 알 수도 있고 모를 수도 있잖니." 왕재王宰가 말하였다. "이러한 글자는 미루어 짐작한다고 해도 무슨 말인지 알기 어렵습니다. 단지 기이한 물건을 본 셈으로 생각해야죠." 왕신王臣은 방안으로 들어가 서책을 꺼내왔다. 대청에서 왕재王宰에게 넘겨 주었다. 왕재王宰가 서책을 받아 처음부터 끝까지 펼쳐서 보고 또 보고 말하였다. "과연 희소한 글자이군요!" 그는 자리에서 벌떡 일어나 대청 가운데로

가서 왕신王臣에게 "일전에 왔던 왕류王留가 바로 나일세. 오늘 천서天書가
다시 돌아왔으니 당신을 귀찮게 하지 않겠소. 안심하시오!"라고 말하며, 재
빨리 밖으로 도망쳤다. 왕신王臣은 화가 나서 급하게 뒤를 쫓으며, 큰 소리로
"이 대담하고 흉측한 요괴놈아! 어딜 가느냐?"라고 소리치며 옷을 잡아 당겼
는데, 달리는 것은 빠르고 잡아당기는 힘이 매서워, 단지 요란하게 '찌익'
하는 소리만 들리면서 옷이 찢겨졌다. 그 요사한 여우는 아예 몸을 한번
털고 옷을 벗어 던지니, 본 모습이 드러났다. 여우는 한차례 바람이 휘몰아
친 것처럼 재빠르게 밖으로 도망갔다.[30]

이 작품에서는 왕신王臣과 여우와의 접속과 단절이 여러 차례 나타나
고 있는데, 그 과정을 살펴보면, 접속(길가: 우연) + 단절(숲속: 도망)
→접속(여관: 의도) + 단절(여관: 회피) → 접속(집: 의도) + 단절(집:
자유)의 순서로 이루어지고 있다. 이중에서 처음의 접속과 마지막의
단절은 상당히 특이한데, 처음의 접속은 여우의 의도적 접속이 아니라
왕신王臣이 길을 가다가 우연히 여우를 보게 되면서 시작된다.[31] 마지

---

30 王臣貪看山林景致, 緩轡而行, 不覺天色漸晩。聽見茂林中, 似有人聲。近前看時,
原來不是人, 卻是兩個野狐, 靠在一株古樹上, 手執一冊文書, 指點商確, 若有所得,
相對談笑。王臣道: "這孽畜作怪! 不知看的是甚麽書? 且教他吃我一彈。"按住絲
韁, 綽起那水磨角靶彈弓, 探手向袋中, 摸出彈子放上, 覷得較親, 弓開如滿月, 彈
去似飛星, 叫聲: "著!"那二狐正在得意之時, 不知林外有人窺看。聽得弓弦響, 方才
擡頭觀看, 那彈早己飛到, 不偏不斜, 正中執書這狐左目。棄下書, 失聲叫, 負痛而
逃。那一個狐, 卻待就地去拾, 被王臣也是一彈, 打中左腮放下四足, 叫逃命。……
王宰道: "這書有幾多大? 還是甚麽字體?"王臣道: "薄薄的一冊, 也不知其字體,
一字也識不出。"王宰道: "你且把我看看。"王媽媽從旁襯道: "正是!你去把來與兄
弟看看, 或者識得這字也不可知。"王宰道: "這字料也難識, 只當眼見希奇物罷
了。"當時王臣向裡邊取出, 到堂中, 遞與王宰。王宰接得手, 從前直揭至後, 看了
一看, 乃道: "這字果然稀見!"便立起身, 走在堂中, 向王臣道: "前日王留兄就是我。
今日天書已還, 不來纏你了。請放心!"一頭說, 一頭往外就奔。王臣大怒, 急趕上
前, 大喝道: "孽畜大膽, 哪裡走?"一把扯住衣裳, 走的勢發, 扯的力猛, 只聽得眄喇
一響, 扯下一幅衣裳。那妖狐索性把身一抖, 卸下衣服, 見出本相, 向門外亂跑, 風
團也似去了。(≪醒世恆言≫第六卷〈小水灣天狐貽書〉)

막 단절은 여우가 천서天書를 얻고 달아나는데, 위협에 대한 도망이나 강력한 거부가 아니라 일종의 '농락'의 의미가 담겨있다. 왕신王臣에게 접속한 여우는 왕신王臣에게 직접적인 복수를 하려는 의도는 전혀 없이, 오로지 천서를 되찾으려는 데에만 치중하고 있다. 여우는 왕신王臣에게 어떤 치명적인 해를 입히거나 자신의 욕망을 실현하기 위해서 왕신王臣을 수단으로 사용하지 않는다. 그래서 도망가기 전에 "지금 천서天書가 다시 돌아왔으니, 다시는 당신을 귀찮게 하지 않겠소. 안심하시오!今日天書已還, 不來纏你了, 請放心!"라는 말을 남긴다. 여우는 천서天書를 얻고자 하는 데에 집중하고 있기 때문에, '천서天書 회수'의 방해자인 왕신王臣에 대해서는 어느 정도 적대적인 태도를 보이지만, 그러한 태도가 방해자를 제거하거나 위협하는 정도까지 이르지는 않는다. 처음의 접속이 우연으로 시작되었고 마지막 단절도 역시 비정형화된 결과로 이어지는데, 즉 접속이 여우가 천서天書를 보는 것을 왕신王臣에 의해서 발각되어 이루어진 것이라면, 단절 역시 여우가 천서天書를 얻고서 왕신王臣으로부터 도망치는 것으로 귀결되고 있다.

왕신王臣과 여우의 접속은 왕신王臣에 의해서 우연히 진행되고, 여우의 도망으로 단절을 가져오는데, 왕신王臣과 여우의 외형적 심리 강화라는 측면에 있어서 서로 유사한 경향을 보이고 있다. 왕신王臣이 여우가 천서天書를 보고 있는 광경을 목격하면서 1차적 접속이 일어나는데, 이때 왕

---

31 서경호는 그의 논문 〈소설적 서사의 형성과정에 대한 검토 - 귀신과 저승을 중심으로〉에서 소설적 서사의 특징을 설명하면서 '귀鬼'는 그냥 나타날 따름이며, 그들의 출현에는 우연적인 요소가 상당히 개재되어 있다고 하였다. 〈소수만천호이서小水挽天狐貽書〉에서 왕신王臣이 여우와 우연히 만나게 되는 것도 어떤 분명한 목적이 있는 것이 아니라 소설적 서사의 특징상 우연히 왕신王臣과 여우가 조우하게 된 것이다. 그러므로 여우가 왜 나타났는가가 서술의 초점이 아니라, 왕신王臣과 여우가 어떻게 서로 대립하면서 이야기를 종결짓는가가 보다 중요하다고 하겠다. 서경호, 〈소설적 서사의 형성과정에 대한 검토 - 귀신과 저승을 중심으로〉, 《中國語文論叢》第15輯, 1998년 12월, 314쪽 참조.

신王臣이 새총을 쏘아 감시자王臣와 대상자(여우)의 관망적 관계는 끝나고 도망자王臣와 추격자(여우)의 관계로 전환한다. 왕신王臣과 여우와의 접속은 비록 의도된 것이 아닐 지라도 왕신王臣에 의해서 여우와의 접속과 단절은 동시에 이루어진다. 1차적 접속과 단절이 여우가 왕신王臣과의 접속을 인식하지도 못한 채 왕신王臣에 의해서 순식간에 단절이 이루어진 것이라면, 이후의 접속과 단절은 여우가 주동적으로 왕신王臣이 머무르는 여관과 집으로 가게 되면서 이루어진다. 여우는 왕신王臣을 거부하는 심리보다는 단지 천서天書를 회수하고자 하는 의도가 강했지만, 왕신王臣은 여우에 대해서는 강한 적대감을 가지고 있어서 천서天書를 순순히 내어주려고 하지 않는다. 이렇게 외형적 경향으로만 일관한 왕신王臣과 여우는 서로 소통할 수 있는 기회를 상실하고, 오로지 자신의 목적과 보호를 위한 행동, 즉 '회수'와 '방어'에만 치중하여 서로 간의 첨예한 대립 관계는 지속된다. 여우가 우회적인 방법으로 천서天書를 회수하려고 하지만, 이러한 눈속임에 더욱 화가 난 왕신王臣은 여우에게 더욱 더 강한 적대감을 가진다. 그리하여 여우는 원래 천서天書를 회수하는 과정에서 시도되었던 '협력'의 행위들에서 벗어나 정신적, 물질적으로 왕신王臣에게 피해를 주는 방안을 모색하게 된다.

여우는 왕신王臣에게 거짓 서신을 보내고, 다른 인물로 분장하는 등 다양한 방법을 동원하여 그를 속인다. 여우는 마지막에 이르러 다시 왕신王臣과 직접 접속하는데, 왕신王臣의 동생인 왕재王宰로 변신하여 왕신王臣이 스스로 천서를 보여주도록 유도하고 바로 가져가 버린다. 이 때 왕신王臣은 자신이 또 여우에게 속은 것을 알고 화가 나지만, 이미 여우가 천서를 가져간 뒤였으며 자신은 재산을 잃고 정신적인 수치심으로 인해 어찌할 바를 모른다. 여우는 왕신王臣과 자유로운 접속(2차, 3차)을 통해서 그와 소통하려고 하였지만, 왕신王臣이 외형적 심리 경향이 강하고, 여우 역시 그와 소통하려는 것 보다 자신의 천서를 회수하려는 것에만 몰두하여 상호간에 진정한 교감은 이루어지지 않는다. 1차와 2차 단절이 왕신王臣에 의해서 강제로 이루어진 여우의 '도망'이라고 한다면, 3차 단절은 여우의 '자유적' 단절이다. 이때 왕신王臣은 1차와 2차에서 여우와의 접속을 끊고자하는 심리와는 달리 3차 단절이 일어날 때에는 오히려 접속을 지속(자존심의 회복)하고자 한다. 반면에 1차와 2차 단절을 통해서 계속적으로 접속을 유지하고자 했던 여우는 오히려 접속을 끊고자 한다. 여우의 '천서天書 회수'라는 목표가 달성되자 이제 왕신王臣과의 접속은 무의미하다. 이처럼 왕신王臣과 여우는 처음 접속부터 마지막 단절에 이르기까지 외형적 자아와 타자의 경향에만 치중했고, 진정한 소통과 이해를 끌어 내지 못하였다.

3) 인간과 귀혼의 동일한 심리 변화 - 내재적 심리에서 외형적 심리로의 변화

일반적으로 인간과 귀혼이 접속했을 때, 인간과 마찬가지로 귀혼은 외형적인 경향을 강화하거나 외형적 경향에서 내재적인 경향으로 변하는 경우가 많다. 외형적인 경향을 강화하는 작품에는 주로 인간과 귀혼의 단절이 강제적으로 이루어지는 경우가 많고, 외형적 경향에서 내재적 경향으로 변하는 경우에는 '부신附身'을 통한 복수를 하는 경우를 제외하고는 자유적 단절인 경우가 많다. 인간과 귀혼의 단절에서 강제적이든, 자유적이든, 인간과 귀혼은 외형적 경향을 강화하던지 혹은 외형적 경향에서 내재적 경향으로 바뀌는 것이 대부분이다. 그러나 ≪유세명언喩世明言≫제24권第二十四卷〈양사온연산봉고인楊思溫燕山逢故人〉에서는 인간과 귀혼의 접속과 단절에서 인간韓思厚과 귀혼鄭意娘 모두 내재적 경향에서 모두 외형적 경향으로 전환되는 모습을 보이고 있다. 이 작품은 ≪서호이집西湖二集≫제5권第五卷〈이봉낭혹투조천견李鳳娘酷妒遭天譴〉과 마찬가지로 주인공 이외에 다양한 인물들(양사온楊思溫, 노파, 주의周義)이 귀

혼과 접속하고 있는데, 모두 내재적 자아를 가지고 있어서 귀혼인 정의
낭鄭意娘과 서로 소통하고 그녀의 처지를 이해하고 동정한다. 이들은 심
리적 경향에 있어서도 외형적 경향에서 내재적 경향으로 변하거나, 내재
적 경향에서 내재적 경향을 보다 강화하는 면을 보여준다.

먼저 줄거리를 살펴보면, 송대宋代 동경東京사람인 양사온楊思溫은 어
느 날 연산燕山에서 한사후韓思厚의 처 정의낭鄭意娘(귀혼)을 만난다. 정
의낭鄭意娘이 절개를 지키기 위하여 이미 자결하였으며, 한부인韓夫人이
불쌍히 여겨 거두어주었다는 이야기를 듣게 된다. 양사온楊思溫은 후에
한사후韓思厚를 만나 정의낭鄭意娘이 절의를 위하여 목숨을 끊은 소식을
전하고 그녀의 영혼을 만나러 연산燕山으로 온다. 양사온楊思溫과 한사후
韓思厚 그리고 이웃 노파는 한부인夫人의 저택에 있는 사당에서 정의낭
鄭意娘(귀혼)을 만난다. 정의낭鄭意娘은 남편 한사후韓思厚의 신의가 미덥
지 않았지만 세 사람의 설득으로 한사후韓思厚와 함께 고향으로 돌아간
다. 고향으로 돌아간 한사후韓思厚는 정의낭鄭意娘의 무덤에 가서 분향하
고, 여도사女道士 유금단劉金壇에게 망처亡妻의 제를 지내는데, 그 와중에
한사후韓思厚는 유금단劉金壇과 정을 통하게 되고 정의낭鄭意娘을 외면한
다. 정의낭鄭意娘의 무덤을 관리하던 하인 주의周義는 이 사실을 무덤 앞
에서 고하고 나서 잠이 드는데, 주의周義의 꿈속에서 정의낭鄭意娘이 나
타나 복수할 것이라고 말한다. 정의낭鄭意娘은 유금단劉金壇에 접신하여
한사후韓思厚에 대한 원망과 분노를 표출하는데, 이때 한사후韓思厚는 그
녀를 위로하기는커녕 오히려 무덤을 파헤쳐 유골을 강가에 버린다. 이후
한사후韓思厚와 유금단劉金壇이 배를 타고 강을 지날 때, 강 속에서 유금
단劉金壇의 전 남편이 나타나 그녀를 물속으로 데려가고, 한사후韓思厚도
정의낭鄭意娘이 물속으로 끌고 들어간다.

이 작품에서 인간과 귀혼의 접속은 상당히 다양하고 복잡하게 나타난
다. 먼저 사건 발단의 주요 인물인 양사온楊思溫은 정의낭鄭意娘과 세 번

의 접속과 단절을 가진다.(접속+단절(길가: 강제) → 접속+단절(누각: 자유) → 접속+단절(사당: 자유)) 정의낭鄭意娘과의 만남은 길가, 누각, 사당에서 진행되며, 단절에 있어서는 강제적인 단절과 자유적 단절이 모두 나타나지만, 자유적 단절이 보다 분명하게 나타난다. 정의낭鄭意娘의 남편인 한사후韓思厚와의 접속에 있어서 처음에는 정의낭鄭意娘이 의도적으로 접근하지 않고, 한사후韓思厚가 그녀와 대면을 간절히 바라므로 정의낭鄭意娘이 나타난다. 하지만 나중에는 오히려 정의낭鄭意娘이 의도적으로 한사후韓思厚와 접속한다. 단절은 자유적 단절과 강제적 단절이 모두 나타난다.(접속+단절(사당: 자유) → 접속(유금단劉金壇)+단절(집: 자유)→접속+단절(배: 자유) 한사후韓思厚의 후처인 유금단劉金壇은 정의낭鄭意娘과 그녀의 전 남편의 의도적 접속이 보이고 단절에 있어서는 모두 자유적 단절이 나타난다.(접속(정의낭鄭意娘의 부신附身)+단절(집: 자유) → 접속(전 남편)+단절(배: 자유)) 무덤관리인인 주의周義, 이웃집 노파, 유금단劉金壇의 전 남편은 모두 의도적 접속(꿈, 현현)과 자유적 단절을 보이고 있다. 작품 속에서 다양하게 나타나는 인간과 귀혼의 접속 중, 정의낭鄭意娘이 양사온楊思溫, 한사후韓思厚, 이웃 노파와 동시에 접속하는 장면에서 인간과 귀혼의 접속과 단절이 보다 분명하게 나타나고 있다.

세 사람이 걸어서 잠겨 있는 큰 저택에 도착하자, 할멈은 벽을 넘어 안으로 들어갔다. 두 사람(한사후韓思厚, 양사온楊思溫) 역시 뒤따라 안으로 들어가 보니, 귀신 그림자도 보이지 않을 정도로 적막하고 황폐한 정원이 보였다. 세 사람이 걸으며 살펴보니, 시들고 활짝 핀 꽃들이 함께 어우러져 있을 뿐, 정의낭鄭意娘을 찾아보아도 종적을 찾을 수 없었다. …… 갑자기 바람이 한바탕 몰아치더니, 바람이 불어 촛불이 꺼지려고 하였으나 꺼지지 않고, 등불이 사그라지려고 하였으나 사그라지지 않자, 세 사람은 온몸에 식은땀을 흘리며 벌벌 떨고 있었다. 바람이 지나간 곳에, 흐느끼는 소리가 들렸다. 바람이 멈추고 초가 밝아지더니 불빛아래 한 여인이 나타났다. …… 한사후韓思厚가 말하였다. "부인이 정조를 지키기 위하여 죽었는

데, 내 마땅히 평생 재혼을 하지 않아 부인의 덕에 보답하려고 하오. 오늘
부인의 유골을 옮겨서 금릉金陵으로 함께 돌아가려고 하는데 어떠시오?"
정의낭鄭意娘은 따르지 않으며 말하였다, "할멈과 삼촌楊思溫이 모두 여기에
있으니, 저의 말을 들어주세요. 지금 서방님께서 소첩의 외로운 넋이 여기
에 있는 것을 염려하여 거두어 주신다고 말씀하시는데, 어찌 서방님을 따
라가길 원하지 않겠습니까? 하지만 반드시 소첩을 자주 보러 오셔야 하고,
지금과 같은 애정이 냉담해지고 멀어지지 않기를 바랄뿐입니다. 만일 재
혼을 한다면, 틀림없이 저를 돌보지 않으실 것이고, 그렇다면 안 가는 것
만 못합니다." …… 한사후韓思厚는 술을 땅에 뿌리며 맹세하였다. "만일
내가 약속을 어긴다면, 길에서 도적을 만나 살육을 면치 못할 것이고, 물
에서 풍랑을 만나 배가 뒤집힐 것이오." 부인夫人은 한사후韓思厚를 급히
저지하며, "그만 하세요! 그만 하세요! 이렇게까지 맹세하실 필요 없습니
다. 서방님께서 다시 아내를 맞이하지 않겠다고 하시니, 원하옵건대 삼촌
楊思溫이 증인이 되어주세요."라고 말을 끝낸 후, 돌연히 다시 한 번 향기로
운 바람이 일더니 바람이 지나가자 정의낭鄭意娘이 보이지 않았다.[32]

　정의낭鄭意娘은 남편인 한사후韓思厚뿐만 아니라, 남편의 의형제인
양사온楊思溫, 그리고 전혀 친분관계는 없지만 언제나 그녀의 처지를
측은해하는 이웃 노파에게 나타난다. 이웃 노파를 제외한 사람들은
모두 '동향인同鄕人'이다. 그녀의 접속을 경험한 인물들은 남편인 한사
후韓思厚로부터 그녀와 어떠한 공통적인 요소가 없는 사람(이웃 노파)

---

32 三人走到適來鎖著的大宅, 婆婆踰牆而入; 二人隨後, 也入裡面去, 只見打鬼淨淨
　的一座敗落花園。三人行步間, 滿地殘英芳草; 尋訪婦人, 全沒蹤跡。……忽然起
　一陣狂風。這風吹得燭有光似無光, 燈欲滅而不滅, 三人渾身汗顫。風過處, 聽得
　一陣哭聲, 風定燭明, 三人看時, 燭光之下, 見一婦女, ……思厚道: "賢妻爲吾守節
　而亡, 我當終身不娶, 以報賢妻之德。今願遷賢妻之香骨, 共歸金陵可乎?"夫人
　不從道: "婆婆與叔叔在此, 聽奴說。今蒙賢夫念妾孤魂在此, 豈不願歸從夫? 然
　須得常常看我, 庶幾此情不隔冥漠。倘若再娶, 必不我顧, 則不如不去爲强。
　"……思厚以酒瀝地爲誓: "若負前言, 在路盜賊殺戮, 在水巨浪覆舟。"夫人急止思
　厚: "且住, 且住, 不必如此發誓。我夫旣不重娶, 願叔叔爲證見。"道罷, 忽地又起
　一陣香風, 香過遂不見了夫人。(≪喩世明言≫第二十四卷〈楊思溫燕山逢故人〉)

까지 모두 포함한다. 하지만 정의낭鄭意娘과 소통관계에 있어서는 이웃 노파가 가장 가깝고, 오히려 남편인 한사후韓思厚와는 소원하다. 이 세 사람은 각기 다른 친분관계를 가지고 정의낭鄭意娘과 접속하지만, 접속과 단절에 있어서 공통적으로 자유롭게 이루어진다. 접속은 세 사람의 요구로 인하여 이루어지며 정의낭鄭意娘을 간절히 만나고자 하는 바람이 반영되어 있다.[33]

귀혼의 단순한 접속뿐만 아니라 반복적 접속은 정의낭鄭意娘에 의해서 진행되는데, 남편인 한사후韓思厚뿐만 아니라 양사온楊思溫, 이웃 노파, 주의周義, 유금단劉金壇과도 접속한다. 다른 작품들이 비교적 고립된 공간이나 밀폐된 장소에서 개인에게만 접속하는 경향이 짙다면, 〈양사온연산봉고인楊思溫燕山逢故人〉은 공개적인 장소에서 집단적으로 접속하는 것이 특징이다. 전체적으로 귀혼이 접속하는 경향을 살펴보면, 접속이 한 번으로 그치는 것이 아니라, 여러 차례 진행되는데, 한사후韓思厚를 제외한 주변 인물들은 모두 정의낭鄭意娘의 혼령이 나타나는 것을 이상하게 여기거나 두려워하지 않는다. 이러한 태도로 보아 주변 인물들과 정의낭鄭意娘의 접속에서는 외형적 자아와 타자의 경향은 전혀 찾아볼 수 없고 내재적 심리 경향이 짙게 깔려있음을 알 수 있다. 예를 들면, 양사온楊思溫은 그녀의 처지를 슬퍼하며 여러 차례 그녀가 한사후韓思厚와 같이 가도록 설득하고 있다. 이웃 노파는 종종 한부인韓夫人의 사당에

---

33 인간(한사후韓思厚, 양사온楊思溫, 노파)과 귀혼(정의낭鄭意娘)의 접속과 단절에서는 인간이 귀혼을 향한 의도적인 접속이 강하게 나타난다. 양사온楊思溫이 길거리에서 그녀를 우연히 만난 것을 제외하고, 정의낭鄭意娘이 의도적으로 접속하기보다는 사람들이 주동적으로 정의낭鄭意娘의 거처(사당)에 들어감으로서 그녀와 접속한다. 그러므로 접속의 방식은 겉으로는 그녀가 나타나는 형식을 취하지만, 사실은 사람들의 의도로 접속을 이끌어낸 것이라고 할 수 있다. 이것은 인간이 귀혼이 사는 장소를 우연히 지나가거나, 귀혼 공간으로 들어가는 것과는 달라서 귀혼과의 접속을 위한 의도성과 목적성이 비교적 뚜렷하다.

서 정의낭鄭意娘을 만나 그녀와 친밀한 관계를 유지하고 있다. 무덤지기
인 주의周義는 한사후韓思厚가 정의낭鄭意娘을 저버리자 정의낭鄭意娘 무
덤에서 한사후韓思厚의 배신에 분노하면서 그녀의 처지를 애통해한다.
이렇게 작품 속에서의 주변 인물들은 정의낭鄭意娘을 죽은 혼령이 아닌
산 사람과 동일하게 여기며, 그녀를 내재적 타자로 인식하고 있다.

그러나 한사후韓思厚는 이러한 주변 인물과 다르게 내재적 심리 경향
에서 점차 외형적 경향으로 바뀐다. 한사후韓思厚가 한부인韓夫人 사당에
서 정의낭鄭意娘과 만났을 때나 그녀를 설득해서 고향으로 갈 때는 정의
낭鄭意娘의 절개를 높이 샀으며, 진심으로 그녀를 그리워하였다. 한사후
韓思厚의 이러한 마음가짐은 그녀와 헤어진 후 4년 동안이나 홀로 지낸
점에서도 잘 알 수 있다. 이 때 한사후韓思厚와 정의낭鄭意娘의 접속과
단절은 상호 내재적 자아와 타자의 경향이 뚜렷했으며, 서로 소통하고
이해하려고 하였음을 잘 알 수 있다. 이후 한사후韓思厚가 정의낭鄭意娘의
혼령을 추도하기 위하여 유금단劉金壇을 만나는데, 이때부터 이 둘의 관
계는 '집착', '원망', '파괴'로 일관된 외형적인 대립 관계에 놓이게 된다.
그리하여 접속은 의도성이 농후하며 단절은 강제성을 띄게 된다.[34] 정의
낭鄭意娘의 접속이 한사후韓思厚의 방해로 여의치 않게 되자 어쩔 수 없이
유금단劉金壇에게 접신한다. 단절 역시 자유적 단절의 형식을 띄고 있지
만, 모두 외형적 경향으로 일관하고 있다.[35]

이후에 한사후韓思厚와 유금단劉金壇이 강을 건널 때, 정의낭鄭意娘은

---

34 정의낭鄭意娘은 자신의 억울함과 분노를 표출하기 위해 유금단劉金壇에게 접신하여
한사후韓思厚에게 말하지만, 한사후韓思厚는 오히려 그녀의 무덤을 파헤쳐 유골을 강
가에 버리는 파렴치한 행동으로 그녀와 강제적 단절을 모색한다.

35 이때 정의낭鄭意娘의 단절은 자유적 단절 방식을 취하고 있지만, 스스로의 단절보다는
어쩔 수 없이 단절하게 되는 특징을 보이고 있다. 비록 외형적으로는 자유적 단절 형식
을 가지고 있지만, 내면적으로는 거부와 대립으로 인한 강제적 단절의 특징을 가진다.

한사후韓思厚를 강 속으로 끌고 들어가는데, 이때 접속과 단절은 순식간에 이루어진다. 이러한 '동귀어진同歸於盡'식의 접속과 단절과정에는 내재적 자아와 타자의 경향은 전혀 보이지 않고 극단적인 외형적 대립만을 보여주고 있다. 이처럼 한사후韓思厚와 정의낭鄭意娘이 접속하는 과정은 내재적 자아와 타자가 어떻게 외형적 자아와 타자로 변하는지 구체적으로 보여주고 있다.

이처럼 ≪유세명언喩世明言≫제24권第二十四卷〈양사온연산봉고인楊思溫燕山逢故人〉의 한사후韓思厚와 정의낭鄭意娘은 ≪서호이집西湖二集≫제13권第十三卷〈장채련격년원보張彩蓮隔年冤報〉의 왕립王立과 장채련張彩蓮, ≪서호이집西湖二集≫제5권第五卷〈이봉낭혹투조천견李鳳娘酷妒遭天譴〉의 이봉낭李鳳娘과 황귀비黃貴妃의 관계에서 나타나는 외형적 심리의 지속과 강화와는 다르게, 내재적 심리에서 외형적 심리로 바뀌는 과정을 보여주고 있으며, 귀혼과의 접속에 있어서 귀혼의 의도적인 접속뿐만 아니라 인간의 바람으로 인해 접속이 이루어지는 면도 보여주고 있다. 이와 같이 인간과 귀혼의 접속은 내재적 경향을 강화하는 것뿐 아니라 내재적 경향에서 외형적 경향으로 변화하며, 강제적 단절보다는 자유적 단절이 지속적으로 나타나고 있다.

4. 나오는 말篇尾

본 장에서는 접속과 단절의 강제적 경향과 자유적 경향이 인간과 귀혼의 외형적·내재적 자아와 타자가 어떻게 상호 관계하며 작용하는지 살펴보았다. 인간과 귀혼의 접속 유형에는 '단순 결합', '반복 결합', '지속 결합'이 있는데, 단순·반복 결합에서의 접속은 한 개인 혹은 어떤 인물에게만 편중되어 나타난다. '지속 결합'은 어떤 한 개인에게 집중되는 것뿐만 아니라, 여러 사람에게로 분산되어 접속하기도 한다. 그러므로 비록 개인에 대한 의도적인 접속 특징은 '단순'이나 '반복 결합'에 비해서 약할 수 있지만, 접속 의지에 있어서는 단순 결합과 반복 결합보다 더 강한 면을 보여 주고 있다. 단절에 있어서는 '단순 결합'과 '반복 결합'은 비교적 강제적 단절이 주를 이루고, 자유적 단절은 일부 나타날 뿐이다. 반면에 '지속 결합'은 강제적 단절과 자유적 단절이 각각 나타나거나, 서로 혼재되어 나타나기도 한다.

강제적 단절과 자유적 단절이 독립적으로 나타나는 경우보다 강제적 단절과 자유적 단절의 혼재는 인간과 귀혼에 대한 다양한 반응과 서로 간의 복잡한 심리와 인식과정을 구체적으로 나타낸다. 인간과 귀혼의 심리적 경향에 있어서도 외형적·내재적 경향이 각각 같거나 다르게 나타나며, 그 경향이 지속되거나 바뀌기도 한다. 예를 들면, 1차 단절에는 '강제적 단절'이 나타나지만, 2차, 3차 단절에는 '자유적 단절'이 나타난다. 강제적 단절에서 자유적 단절로의 변화는 귀혼이 인간을 욕망의 대상으로 삼아 강제로 접속하더라도, 나중에는 귀혼 스스로 단절하면서 심리적 경향을 바꾼다. 인간의 경우에도 외형적 경향에서 내재적 경향으로 바뀌기도 하며, 또는 외형적 경향을 지속적으로 유지하기도 한다.

이와 같이 인간과 귀혼의 지속적인 결합에서 외형적·내재적 자아와 타자가 강화되거나 변화하며, 접속과 단절의 과정에서 인간과 귀혼이 상호 밀접하게 반응하는 것을 살펴 볼 수 있다. 인간은 귀혼을 외형적 타자로만 인식하는 대신, 외형적 타자의 경향을 점차적으로 강화하거나 외형적 타자에서 내재적 타자로 인지하기도 한다. 이처럼 접속과 단절에서 나타나는 다양한 양상과 인식의 변화 과정을 상세하게 분석해 볼 필요가 있다.

제2부

인간과 귀혼의
반응과 소통

제1장

현실과 꿈人鬼通夢

1. 들어가는 말入話

중국 고전소설에서는 시詩와 사詞, 산문散文과는 달리 다양한 시공간과 인물, 복잡하고 세밀한 내용과 묘사, 풍부한 사상과 이념이 폭넓게 나타나고 있다. 소설은 인생의 다양한 모습을 반영하므로 실제 생활과 당시의 사회·문화를 관찰하기에 가장 적절하다고 볼 수 있다. 그 중에서도 문언소설文言小說과는 달리 구어체口語體로 쓰인 화본소설話本小說은 풍부한 제재와 생동적인 인물 및 깊은 주제의식을 기반으로 여러 계층의 현실생활을 사실적으로 묘사한다. 때문에 당시의 사회현실과 민중들의 의식세계를 다각적으로 보여주는 중요한 자료라고 할 수 있다.

중국 화본소설話本小說은 이처럼 중국 고대사회와 문화를 고찰하는데 있어서 풍부하고 실질적인 문헌적 자료임에도 불구하고, 지금까지의 연구는 단순히 작품의 주제나 인물에 국한되었거나, 혹은 시대나 사회의 부분적인 사조와 현상만을 위주로 연구되어 왔다. 그리하여 연구자들의 관심은 언제나 '현실'에 한정된 주제와 사회현상에 대해서만 집중되었다. 주변의 내용, 즉 귀신鬼神, 천제天帝, 혼령魂靈 등과 같이 '비현실'적인 대상과 인간과의 상호작용에 대해서는 세밀하고 다양하게 연구되지 못했다. 특히 '귀혼'에 대한 연구

는 다른 '현실적' 인물 및 제재의 연구에 비해서 언제나 소외되었으며, 그나
마 있는 연구 사례들은 주로 인간과 귀신의 갈등과 대립이 중심이었다.

　중국 고전문학에서의 '귀혼' 출현은 이미 여러 장르에서 폭넓게 나타
나고 있다.[1] 그 중에서 소설 속에서의 출현과 묘사가 가장 구체적이고
생동적이어서 독자에게 미치는 영향 또한 크다. 명청明清이전 소설에서
귀혼은 인간과 대립하는 존재, 음과 양으로 철저히 나눠진 객체로서 등
장한다. 작품 속에서의 귀혼은 다른 요괴妖怪나 이물異物과 마찬가지로
인간세계의 질서를 동요시키며, 인간에게 해를 끼치는 역할을 담당하였
다. 귀혼의 이러한 역할은 한국의 '도깨비'와 마찬가지다. 귀혼은 언제나
인간을 '중심'으로 하는 사회와 갈등하는 '주변적 존재'로 남아있으면서[2]
인간세상과의 접촉을 꾀하지만 결국에는 외부의 힘(도사, 법사, 영웅 등)
에 의해 강제로 격리되는 수순을 밟는다.

　경제와 문화가 발달한 명청明清시대에 이르자, 시민들의 활발해진 논
리적 사고와 정신활동은 귀혼을 단순히 이물異物이나 요괴妖怪로서 보는
인식에서 벗어난다. 인간과 교감을 나누고 영향을 미치는 소통의 역할
을 강조하게 된 것이다. 그래서 이 당시에 귀혼이 등장하는 작품 수는
이전 시대에 비해서 현저하게 줄어들었으며 작품도 오히려 작중 인물의

---

1 중국문학에서의 귀혼출현은 시詩, 사詞, 소설小說, 희곡戲曲, 산문散文 등에서 다양하게 나타
　나고 있지만 그 중에서 소설小說과 희곡戲曲에서의 출현이 다른 장르에 비해서 더 빈번하
　게 보인다. 이것은 허구적인 요소를 다른 장르에 비해서 쉽게 배치할 수 있는 특징 때문일
　것이다. '귀혼'에 대한 연구 역시 대부분 소설小說과 희곡戲曲에 편중되어 있다.
2 중국 고전소설 속에서의 '귀혼'과 마찬가지로 한국 고전소설에서의 '도깨비'는 민간의 생활
　공간이 아닌 공동묘지, 고목, 사당 등의 장소에서 출현한다. 시간에 있어서도 주로 해질녘
　과 새벽 등 어둠의 시간에만 출현한다. 한국의 '도깨비'는 시간과 공간에 있어서 음과 양,
　어둠과 밝음의 임계臨界에 있으며 민간생활과 분명히 경계를 이루는 '변두리'에 존재한다.
　'주변적 존재'의 관점으로 살펴본다면 중국소설속의 '귀혼'이나 한국 고전소설에서의 '도깨
　비' 모두 비슷한 특징을 가지고 있다고 할 것이다. '도깨비'의 주변성에 대한 연구는 김열규,
　〈도깨비와 귀신: 한국의 남과 여〉, 《한국학논집》제30집, 2003년, 210~212쪽 참조.

다양한 의식과 정신세계와 밀접하게 연계되어 인물의 정신세계에 직간 접적으로 영향을 주는 특징을 가지게 되었다.

명청화본소설明淸話本小說에 나타나는 귀혼은 이전의 위진남북조지괴소설魏晉南北朝志怪小說에서 보이는 것처럼 현실세계에서 구체적인 형상을 드러내면서 인간 및 인간세계와 대립하는 이물異物이 아니라 인간의 정신세계에서 대화와 소통을 주도하는 존재로 표현된다. 이 때문에 화본소설에서의 귀혼의 등장은 대부분 현실세계가 아닌 인간의 무의식 세계인 꿈을 통해서 이루어진다. 이제 귀혼은 이전의 '주변적 객체'와는 달리 허구적 존재이면서 주체(인간)와 상호 교감하는 존재, 또한 인간세계와 쉽게 접촉하려는 형상으로 나타난다. 이는 물질적 가치가 만연한 현실에서 오는 정신적 공허함을 표현한 것일 수도 있고, 현실적이고 실용적인 면을 지나치게 강조한 것에 대한 거부 반응일 수도 있다.

인간과 귀혼의 접속을 소설수사학적 관점으로 살펴보면, 줄거리의 현실과 허구의 적절한 조화를 통해 작품의 서사기교를 향상시키고 독자의 흥미를 유발하는 의도를 내포하고 있기도 하다. 화본소설話本小說작품 속에 드러나는 바가 실제생활에 대한 왜곡된 표현이거나 작가의 의도된 수사기교이든지 간에 인간과 귀혼에 대한 다양한 교류와 상호 작용이 독자와 작가의 이해와 목적에 따라 '선별'과 '변용'을 거쳐 구체적으로 재현된다고 할 수 있다.

이처럼 명청화본소설明淸話本小說에서의 '인귀人鬼'의 교감 주제는 이전의 일률적인 대립 구도와는 달리 독자, 작가, 작품 간에 다양한 교류뿐만 아니라 주제와 내용이 풍부함에도 불구하고 다각적으로 연구가 진행되지 못하였다. 본 연구를 통해 귀혼의 출현이 현실세계에 대한 복합적인 반응이면서 소통의 확장이라고 볼 때, 꿈을 통한 인귀人鬼의 교류와 작용을 통한 연구는, 이전에 '귀혼'을 철저히 주변적 객체로 정의했던 개념과는 달리, '인人', '귀鬼', '몽夢'의 상호 연관 관계와 역할을 더욱 다양하고 심도 있게 다룰 수 있을 것으로 기대한다.

본 장에서는 명청화본소설明淸話本小說에서 귀혼의 형상 및 출현에 대
한 묘사가 구체적으로 드러나는 작품을 중심으로 살펴볼 것이다. 대표적
인 작품은 명청明淸시대를 모두 합하여 44작품, 677편이 되는데, 이 중에
서 인귀통몽人鬼通夢의 현상과 내용이 구체적으로 나타난 작품은 13작품
21편 정도이다. 여기서는 이 21편의 작품을 중심으로 인귀통몽人鬼通夢
현상과 그 서사적 예술기교를 살펴보고자 한다.

표 1 명청화본소설明淸話本小說 중 '인귀통몽人鬼通夢' 현상 출현 작품

구 분	明淸話本小說 작품		'人鬼通夢' 현상 출현 작품	
	明	淸	明	淸
작 품 (편수)	淸平山堂話本(11)* 熊龍峰刊小說(2)* 喩世明言(32)* 警世通言(26)* 醒世恆言(34)* 初刻拍案驚奇(40) 二刻拍案驚奇(39) 鼓掌絶塵(40) 淸夜鐘(16) 西湖二集(34) 歡喜冤家(24) 幻影(30) 鴛鴦針(16) 石點頭(14) 天湊巧(3) 貪欣誤(6) 一片情(14) 壺中天(3) 芺獮多(3) 宜春香質(20) 十二笑(12) 載花船(12) 八段錦(12)	豆棚閑話(12) 醉醒石(12) 連城璧(12) 連城璧外編(6) 都是幻(12) 風流悟(8) 珍珠舶(18) 十二樓(12) 雲仙笑(5) 驚夢啼(6) 照世杯(4) 人中畫(16) 五更風(8) 西湖佳話(16) 警寤鐘(16) 錦繡衣(4) 生綃剪(19) 弁而釵(20) 飛英聲(8) 八洞天(8) 醒夢騈言(12)	喩世明言(3) 警世通言(1) 醒世恆言(1) 初刻拍案驚奇(2) 鼓掌絶塵(2) 淸夜鐘(1) 西湖二集(4) 歡喜冤家(1) 石點頭(2)	豆棚閑話(1) 都是幻(1) 風流悟(1) 珍珠舶(1)
계	23(443)	21(234)	9(17)	4(4)
	44(677)		13(21)	

(*宋元明 話本小說이 같이 수록 된 작품)

2. 인귀통몽人鬼通夢의 유형과 특징

'인귀통몽人鬼通夢' 용어는, '인귀교구人鬼交媾', '인귀교환人鬼交歡', '인귀
상연人鬼相戀', '인귀탁몽人鬼托夢' 등으로도 불리는데, 여기서 '교구交媾',
'교환交歡', '상연相戀'의 함의는 사람과 귀혼을 대등한 관계에서의 교감이
아니라 주로 남여의 교합이나 애증, 원한을 중심으로 어느 한쪽을 우위
에 두고(주로 남성) 제한을 둔 경우로 다소 차이가 있다. 실제로 귀혼이
등장하는 많은 작품에서 이러한 현상이 자주 보이기는 하지만, 모두 남녀
의 교합과 애정을 나타내는 의미로 규정하기는 힘들다. '인귀교구人鬼交媾'
와 '인귀교환人鬼交歡'에도 꿈이라는 특수한 시공간이 등장하지만 모두 사
랑을 이루기 위해서나, 복수를 위한 매개 역할만을 할 뿐 진정한 인귀人鬼
의 소통을 제공하는 것은 아니다. '인귀탁몽人鬼托夢'의 경우도 귀혼이 인
간의 꿈속에 나타나는 주요목적이 '호소'와 '부탁'에만 한정되어 사람과
귀혼과의 다양한 교감이라는 특징이 결여되어 있다. 이와는 달리 '인귀통
몽人鬼通夢'은, 어떤 주제나 내용에 얽매이지 않고 '몽계夢界'에서 인간과
귀혼이 동등한 자격으로 서로 소통하며 인간이 꿈에서 깨어난 후에도
여전히 그 관계를 유지한다는 의미에서 비교적 적절한 용어이다.

'몽계夢界'에서의 인간과 귀혼의 관계는 인간이 중심이 되고 귀혼이 주
변이 되는 현실과 달리 동등한 관계이거나 현실과 반대로 묘사되기도 한
다. 위진남북조지괴소설魏晉南北朝志怪小說에서도 귀혼이 자주 등장하지만
대부분 하나의 이물異物로서만 인식되며 현실 속의 인간과는 철저히 대립
되는 존재로 묘사되곤 하였다. 그래서 귀혼은 사람에게 공포와 해를 주는
존재로 인간으로부터 완전히 외면 받거나 홀시당하고, 혹은 거부의 대상이
되었다. 반면에 명청화본소설明淸話本小說에서의 귀혼은 더 이상 이물異物이
나 이류異類와 같은 존재가 아니고 인간의 의식과 무의식에서 상호 소통하
는 존재로 발전하게 된다. 이러한 존재에 대한 인식은 여러 작품 속에서도

잘 나타나 있는데 현실에서의 귀혼의 출현은 상당히 줄어들고 대부분이 비
현실적인 세계, 즉 '꿈'을 통해서 나타나게 되는 것도 이런 이유이다.

현실에서 귀혼이 등장하는 경우는 대부분 순간적인 현현에 한정되며
함축적인 메시지를 전달하고는 사라져버리는 특징을 가지고 있어서 인
간과의 진정한 소통을 이끌어 내기는 힘들다. 귀혼과 대화를 하거나 교
감을 나누기 위해서는 현실세계가 아닌 다른 공간이 필요한데, '꿈'은
생생한 현장감을 주면서 귀혼과의 대화를 다각적으로 이끌어 낼 수 있는
이상적인 공간이라고 할 수 있다. 이 속에서 비현실계의 일은 현실계의
일로 바뀔 수 있으며, 현실 속에서 비현실계의 이야기가 핍진하게 그려
진다.[3] 비현실계夢界에서의 귀혼은 거부와 두려움의 대상이 아니라 인간
과 동등한 의지와 인식체계를 갖춘 객관적 존재이면서 동시에 '인성人性'
과 '물성物性' 특성을 지니며,[4] 인간과 대등한 위치에서 인간과의 교감을
주재한다. 그러므로 이야기 속의 귀혼은 흐릿하거나 모호하지 않고 구체
적인 인간의 모습을 가지고 말하며 행동한다. 그들은 종종 위협적이거나
해학적인 존재로 등장하여 현존 가치를 하락시키거나 변화를 도모하고
나아가 인간의 가치관과 사고에 지대한 영향을 끼치기도 한다.[5]

---

3 라인정, 〈人鬼交媾說話 연구〉, ≪語文硏究≫제24집, 1993년 10월, 147쪽.
4 청대淸代초기의 ≪요재지이聊齋志異≫는 포송령蒲松齡이 지은 문언소설집으로 많은 귀혼
  과 요괴 및 이류異類의 이야기들이 실려 있다. 비록 당시 구어체로 쓰여진 화본소설話本
  小說과는 문체와 내용에 있어서 차이를 보이지만 그 소재의 다양성과 귀혼형상의 특징에
  있어서는 서로 비슷하다. 그 가운데 명청화본소설明淸話本小說과 ≪요재지이聊齋志異≫에
  서 공통적으로 보이는 '인귀교혼人鬼交婚'에서의 사람과 귀혼은 사람이 이화異化하여 귀혼
  이 된 것이며, 예술적인 형상에 있어서의 차별성은 거의 발견하지 못한다. 완전히 인간
  화된 형상은 '물物'이면서 이미 '인人'으로 변화한 이원성二元性을 가지게 된다. 작품 속에
  서의 귀혼女鬼은 인성人性과 물성物性을 동시에 지니면서 또한 인간과 같은 예술적 형상
  을 지니게 된다. 김혜경, 〈≪聊齋志異≫에 나타난 蒲松齡의 作家意識 - 人鬼交婚
  小說을 中心으로〉, ≪中國學報≫제35집, 1995년, 122~123쪽 참조.
5 김재용, 〈귀신 이야기의 기호학〉, ≪한국학논집≫제30권, 2003년, 61쪽.

인귀통몽人鬼通夢에서의 인귀人鬼의 관계와 유형에는 여러 종류가 있지만 작품 속에 자주 등장하는 것으로는 애정愛情, 원한怨恨, 호소呼訴, 보은報恩, 몽유귀부夢遊鬼府 등이 있다.[6] 애정과 원한의 경우에는 생전에 이루지 못한 사랑에의 연민과 집착, 보상 심리에 기인하는 반면, 보은은 '수은필보受恩必報'처럼 아무리 작은 은혜라도 반드시 갚고자 하는 정신을 강조한다. 억울함과 호소는 가해자가 아닌 다른 사람에게 자신의 억울함을 호소하고 도움을 청하는 내용이며, 몽유귀부夢遊鬼府는 '가사假死'와 지옥을 다녀온 경험을 통해서 새로운 각성을 일으키는 것을 주된 내용으로 하고 있다. 귀혼이 꿈속에서 나타나는 구체적 원인은 다양하지만 대부분 이 몇 가지에 귀결된다고 할 수 있다. 그 중에서 자주 등장하는 유형은 '보은報恩', '몽유귀부夢遊鬼府', '부탁' 등이다. 현실에서의 귀혼출현 작품에는 '애정'과 '원한'의 유형이 많이 보이는데 이는 꿈을 통해서 인물과의 문제를 해결하는 것보다, 직접 모습을 드러내고 구체적으로 사건의 해결을 유도하는 것이 용이하기 때문일 것이다. 직접 나타났을 때 귀혼은 인물에게 주로 간략하게 요점만 지시하거나 일방적인 설명을 하는 형태를 띤다. 귀혼이 꿈속에 등장하는 경우, 전후사정을 자세히 이야기하거나 청자의 반응도 살필 필요가 있기 때문에 '애정'과 '원한'의 내용보다는 '부탁', '보은'과 '몽유'의 유형이 더 자주 나타나게 된다. 인귀통몽人鬼通夢의 유형 중에서 '몽유지옥夢遊地獄'은 몇몇 작품에만 한정되어 나타나지만 구체적인 내용과 묘사는 인귀통몽人鬼通夢의 세부적 특징을 잘 보여주고 있다.

비록 인귀통몽人鬼通夢의 유형과 내용이 서로 다르지만, 귀혼의 주도로 인간의 꿈속에 들어오든 혹은 인간과 귀혼의 상호 요구에 의해서 꿈속에서 서로 만나든 모두 인간과 귀혼이 꿈을 통해서 소통한다는 공통적인

---

6 高梓梅, 〈解讀古代文學作品中的鬼魂托夢〉, ≪河南社會科學≫第13卷第2期, 2005年 3月, 124~125쪽.

특징을 지닌다. 작중인물은 모두 꿈을 꾸고 있어도 현실처럼 느끼며, 귀혼을 만나도 귀혼으로 인식하지 못하는 경우가 많다. 꿈에서 깨어난 후에야 꿈속에서 만난 존재가 귀혼이며, 다녀간 곳이 '저승'과 '이계異界'라는 사실을 함께 알게 된다. 소설 작품에서는 현실생활에서의 줄거리와 인물간의 대화에 많은 부분을 할애하고 있지만, 오히려 짧은 꿈속에서의 묘사가 작품의 줄거리와 주제, 인물형상에 더 큰 영향을 끼친다. 인간과 귀혼의 소통은 현실보다는 꿈속에서 원활하게 이루어진다. 이는 꿈속에서의 자아가 현실에서처럼 철저히 경직되고 구속받는 상태가 아니라 자유롭고 개방적이기 때문일 것이다.

1) 애정愛情과 교환交歡

명청화본소설明淸話本小說 작품 중에는 생전에 사회적인 구속이나 신분상의 격차, 또는 외부의 방해로 인해 사랑을 이루지 못하고, 죽어서 자신만의 사랑을 이루고자 하는 작품들이 많이 보인다. 그 중 ≪성세항언醒世恆言≫第14권第十四卷〈요번루다정주승선鬧樊樓多情周勝仙〉을 대표적인 작품으로 볼 수 있다. 주승선周勝仙은 범이랑范二郎을 좋아하지만 신분상의 격차로 인해 아버지인 주대랑周大郎의 반대에 부딪혀 결국 사랑을 이루지 못한다. 주대랑周大郎 심한 질책에 그녀는 혼절하였는데 모두들 그녀가 죽은 줄로만 알고 장례를 치른다. 후에 도굴꾼 주진朱眞에 의해서 다시 깨어나나 주진朱眞은 주승선周勝仙을 간奸한 사실이 탄로날까봐 자신의 집에 가둬둔다. 이웃집에 불이 난 틈을 타 주승선周勝仙은 도망치고 곧바로 범이랑范二郎을 찾아가지만 범이랑范二郎은 그녀가 귀혼이 되어 자신의 목숨을 거두러 온 줄로만 알고 그만 실수로 그녀를 죽이고 만다. 귀혼이 된 주승선周勝仙은 3일 동안 살인죄로 감옥에 갇혀있는 범이랑范二郎을 찾아오며 꿈속에서 운우지정雲雨之情을 나누게 된다. 범이랑范二郎은 비록 꿈속이지만 현실과 다름없이 주승선周勝仙과의 사랑을 나누며, 꿈에서 깨어나서도 그녀와의 정을 마음 깊이 새겨둔다.

이 외에도 명청화본소설明淸話本小說 중에는 많은 작품들이 〈요번루다정주승선鬧樊樓多情周勝仙〉와 비슷한 주제를 가지고 있다. 대부분 여귀女鬼와 남자 주인공의 사랑을 주제로 한 경우가 많고, 주로 여귀女鬼가 꿈을 통해서 남성 인물을 찾아온다.[7] 반면 남귀男鬼가 꿈을 통해서 사랑하는 여인과 만나는 경우는 거의 찾아보기가 힘들다. 대부분은 여귀女鬼가 남성 인물의 꿈속으로 들어와 서로 정을 통한 후 사라지고, 남성은 갑자기 꿈에서 깨어나는 '각몽覺夢'의 형태로써 서사적 구조를 완결 짓고 있다.[8] 남성은 처음에는 기이한 꿈으로 여기지만 나중에는 귀혼과의 만남을 자연스럽게 받아들이며, 여귀女鬼를 보통 현실속의 여인으로 수용하는 태도를 보인다. 이는 꿈속에서 일어난 일을 환상으로만 여기지 않고, 현실과 허상을 동시에 인정하는 양면적인 모습을 보여주는 것이라고 할 수 있다.

2) 호소와 부탁

중국 고전소설에서는 나오는 원한에 사무친 귀혼은, 종종 인간의 꿈속에 나타나 자신의 억울함을 호소하거나 가해자를 괴롭힌다. 명청화본소설明淸話本小說에서는 원귀寃鬼가 꿈속에 나타나 직접 복수를 행하거나 처벌하는 작품은 보기 드물다. 대부분이 현실계에서 직접 현현, 혹은 남의 몸에 부신附身하여 가해자에게 복수를 하거나 또는 '산 자'의 힘을 빌려 처벌하는 방식을 취한다. 작품 속에서의 원귀寃鬼는 주로 여성이며, 원귀寃鬼를 죽음을 몰고 가게 한 가해자는 대부분이 남성 혹은 사회제도

---

7 高梓梅, 〈解讀古代文學作品中的鬼魂托夢〉, ≪河南社會科學≫第13卷第2期, 2005
年 3月, 124쪽.
8 라인정, 〈人鬼交媾說話 연구〉, ≪語文硏究≫제24집, 1993년 10월, 148쪽.

이다. 이는 당시의 여성의 사회적 지위와 핍박받는 현실을 간접적으로
보여주는 것이라고 할 수 있다.

　원한으로 인하여 죽어서도 이승을 떠도는 귀혼은 '산 자'의 꿈에
나타나는 과정에서 복수보다는 호소와 부탁을 하게 된다. 복수의 경
우는 주로 직접 가해자를 처벌하는 데에 '원한의 해소'의 의미를 가지
지만, 호소와 부탁은 단지 원귀寃鬼의 억울함을 해결해주거나(복수가
아닌), 사정을 들어주는 것만으로도 맺힌 한을 풀어주는 기능을 가진
다. 그러므로 작품에서는 주로 원귀寃鬼의 사정을 들어주는 것을 중
심으로 묘사되어 있다. 이 호소와 부탁이 복수와 다른 점은 귀혼이
구체적으로 원망이나 억울함을 풀어주기를 애원하지만 이 원한을 유
발시킨 가해자의 처벌에는 그다지 집착하지 않는다는 것이다. 그래
서 꿈속에서 나타나는 귀혼은 '사정'과 '심정'을 듣고 헤아려주는 충실
한 '청자聽者'를 찾고자 한다. 이는 타인에 의해서 살해된 경우보다는
스스로 죽음을 택하거나 병이나 천재로 인해 어쩔 수 없이 이승을
떠나게 된 경우에 자주 나타난다.

　(1) 남귀男鬼가 '산 자'의 꿈에 나타난 경우
　귀혼이 꿈속에 나타나 호소와 부탁을 하는 경우에는 남녀형상으로 나
타난다. 먼저 남귀男鬼가 '산 자'의 꿈에 나타난 작품을 살펴보면, ≪고장절
진鼓掌絶塵≫第38회第三十八回〈승월야수혼탁몽乘月夜水魂托夢　보심은역사조
주報深恩驛使遭誅〉, ≪석점두石點頭≫제4회第四回〈구봉노정건사개瞿鳳奴情愆
死蓋〉, ≪유세명언喩世明言≫제7권第七卷〈양각애사명전교羊角哀捨命全交〉 등
이 있다. 〈승월야수혼탁몽乘月夜水魂托夢 보심은역사조주報深恩驛使遭誅〉의
장수張秀는 금릉金陵으로 가다가 배에서 잠이 들었는데 꿈에 한 남자가
나타나 자신이 이승을 떠돌고 있으니 고향인 금릉金陵까지 데리고 가 달
라고 부탁한다. 그는 생전에 타인에 의해 살해된 것이 아니라 천재지변에

의해 어쩔 수 없이 죽게 된 것이기 때문에 가해자에 대한 어떠한 원한도
없으며 복수를 해달라고도 요청하지도 않는다. 단지 장수張秀가 같은 동향
이니 고향까지 데리고 가 달라고 부탁할 뿐이다. 〈구봉노정건사개瞿鳳奴情
愆死蓋〉의 손삼랑孫三郞은 부인 유씨劉氏의 꿈속에 나타나 자신이 생전에 한
행동에 대해 잘못을 뉘우치며 화장해달라고 부탁한다. 〈양각애사명전교羊
角哀捨命全交〉의 탁백도卓伯桃는 양각애羊角哀의 꿈속에 나타나 죽어서도 형
가荊軻의 혼령에게 핍박 받는 정황을 말하며, 여기서 벗어나도록 도와달라
고 한다. 이들 작품에서 남귀男鬼는 남성 혹은 여성인물의 꿈에 나타나 자
신의 처지를 호소하며 그들이 자신의 부탁을 들어주기를 바랄 뿐이다.

(2) 여귀女鬼가 '산 자'의 꿈에 나타난 경우

여귀女鬼가 '산 자'의 꿈에 나타난 작품은 남귀男鬼가 '산 자'의 꿈에 나타
난 경우보다 작품 수와 내용에 있어서 더욱 다양하다. 《도시환都是幻·사
진환寫眞幻》제2회第二回〈사향혼곡리소유한死香魂曲裏訴幽恨〉의 연비비燕飛
飛는 지원화池苑花의 꿈에 나타나 자신이 억울하게 죽은 사연을 이야기 한
다. 《풍류오風流悟》제7회第七回〈항려무정려춘원원군설분伉儷無情麗春院元
君雪憤 음원득백예주궁이미수은淫冤得白蕊珠宮二美酬恩〉의 산자가山子佳가
저녁에 책을 읽다가 잠시 꿈을 꾸는데 한 여인이 나타나 부인 변씨卞氏를
버려서는 안 된다고 권고하고 사라진다. 《석점두石點頭》제7회第七回〈감
은귀삼고전제지感恩鬼三古傳題旨〉의 왕조기汪藻起는 한밤에 정원을 산책하
다가 한 여인을 만난다. 이 여인은 죽어서도 이승을 떠나지 못하고 쓸쓸히
떠도는 한과 고초를 이야기한다. 후에 깨어보니 모두 꿈이었다. 이외에도
《서호이집西湖二集》제5권第五卷〈이봉낭혹투조천견李鳳娘酷妒遭天譴〉있
는데 이 작품에서는 황귀비黃貴妃가 이봉낭李鳳娘에게 잔혹하게 죽임을 당
하고 원귀冤鬼가 되어 복수하고자 한다. 이봉낭李鳳娘은 도사 고공高功을
청하여 원귀冤鬼를 물리치려고하지만 황귀비黃貴妃는 고공高功의 꿈에 나

타나 복수의 이유를 밝히고, 이미 천제天帝의 허락을 얻었으니 아무리 덕망 높은 고승이라고 할지라도 자신의 복수를 막을 수 없다는 말을 하면서 기도를 거두어 달라고 한다.

이 작품들에서 공통적으로 보이는 현상은 남녀 귀혼이 작중 인물의 꿈에 나타나 마치 생시인 것처럼 이승의 한과 외로움을 호소하지만 꿈에서 깨어나 보면 허망한 현실로 돌아오는 '남가일몽南柯一夢'의 구조를 갖고 있다는 것이다. 하지만 이러한 부탁과 호소는 꿈의 세계에만 제한되지 않고 현실세계에서도 그대로 이어진다. 그래서 주요 인물은 꿈에서 깨어난 후에도 연민의 정을 가지고 꿈속에서의 부탁을 그대로 행하는 양상을 보여준다.

여러 작품의 예를 통해 알 수 있듯이 간혹 여귀女鬼가 여성, 남귀男鬼가 남성의 꿈에 나타나는 경우도 있지만 대부분이 여귀女鬼가 남성의 꿈에 나타나는 경우가 자주 보인다. 여기서의 '통몽通夢'의 목적은 바로 부탁과 호소에 있다고 할 것이다. 귀혼의 요구 사항은 산 자와 상대하면서 드러난다. 이 요구는 귀혼 자신의 문제로 국한되기도 하며 간혹 사회 전체의 문제와 연관되기도 하지만,[9] 현몽의 대부분은 사회전체에 대한 불만과 요구이기보다는 개인의 마음속의 감정과 염원이 중심을 이룬다. 꿈속에서 귀혼이 나타나 그동안의 고통과 외로움을 이야기 하고 원한을 풀기 위한 부탁과 호소를 하지만, 정작 꿈꾸는 인물은 이것이 꿈이라고 전혀 인식하지 못하며, 독자 또한 전혀 알 수가 없다. 꿈 이야기의 마지막은 항상 '홀연경성忽然驚醒', '남가일몽南柯一夢', '일몽일각一夢一覺' 등으로 마무리를 지으면서 독자의 작품에 대한 몰입의 정도와 거리를 적절히 조절한다.

---

9 신태수, 〈귀신등장소설의 본질과 그 변모과정〉, 《語文學》제76집, 2002년 6월, 391쪽.

3) 시은施恩과 보은報恩

보은의 유형은 애정의 경우와는 달리 '유은필보有恩必報'의 전통적인 도덕적 관념의 기초 위에 생전에 입은 혹은 죽은 후에 입은 은혜에 대해서 보답하는 내용을 주로 담고 있다.[10] 대표적인 작품으로는 ≪청야종淸夜鍾≫제13회第十三回〈음덕획점외과陰德獲占巍科 험장돈실고제險腸頓失高第〉, ≪진주박珍珠舶≫제9회第九回〈도화교교속원앙우桃花橋巧續鴛鴦偶〉, ≪서호이집西湖二集≫제4권第四卷〈우군수옥전생춘愚郡守玉殿生春〉, ≪경세통언警世通言≫제32권第三十二卷〈두십낭노침백보상杜十娘怒沈百寶箱〉, ≪초각박안경기初刻拍案驚奇≫제14권第十四卷〈주모대어교사악酒謀對於於臺肆惡 귀대안양화차시鬼對案楊化借屍〉 등이 있다. 이 작품들 모두 공통적으로 귀혼이 생전에 혹은 죽은 후에 은혜의 보답으로 작중 인물에게 어떤 보상을 해준다는 내용을 포함하고 있다. 예를 들면, ≪청야종淸夜鍾≫제13회第十三回〈음덕획점외과陰德獲占巍科 험장돈실고제險腸頓失高第〉의 주효렴周孝廉은 길을 가다가 들판에 백골이 그대로 드러난 것을 보고 불쌍한 마음에 관을 사서 새로 매장해준다. 그날 밤 꿈속에 혼령이 나타나 감사의 말을 전하며 과거에 급제할 수 있도록 도와준다.

≪진주박珍珠舶≫제9회第九回〈도화교교속원앙우桃花橋巧續鴛鴦偶〉의 아희阿喜는 양경산楊敬山 앞에 나타나 세 가지 일을 도와달라고 부탁하는데, 그 중에서 시신이 강물에 떠밀려 이리저리 흘러가고 있으니 관을 사서 거두어 달라고 하며 나중에 그 은혜를 갚는다.

≪서호이집西湖二集≫제4권第四卷〈우군수옥전생춘愚郡守玉殿生春〉의 조웅趙雄은 길을 가다 시체가 길에 그대로 나뒹구는 것을 보고 측은한 마음이 들어 하인과 함께 다시 땅에 묻어 준다. 밤에 한 여인이 찾아와 조웅趙雄에게 고맙다고 인사한다. 여인은 그가 과거에 합격할 수 있도록 시제

---

10 高梓梅, 〈解讀古代文學作品中的鬼魂托夢〉, ≪河南社會科學≫第13卷第2期, 2005年 3月, 124쪽.

試題를 미리 알려준다.

≪경세통언警世通言≫제32권第三十二卷〈두십낭노침백보상杜十娘怒沈百 寶箱〉의 두십낭杜十娘은 이갑李甲의 사랑을 믿고서 모든 재산을 털어 그의 고향으로 함께 돌아가려 한다. 이갑李甲은 나루터에서 손부孫富를 만나 그의 간언에 마음을 바꿔 두십낭杜十娘을 손부孫富에게 팔아 버린다. 후 에 두십낭杜十娘은 물에 빠져 스스로 목숨을 끊고, 이전에 금전적으로 도움을 준 유우춘柳遇春의 꿈속에 나타나 그간의 사정이야기를 하고 은 혜를 갚는다.

≪초각박안경기初刻拍案驚奇≫제14권第十四卷〈주모대어교사악酒謀對於 郊肆惡 귀대안양화차시鬼對案楊化借屍〉에서 우득수于得水는 꿈속에서 양화 楊化를 만나고 양화楊化는 그 동안의 도움에 보답한다며 나귀 한 마리를 보상으로 보내준다.

이상의 작품들에서 알 수 있듯이 귀혼의 보은 행위는 선행에 대한 일종의 보상이다. 꿈을 꾸기 전 시은자施恩者는 사람이고 수은자受恩者는 혼령(혹은 주검)이지만, 꿈속에서 양자의 소통이 이루어지고 난 후 현실 에서의 보답자報答者는 혼령이 되고 수혜자受惠者는 반대로 사람이 된다. 작중 인물은 꿈속에서나 꿈을 깨고 난 후에도 귀혼에 대해 거부감을 느 끼는 대신 오히려 귀혼을 동정하고 측은하게 여기며, 귀혼이 베푸는 은 혜를 아무 조건 없이 그대로 받아들인다.

4) 몽유귀부夢遊鬼府

몽유귀부夢遊鬼府는 원한이나 호소, 부탁의 경우와는 달리 주인공이 꿈을 통해서 지옥이나 귀계에 가서 많은 귀혼과 서로 소통하는 경우이 다. 주요 작품으로는 ≪고장절진鼓掌絕塵≫제40회第四十回〈수륙도장초 원귀水陸道場超冤鬼 여륜장로오종신如輪長老悟終身〉, ≪서호이집西湖二集≫ 제12권第十二卷〈취봉소녀유동장吹鳳簫女誘東牆〉, ≪서호이집西湖二集≫제

15권第十五卷〈창사련재만주록적昌司憐才慢注祿籍〉, 《유세명언喩世明言》제31권第三十一卷〈요음사사마모단옥鬧陰司司馬貌斷獄〉, 《유세명언喩世明言》제32권第三十二卷〈유풍도호모적음시遊酆都胡母迪吟詩〉, 《초각박안경기初刻拍案驚奇》제37권卷三十七卷〈굴돌중임혹살중생屈突仲任酷殺衆生 운주사령명전내질鄆州司令冥全內侄〉 등이 있다.

《유세명언喩世明言》의 두 작품에 등장하는 주인공은 먼저 불합리한 세상에 불만을 토로하면서 '원사怨詞'를 써서 억울하고 외로운 심정을 달랜다. 후에 귀졸에 의해서 지옥으로 끌려가게 된 주인공은 지옥의 여러 곳을 보고 나서 인생의 화복이 모두 인과응보에 달려 있다는 것을 깨닫는다. 그는 스스로 현세의 불합리를 인정하게 된다.

《고장절진鼓掌絶塵》제40회第四十回〈수륙도장초원귀水陸道場超冤鬼 여륜장로오종신如輪長老悟終身〉에서 양태수楊太守는 연석에서 피곤하여 쓰러져 자게 된다. 그 다음 날 아침에도 깨어나지 않자 가족과 친구들은 죽은 줄로만 알고 슬퍼하지만 그는 꼬박 하루를 지나고 나서 깨어난다. 양태수楊太守는 지옥의 여러 곳을 둘러보고 모든 일이 인과응보에 따라 이루어짐을 깨닫게 된다.

《서호이집西湖二集》제12권第十二卷〈취봉소녀유동장吹鳳簫女誘東牆〉의 '입화入話'에서도 서오徐鰲가 어머니의 강요로 전처와 헤어지게 된다. 서오徐鰲는 꿈속에서 귀졸鬼卒에 끌려 지사地祠를 가게 되는데 그곳에서 전처를 만나게 된다. 전처는 서오徐鰲를 보고 크게 꾸짖으며 그를 죽이려 했으나 나중에 살려서 돌려보낸다.

《서호이집西湖二集》제15권第十五卷〈창사련재만주록적昌司憐才慢注祿籍〉'입화入話'에서 도곡陶谷은 어려서부터 인색하기로 유명하였다. 도곡陶谷은 귀졸에 의해서 지옥으로 끌려가는 꿈을 꾼다. 귀졸은 도곡陶谷의 양쪽 눈을 바꾸라는 명령을 받았다고 하며 눈을 바꾸려고 한다. 한편으로는 바꾸지 않을 수도 있다고 하면서 도곡陶谷에게 얼마를 낼 것인가를 묻는다. 도곡陶谷은 돈이 아까워서 값을 물어보고는 선뜻 바꾸려고 하지 않았다. 그는 결국 거저 양쪽 눈을 얻는다. 꿈에서 깨어난 도곡는 양쪽 눈이 옛날과는 전혀 다른 모양과 색깔로 바뀐 것을 깨닫는다. 후에 도곡 陶谷은 관직에도 올랐으나, 두 눈 때문에 더 이상 높은 관직에 오르지 못했고 평생을 원망 속에 살았다.

≪초각박안경기初刻拍案驚奇≫제37권第三十七卷〈굴돌중임혹살중생屈 突仲任酷殺衆生 운주사령명전내질鄆州司令冥全内佺〉의 중임仲任은 동물들을 학대하거나 기이한 동물을 먹는 것을 취미로 삼았다. 중임仲任은 꿈속에서 귀졸에 이끌려 지옥으로 가는 도중에 기괴한 경험을 하게 되면서 이전의 행동을 뉘우친다. 꿈에서 깨어나고 난 다음에 중임仲任의 생활태도와 가치관은 완전히 달라졌으며, 인과응보, 윤회전생을 철저히 신봉하는 인물이 된다.[11]

명대明代에 이르자 화본소설話本小說은 불교와 도교의 깊은 영향을 받아 지옥이나 귀부를 몽유하는 소재가 많이 나타났다. 지옥으로 들어가고 현세로 돌아오는 과정은 대부분 '입몽入夢', '기이한 경험經歷夢境', '각몽覺 夢'의 형태로 나타난다.[12] 이는 당시 사람들이 저승으로 들어가고 나오는

---

11 현실생활에서 인과응보 관념을 자세히 해설하고 민중들을 교화하기에는 어느 정도 한계를 가지고 있다. 하지만 소설 작품 속 인물들을 통해서 구체적으로 인과응보因果 應報 사상을 구현하는 것은 상당히 효율적이며 그 영향도 크다고 할 것이다. 특히 귀혼이나 異界의 묘사를 통한 인과응보因果應報 사상의 강조는 민중의 교화와 계도에 있어서 중요한 역할을 한다. 실제로 명청화본소설明淸話本小說에서 귀혼이 등장하는 많은 작품이 불교의 '인과因果'와 '응보應報'의 가치관을 함축하고 있다. 명청화본소설 明淸話本小說에서 인귀통몽人鬼通夢을 통해서 인과보은 사상을 강조하는 작품에는 여러 작품이 있지만, 그 중에서 ≪초각박안경기初刻拍案驚奇≫제37권第三十七卷〈굴돌중 임혹살중생 운주사령명전내질屈突仲任酷殺衆生 鄆州司令冥全内佺〉은 생전에 자신이 지은 죄는 죽고 난 후에도 그 대가를 치른다는 '인과응보因果應報' 사상을 구체적이면서 생동적으로 묘사하고 있다.

12 당대唐代 꿈 소설에 있어서 입몽入夢과 각몽覺醒은 '입몽入夢' → '기이한 경험經歷夢境'

유일한 통로가 꿈이라고 인식했으며, 현실과 허구를 '구분'하면서 '통합' 했다는 명확한 단서라고 할 수 있을 것이다. 즉 명대明代 이전과는 달리 강한 현실적 인식의 기초위에서 허구의 세계를 동시에 접목시키는 상반 된 의식을 보여주는 것임을 알 수 있다.

5) 우정友情과 친정親情

명청화본소설明清話本小說에서는 앞에서 열거한 많은 경우를 제외하고 도 우정友情과 친정親情에 대한 인귀통몽人鬼通夢 현상도 간혹 찾아볼 수 있다. 사람이나 귀혼 서로 소통을 간절히 바라는 경우가 많고, 여성인물 보다는 남성인물들이 주가 된다. ≪유세명언喩世明言≫제16권第十六卷 〈범거경계서사생교范巨卿雞黍死生交〉는 우정을 제재로 하며, 이는 대부분 죽음과 밀접한 관련이 있다. 서로 속한 세계가 다를지라도 그들의 우정 은 이승과 저승의 한계를 넘는다. 이때 '꿈'은 우정의 중요한 교량적 역 할을 수행한다. 귀혼은 인간의 꿈속에서 자유롭고, 인간은 아무런 두려 움 없이 귀혼의 존재를 받아들인다.

친정親情은 아내나 친지의 혼령이 꿈속에 나타나는 현상이다. 화본소 설話本小說에서는 친정親情은 다른 유형에 비해 그다지 자주 보이지는 않 는다. 이 경우 귀혼이나 인간이 일방적으로 접속하는 경우가 많으며, 양 자가 서로에 대한 그리움을 구체적으로 표현하게 된다. 예를 들면 ≪두 붕한화豆棚閑話≫제1칙第一則〈개지추화봉투부介之推火封妒婦〉에서 백옥伯 玉과 부인 단씨段氏의 만남은 이승과 저승, 사람과 귀혼이 소통하는 과정

→'각몽覺夢'의 과정으로 진행된다. 입몽入夢과 각몽覺醒은 현실계와 몽계夢界를 연결 해 주는 동시에 두 상태를 격리시키고 있으며 현실과 몽경夢境 사이에 일종의 심리적 거리를 형성하게 된다. 명청화본소설明清話本小說도 이 세 단계 기본 구조와 특징을 크게 벗어나지 않는다. 당대唐代 꿈 소설의 기본구조에 대해서는 강종임, 〈中國 古代 꿈 觀念과 唐代 꿈 小說〉, ≪中國語文學誌≫제5권, 1998년, 62~63쪽 참조.

을 사실적으로 표현하였다.

　인귀통몽人鬼通夢의 어떤 유형은 고전소설에 흔히 보이는 전통적인 접몽방식, 즉 '비정상적인 입몽入夢' → '인귀人鬼의 만남' → '비정상적인覺夢'의 순서를 그대로 답습한 경우도 있고, 이와는 달리 '현세의 시공간 배경'→'이상한 징후' → '인귀人鬼의 만남' → '돌발적인 성각醒覺' → '인귀통몽人鬼通夢의 흔적'의 유형으로 좀 더 복잡하고 자세하게 나타나는 경우도 있다. 이처럼 다양한 유형들은 작품의 줄거리와 작가의 의도, 독자의 수용태도까지 깊이 고려한 결과이다. 결국 꿈속에 나타나는 귀혼은 그 나름대로 어떤 목적과 의의를 가지고 있으며, 그것이 복수든 원한이든 작품 속에서는 대부분 그 목적을 이룬다.

　인귀통몽人鬼通夢은 사람과 귀혼뿐만 아니라 현실과 꿈의 교착현상도 구체적으로 보여준다. 저자는 현실에서의 불가능한 사실을 꿈을 통해 원만한 해결을 모색하며, 독자는 허虛와 실實이 잘 맞물려진 구조를 통해 현실과 상상의 세계를 오가며 작품에 대해서 보다 더 흥미를 고취시킬 수 있게 된다. 독자는 인귀통몽人鬼通夢이라는 신기한 현상을 경험하면서 호기심과 자극을 느끼는 한편, 귀혼에 대한 두려움과 거부를 밖으로 밀어내게 된다.[13] 이러한 현상은 수사학적으로 중요한 의의를 가지고 있을 뿐만 아니라 인간과 귀혼이 꿈을 통해서 만나는 다양한 유형을 보여준다. 귀혼은 단지 주변적 특징에만 머무르지 않으며, 꿈을 통해서 중심('인

13 조현설은 그의 논문 〈조선 전기 귀신이야기에 나타난 神異 인식의 의미〉에서 귀혼과 같은 신이한 현상에 대한 인간의 반응을 '믿음'과 '두려움'이라는 두 가지 심리적 자질로 파악했다. 비록 그는 보편적인 인간의 입장에서 보았을 뿐이고 구체적인 독자의 입장에서 살펴 본 것은 아니지만 이러한 분석은 인귀통몽人鬼通夢을 바라보는 독자의 심리를 이해하는데 도움을 줄 수 있다. 인귀통몽人鬼通夢 현상에는 독자의 작품에 대한 몰입과 분석을 통해 '호기심'과 '자극' 및 '두려움'과 '거부'가 구체적으로 나타내고 있음을 쉽게 발견할 수 있다. 조현설, 〈조선 전기 귀신이야기에 나타난 神異 인식의 의미〉, ≪古典文學硏究≫제23집, 2003년, 159쪽 참조.

간)과 다각적으로 소통하는 존재가 된다.

3. 환몽과 현실: 인귀人鬼의 상호 접속과 분리

현실에서 인간은 사회문화와 의식의 중심에 서 있지만, 귀혼은 저승이나 이승의 주변을 떠돌아다닌다. 보통 고전소설에서 귀혼은 어떠한 전조前兆 없이 순간적이고 우연적으로 출현한다. 산 자가 중심인 현실세계에서는 인간과 귀혼의 소통은 언제나 제한적이기 때문에 이러한 소통은 특별한 대상이나 경우에만 이루어진다. 그러나 꿈의 세계에서는 인간과 귀혼의 접속이 비교적 자유롭고 시간과 공간을 비롯한 그 어떠한 경계의 구속이나 제한을 받지 않는다. 이처럼 개방적인 조건 덕에 접속 방법은 귀혼의 '일방적'인 접속, 인간과 귀혼의 상호 접속, 인간의 '주도적'인 접속으로 다양하게 나타난다. 이 중 가장 보편적인 형태는 귀혼의 '일방적'인 접속이라고 할 수 있다.

1) 귀혼의 일방적 접속

귀혼 이야기는 다른 이야기에 비해 상상력의 비중이 높아 이야기 공간이 현저하게 확장되거나,[14] 꿈이나 낭만을 자극하여 현실의 '조각난 삶'을 통합하기도 한다. 반면 귀혼은 현실공간에서 쉽게 현현하지 않는다. 특히 현실적 소재가 대부분이고 논리적 사고를 중시하는 화본소설話本小說의 경우, 귀혼은 사건의 해결책을 암시하는 등 줄거리의 중요한 역할을 맡지 않는 이상 거의 등장하지 않는다. 그러나 귀혼이 현실세계에 출현하는 작품들을 살펴보면, 귀혼은 사건 해결에 있어서 중요한 단

---

14 서경호, 〈소설적 서사의 형성과정에 대한 검토 - 귀신과 저승을 중심으로〉, 《中國語文論叢》제15집, 1998년 12월, 314쪽.

서를 제공하거나 이야기 전개에 있어서 변화를 이끌어내는 것 이외에
도, 작품의 수사기교를 제고해 작품의 완성도를 높이거나 독자의 흥미
를 불러 일으켜 작품에 몰입하게 한다. 물론 귀혼의 출현은 전체의 구성
과 주제와는 사뭇 거리가 있지만, '꿈속의 일'로 처리한다면 현실을 중시
하는 주제를 유지하면서도 환상과 현실의 적절한 조화를 이루어서 독자
의 흥미를 유발할 수 있는 이상적인 서사방식이 될 것이다. 환상은 현실
의 모습을 의도적으로 확대, 왜곡, 삭제로 인해 나타나는 현상이므로
현실의 또 다른 모습으로 볼 수 있다. 그러므로 환상과 현실은 모두
삶의 한 부분으로 긴밀한 연관 관계가 있으며, 삶 전체를 포괄하는 두
개의 축이라고 할 수 있다.[15] 환상적인 이야기는 이미 존재와 효용적
측면에서 충분한 가치를 가진다고 볼 수 있다.[16] '꿈의 세계'는 현실적
제약 없이 충분히 환상의 이야기를 삽입할 수 있다. 때문에 화본소설話
本小說에서는 꿈속에서 나타나는 귀혼은 오히려 증가한 반면, 현실에서
나타나는 귀혼의 수는 줄어들었다.

　명청화본소설明淸話本小說에서 인귀통몽人鬼通夢 현상을 보이는 대부분
의 작품들은 귀혼의 일방적인 접속의 경우에 해당된다. 구체적인 작품으
로는, ≪석점두石點頭≫제4회第四回〈구봉노정건사개瞿鳳奴情愆死蓋〉, ≪석
점두石點頭≫제7회第七回〈감은귀삼고전제지感恩鬼三古傳題旨〉, ≪도시
환·사진환都是幻·寫眞幻≫제2회第二回〈사향혼곡리소유한死香魂曲裏訴幽
恨〉, ≪풍류오風流悟≫제7회第七回〈항려무정려춘원원군설분伉儷無情麗春

---

15 신태수, 〈귀신등장소설의 본질과 그 변모과정〉, ≪語文學≫제76집, 2002년 6월, 390쪽
16 중국 전통서사이론에서의 '환상'은 '환기론幻氣論'과 '허실론虛實論'이라는 두 가지 경향
　으로 살펴볼 수 있다. '환기론幻氣論'은 환상을 그 자체의 존재적 의미로 긍정하는 것으
　로 불가해한 세계에 대한 진실을 부여하는 측면과 관련이 있고, '허실론虛實論'은 환상
　이 비록 진실이 아니더라도 현실에 대한 비유 및 풍자의 기능을 가지는 것에 의미를
　둔다. 이에 대해서는 최진아, 〈唐代 傳奇의 여성과 환상 - 선녀, 혹은 귀신, 요과와의
　연애〉, ≪中國語文學≫제43집, 2004년 6월, 44쪽 참조.

院元君雪憤 음원득백예주궁이미수은淫冤得白蕊珠宮二美酬恩〉, ≪고장절진鼓掌絶塵≫제38회第三十八回〈승월야수혼탁몽乘月夜水魂托夢 보심은역사조주報深恩驛使遭誅〉, ≪고장절진鼓掌絶塵≫제40회第四十回〈수륙도장초원귀水陸道場超冤鬼 여륜장로오종신如輪長老悟終身〉, ≪청야종清夜鍾≫제13회第十三回〈음덕획점외과陰德獲占巍科 험장돈실고제險腸頓失高第〉, ≪진주박珍珠舶≫제9회第九回〈도화교교속원앙우桃花橋巧續鴛鴦偶〉, ≪서호이집西湖二集≫제4권第四卷〈우군수옥전생춘愚郡守玉殿生春〉, ≪서호이집西湖二集≫제5권第五卷〈이봉낭혹투조천견李鳳娘酷妒遭天譴〉, ≪서호이집西湖二集≫제12권第十二卷〈취봉소녀유동장吹鳳簫女誘東牆〉, ≪서호이집西湖二集≫제15권第十五卷〈창사련재만주록적昌司憐才慢注祿籍〉, ≪환희원가歡喜冤家≫제17회第十七回〈공량종부의박동옹孔良宗負義薄東翁〉, ≪유세명언喩世明言≫제7권第七卷〈양각애사명전교羊角哀捨命全交〉, ≪경세통언警世通言≫제32권第三十二卷〈두십낭노침백보상杜十娘怒沈百寶箱〉, ≪초각박안경기初刻拍案驚奇≫제14권第十四卷〈주모대어교사악酒謀對於郊肆惡 귀대안양화차시鬼對案楊化借屍〉, ≪초각박안경기初刻拍案驚奇≫제37권第三十七卷〈굴돌중임혹살중생屈突仲任酷殺衆生 운주사령명전내질鄆州司令冥全內侄〉 등이 있다.

이 작품들에서 귀혼은 작중 인물의 꿈에 등장해 일방적으로 생전의 행적이나 원한, 호소 등을 자세히 들려준다. 꿈에서 만날지라도 작중 인물은 여전히 현실로 느끼며, 현실과 마찬가지로 죽음에 대한 두려움을 은연 중에 드러낸다.[17] 귀혼의 일방적인 접속에 거부와 수용의 태도를 동시에 보여주는 것이다. 귀혼은 '원한', '보은', '복수', '우정' 등의 이유에 의해 일방적으로 접속을 시도하며, 이때 보이는 귀혼의 현현의지는 상당

---

17 중국고대인의 '귀혼'에 대한 견해는 항상 '죽음'과 일치시켜 신비감과 동시에 두려움을 나타내었다. 兪曉紅, 〈古代文學"鬼魂"意象的文化索解〉, ≪湖南農業大學學報≫ 第1卷 第2期, 2000年 6月, 49쪽.

히 구체적이며 적극적이다. 귀혼은 대부분 생전에 맺힌 한을 풀어달라고
부탁하거나 중대한 사건에 대한 암시를 준다. 이는 귀혼이 인간의 꿈속
에 나타나는 구체적 원인이 된다.

2) 인간과 귀혼의 상호 접속

인간과 귀혼의 상호 접속은, 귀혼의 일방적인 접속보다는 적은 편이
지만 남녀 간의 애정을 주제로 한 화본소설話本小說에서 자주 발견된다.
연인들은 어느 한쪽이 죽어서 이별하게 되고, 남은 한 사람은 꿈속에서
나마 죽은 이와 만나 현실에서 이루지 못한 사랑을 나누는 내용이 대부
분이다. 주목해야 할 점은 귀혼과 사람 모두가 서로 만나는 것을 간절히
바라고 있다는 것이다. 작중 인물은 꿈속에서 귀혼을 만나도 전혀 현실
계에서 귀혼을 본 것처럼 당황하거나 두려워하지 않고 쉽게 인정하고
받아들인다. ≪성세항언醒世恆言≫제14권第十四卷〈요번루다정주승선鬧
樊樓多情周勝仙〉의 범이랑范二郎은 감옥에 갇혀 있으면서도 자신의 성급
한 행동을 인하여 주승선周勝仙을 죽게 한 것을 깊이 후회하며 다시 한
번 주승선周勝仙을 만나기를 간절히 염원한다. 주승선周勝仙도 신에게
부탁해서 3일 동안이라도 범이랑范二郎을 만나게 해달라고 부탁한다.
결국 둘은 만나게 된다. 범이랑范二郎은 주승선周勝仙이 귀혼이며, 꿈속
에서만 서로 해후했다는 사실을 안 뒤에도 전혀 동요하거나 두려워하
지 않고 세 번째 만남을 기다린다. 이처럼 귀혼의 일방적인 의지가 아
니라 사람과 귀혼이 상호 접속하려는 의지를 통해서 만나는 과정이
구체적으로 잘 나타나 있다.

이 작품에서도 알 수 있듯이, 귀혼은 더 이상 이승을 떠도는 주변적
특징을 가지지 않으며 꿈에서 깨어난 뒤에도 인간과 동일한 의식을 가지
고 인간의 행동과 사상에 직접적인 영향을 미칠 수 있는 존재로 여겨진
다. 인간은 귀혼과의 접속을 통해서 귀혼을 동일한 객체로 인식하고 수

용하려 한다. 이전의 귀혼을 철저히 격리해야 할 존재로 여겼던 태도와는 사뭇 다르다고 할 수 있다. 이러한 유형은 희곡이나 다른 소설 유형에서도 적지 않게 나타나고 있다.

3) 인간의 일방적인 접속

인간의 일방적인 접속은 앞서 제시된 두 형태에 비해 비교적 적은 편이다. 주로 살아 있는 인간이 죽은 이에 대한 그리움과 애도로 인하여 죽은 이와 꿈속에서 만나게 되는 경우이거나, 직접 지옥이나 명계冥界에 들어가서 영혼과 만나는 경우에 해당된다. 이는 모두 '산 자'의 집념과 의지가 중요한 동기와 원인이 된다. 이러한 양상은 명청화본소설明淸話本小說에 수록된 세 편의 작품을 예시로 들 수 있는데, 그 중 ≪두붕한화豆棚閑話≫제1칙第一則〈개지추화봉투부介之推火封妒婦〉가 비교적 인간의 일방적인 접속 의지를 잘 표현하였다. 〈개지추화봉투부介之推火封妒婦〉에서 백옥伯玉은 취중에 부인 단씨段氏에게 부귀영화와 절세미인을 얻고 싶다고 말하면서 그렇지 못한 자신의 처지를 한탄한다. 부인 단씨段氏는 화가 나서 강물에 뛰어들어 자살을 하고 만다. 뒤늦게 후회한 백옥伯玉은 7일 동안 울며 부인을 애타게 찾았지만 찾을 수 없었고, 나중에는 혼절하는 지경까지 이르게 된다. 그는 꿈속에서 부인 단씨段氏를 만난다. 부인은 자신이 이미 수신水神이 되었다고 말하고 백옥伯玉과 같이 물속으로 들어가려 한다. 그는 놀라 깨어난다. 이 작품에서는 부인 단씨段氏가 화가 나서 강물에 뛰어들자, 백옥伯玉이 7일 동안 눈물로 애태우며 영혼이라도 만나려 하는 모습을 잘 나타내고 있다. 물론 이러한 만남에 귀혼의 의도가 전혀 드러나지 않는 건 아니지만, 전반적으로 인간의 일방적인 그리움과 의지가 좀 더 구체적으로 나타나 있다. 백옥伯玉이 부인 단씨段氏를 만나려는 시도는, 현실을 받아 들이기 싫은 그의 무의식이 투영된 것이라고 볼 수 있다. 무의식 중에 영혼과 만나려는 강한 의지가 현실적으로 불가능한 일들을 꿈을 통해 간접적으로 실현하는 방식으로 현현되는 것이다. 이러한 일방적인 의지가 귀혼과의 접속에 강한 영향력을 발휘하며, 이는 인귀人鬼 관계의 접속 의지와 상황을 이해하는 데에 중요한 의의를 가진다.

이상으로 인귀人鬼의 접속방식에 대한 세 가지 유형을 살펴보았다. 소설 작품에서는 주로 귀혼의 일방적인 접속 의지가 많이 보이지만 이 외에도 쌍방적인 접속 의지 혹은 인간이 주도적으로 접속을 시도하는 경우도 보인다. 많은 전설이나 설화에서의 귀혼은 현실계 혹은 꿈속에서 맺힌 원과 한을 풀기 위해서 출현한다.[18] 명청화본소설明清話本小說 속의 귀혼도 예외는 아니다. 귀혼은 인간과의 소통을 통해서 '원怨'과 '한恨'을 풀면서 자신의 가치를 증명하려고 하지만 이미 영혼이 현세를 떠난 이상, 현세의 재출현에 상당히 제약을 받는다. 때문에 '꿈'은 귀혼과 인간이 자유롭게 접속할 수 있는 유일한 통로인 셈이다. 현실에서 귀혼은 이질적이고 주변적인 존재이면서 현실 세계에 가까이 갈 수 없는 위치에 있다면, 오히려 꿈에서는 상황이 바뀌어 개방적이고 유동적인 특징을 가지게 된다. 인간은 귀혼에 비해서는 현실계에서는 자유로운 반면, 꿈에서는 반대로 고정적이고 제한적이다. 꿈속에서의 귀혼은 인간의 주변에 머무르는 대신, 중심에 있거나 혹은 최소한 중심에 가까운 위치를 점하게 된다.

4. 인귀人鬼의 상호관계 전환과 확장

작품 속의 인물이 꿈에서 귀혼과 만나기 전에, 귀혼은 인물과 상호 대치되는 존재로 사람이 중심인 현실과는 동떨어진 '주변'의 위치에 있었다. 인물과 귀혼이 꿈속에서 소통한 후로, 귀혼은 더 이상 주변이 아니라 중심과 동등한 위치에 서게 된다. 꿈에서 깨어난 인물은 귀혼에 대한

18 김재용, 〈귀신 이야기의 기호학〉, 《한국학논집》제30권, 2003년, 68쪽.

인식과 가치관의 변화를 겪으며 귀혼을 '주변적 존재'로 여기지 않고 다른 태도를 보인다. 꿈속에서 일어난 일들은 허상으로 그치지 않고 현실에서도 영향력을 발휘하면서 인물의 가치관 변화에 크게 관여한다. 인물에게 귀혼의 존재를 각인시키고, 귀혼을 대립과 공포의 대상으로서가 아니라 소통의 대상으로 여기도록 하는 것이다. 비록 인물이 현실에서 다시 귀혼을 만나지 않더라도, 귀혼은 꿈속에서와 마찬가지로 객체적 존재로 존재하며 인물의 의식 변화에 중대한 영향을 미친다.

1) 귀혼에 대한 수용태도

작품 속의 인물은 꿈속에서 귀혼과 만나기 전까지 귀혼에 대해 두려움을 가지거나 아예 존재 자체를 부정한다. ≪성세항언醒世恆言≫제14권第十四卷〈요번루다정주승선鬧樊樓多情周勝仙〉에서 범이랑范二郎은 생전에 주승선周勝仙을 열렬히 사랑했지만, 귀혼에 대한 극도의 공포감 때문에 살아 돌아온 주승선周勝仙을 강렬하게 부인한다. 그러나 범이랑范二郎는 꿈속에서 주승선周勝仙과 만난 뒤로 귀혼에 대한 극도의 공포감이나 죽음에 대한 불안감에서 벗어나 귀혼의 존재를 완전히 믿고 수용하는 태도를 보인다. 이러한 현상은 명청화본소설明淸話本小說의 여러 작품에서 자주 찾아볼 수 있다. 꿈속에서 귀혼을 만나고 난 후 귀혼에 대한 인물의 수용 정도에 따라서 소극적인 면과 적극적인 면으로 나누어 볼 수 있다. 소극적인 수용은 귀혼의 존재를 어느 정도 인정하지만 완전한 하나의 객체로 확신하거나 인간과 동일시하지는 않는 반면, 적극적인 수용은 귀혼의 존재를 완전하게 확신하고 귀혼을 하나의 객체로 여기며 모든 면에서 인간과 동일시하는 것을 말한다. 작품 속 인물이 꿈을 꾸기 전과 꿈속에서 귀혼을 만나고 난 후 인식 변화와 수용 태도를 통해 변화된 가치관의 생성 과정을 구체적으로 살펴볼 수 있다.

≪석점두石點頭≫제4회第四回〈구봉노정건사개瞿鳳奴情愆死蓋〉는 귀혼에

대한 소극적인 수용 태도의 특징을 구체적으로 보여준다. 손삼랑孫三郞은 죽어서도 매일같이 부인 유씨劉氏의 꿈에 나타나 생전에 조상들에게 죄를 지어, 죽어서도 봉분을 할 수 없으니 화장을 해 달라고 부탁한다. 부인 유씨劉氏는 반신반의하면서 손삼랑孫三郞의 부탁을 들어주기를 주저한다. 그녀는 꿈속에서 죽은 남편이 나타난 일과 그의 부탁을 이해하지만, 꿈에서 깨어난 후 현실과 환상 사이에서 부탁의 수락 여부를 두고 갈등한다. 우여곡절 끝에 유씨劉氏는 남편의 유언대로 그를 화장해준다.

이외에도 ≪유세명언喩世明言≫제7권第七卷〈양각애사명전교羊角哀捨命全交〉, ≪경세통언警世通言≫제32권第三十二卷〈두십낭노침백보상杜十娘怒沈百寶箱〉에 등장하는 인물들도 모두 꿈속에서 귀혼을 만난다. 이들은 꿈에서 깨어난 후 허탈감을 느끼는 대신 다른 세계가 존재한다는 것을 알게 된다. 그들은 꿈에 불과하다는 생각에 반해 꿈속에서 예언한 일이 현실에서 그대로 이루어지는 걸 보면서 다른 세계의 존재를 반신반의한다. 물론 현실 세계와 귀혼 세계를 동일한 것으로 보거나 귀혼을 인간처럼 하나의 완전한 객체로 확신하지는 않는다.

적극적인 수용태도를 보이는 작품으로는 ≪청야종淸夜鍾≫제13회第十三回〈음덕획점외과陰德獲占巍科 험장돈실고제險膓頓失高第〉, ≪진주박珍珠舶≫제9회第九回〈도화교교속원앙우桃花橋巧續鴛鴦偶〉, ≪서호이집西湖二集≫제4권第四卷〈우군수옥전생춘愚郡守玉殿生春〉, ≪서호이집西湖二集≫제15권第十五卷〈창사련재만주록적昌司憐才慢注祿籍〉, ≪초각박안경기初刻拍案驚奇≫제14권第十四卷〈주모대어교사악酒謀對於郊肆惡 귀대안양화차시鬼對案楊化借屍〉 등이 있다. 구체적인 내용을 살펴보면, 〈도화교교속원앙우桃花橋巧續鴛鴦偶〉의 양경산楊敬山은 어느 날 아희阿喜의 혼령을 만나게 되며, 그녀는 그에게 세 가지 일을 부탁한다. 꿈에서 깨어난 후에 양경산楊敬山은 꿈속에 나타났던 아희阿喜의 말을 믿고서 행하는 데에 이전에는 볼 수 없었던 신의와 적극적인 태도를 보인다.

이외에도 다른 작품에서도 귀혼을 수용하는 태도가 적극적이며, 꿈을 깨고 난 후에도 그 영향이 지속적임을 보이는데, 특히 ≪청야종淸夜鍾≫ 제13회第十三回〈음덕획점외과陰德獲占巍科 험장돈실고제險腸頓失高第〉의 주효렴周孝廉과 ≪서호이집西湖二集≫제4권第四卷〈우군수옥전생춘愚郡守玉殿生春〉의 조웅趙雄은 꿈에서 귀혼을 만난 이후 귀혼의 존재를 확신하는데, 이러한 부분들이 작품의 여러 곳에서 잘 나타나 있다. 귀혼을 만난 후에 귀혼에 대한 생각이 바뀌고 현실로 돌아온 이후의 영향도 상당히 구체적이면서 생동적으로 묘사되어 있다. 인귀통몽人鬼通夢을 경험한 이러한 유형의 인물들은 현실에서 혹은 다시 꿈을 통해서 혼령을 만나도 두려워하거나 공포심을 가지지 않으며, 인간과는 다른 이물異物이 아니라 인간과 동일한 사고와 행동을 가진 존재로 인식하고 있다.

이처럼 귀혼에 대한 소극적인 수용 태도와 적극적인 수용 태도들은 현실에서 사람들이 귀혼을 받아들이는 정도를 보여준다. 이러한 태도는 꿈에서 현실로 돌아와서도 유지되며, 인물의 현실과 이계異界에 대한의 인식에도 큰 변화를 가져다준다. 이는 귀혼을 만나고 소통한 결과 수용 태도가 변화했다고 볼 수 있지만, 그 이면에는 귀혼에 대한 인식의 변화가 근본적으로 영향을 끼쳤다는 것을 알 수 있다. 귀혼에 대한 인식과 객체로서의 동일시는 꿈의 세계에서뿐만 아니라 현실에서 더욱 확장되고 구체화된다.

2) 가치관의 변화

인귀통몽人鬼通夢의 유형을 볼 수 있는 작품들 중, 앞서 살펴본 '귀혼에 대한 수용 태도'가 변화하는 것만이 아니라 꿈을 통해 각성한 인물들이 꿈을 꾸기 전의 가치관과 전혀 다른 가치관을 갖게 되는 경우들을 볼 수 있다. 이 과정을 통해서 인물 내면에 있었던 이전의 자아는 완전히 다른 새로운 자아로 변모하며, 전혀 다른 가치관을 가지게 된다.

'몽유귀부夢遊鬼府'의 인물은 언제나 사회와 타자와의 소통을 상실한 개인으로, '꿈'을 통해 고립과 소외로부터 벗어나게 된다. 예를 들면 〈요음사사마모단옥鬧陰司司馬貌斷獄〉의 사마모司馬貌, 〈유풍도호모적음시遊酆都胡母迪吟詩〉의 호모적胡母迪, 〈취봉소녀유동장吹鳳簫女誘東牆〉의 서오徐鰲, 〈창사련재만주록적昌司憐才慢注祿籍〉의 도곡陶谷, 〈굴돌중임혹살중생屈突仲任酷殺眾生 운주사령명전내질鄆州司令冥全內侄〉의 돌중突仲 등 모두 현실에서 타인과의 소통 가능성을 상실하고 개인의 주관성을 독선적인 태도나 왜곡된 시각으로 표출한다. 이들의 내적 체험은 종종 꿈이나 공상의 세계로 탈출하는 것으로 표현된다.[19] 이 내적 체험은 겉으로는 자신을 현실과 더욱 고립시키는 것처럼 보일 수 있으나 오히려 자신을 공명시켜 타자와의 화합을 이끌어 내는 계기가 된다. 이는 주로 가치관의 변화로 나타나곤 하는데 '사망심리학死亡心理學'에서는 이것을 일컬어 '자아自我의 사망死亡'이라고 한다. 이 가치관의 변화는 '구자아舊自我의 죽음'을 의미함과 동시에 '신자아新自我의 탄생'을 의미하기도 한다.[20]

인귀통몽人鬼通夢을 겪은 인물은 이전과 다른 가치관을 가지게 되며, 귀혼과 동등한 관계를 형성한다. 이러한 현상은 주로 꿈을 통해서 각성하여 출가하거나 득도하는 내용을 담은 작품에 잘 나타나 있다. 이런 작품에 등장하는 인물이 경험하는 세계는 외형적으로는 꿈의 형식을 지니고 있지만 실제로는 현실보다도 더 생생하고 구체적인 세계라고 할 수 있다. 주로 지옥을 순례하거나, 다른 세계에 들어가서 경험을 하게 되는 경우가 많다. 혼령은 단지 꿈속에서 나타나 인물에게 정신적 충격을 주는 것만이 아니라 가치관을 변화시켜 전혀 다른 사람이 되게 한다.

---

19 최기숙, 〈귀신의 처소, 소멸의 존재론 - ≪금오신화≫의 '환상성'을 중심으로〉, ≪돈암어문학≫제16집, 2003년 12월, 15쪽.
20 肯內斯·克拉瑪 著, 方蕙玲 譯, ≪宗教的死亡哲學≫, 臺北: 東大圖書有限公司, 1997年.

구체적인 작품으로는 ≪고장절진鼓掌絶塵≫제40회第四十回〈수륙도장초원귀水陸道場超冤鬼 여륜장로오종신如輪長老悟終身〉, ≪유세명언喩世明言≫제31권第三十一卷〈요음사사마모단옥鬧陰司司馬貌斷獄〉, ≪유세명언喩世明言≫제32권第三十二卷〈유풍도호모적음시遊酆都胡母迪吟詩〉 등이 있는데, 〈요음사사마모단옥鬧陰司司馬貌斷獄〉과 〈유풍도호모적음시遊酆都胡母迪吟詩〉는 모두 유사한 내용과 구조를 지닌다. 사마모司馬貌와 호모적胡母迪은 평소 의기가 강하여 불의를 보면 참지 못하는 성격을 가지고 있다. 그들은 꿈속에서 귀졸에 끌려 지옥을 둘러보면서 많은 귀혼과 여러 층의 지옥을 살펴보고 천도天道가 공평하게 이루어지는 것을 깨닫게 된다. 비록 귀혼이 인물의 가치관에 직접 변화를 준 것은 아닐지라도, 사마모司馬貌와 호모적胡母迪은 귀혼에 의해 간 지옥에서 현세에서 죄지은 사람들이 그 죗값을 치르는 것을 보고 예전의 생각이 틀렸음을 깊이 반성하게 된다. 지옥의 경험은 그들이 잘못 생각했던 것을 깨닫고 새로운 가치관을 형성하는 계기가 되는 '정신적 성찰'이라고 할 수 있다.

〈수륙도장초원귀水陸道場超冤鬼 여륜장로오종신如輪長老悟終身〉의 양태수楊太守도 사마모司馬貌와 호모적胡母迪과 마찬가지로 꿈속에서 귀졸에 끌려서 귀부鬼府에 가게 된다. 그들은 그곳에서 많은 혼령들을 보고, 잠에서 깨어난 후 현실의 부귀영화에 초연해져 벼슬을 버리고 유유자적한 삶을 누린다. 양태수太守는 현세現世와 귀계鬼界를 오가며 자신의 존재를 인식하고 존재의 의의를 발견한다. 의식과 무의식, 현실과 허상의 구분과 통합은 인물의 내면에 있는 자아를 분열시키는 대신 자신의 존재를 재확인하고 각성하는 계기를 부여한다. 사마모司馬貌, 호모적胡母迪, 양태수楊太守 등은 꿈에서 깨어난 후 현실 세계를 불평과 원망으로 바라보던 이전의 시각에서 벗어나 천도天道의 존재를 믿게 되거나 인생화복人生禍福의 허망함을 깨닫고 출가하여 수행하는 것을 선택하게 된다.

꿈속에서 귀혼과 소통한다는 것은 꿈에서 깨어 현실로 돌아온 뒤에도 인물의 가치관 변화와 새로운 각성의 중요한 계기가 된다. 귀혼은 이제 더이상 사람과 철저히 대립하고 이승을 떠돌아다니는 적대적 타자가 아니라 작품 속 인물과 관계를 지속하고 정신적으로 지대한 영향을 미치는 존재가 된다. '꿈'은 이러한 변화를 이끌어내는 중대한 공간적 배경을 제공하고, 인간과 귀혼이 자유로운 소통을 가능하게 하는 '교량'의 역할을 한다.

5. 나오는 말篇尾

인귀통몽人鬼通夢에서의 인귀人鬼의 관계와 유형에는 '애정愛情', '호소', '보은報恩', '몽유귀부夢遊鬼府' 등이 있다. 그중 '보은報恩', '몽유귀부夢遊鬼府', '부탁'이 명청화본소설明淸話本小說에 자주 등장한다. 꿈속에서 귀혼이 등장할 경우 현실보다 충분한 시간이 필요하며, 전후사정을 자세히 설명하게 되면서 '애정愛情'과 '원한'보다는 '부탁', '보은報恩'과 '몽유夢遊'의 유형이 더 자주 나타난다. 꿈을 통한 인귀人鬼의 접속방식으로는 귀혼의 일방적 접속, 인귀人鬼의 쌍방적 접속, 인간의 일방적 접속으로 나눌 수 있는데 가장 대표적인 것이 귀혼의 일방적인 접속 방식이다. 일방적인 접속 방식의 주된 원인은 귀혼이 현생에서 이루지 못한 일에 대한 의혹을 해결하거나, 안위나 보상을 얻기 위한 것이다. 귀혼은 인간과의 소통을 통해서 가슴에 맺힌 한恨을 풀거나 자신의 존재를 증명하기도 한다. 동시에 이질적이고 주변적인 존재에서 벗어나 개방성과 유동성을 획득한다. 꿈속의 인귀人鬼 관계는 꿈에서 깨어난 후 현실세계에서도 그 영향력을 떨쳐 인간의 가치관 변화에 상당한 영향을 끼친다. 이러한 수용 과정은 인물이 귀혼과 대립하는 대상 대신 소통의 대상으로 인식하였음을 보여주는 것이다.

이처럼 작품 속에서 나타난 인귀통몽人鬼通夢 현상을 통해 귀혼의 여러 형상과 특징들을 살펴보고 인간과 귀혼의 소통 및 관계를 구체적으로 고찰할 수 있었다. 보통 현실에서 출현하는 귀혼과 달리, 꿈에서 출현하는 귀혼은 훨씬 다각적이고 심층적인 존재가 된다. '꿈'은 인간과 귀혼을 연결하는 중요한 소통수단이자 귀혼을 주변적 존재에서 중심적 존재로 변화시키는 작용을 한다. 인귀통몽人鬼通夢 현상은 귀혼과 인간의 원활하고 역동적인 상호 소통과 존재의 변화를 구체적으로 잘 보여주고 있다. 꿈을 통해 귀혼은 주변적 존재라는 고정적인 시각에서 벗어나 인간의 가치관에 크게 영향을 미치는 중심적인 존재로 변모한다.

제2장

원한과 복수鬼魂復讐

1. 들어가는 말入話

송원宋元 이전의 중국 고전소설에서, 귀혼은 철저한 주변적 객체로, 주인공의 상대역이나 보조 역할에 그친다. 그로 인해 귀혼은 철저히 인간과 격리되고 대치되는 대상으로 간주되어 다각적인 모습을 기대할 수 없었다. 그러나 송원宋元 시대에서 귀혼의 역할은 점차 바뀌어 인간의 무의식을 반영하거나 현실의 부조화를 회복하려는 심리를 적극적으로 보여주게 된다. 실질주의적 경향의 사회의 기반에 자리한 논리적 사고의 견지에도 불구하고 귀혼 이야기와 그 속에서 나타나는 다양한 귀혼의 형상은 일반 민중들의 상처받은 심리에 대한 일종의 '보상작용'이라고 볼 수 있다.[1] 현실과 물질을 중시하는 과정에서 필연적으로 생겨나는

---

1 전통 문학작품의 독자가 지식계층에 한정 되었다면, 화본소설話本小說은 본격적으로 시민계층이 독자로 형성되고 내용이나 주제 또한 시민 주체 의식과 다양한 민중생활의 모습을 반영하게 되었다. 그러므로 귀혼과 귀혼세계는 당시 물질 중심의 사회 속에서 소외된 정신을 의미하며, 대중 사회에서 누락된 개인의 문제에 대한 상상적 출로임과 동시에 일종의 심리적 보상이라고 할 수 있다. 만약 귀혼이나 귀혼세계가 현실사회 비평이나 약자들에 대한 애환을 표현한 시각으로 본다면, 귀혼이야기는 당시 사회의 다중적인 억압구조와 이로 인해 굴절된 민중들의 억울함과 슬픔을 복합적으로 나타내

심리적 공허감을 이러한 '귀혼'이라는 불가능한 형상을 가능하게 하는 '행위'를 통해 위로받고자 한 것이다. 송원宋元이전의 소설 작품에서 자주 보이는 귀혼의 '보은報恩'과 '협력'에 기인하여 부귀영화나 고관작위를 누리는 보편적 내용에서 벗어나서 귀혼을 통해서 자신의 현실적 희망과 심리적 상처를 치료하고, 그것을 통해 사회와의 대립을 해소하고자 하는 방어기제가 나타난다. 그 중 '복수復讐'의 모티브는 현실에서 상처받은 정신을 가장 폭력적이며 원초적인 해결 방식을 통해서 고통을 위로받고 갈등을 해소하고자 하는 심리를 구체적으로 보여준다. 육체적 상처와는 다르게 정신적 상처에 대한 치료는 그 누적된 시간만큼이나 직접적이면서 공격적으로 나타나기도 한다.

귀혼고사에서 '애정愛情' 이야기 다음에 가장 많이 등장하는 것이 바로 '복수復讐'이다. '복수'[2]라는 개념은 귀혼인 '주변'과 인간인 '중심'의 상호관계를 통해서 어떻게 서로 관여하고 영향을 미치는지 구체적으로 살펴볼 수 있는 중요한 주제이다. 또한 '복수'라는 매개체를 통해서 귀혼과 인간이 상호 소통하고 융화하는 과정에서 인간의 다양한 심리적 양상을

고 있다고 할 수 있다.

2 '복수復讐'의 개념과 의미는 여러 학자와 학문분야에서 다양하게 규정짓고 있다. 예를 들면, 에리히 프롬Erich Fromm(1900~1980)은 그의 논문 〈인간의 파괴성 해부〉에서 "모든 형태의 처벌은 복수의 표현이다."라고 해서 복수와 형벌을 관련지어 언급했고, 독일어 사전Grimm에는 고대 법 개념이 포함되어, 추방과 박해라는 관념을 분명히 드러내고 있다. 법분야에서는 '피해자가 실제 또는 추정상 부당행위에 대해 개인적으로 앙갚음하는 것'을 의미한다고 정의내리고 있다. 이러한 내용을 살펴보면 비록 복수의 의미에 있어서 약간의 차이점은 있지만 공통적으로 '부당한 일을 당한 데에 대해 자기 손으로 앙갚음을 하는' 내용은 변함이 없다. 개인에 한정된 앙갚음을 '복수'라는 개념으로 한정한다면, 종족과 혈족이나 사회공동체로 확대된 다수(가해자, 피해자 모두)의 앙갚음 형태는 '복수'보다 확대된 '보복'의 개념이라고 할 수 있다. 명청화본소설明淸話本小說에서는 공동체의 보복보다는 개인적인 복수가 더 구체적으로 나타난다. 우르술라 리히터Ursula Richter 著, 손영미 譯, 《여자의 복수》, 서울: 다른 우리, 2002년, 174~175쪽 참조.

살펴볼 수 있다. '복수'는 보통 직간접적인 '가해加害'라는 과격한 방식이 기저를 이루는 한편, '보은報恩'이라는 긍정적인 모습도 함께 가지고 있다. 그러므로 작품에서 종종 거의 보복에 가까운 복수 행위와 이에 대등한 보은 행위를 찾아볼 수 있다. 또한 귀혼의 복수에서는 개인에 대한 침해와 응징 뿐 아니라 현실 사회에 대한 불만과 이를 바로잡고자 하는 간절한 기원도 함께 찾아볼 수 있다. 이는 가해자에 대한 원한이 '표층적 응징'으로 구체화된 것 뿐 아니라 '복수'를 통해 자신의 심리적 상처를 회복하고자 하는 피해자의 '심층적 희구'가 표현된 것이라고 볼 수 있다.[3]

본 장에서는 이러한 복수관념을 기초로 명청대明淸代의 화본소설話本小說을 주요 대상으로 하며, 작품에 나오는 '귀혼의 복수'를 통해서 귀혼복수고사의 분류뿐 아니라 복수의 구체적 의미와 인간과 귀혼의 접속 방식과 소통의 양상을 살펴보고자 한다. 명청화본소설明淸話本小說은 문언소설文言小說과는 달리 여러 시정인물의 생동적인 모습과 다양한 주제로 인해 당시 민중들의 삶과 의식을 살펴볼 수 있는 중요한 자료이다. 송원宋元시대에 비해 명청대明淸代의 경우 작품 수와 인물의 유형이 더 많을 뿐 아니라, 일반 민중의 생활과 정신을 구체적으로 살펴볼 수 있는 다각적인 시선을 제공한다. 여기서 다루고자 하는

---

3 복수 행위의 가장 직접적인 동기에 대해서, 배인수는 그의 논문 〈魯迅 ≪鑄劍≫의 復讐精神 硏究 - 東·西方復讐母題傳說의 비교를 중심으로〉에서 잃어버린 자신原我을 되찾으려는 욕구에 의한 것으로 보고 있으며, 이러한 욕구는 자기 균형을 위해서 필수적인 것으로 여기고 있다. 전재경은 그의 저서 ≪복수와 형벌의 사회사≫에서 복수의 7가지의 동기를 제기하고 있는데, 그 중에서 '마음의 상처를 씻는' 동기를 맨 위 두고 있다. 그것은 복수 행위가 바로 자신이 잃어버린 것들, 자기 본래의 인격·애정·가치 등의 회복을 바라는데 있기 때문이다. 이것은 심리학자인 매슬로우A. H. Maslow(1908~1970)가 제기한 '욕구단계설' 중에서도 '존중의 욕구', '자아실현의 욕구'와 관련이 있으며, 이러한 욕구는 모두 자기 자신의 심리 평행을 회복하기 위한 것과 밀접한 관련이 있다. 배인수, 〈魯迅 ≪鑄劍≫의 復讐精神 硏究 - 東·西方復讐母題傳說의 비교를 중심으로〉, ≪中國現代文學≫ 第18號, 2000년 6월, 77쪽; 전재경, ≪복수와 형벌의 사회사≫, 서울: 웅진출판, 1996년.

명청화본소설明淸話本小說의 소설 작품은 모두 44작품, 677편으로, 귀혼有形, 무형無形이 출현하는 작품은 70여 편이다.[4] 이 중 귀혼의 복수가 구체적으로 나타난 작품은 13편 정도이다.

표 1 명청화본소설明淸話本小說 중 '귀혼복수鬼魂復讐' 현상 출현 작품

구 분	明淸話本小說 작품		'鬼魂復讐' 현상 출현 작품	
	明	淸	明	淸
작 품 (편수)	淸平山堂話本(11)* 熊龍峰刊小說(2)* 喩世明言(32)* 警世通言(26)*	豆棚閑話(12) 醉醒石(12) 連城璧(12) 連城璧外編(6)	初刻拍案驚奇(2) 二刻拍案驚奇(2) 西湖二集(2) 歡喜冤家(2)	豆棚閑話(1) 醉醒石(1) 照世杯(1) 都是幻(1)

---

4 명청화본소설明淸話本小說에서 귀혼(유형, 무형)이 출현하는 작품은 모두 70여 편이며, 귀혼 형상과 현현방식에 따른 구분과 구체적 작품 수를 살펴보면 아래의 표와 같다. 아래의 자료는 〈明淸話本小說中鬼魂形象與顯現之修辭藝術〉에서 제시한 자료를 바탕으로, 추가로 누락된 자료를 보충하여 다시 분류한 것이다. 자세한 내용은 金明求, 〈明淸話本小說中鬼魂形象與顯現之修辭藝術〉, 《修辭論叢(臺灣)》第7輯, 2006年 10月, 46~48쪽 참조.

明話本小說 (귀혼출현작품)	鬼魂形象			鬼魂顯現				淸話本小說 (귀혼출현작품)	鬼魂形象			鬼魂顯現			
	女鬼	男鬼	鬼怪	有聲無形	人鬼通夢	陰鬼附身	周遊鬼府		女鬼	男鬼	鬼怪	有聲無形	人鬼通夢	陰鬼附身	周遊鬼府
喩世明言(6)	1	3			3		2	豆棚閑話(2)	1	1			1	1	
警世通言(6)	2	2		1	1	1		醉醒石(1)	1						
醒世恆言(2)	1				1			連城璧(1)		1					
初刻拍案驚奇(4)	1		1		2	1	1	連城璧外編(1)		1					
二刻拍案驚奇(4)	2				1	1	2	都是幻(2)	2	1			1	1	
鼓掌絶塵(2)		2			2		1	風流悟(1)		1					1
淸夜鐘(1)	1				1			珍珠舶(3)	2	3	1	2	1		
西湖二集(10)	7	4	2	1	4	3	1	八洞天(3)					1		1
歡喜冤家(4)	3	1		2	1	1		照世杯(1)	1						
幻影(1)							1	人中畫(1)					1		
鴛鴦針(1)	1							警寤鐘(2)		1			1		
石點頭(5)	2	1			1			生綃剪(1)		1					
載花船(1)	1							弁而釵(1)							1
								醒夢駢言(4)	2	1			1	1	2
계(47)	21	12	3	4	17	8	8	계(24)	11	10	1	3	7	3	3

구 분	明淸話本小說 작품		'鬼魂復讐' 현상 출현 작품	
	明	淸	明	淸
작품 (편수)	醒世恆言(34)* 初刻拍案驚奇(40) 二刻拍案驚奇(39) 鼓掌絕塵(40) 淸夜鐘(16) 西湖二集(34) 歡喜冤家(24) 幻影(30) 鴛鴦針(16) 石點頭(14) 天湊巧(3) 貪欣誤(6) 一片情(14) 壺中天(3) 芙蕖多(3) 宜春香質(20) 十二笑(12) 載花船(12) 八段錦(12)	都是幻(12) 風流悟(8) 珍珠舶(18) 十二樓(12) 雲仙笑(5) 驚夢啼(6) 照世杯(4) 人中畫(16) 五更風(8) 西湖佳話(16) 警寤鐘(16) 錦繡衣(4) 生綃剪(19) 弁而釵(20) 飛英聲(8) 八洞天(8) 醒夢騈言(12)	石點頭(1)	
계	23(443)	21(234)	5(9)	4(4)
	44(677)		9(13)	

(* 宋元明 話本小說이 같이 수록된 작품)

명청화본소설明淸話本小說에서 '귀혼의 복수'가 구체적으로 나타나 있는 작품들을 살펴보면, 작품 수는 비교적 적은 편이지만, 내용과 사상이 풍부하고 다양하다는 것을 알 수 있다. 명청화본소설明淸話本小說에서 귀혼의 복수고사가 적은 것은 당시 실질적인 풍조와 경제의 발달과 밀접한 연관이 있다. 그러나 이는 단순히 단지 상상적 묘사만을 통해서 독자의 흥미를 유발해 몰입하도록 유도하던 과거 서술방식에서의 탈피를 의미한다. 지금까지 귀혼 연구에 있어 귀혼현현 작품은 흥미 유발을 위한 부수적 측면으로 인식하고 연구되었다. 또한 연구 범위가 지엽적이고 일방적인 경우가 많아 심층적 분석이 미비한 편이었다. 하지만 '귀혼 연구'가 단순히 귀혼의 형상과 인간과의 대립 관계에서 벗어나 인간에 대한 깊은 이해와 다양한 고찰의 시각으로 살펴본다면, 이는 인간뿐 아니라 인간과 수반된 여러 사회 현상을 이해하는 데 매우 의미 있는 과정이라고 할 수 있다. 더욱이 '귀혼의 복수'에 대한 연구는 인간의 복수 심리를 세부적으로 연구할 수 있는 구체적이면서도 중요한 주제이다. 이러한 연구는 앞으로의 귀혼복수연구에 토대가 되는 중요한 작업으로, 연구를 통해 귀혼복수고사의 구체적 내용이 어떻게 진행되고 그 분류와 내용 및 형식은 어떠한지 살펴보고자 한다. 이는 또한 귀혼복수고사의 내용과 의미를 이해하는데 다각적인 시각을 제공할 것이며, 나아가 귀혼의 복수 심리 기저를 이해하는 데에도 중요한 작용을 할 것이다.

　본 장에서는 귀혼의 출현 및 복수방식과 작품 속에서 실현되는 양상을 살펴보고, 이를 통해 현실과 비현실, 인간과 귀혼의 접속 및 소통이 이루어지는 과정을 고찰하고자 한다. 복수의 유형은 직접적인 방식과 간접적 방식, 개인에서 대중을 통한 복수까지 다양한 형태를 꼽을 수 있다. 본 글에서는 비교적 구체적으로 드러나는 네 가지 유형을 통해 귀혼복수고사를 분류하고, 인물을 중심으로 서사구조와 내재된 복수 심리를 자세하게 분석하고자 한다.

2. 귀혼복수의 유형과 분류

　귀혼복수고사의 형태는 작품의 내용과 주제, 인물 형상과 줄거리 구조에 따라 조정되며 다양한 양상으로 나타난다. 명청화본소설明淸話本小說 작품에서 비교적 많이 등장하는 유형으로는 '죽음을 요구하는 동등복수', '부신附身을 통한 직접복수', '귀부鬼府에 대한 소청訴請과 호소', '죄상 폭로를 통한 규죄糾罪' 등이 있다. 이러한 귀혼복수 유형

외에도 '원한에 대한 호소와 동정', '윤회전생輪回轉生에 의한 설원雪冤', '대리인을 통한 복수' 등 구체적 복수뿐만 아니라, '가해자에 대한 정신적 압박', '죄상에 대한 질책과 꾸지람', '자백의 유도를 통한 원한 해소'와 같은 '약화된 복수' 등 다양한 유형을 찾아볼 수 있다. 이러한 형태는 복수의 다양성을 보여주는 한편, 복수의 포괄적 내용과 복잡한 의미를 보여주기도 한다. 본 글에서 다룰 구체적인 귀혼의 복수 유형과 분류를 살펴보면 다음과 같다.

작 품		同等복수		附身복수		鬼府호소		罪狀폭로	
		1인	2인	同體	異體	인간	이물	형상	소리
初刻拍案驚奇(40)	第14卷 酒謀材于郊肆惡鬼對案楊化借屍				△			○	
	第37卷 屈突仲任酷殺衆生鄆州司馬冥全內侄						○		
二刻拍案驚奇(39)	第11卷 滿少卿飢附飽颺焦姬生讎死報	○							
	第16卷 遲取券毛烈賴原錢失還魂牙僧索剩命						○		
西湖二集(34)	第05卷 李鳳娘酷妒遭天譴					○			
	第13卷 張彩蓮隔年冤報				△			○	
歡喜冤家(24)	第8回 鐵念三激怒誅淫婦								○
	續第7回 木知日真托妻寄子					○			
石點頭(14)	第08卷 貪婪漢六院賣風流					○			
豆棚閑話(12)	第11則 薰都司死梟生首			○					
醉醒石(12)	第13回 穆瓊姐錯認有情郎董文甫枉做負恩鬼		○						
照世杯(4)	第03卷 走安南玉马換猩絨	○							
都是幻梅魂幻	第1回 鬼彈琴妖龍造水劫								○

(△: 귀혼복수에 직접영향을 미치지 않음)

명청화본소설明淸話本小說에서 귀혼복수고사는 귀혼이 되어 직접 복수하는 방법 외에 영웅의 출현이나, 청관淸官의 개입, 하늘의 도움으로 원한을 해결하는 경우도 있다. 복수의 유형은 작자의 서술의도와 주변 요

소의 배치에 따라 다르게 나타나지만, 그 속에 보이는 강렬한 복수욕,
즉 '수성獸性'의 특징은 변함이 없다. 복수 행위는 육체적·심리적으로
동시 진행되는 구체적인 행위이다. 작품 속의 인물들은 현실사회의 강압
과 정신적 출로를 '자살'을 통해서 구하기도 하고, 또는 체념과 인내로서
평생을 고통으로 보내기도 한다. 본 글에 인용된 귀혼복수고사의 인물들
은 죽은 뒤에도 강렬한 복수 의지를 가지며, 다양한 방식을 통해 복수를
실행한다. 피해자는 생전에는 가해자와 결코 삶과 죽음, 권력과 금전,
성별과 신분에 있어 동등한 위치에 있지 않다. 피해자는 원귀寃鬼가 되어
서야 비로소 대등한 존재가 되어 대담해진다.[5] 즉 귀혼의 출현과 귀혼이
수행하는 복수 행위를 통해 부정적인 현실의 상황이 반전을 이루고, 인
간과의 관계에서 대등하거나 월등한 존재가 되는 것이다. 상호 대등의
위치에서는 피해자는 오히려 가해자가 되고, 가해자는 역으로 피해자가
되면서 육체적, 심리적으로 완벽한 역전이 이루어진다. 귀혼은 생전의
원한이 깊을수록 복수하고자 하는 욕망이 강하며, 이러한 욕구는 생전에
받은 것을 똑같이 돌려주고자 하는 '보상심리'에 기인한다. 생전에는 자
신의 부정적 처지를 극복할 방법이 부재했으나, 귀혼이 된 후 귀혼으로
서의 등장과 복수를 통해 자신의 가치와 존엄성을 회복하게 되는 것이
다. 귀혼의 출현으로 인해 감추어졌던 진실이 폭로되며, 인간의 숨겨진
죄상과 어두운 욕망이 드러나게 된다.[6]

귀혼의 복수 유형 중 가장 많이 나타나는 유형이 '동등복수'이다. 귀혼
의 복수에서는 현실사회의 경우처럼 용서와 화해, 포기와 인내가 잘 나
타나지 않는다. 복수하는 귀혼은 결코 용서와 화해를 구하지 않으며,

5 卜亞麗, 《中國古代鬼觀念與戲劇的雙向滲透》, 河南大學中語中文學科碩士論文, 2004年
5月, 23쪽.
6 김재용, 〈귀혼 이야기의 기호학〉, 《한국학논집》第30卷, 2003년, 68쪽.

사생결단의 의지가 드러나고 복수욕의 정도도 동등하거나 강화된다. 이
는 '원수와는 한 하늘 아래 살 수 없다.'[7]는, 자신의 존재는 인정하고 원수
의 존재는 부정하는 의식이 깊이 자리 잡고 있기 때문이다. 화본소설話本
小說에서의 복수는 대부분 자신의 존재에 대해서 강한 긍정과 원수에
대한 철저한 파괴로 점철된다. 이러한 복수에는 현세에 받았던 피해와
고통을 귀혼이 되어서 고스란히 가해자에게 안겨주는 '개인복수'의 경우
도 있고, 공개적인 장소에서의 비난, 죄상을 폭로하는 것 등을 통해서
대중적 질타를 유도하는 '대중복수' 등 다양한 유형을 찾아볼 수 있다.
명청화본소설明清話本小說에서 나타나는 귀혼의 복수는 '평등'에 의한 강
력한 '동등복수'뿐만 아니라 다양한 형태의 직간접적인 모습을 보여주고
있다. 이는 인간사회의 복잡한 단면을 구체적으로 반영하며, 그 속에
내포된 복수 심리를 다양한 형태로 보여주는 것이다.

3. 개인복수에서 대중복수까지: 귀혼복수고사의 다원화

소설 작품 속에서 귀혼의 복수는 복수의 여러 유형 중에서 비교적
강렬하고 직접적인 형태로 묘사된다. 귀혼의 복수는 크게 가해자에 의해
서 죽거나, 혹은 그 작용으로 인하여 병사하는 경우와 명예나 존엄성이
심하게 손상되었을 때 스스로 목숨을 버리는 '자살'이라는 두 가지 형태로
나타난다. 명청화본소설明清話本小說에서 나타나는 귀혼의 복수의 대부분
은 가해자에게 직접 위해를 당하거나 배은·버림·모함으로 인하여 심리
적 충격과 고통을 받아 병사하는 경우이다. 일반적인 복수고사에서는 '자
살'을 통하여 상대방에게 심리적 상처를 주는 '앙갚음'의 경우가 간혹 보이
지만, 귀혼복수고사에서는 거의 나타나지 않는다. 귀혼의 복수는 복수의

---

7 《禮記》卷3,〈曲禮上篇〉: 父之讐弗與共戴天。

대상이 구체적이고 직접적이며, 그 복수의 행위도 반드시 정해진 대상을
향해서만 진행되는 '일방향'의 특징을 가지고 있기 때문이다.

　귀혼의 복수 유형에는 귀혼이 직접 현현하여 복수를 실천하는 '동등복
수'와 '부신附身'을 통해 복수를 실천하는 '부신복수'뿐만 아니라, 귀부鬼府
에 호소하거나, 공개적으로 죄상을 폭로하는 '대중복수'가 있다. 이처럼
다양한 귀혼복수고사에서 귀혼은 인간의 '주변적 존재'에 머무르지 않고
'중심'으로 치부되었던 인간에게 영향을 주는 존재가 된다. 귀혼은 복수를
통해 외적인 명예와 자신의 존재에 대한 내적 가치를 구하는 동시에 현실
과 소망의 균형을 이루고 마음의 상처를 회복한다. 인간에게는 귀혼의
존재 인식의 변화뿐만 아니라 인간이 귀혼에게 어떻게 영향을 받는가에
따라 인간 심리의 다양한 측면을 이해할 수 있다는 점에서 의의가 있다.

1) 죽음을 요구하는 동등복수: 대칭과 평등의 복수

　작품 속에서 가장 보편적인 복수의 형태는 '대칭-평등형 복수'이다.
'대칭-평등형 복수'는 '박탈'과 '침해'라는 '작용'에 대해 '앙갚음'과 '회복'
이라는 '반작용'의 구조를 취한다.[8] 생전에 당한 육체적 굴욕과 정신적
모욕을 귀혼이 되어 갚고자 하는 '상처 회복'의 심리적 기저를 통해 마음
속에 사무친 원망과 강한 복수욕이 대등하거나 더 강화된 보복의 형태로
나타난다. 이는 복수가 구체적인 실행적 차원이든, 잠재의식에서의 상상
적 보복차원이든 모두 강력한 '교환의식'에 기반을 두고 있기 때문이다.[9]
이러한 '동태복수同態復讐'는 동일한 피해를 가해자에게 주면서 자신의 자
존심과 심리적 상처의 회복을 이루는 폭력의 수단이다.[10]

8 전재경, 《복수와 형벌의 사회사》, 서울: 웅진출판, 1996년, 88쪽.
9 송치만, 〈복수의 기호학적 분석 - 영화 '올드보이'를 중심으로〉, 《프랑스학연구》第
　37輯, 2006년 8월, 510쪽.
10 에리히 프롬Erich Fromm 著, 黃文秀 譯, 《인간의 마음》, 서울: 문예출판사, 1994년,

'동등복수'는 명청화본소설明淸話本小說의 귀혼복수고사에서 가장 빈번하게 나타난다. '동등복수'의 유형은 귀부鬼府의 허락을 얻거나[11] 혹은 원귀寃鬼가 되어 가해자에게 직접 복수를 하는 방식으로 나누어 볼 수 있다. 직접 복수하는 방식은 가해자 앞에 나타나 순식간에 생명을 앗아가는 경우와 가해자에게 과거의 저지른 죄상에 대한 심리적 압박과 육체적인 괴롭힘을 가하면서 자발적인 죽음으로 몰고 가는 경우이다. 먼저, 귀혼이 순식간에 가해자의 생명을 앗아가는 경우, 귀혼의 복수 실행 시점은 피해자의 사망 시점 직후가 아니다. 귀혼은 적절한 때, 가해자의 가장 행복한 순간이나 무방비 상태에 처해 있을 때 복수한다. 가장 행복한 순간에 진행되는 복수는 가해자를 강력하고 치명적으로 파괴할 수 있기 때문이다. ≪이각박안경기二刻拍案驚奇≫제11권第十一卷〈만소경기부포양滿少卿飢附飽颺 초문희생수사보焦文姬生讎死報〉에서 초문희焦文姬의 만소경滿少卿에 대한 복수는 바로 이러한 형태를 잘 보여주고 있다.

송宋대의 만소경滿少卿은 초대랑焦大郎의 도움으로 경제적인 어려움에서 벗어나게 된다. 만소경滿少卿은 초대랑焦大郎의 거처에 머무르면서 초대랑焦大郎의 딸인 초문희焦文姬와 사랑에 빠진다. 초대랑焦大郎도 어쩔 수 없이 만소경滿少卿을 사위로 맞아들이고 과거 준비를 위한 모든 지원을 아끼지 않는다. 만소경滿少卿은 과거에 합격하자 초대랑焦大郎은 가산을 털어서 만소경滿少卿이 좋은 관직을 얻을 수 있도록 적극적으로 후원한다. 만소경滿少卿은 임해현臨海縣의 현위縣尉가 되어 부임 가는 중,

---

23~24쪽.

11 '동등복수'에서 귀부鬼府의 허락을 얻어 복수하는 현상은 작품 속에서 이미 복수를 시행하였거나, 이행하는 마지막 단계에서 주로 나타난다. 이것은 실제 복수과정에서 개인복수의 책임과 그에 파생된 심리적 부담을 해소하고자 하는 의미가 짙으며, 또한 동등복수의 당위성을 보장해주는 부수적인 요소라고 할 수 있다. 본 절 3항 '귀부鬼府에 대한 소청訴請과 호소: 귀부鬼府 판결을 통한 복수'에서 제기한 것과 같이 피해자 대신 귀부鬼府에서 명법冥法으로 재판하고 형벌을 내리는 복수와는 다르다고 볼 수 있다.

고향친지의 권유로 주대부朱大夫의 딸과 결혼하게 되었다. 만소경滿少卿
은 결혼 후에 자신의 성공을 위해서 지원을 아끼지 않았던 초대랑焦大郎
과 사랑을 약속했던 초문희焦文姬는 모두 잊고서 10년을 세월을 온갖 부
귀영화를 누리며 행복하게 보낸다. 임기가 만료되어 새 부임지로 가는
중, 만소경滿少卿은 결혼을 약속했던 초문희焦文姬를 다시 만나 집안의
몰락과 궁핍한 사정을 듣게 된다. 초문희焦文姬는 첩이라도 좋으니 받아
들여 달라고 간청하고, 이에 만소경滿少卿은 부인 허락을 얻어 그녀를
첩으로 들이게 된다. 10년만의 재회한 두 사람은 아침에도 일어나지 않
아 부인 주씨朱氏가 들어가 보니 초씨焦氏는 온데간데 없고 만소경滿少卿
은 싸늘한 시체로 발견된다.

　　방안에는 아무도 없었고, 초씨焦氏도 보이지 않았다. 방금 전까지 침대
옆에 있었을 청상淸箱도 보이지 않았다. 사람들은 재빨리 주씨朱氏 부인을
모셔왔다. 주씨朱氏 부인은 이 광경을 보자, 놀라서 입을 다물지 못하고,
이내 엉엉 울기 시작했다. …… 부인 주씨朱氏는 슬픔에 북받쳐 어쩔 줄을
몰랐다. 밤이 되어 방으로 들어가 잠을 청하려 하는데, 문희文姬가 침대 뒤에
서 걸어 나오는 것이 아닌가! 문희文姬는 주씨朱氏에게 말하였다. "부인, 그만
슬퍼하세요! 만생滿生은 생전에 우리 집에서 많은 은혜를 입었었는데, 후에
그 은혜를 저버리고 가서는 돌아오지 않았어요. 전 그가 장원 급제하기를
간절히 바라며 모든 고통을 감수하였는데, 그의 배신으로 원한을 품은 채로
죽었어요. 저의 부친은 제가 죽은 것을 보시고 삶의 낙을 잃어버리시더니
청상淸箱과 함께 차례로 세상을 떠났어요. 오늘 저승에 가 고하였더니, 그를
데려와도 된다고 허락했어요. 10년의 원한을 비로소 갚을 수 있었어요. 전
오늘 그와 함께 저승으로 가서 그의 죄를 증명하려 합니다. 부인의 친절한
호의를 받았기에 들러서 이별을 고하러 온 것이지 해하러 온 것은 아닙니
다." 주씨朱氏는 자세히 물어보려 했으나, 한차례 찬바람이 휙 불어와서 놀
라 깨어보니, 꿈이었다.[12]

12　房內並無一人, 那裡有甚麼焦氏? 連淸箱也不見了, 剛留得些被臥在那裡。 衆人
忙請夫人進來, 朱氏一見, 驚得目睜口呆, 大哭起來。……朱氏悲悲切切, 到晚來

만소경滿少卿은 초문희焦文姬와 사랑을 약속하고, 초대랑焦大郎과 초문희焦文姬는 가산을 털어 그를 돌보았다. 하지만 만소경滿少卿은 이런 도움을 받았음에도 결국 초문희焦文姬를 버리고 다른 권문세가의 딸과 결혼한 것이다. 초문희焦文姬는 주씨朱氏와 만소경滿少卿이 결혼한 것을 안 순간, 즉 자신을 배반한 시점에서 바로 복수를 하지 않고 10년을 기다려 만소경滿少卿이 인생의 온갖 부귀영화를 누리고 있을 때 나타나 복수한다. 초문희焦文姬는 귀부鬼府의 허락을 얻어서 그의 죄를 증명하기 위해 저승으로 데려간다고 하지만, 이미 죽은 그는 다시 살아나지 못한다. 여기서 귀부鬼府의 허락과 죄의 증명은 그녀의 복수를 정당화하기 위한 미시적 장치에 불과하다. 이는 개인적인 동등복수를 하기 위한 당위성과 그것으로 인한 심리적 부담을 해소하고자 하는 의도가 표현된 것이다.

초문희焦文姬가 10년을 기다려 복수한 그 심정에서 알 수 있듯이, 마음에 새겨진 원한과 복수욕은 시간의 흐름에 따라 결코 소멸하거나 위축되지 않고 오히려 더 강렬하고 파괴적으로 작용한다. 만소경滿少卿이 주씨朱氏와 결혼하고 고관대작에 오르는 등 온갖 부귀영화를 누리는 그 행복한 순간이 초문희焦文姬에게 있어서는 가장 고통스럽고 억울했던 순간이었고, 만소경滿少卿을 죽게 한 순간이 초문희焦文姬에게 있어서는 오히려 그동안의 원한과 분노를 한꺼번에 해소하는 희열의 순간이었을 것이다. 만소경滿少卿을 처벌하는 것은 초문희焦文姬의 도덕적 보상을 위한 것이라고 할 수 있다.[13] 이처럼 만소경滿少卿과 초문희焦文姬는 현실과 이계의

步進臥房, 正要上床睡去, 只見文姬打從床背後走將出來, 對朱氏道: "夫人休要煩惱! 滿生當時受我家厚恩, 後來負心, 一去不來。 吾擧家懸望, 受盡苦楚, 抱恨而死。 我父見我死無聊, 老人家悲哀過甚, 與淸箱丫頭相繼淪亡。 今在冥府訴准, 許自來索命, 十年之怨, 方得申報, 我而今與他冥府對證去。 蒙夫人相待好意, 不敢相侵, 特來告別。" 朱氏正要問備備細, 一陣冷風, 遍體颯然驚覺, 乃是南柯一夢。

13 송치만은 그의 논문 〈복수의 기호학적 분석 - 영화 '올드보이'를 중심으로〉에서 프랑스 기호학자인 그레마스Algirdas Julian Greimas(1917~1992)의 복수에 관한 정의를 인용하면

공간적 다름, 인간과 귀혼이라는 존재의 차이와 더불어 삶과 죽음, 애정
과 원망, 사랑과 복수라는 결코 융합될 수 없는 두 평행선상에 위치한다.

초문희焦文姬가 오랜 시간을 기다려 복수한 것과는 반대로 귀혼이 되
자마자 바로 복수하는 경우도 있다. 초문희焦文姬는 귀혼이 되어서도 복
수하기 위해 10년을 기다렸다면, ≪조세배照世杯≫제3권第三卷 〈주안남옥
마환성융走安南玉馬換猩絨〉에서의 여종은 바로 복수를 감행한다. 줄거리
를 살펴보면, 호아내胡衙內는 본래 여색을 좋아해서 이웃집 상인인 두경
산杜景山의 처인 백봉고白鳳姑를 마음에 두고 있었다. 어느 날 수건에 옥
마玉馬를 싸서 백씨白氏에게 보내는데 이를 안 두경산杜景山은 노하여 호
아내胡衙內를 질책한다. 호아내胡衙內는 호안무胡安撫를 통해 두경산杜景山
을 모함해서 성성이 가죽猩絨 삼십 필을 헌납하라고 한다. 이것은 조정에
서 금지품목으로 정해서 구하기가 매우 어려운 물품이었지만, 수상해제
難尙孩提의 도움으로 겨우 구하여 모함에서 벗어난다. 호아내胡衙內와 호
안무胡安撫는 이것으로 인해 갑부가 된다. 본래 여색을 좋아하던 호아내
胡衙內는 야밤에 여종을 겁탈하려다 오히려 도적으로 몰려 여종들에게
뭇매를 맞는다. 나중에 이 사실을 안 부인은 화가 나서 그 여종들을 때려
죽인다. 호아내胡衙內 앞에 죽은 여종이 나타나 호아내胡衙內를 데려가려
하고, 마침내 호아내胡衙內는 죽고 만다.

> (아내衙內는)밤이 깊어 조용해지자, 이불 속으로 들어가는 계집종을 더듬었
> 다. 그 계집종은 "도둑이야"라고 크게 소리치니, 아내衙內는 부인이 알까봐

서 복수는 두 가지 방식으로 이해할 수 있다고 하였다. 하나는 가해자를 벌하면서 피해
자의 도덕적 보상이 이루어지는 것이고, 다른 하나는 피해자를 도덕적으로 배상하는
가해자의 처벌이라고 할 수 있다. 이 관념에서는 한 주체는 도덕적으로 배상 받아야
하고, 다른 주체는 처벌 받아야 하는 것을 강조하고 있다. 송치만, 〈복수의 기호학적
분석 - 영화 '올드보이'를 중심으로〉, ≪프랑스학연구≫第37輯, 2006년 8월, 503쪽.

황급히 문을 열고 도망가려 하였다. 누가 알았겠는가? 문이 열리자, 바깥에 있던 나이 든 여종과 어린 여종이 모두 그를 잡고서 빗장과 방망이로 아내衙內를 마구 때렸다. 아내衙內는 아픔을 참으면서 입 밖으로 소리를 낼 수 없었다. 불을 비추어 보았을 때 비로소 아내衙內라는 걸 알게 되었다. 그러나 이미 머리가 깨져 피가 흐르고 온몸은 멍들어 있었다. 이 한차례 소란은 수염이 잘려나가고 군복이 찢겨지는 전쟁보다도 더 처참했다. 부인은 나중에 도둑이 아닌 아내衙內라는 것을 알게 되자, 화가 나서 그 두 명의 여종에게 화풀이하려고 묶어서 매달고는 때려 죽였다. 아내衙內는 눈을 감아도 그 계집종이 나타나 자신의 목숨을 요구하였다. 약을 먹기도 하고 신에게도 빌었지만 병은 낫지 않았다. 이 젊은 장수는 오래지 않아 진영에서 죽었다.[14]

이 작품에서 호아내胡衙內는 재물과 여색을 탐하는 인물로 묘사되어 있다. 특히 여색에 대한 집착이 강하여 결국 그것으로 인해 목숨을 잃게 된다. 복수를 감행하는 여종은 작품 속에서 그다지 주목을 받지 못하는 인물이다. 호아내胡衙內의 호색으로 인해서 여종은 본의 아니게 그를 때리게 되고 그것으로 인해 그녀는 죽게 된다. 여종의 죽음은 부인의 매질이 직접적인 작용을 하였지만, 부인에 대한 복수보다는 오히려 자신을 겁탈하려 한 호아내胡衙內에 대해서 더 강하게 표출되고 있다. 작품에서는 호아내胡衙內의 탐욕과 호색, 모함과 간교함이 갈수록 더해가며, 여종의 겁탈이 그의 죄악을 최고조로 만든다. 여종의 복수는 그동안 호아내胡衙內가 저지른 죄상에 대한 최종적인 처벌을 의미하고 있으며, 죽음을 통해서 마무리 짓고 있다. 여종의 복수과정에는 비록 간단하게 '눈에는 눈, 이에는 이' 식의 동등한 대가로 보이지만, 그 이면에는 그의 파렴치한 행동에 대한

---

14 到夜靜更深, 竟摸到丫鬟被窩裡去, 被丫環喊起"有賊!"衙內怕夫人曉得, 忙收兵轉來, 要開房門出去. 那知纔開得門, 外面婆娘、丫頭齊來捉賊, 執著門閂、棍棒, 照衙內 身上亂打. 衙內忍著疼痛, 不敢聲喚. 及至取燈來看, 纔曉得是衙內. 已是打得頭破 血流, 渾身青腫. 這一陣比割鬚棄袍還敗得該事哩. 夫人後來知道打的不是賊, 是衙 內, 心中懊恨不過, 就拿那兩個丫鬟出氣, 活活將他皆吊起來打死了. 衙內如今閉上眼 去, 便見那丫鬟來索命. 服藥禱神, 病再不脫. 想是這一員小將, 不久要陣亡了.

처벌과 보복, 원망과 분노에 대한 강렬한 복수심리가 동시에 작용하며, 과거 죄상에 대한 공적인 규죄(천벌)의 의미도 깊게 깔려있다.

〈만소경기부포양滿少卿飢附飽颺 초문희생수사보焦文姬生讎死報〉의 초문희焦文姬와 〈주안남옥마환성융走安南玉馬換猩絨〉의 여종 이외에도 귀혼의 직접적인 복수작품으로는 ≪취성석醉醒石≫제13회第十三回〈목경저착인유정랑穆瓊姐錯認有情郞 동문보왕주부은귀董文甫枉做負恩鬼〉가 있다. 이 작품에서는 복수의 대상이 한 명이 아니라 2명인 '다인복수' 방식을 띄고 있다. 구체적인 줄거리를 살펴보면, 목경저穆瓊姐는 집안의 빚으로 인해 창기娼妓로 팔려 간다. 그녀는 비록 창기娼妓로 있지만 좋은 남편을 만나 결혼하고 싶은 마음이 간절하다. 그러던 중 그녀는 남경南京으로 장사하러 온 동문보董文甫를 만나게 되고 둘은 서로 백년가약을 맺게 된다. 동문보董文甫와 소주小洲는 소송에 휘말려 모든 자본을 관가에 압류당하고 빈털터리가 된다. 그는 목경저穆瓊姐에게 거짓으로 자신은 이미 부인과 사별하였고, 가지고 있던 모든 자산을 관부에 빼앗겨 무일푼이지만 고향으로 내려가 자본을 마련해서 아내로 맞이하겠다고 한다. 목경저穆瓊姐는 그 말을 믿고 가지고 있던 모든 금전과 패물을 장사 밑천으로 주고서는 동문보董文甫가 돌아오기를 학수고대한다. 고향으로 돌아간 동문보董文甫는 목경저穆瓊姐가 준 금전을 바탕으로 아내도 얻고 장사를 시작하였다. 이 소식을 전해 들은 목경저穆瓊姐는 동문보董文甫의 배신에 분노를 느끼며 병을 앓다가 결국 죽고 만다. 동문보董文甫와 동향인 복소천卜小泉는 남경으로 장사하러 왔다가 목경저穆瓊姐(귀혼)과 만나게 되고, 복소천卜小泉의 도움으로 동문보董文甫와 소주小洲의 목숨을 앗아간다.[15]

---

15 목경저穆瓊姐의 복수과정은 비록 〈주안남옥마환성융走安南玉馬換猩絨〉의 여종처럼 아주 빠른 시간 내에 복수하는 것은 아니지만, 〈만소경기부포양滿少卿飢附飽颺 초문희생수사보焦文姬生讎死報〉의 초문희焦文姬가 10년을 기다려 복수한 것 보다는 시간적으로 빠르다.

〈목경저착인유정랑穆瓊姐錯認有情郎 동문보왕주부은귀董文甫枉做負恩鬼〉
에서는 동문보董文甫와 소주小洲 모두 순차적으로 처참한 최후를 맞게 된
다. 이것은 복수하고자 하는 대상에 대한 분노가 바탕을 이루고, 그 대상
의 확대와 반드시 이루고 말겠다는 강렬한 복수의지를 나타내는 것이라
고 할 수 있다. 공교롭게도 〈만소경기부포양滿少卿飢附飽颺 초문희생수사
보焦文姬生讎死報〉의 초문희焦文姬, 〈주안남옥마환성융走安南玉馬換猩絨〉의
여종, 〈목경저착인유정랑穆瓊姐錯認有情郎 동문보왕주부은귀董文甫枉做負恩
鬼〉의 목경저穆瓊姐는 모두 '여성女性'이며 그 복수의 대상은 모두 의를
저버리거나 파렴치한 '남성男性'이다. 이것은 당시 여성이 사회적으로 낮
은 지위와 남성중심의 이데올로기 강압에서 받은 피해를 작품을 통해
그대로 보여주고 있다고 볼 수 있다. 여귀女鬼의 복수에서 보이는 귀혼과
저승은 당시 사회의 억압구조와 이로 인해 굴절된 여성들의 욕망과 한恨,
생존 모습들의 그대로 반영하고 있다. 여귀女鬼의 복수는 당시의 여성뿐
만 아니라, 사회구조의 가장 하층에 자리하여 억눌리기만 하였던 사람들
마음속의 욕망과 분노를 상상적 출로를 통해 분출하고자 하는 상징적
의미를 가진다. 그러므로 귀혼을 통하여 나타난 복수는 인간세계에서
행해지는 것보다 잔인하고 강경한 수단으로 실행되기도 한다.[16] 작품 속
에서 나타난 여귀女鬼의 복수는 인간세계의 그것보다 부동적不動的이고
일방적一方的으로 진행되고 있다.[17] 동등한 복수를 통해서도 알 수 있듯

---

16 유세종, 〈루쉰의 귀혼과 민중 - ≪태평시대의 귀혼노래≫를 읽기 위하여〉, ≪中國現
代文學≫第19號, 2000년 12월, 289쪽.

17 소설 작품 속에서의 여성의 복수는 귀혼이 되어서 뿐만 아니라, 현실의 복수에 있어서
도 강한 집착과 끈기를 보여준다. 당전기소설唐傳奇小說에서의 여성 복수는 그 복수
동기가 '친족을 위한 것', '애정에 관련된 것', '원한을 푸는 것', 혹은 '보은, 협의를
위한 것'이든 복수의지에 있어서 지속적이고 부동적이며, 모든 것을 돌보지 않고 그것
에 몰입하는 강력한 의지를 보여주고 있다. 명청화본소설明淸話本小說에서의 여귀女鬼
의 복수 또한 이와 같거나 오히려 더 강화된 모습을 보여주고 있다. 李艷、易文勇,

이 남성의 배신에 대한 원망과 증오, 억울함과 분노가 과격하게 치닫는 것이다. 복수의 의지도 시간의 흐름에 따라 결코 희미해지거나 무디어지지 않고 더욱 강력하게 작용하고 있으며, 귀부鬼府의 허락이나 제3자의 도움을 구하는 등 복수를 위한 준비 또한 상당히 주도면밀하게 이루어지고 있음을 알 수 있다.

2) '부신附身'을 통한 직접복수: '이체부신異體附身'과 '동체부신同體附身'

명청화본소설明淸話本小說에서 '동등복수'와 같이 자주 등장하는 복수유형으로는 '부신附身복수'가 있다. '부신附身'은 귀혼현현의 방식 중 하나로, 타인의 몸異體 혹은 이미 죽은 자신의 몸同體에 혼령이 들어가 복수하는 형태이다.[18] 부신복수에는 긴 시간이 필요치 않으며, 복수방법과 수단이 직접적이면서도 잔인하게 행해진다. 주요작품으로는 ≪서호이집西湖二集≫제5권第五卷〈이봉낭혹투조천견李鳳娘酷妒遭天譴〉, ≪환희원가歡喜冤家≫속제7회續第七回〈목지일진탁처기자木知日眞托妻寄子〉, ≪석점두石點頭≫제8권第八卷〈탐람한류원매풍류貪婪漢六院賣風流〉, ≪두붕한화豆棚閑話≫제11칙第十一則〈당도사사효생수黨都司死梟生首〉 등이 있다. '부신附身'의 방법에는 '이체부신異體附身'과 '동체부신同體附身'이 있다. '이체부신異體附身'은 남의 몸에 혼령이 들어가는 경우로, 보통 접신의 대상은 복수할 사람이거나 제3자이다. '동체부신同體附身'은 죽은 자신의 주검에 혼령이 다시 들어가 살아나면서 복수하는 방식이다. '동체부신同體附身'

〈唐傳奇中復仇女性類型淺析〉, ≪語文學刊(中國)≫第9期, 2006年, 90쪽 참조.

18 '부신附身'의 복수 유형에는 크게 접신을 통한 직접 목숨을 앗아가는 직접복수 형태와 대중 앞이나 공공장소에서 현현하여 죄상 폭로, 공개적 질책, 관부官府에 호소 등 간접적인 복수형태가 있다. 본 항에서는 가해자의 생명을 앗아가는 직접복수 형태에 대해서 살펴보며, 공개적으로 죄상 폭로를 통한 간접적인 복수는 본 절 제4항에서 살펴보기로 하겠다.

이 이루어지는 경우는 대부분 죽은 직후나 죽은 지 얼마 지나지 않은 경우이며, 복수를 완성하고 나면 다시 주검으로 돌아온다.

먼저 '이체부신異體附身'의 방식을 살펴보면, 귀혼은 구체적인 복수를 위해서 '부신附身'의 방법을 통해 자신의 억울함과 원한을 알리는 동시에 공개적인 장소에서 잔인하게 복수를 실행한다. 이러한 복수방식을 통해 자신의 존재를 알리고, 원한의 공개적 처벌을 통해 사람들의 이해와 동정을 구하고 있는 작품이 ≪서호이집西湖二集≫제5권第五卷〈이봉낭혹투조천견李鳳娘酷妬遭天譴〉이다. 〈이봉낭혹투조천견李鳳娘酷妬遭天譴〉의 줄거리를 살펴보면, 송宋나라 광종光宗의 정비正妃인 이봉낭李鳳娘은 모략과 질투가 심하여 모두들 그녀를 두려워하였다. 그녀는 자신의 아들을 태자로 책봉하려고 끊임없이 분란을 일으켜 조정을 어지럽혔다. 광종光宗이 어느 궁녀의 손이 희고 아름답다고 하자 바로 그 궁녀의 손을 잘라서 광종光宗에게 보내는 등, 자신이 거슬려 하거나 미워하는 사람은 잔인하게 살인하고 고문하였다. 황귀비黃貴妃는 광종光宗의 총애를 받았지만, 이봉낭李鳳娘의 질투로 눈을 도려내고, 혀와 가슴을 잘라내어 참혹하게 죽였다. 광종光宗은 이로 인해 병이 나고, 효종孝宗은 그만 화병으로 병사하고 만다. 그녀는 마침내 아들인 영종寧宗을 즉위시키지만, 황귀비黃貴妃의 원혼에 의해서 스스로 죽음을 맞는다.

황귀비黃貴妃의 원혼이 뜻밖에 이후李後, 李鳳娘의 몸에 붙어, 소리를 지르며 욕하기를: "이 못된 것아! 나에게 이런 고통을 주다니! 내가 옥황상제 앞에 가서 소장을 올렸더니, 옥황상제께서 네 목숨을 가져오는 것을 허락하셨다. 넌 오늘 나에게 목숨을 바쳐야 할 것이다! 네가 예전에 내가 옥황상제 앞에 가서 억울함을 고하고 목숨을 뺏는다 해도 무섭지 않다고 했지! 오늘 너에게 소장의 처벌이 무엇인지 톡톡히 가르쳐 주마!" 말이 끝나기가 무섭게 자신의 손톱으로 온몸을 할퀴며 뜯자 선혈이 뚝뚝 떨어졌다. 또한 젖가슴과 음문을 할퀴어대니 온몸에 피가 홍건했다. 그에 그치지 않고 입으로 손가락을 물어뜯어 모두 잘라버렸다. 옆에 있던 궁녀들조차 말리지 못했다. 또 스스로 아프다고 소리 지르면서, "살려주세요, 제발 살려주세요!" 애원하였다. 또한 혼자서 "무서워! 너무 무서워! 저 괴상한 귀혼들이 손에 철 방망이와 쇠사슬을 들고 온다. 이젠 죽었구나!"라고 말하고는 곧 자기 혀를 잘근잘근 씹어서 뱉어 내고, 두 눈알이 모두 터져서 죽었다.[19]

황귀비黃貴妃는 두 차례 부신附身을 통하여 이봉낭李鳳娘에게 정신적으로 고통을 준다. 한번은 시녀에게 접신하여 이봉낭李鳳娘앞에 나타난다. 이봉낭李鳳娘은 두려워하지 않고 오히려 황귀비黃貴妃에게 욕을 하며 따귀를 때린다. 이봉낭李鳳娘은 나중에서야 자신이 때린 사람이 황귀비黃貴妃가 아니라, 옆에서 시중들던 나이 든 궁녀임을 알게 된다. 이때부터 이전에 그녀의 손에 처참하게 죽었던 많은 혼령들이 차례로 나타나 괴롭힌다. 하지만 그녀는 불당에 거주하면서 모든 귀혼의 해코지로부터 피하고, 또한 법력이 뛰어난 도사인 고공高功를 불러서 법력으로 귀혼의 접근을 막는다. 황귀비黃貴妃는 고공高功의 꿈에 나타나 이봉낭李鳳娘의 목숨을 앗아갈 수 있도록 이미 옥황상제의 허락을 얻었다고 이야기하고 더는 이 일에 관여하지 말도록 부탁한다. 황귀비黃貴妃의 원혼은 이봉낭李鳳娘에 접신해 이봉낭李鳳娘 자신의 손으로 온몸을 할퀴고 찢어 결국 스스로 죽게 만든다.

이러한 복수는 직접 혼령이 나타나 생명을 빼앗는 경우와 타인을 통해서 복수하는 것보다 더욱 잔혹하다고 할 수 있다. 또한 동등복수 유형에서

---

19 黃貴妃冤魂竟附在李後身上大叫大罵道: "你這惡婦! 害得我好苦。我今已在玉帝殿前告了御狀, 玉帝准我討命。你今日好好還我性命。你前日道"不怕你在玉帝殿前告了御狀來討命", 今日敎你得知御狀。" 說罷, 便將自己指爪滿身抓碎, 鮮血淋漓。又把乳頭和陰門都自己把指頭抓出, 鮮血滿身。又把口來咬那手指, 手指都咬斷。左右宮人都扯不住。又作自己聲音叫疼叫痛, 討饒道: "饒命, 饒命。" 又自己說道: "怕人, 怕人。一陣牛頭馬面夜叉手拏鋼叉鐵索來了。這番要死也!" 遂把舌頭嚼碎, 一一吐出, 兩眼珠都爆出而死。

보이는 것처럼 어느 날 갑자기 생명을 앗아가는 경우가 아니라, 육체적·정신적으로 똑같은 고통과 괴로움을 주면서 결국에는 자신의 손으로 자신의 목숨을 끊게 만드는 충격적인 복수방식이다. 가해자의 행동이 악랄하고 잔혹할수록 그 원한의 깊이 또한 가늠하기 힘들고, 보복행위 또한 잔인하고 대담하며, 복수의지 또한 강렬하고 지속적임을 알 수 있다.

〈이봉낭혹투조천견李鳳娘酷妬遭天譴〉의 황귀비黃貴妃와는 다르게 '자기학대'가 없는 부신복수의 작품도 있다. ≪환희원가歡喜冤家≫속제7회續第七回〈목지일진탁처기자木知日眞托妻寄子〉와 ≪석점두石點頭≫제8권第八卷〈탐람한륙원매풍류貪婪漢六院賣風流〉에서는 '이체부신異體附身'을 통해 가해자의 생명을 직접 앗아가는 개인적인 복수가 나타난다. 비록 이 작품들은 모두 귀혼의 복수를 다루고 있지만, 〈이봉낭혹투조천견李鳳娘酷妬遭天譴〉의 이봉낭李鳳娘만큼 잔인하게 처벌을 당하지는 않는다. 작품 속에서는 복수의 결과보다는 이러한 복수가 이루어지게 된 과정을 비교적 상세히 서술하고 있다. '이체부신異體附身'을 통하여 직접적인 귀혼현현을 통한 보복이 아니라, 부신附身을 통하여 원혼의 존재를 알리고 동시에 생전에 받았던 고통을 보상받으려는 심리가 강하게 작용하고 있다.

명청화본소설明淸話本小說에서는 이처럼 '이체부신異體附身'와는 다른 '동체부신同體附身'의 작품도 보인다. 이것은 타인(가해자, 혹은 제3자)의 부신附身을 통한 복수가 아니라, 이미 죽은 자신의 몸을 빌려 원한을 갚는 경우이다. ≪두붕한화豆棚閑話≫제11칙第十一則〈당도사사효생수黨都司死梟生首〉에는 이러한 '동체부신同體附身'의 복수방식이 구체적으로 잘 나타나 있다. 줄거리를 살펴보면, 연안부延安府 안새현安塞縣의 당단련堂團練과 청간현淸澗縣의 남단련南團練은 병사를 거느리고 영토를 수호하는 임무를 맡고 있었다. 당단련堂團練에는 이미 출가한 여동생이 있었는데, 남단련南團練은 그녀에게 마음이 있어 자기 집에다 감금하였다. 당단련堂團練은 이를 알고 몰래 들어가 여동생을 구출하였지만, 다시 남단련南團練에 의해서 잡혀간다. 당단련堂團練의 여동생은 도망가는 중에 그만 벼랑에서 떨어져 죽고 만다. 당단련堂團練은 조정에 이 사실을 알렸고, 남단련南團練은 처벌이 두려워 모반을 일으킨다. 당단련堂團練은 군사를 이끌고 토벌에 나섰으나 패하여 포로가 되었지만 끝내 투항하기를 거부한다.

　　당도사黨都司는 자신의 혀를 씹어서 남단련南團練 얼굴에 내뱉었다. 남단련南團練은 얼굴을 가린 후, 다시 자리에 가 앉으며 욕을 하였다. "더러운 성깔이군! 네가 설사 날개가 있어도 오늘은 도망가지 못할 것이다. 순순히 나의 고문을 견뎌봐라!" 그의 말이 끝난 후 당도사黨都司는 숨을 거두었다. 여전히 노기충천하여 가라앉지 않는 것 같았다. 옆에서 "당도사黨都司가 이미 죽었다. 손발이 차다."라고 하자, 남단련南團練이 천천히 다가와 여기저기를 만져보니 역시 죽어있었다. 남단련南團練은 술잔을 들고 당도사黨都司의 시체 앞에 가더니 욕을 하기 시작했다. "이 나쁜 놈아! 옛날의 영웅이 어디 갔느냐? 오늘 내 손에 죽었구나!" 술을 그의 얼굴에 끼얹었다. 늘 하던 대로 몸을 돌려 단 위로 올라가려 하였다. 입으로 이렇게 욕하고는 속으론 어떤 방비도 하지 않았다. 생각지도 못하게 그의 말이 일어나서 갈기를 흔들면서 크게 울부짖었다. 당도사黨都司가 눈썹을 치켜뜨더니, 한손으로 가슴에 꽂혔던 칼을 뽑아 손에 들었다. 양옆에선 "당도사黨都司가 살아났다! 당도사黨都司가 살아났다!"라고 소리쳤다. 남단련南團練은 황급히 돌아보았을 때 그 날카롭던 칼끝이 위로 빠르게 지나갔다, 순간 남단련南團練의 머리가 땅에 떨어졌다. 사람들이 놀라서 어쩔 줄을 몰랐다. 꼿꼿이 서 있던 당도사黨都司는 비로소 땅에 쓰러졌다.[20]

20　黨都司將自己舌頭嚼得粉碎照臉噴去。南團練掩了面目, 復去坐在位上, 罵道: "你如此性烈, 如今揷翅難飛, 少不得受我磨折。" 道言未了, 那黨都司咽喉氣絶, 覺得怒氣尙然未平。左右報道: "黨都司已死, 手足如冰。" 南團練徐徐走近前來上下摸看, 果然死了。……南團練手持一盃, 走到黨都司屍前罵道, "黨賊, 你往日英雄何在? 今日也死在我手!" 將酒盃往他臉上一澆, 依舊轉身, 將往上走。口中雖說, 心下卻不隄防。不料那馬縱起身來, 將領鬃一抖大嘶一聲。黨都司眉毛竪了幾竪, 一手就把懷中所揷之刀㓦在手內。兩邊盡道: "黨都司活了! 黨都司活了!" 南團練急回頭看時, 那雪亮的刀尖往上一幌, 不覺南團練之頭早已落地。衆人吃了一驚, 黨都司僵立之尸纔仆倒在地。

당단련堂團練의 남단련南團練에 대한 원한은 누이동생을 속여 감금하였고, 도주하다 결국에는 죽게 만들고, 나라를 저버리고 모반을 일으킨 데 있다. 당단련堂團練이 남단련南團練에게 능욕을 당하며 죽는 순간, 그의 분노는 절정에 다다른다. 남단련南團練은 원한과 충정에 의한 그의 죽음을 희롱하고 비웃으며, 결코 자신의 죄를 뉘우치지 않는다. 당단련堂團練은 죽어서도 땅에 쓰러지지 못하고, 남단련南團練을 죽이고 나서야 비로소 땅에 쓰러진다. 당단련堂團練이 복수 후 쓰러지게 되는 상황은, 복수 후에야 원한의 마음에서 벗어난 '해방감'과 임무를 완성했다는 '안도감'이 동시에 작용했다고 볼 수 있다. 당단련堂團練의 동체부신同體附身을 통한 복수는 개인적인 원한에 의한 복수와 불의에 대한 정의의 실현이라는 두 가지 동기를 모두 가진다. 그 중 불의의 도전과 그에 대한 정의의 실현이 더 큰 비중을 차지한다. 이러한 불의에 대한 반격과 정의를 구현하려는 의지는 보통 가장 격렬한 방법으로 해결의 실마리를 찾는다.[21] 당단련堂團練의 복수는 상당히 과격하고 강렬한 행위로, 본래 가지고 있던 무인武人의 충동적임과 완강함의 상승작용으로 인하여 가장 긴장된 갈등을 조성한다. 이체부신異體附身과 달리 동체부신同體附身에서는 질책·규죄·원망 등 언어적 복수는 구체적으로 이루어지지 않는다. 오랫동안 '절차탁마切磋琢磨'하면서 복수의 순간을 기다린 것과는 달리, 아주 짧은 시간 동안 환혼된 상태에서 바로 실행에 옮긴다. 이러한 특징은 송원화본소설宋元話本小說에서의 '동체부신同體附身' 유형에서도 보인다.

≪경세통언警世通言≫제37권第三十七卷〈만수낭구보산정아萬秀娘仇報山亭兒〉의 윤종尹宗은 협의 정신을 발휘하여 만수낭萬秀娘을 구해주지만, 다시 묘충苗忠과 대자초길大字焦吉를 만나 죽임을 당한다. 죽은 윤종尹宗은

---

21 王立, 〈從複仇文學主題看複仇動機的傳奇質素〉, ≪山西大學學報≫, 2000年 2月, 27~30쪽.

'동체부신同體附身'을 통해 대자초길大字焦吉을 잡아 관부에 넘기고 자신은 다시 쓰러진다. 송원화본소설宋元話本小說에서도 마찬가지로 이러한 복수는 가해자에게 천천히 정신적, 육체적으로 고통을 주는 것과 다르고, 공개적으로 책망과 성토를 통해서 생명을 앗아가는 경우와도 차별화된다. '동체부신同體附身'은 복수의지가 육체의 죽음으로 소멸되지 않고, 원한을 갚고 처벌을 할 때까지 지속적으로 작용하는 것을 보여준다. 또한 귀부鬼府나 저승의 허락을 얻을 사이도 없이 복수함으로써 개인적인 억울함과 분노를 순식간에 해소하고, 나아가 인간의 도의와 사회의 정의를 실현하고자 하는 의지도 간접적으로 투영되었음을 알 수 있다.

'부신복수附身復讐'의 주요 표적은 가해자로, 피해자는 귀혼이 되어서도 동등하게 가해자의 비참한 최후를 요구한다. 이러한 복수의 양상은 인간의 가장 원초적인 모습, 즉 가장 기본적인 동물적 속성을 그대로 보여준다고 할 수 있다. 그러나 소설 작품이 아닌 현실에서는 '국법國法'이라는 강력한 제재와 규정으로 인하여 개인적인 '동등복수'는 불가능하다. 중국의 법치사상에는 '정情'·'이理'·'법法'을 기초로 하여 '인치人治'와 '법치法治'가 동시에 적용된다.[22] 인치人治와 법치法治가 충돌할 때 판관은 자신의 '법사상'에 기인해 법 집행 여부를 결정한다. 가장 이상적인 판결체계에서는 '법法'을 이 세 가지 요소 중에서 가장 끝에 두는 것이다. 그러나 현실에서는 오히려 '법률法律'이 가장 앞에 놓이고, 다음이 '천리天理'이며, '인정人情'을 가장 끝에 둔다. '천리天理'와 '인정人情'의 조화를 배제한 법률에 의한 일방적인 법 집행은 이상적인 법치 실현에 비해 획일적이고 단일적이어서 많은 문제를 야기했다. 이러한 사회적 불만들은 소설 작품 속의 개인적인 복수를 통해서 간접적으로 균형회복을 시도하고 있다. '법률法律'에 의한 처벌보다는

---

22 郭建, ≪中國法文化漫筆≫, 上海: 東方出版中心, 1999年, 223~224쪽 참조.

개인적 복수를 지향하는 의식이 작품 속의 '부신附身'의 형태를 통해 더욱 구체화 된다. 이러한 비현실적인 복수는 복수 필연성의 원천적인 압박과 갈등을 해소하는 과정으로 작품 속에서 자주 나타난다.

3) 귀부鬼府에 대한 소청訴請과 호소: 귀부鬼府 판결을 통한 복수

중국 고전소설에서 귀부鬼府가 자주 등장하는데,[23] 이것은 작품 속 사건과 인물 간의 갈등을 해결하는 중요한 역할을 할 뿐만 아니라, 작품 주제를 부각시키거나 전체 줄거리를 이끌어가는 관건적인 작용을 하고 있다. 귀혼복수고사에서의 귀부鬼府는 주로 죄상에 대한 판결과 함께 처벌을 내리는 장소로 작용한다. 명청화본소설明淸話本小說에서 귀부鬼府에 대한 호소와 소청訴請은 여러 형태로 나타나고 있지만, 크게 두 가지로 구분할 수 있다. 하나는 귀부鬼府에 가해자에 대한 처벌을 직접 호소하는 것이고, 다른 하나는 현실에서의 시비판단이 불가능한 안건을 귀부鬼府를 통해 해결하는 것이다. 죄를 미리 판단하고 처벌을 부탁하는 것과 죄상의 정도를 판단하는 동시에 처벌이 이루어지는 식으로 각기 차이가 있으나, 둘 다 귀부鬼府를 통해 복수하는 형태를 띠고 있다는 점은 동일

---

23 앙리 마스페로Henri Maspero는 그의 저서 ≪고대중국≫에서 "중국인들이 생각했던 사후세계는 기독교의 천당이나 지옥 같이 정반대의 세계가 따로 존재하는 이분법적인 것이 아니었다. 혼魂·백魄·귀鬼·신神·영靈·황천黃泉·태산泰山·지옥地獄·천상天上·명계冥界 이러한 것들이 극명하게 분리되지 않은 채 서로 혼재된 하나의 뭉뚱그려진 개념으로서 존재하였다."고 말한 바 있다. 중국에서는 사후세계에 대한 다양한 용어가 존재한다. 사후세계에 대한 공간적 용어로는 '명계冥界'·'귀계鬼界'·'지옥地獄' 등, 죄를 심판하는 관부官府의 용어로는 '명부冥府'·'음부陰府'·'귀부鬼府' 등이 있다. 본 글에서는 주로 혼령의 재판을 주관하며, 전생의 잘못과 선행을 바탕으로 지옥과 천상을 결정짓는 판결의 장소로서 '귀부鬼府'라는 용어를 사용하고자 한다. 또한 이 '귀부鬼府'는 작품에서 나타나는 '귀혼복수'와 내용과 주제에 있어서도 밀접한 연관이 있으며, 귀혼의 의미를 구체적으로 나타내고 있다. 앙리 마스페로Henri Maspero 著, 김선민 譯, ≪고대중국≫, 서울: 까치, 1995년, 126~132쪽 참조.

하다. 귀부鬼府에 대한 호소는 복수 해소의 상당 부분을 담당하고 있다.
일단 귀부鬼府에 소청하게 되면, 그것이 개인적인 원한에 대한 처벌이든,
시비판단과 처벌을 동시에 원하는 경우이든 모두 현실 속의 '관부官府'
판결구조와 처리 과정을 밟고 있다.[24] 귀부鬼府에 대한 소청과 호소는
직접 복수하는 경우와는 달리 제3자官府나 대리인을 통한 간접적인 것이
어서 개인에게는 비교적 소극적인 복수 형태라고 할 수 있다.[25]

　귀부鬼府에 호소하는 방식은 일단 현실에서 혼령이 빠져나와 귀부鬼府
에 들어가거나 당사자가 꿈을 통해서 귀부鬼府로 들어가야지만 소청할 수
있는 공간적 제한을 가지고 있다. 이것은 현실의 관부官府에서 시비판단이
나 공정한 처벌이 이루어지지 않을 때 '명법冥法'을 통한 복수를 할 수 있는
유일한 방법이다. 비록 복수의 대상이 현실에 있으며, 귀부鬼府의 관여보
다는 현실의 관부官府가 더 실질적인 법 집행을 할 수 있지만, 많은 복수고
사에서는 현실이 아닌 귀부鬼府를 통해서 판단과 처벌이 이루어진다. 간혹

---

24 '귀부鬼府'의 '현세화現世化' 경향은 저승이 이미 인간세계와 상당히 비슷한 구조를 가지며
　현실을 자유롭게 반영하고 있는 것과 밀접한 연관이 있다. 명청화본소설明淸話本小說에
　서의 저승은 당시 '관부官府'가 가지지 못한 공정성과 법치의식을 통해 과거의 인물이나
　사건을 다시 심판하기도 하며, 혹은 위선적이고 타락한 명관의 모습과 사회적 모순과
　정치의 부패상을 직접적으로 드러내기도 한다. '귀부鬼府'의 내부적 모순과 심판구조는
　인간세상의 '관부官府'와 치죄과정과 상당히 흡사하다. 소설 작품 속에 등장하는 '귀부鬼
　府'는 인간세상의 '관부官府'를 사실적으로 반영하고 있으며, 상호 유기적 관계를 맺고
　있다. 石育良, ≪怪異世界的建構≫, 臺北: 文津出版社, 1996年, 57~60쪽 참조.
25 중재자나 대리인을 통한 복수의 해결은 직접복수를 하는 것에 대한 일종의 심리적
　부담이나 죄의식이 자리 잡고 있는 듯하다. 우르슐라 리히터Ursula Richter의 ≪여자의
　복수≫에서는 여성의 직접적 복수를 방해하는 요인으로서 '내 외적 명예감'과 '부정적
　죄'를 들고 있다. 여기에서 개인적인 복수(공개 복수)는 개인의 외부 명예관에 위축이
　되고, 음험한 복수는 내부의 명예관, 즉 자신의 도덕적 명예관에 위축이 되면서 '죄를
　짓는 두려움'을 가진다. 그러므로 대리인을 통한 복수는 이러한 자신의 내외적 명예관
　위축에서 벗어날 수 있으며, 복수가 부정적인 죄라는 심리적 부담에서 벗어날 수 있
　다. 우르슐라 리히터Ursula Richter 著, 손영미 譯, ≪여자의 복수≫, 서울: 다른 우리,
　2002년, 242~253쪽 참조.

현실의 '청관淸官'이나 '명관明官'을 통해 혼령의 원한을 해결하는 경우도 있지만, 대부분은 귀부鬼府의 명관冥官을 통해서 진행된다.

명청화본소설明淸話本小說에서 귀부鬼府에서의 판단과 처벌의 과정이 구체적으로 잘 나타나 있는 작품이 ≪이각박안경기二刻拍案驚奇≫제16권第十六卷⟨지취권모열뢰원전遲取券毛烈賴原錢　실환혼아승색잉명失還魂牙僧索剩命⟩이다. 내용을 살펴보면, 송宋나라 소흥紹興 연간에 부상富商인 모열毛烈은 재물을 위해서는 수단과 방법을 가리지 않는 간교하고 교활하기로 이름이 나 있었다. 진기陳祈를 포함한 세 형제 중, 둘이 진기陳祈의 재산을 가로채려고 몰래 모열毛烈과 계책을 꾸몄다. 진기陳祈는 전답을 모열毛烈에게 샀으나 모열毛烈은 돈을 받고서는 문서를 주지 않았다. 진기陳祈는 관부官府에 모열毛烈에게 당한 일을 고소하였으나, 모열毛烈의 농간에 휘말려 결국 소송에서 패하게 된다. 다음날 진기陳祈와 모열毛烈은 차례로 죽어서 귀부鬼府에 가게 된다.

　　진기陳祈는 자신을 데리러 온 이를 따라 저승에 도착했다. 과연 모열毛烈과 고공다高公多가 먼저 그곳에 있었다. 함께 명관冥官을 알현했다. 명관冥官은 한 명 한 명 이름을 확인한 후에, "동악東嶽에서 보내온 소장을 가져오너라. 모열毛烈은 진기陳祈에게 3천냥을 빚졌다. 어찌하여 그렇단 말이냐?"라고 말하였다. "소인은 그에게 전답을 팔았고 그것을 그가 직접 받았으나, 후에 원계약서를 돌려주려고 하지 않고 발뺌만 하였습니다. 소인은 현세現世에 있을 때 그에게 소송을 걸었으나 이기지 못해 어쩔 수 없이 동악대왕東嶽大王 님께 고하게 된 것입니다."라고 진기陳祈가 말하였다. …… 모든 것을 말하니, 모열毛烈의 주변에 많은 저승사자가 손에는 철편과 쇠뭉치 들고 그를 데려 갔다. 모열毛烈은 울며 끌려가면서 진기陳祈와 고공高公에게 말하였다. "내가 나설 수 없습니다. 두 분이 나대신 아내에게 빨리 절에 가 불공을 드려서 날 좀 구해달라고 해주십시오. 진陳형님의 원래 계약서는 침상 옆 나무상자 안에 있습니다. 내가 평상시 간계로 남을 속여 모아 둔 밭과 집문서가 모두 열 셋인데 모두 그 상자 안에 있습니다. 열세 사람을 불러와 하나하나 나눠주면 내 죄가 덜어 질 것 입니다. 두 분 결코 잊지 마십시오!"[26]

이 작품에서는 다른 복수고사에 비해서는 개인적인 원한과 복수가 분명하게 드러나지는 않지만, 관부官府의 판결에 대한 강한 불만과 분노가 모열毛烈에 대한 원한으로 전환되면서 복수하고자 하는 행위로 표출되는 것을 볼 수가 있다. 귀부鬼府에서의 재판은 생사를 담보로 한다. 진기陳祈는 동악묘東嶽廟, 귀부鬼府에 소청할 때에 이미 목숨을 버릴 각오를 하였다. 그는 동악묘東嶽廟에 가서 기도를 드리고 나서 부인에게 자신이 죽으면 7일 동안 장사지내지 말라고 당부해 둔다. 이처럼 판결에 대한 억울함과 모열毛烈에 대한 강한 분노뿐만 아니라, 설사 자신의 목숨을 버려서라도 시비를 밝혀야겠다는 굳은 의지를 보여주고 있다. 귀부鬼府의 판결은 현실의 관부官府에서 볼 수 없는 공정함과 정확함을 가지고 있다. 반면에 그 판결은 인간세계의 관부官府보다 더 엄중하며, 처벌의 정도도 더욱 가혹하다. 이것은 현재 일어난 사건만을 판결 대상으로 삼는 관부官府와는 달리, 귀부鬼府에서는 이전의 죄상까지도 함께 고려 대상이 되어 재판한다는 것이다. 모열毛烈은 살인을 하거나 도적질을 한 정도는 아니었지만 지옥에 가는 형벌을 받게 된다. 이는 귀관鬼官이 현재의 사건에 대한 처벌이라는 표면적인 의미 이외에, 그가 생전에 남을 속여 부를 축척한 것에 대한 일종의 종합적인 판결이라고 할 수 있다.

인간뿐 아니라 동물의 혼령도 귀부鬼府에 소청할 수 있다. 명청화본소설明淸話本小說에서는 드물게 이물異物들의 원한과 복수의지를 보여주고

---

26 陳祈隨了來追的人竟到陰府, 果然毛烈與高公多先在那裡了。一同帶見判官。判官一一點名過了, 問道: "東嶽發下狀來, 毛烈賴了陳祈三千銀兩, 這怎麼說?" 陳祈道: "是小人與他賒田, 他親手接受。後來不肯還原劵, 竟賴道沒有。小人在陽間與他爭訟不過, 只得到東嶽大王處告這狀的。"……說畢, 只見毛烈身邊就有許多牛頭夜叉, 手執鐵鞭、鐵棒趕得他去。毛烈一頭走、一頭哭, 對陳祈, 高公說道: "吾不能出頭了。二公與我傳語妻子, 快作佛事救援我。陳兄原劵在床邊木箱之內, 還有我平日貪謀強詐得別人家田宅文劵, 共有一十三紙, 也在箱裡。可叫這一十三家的人來, 一一還了他, 以減我罪。二公切勿有忘!"

있는 작품이 있다. 귀혼의 복수는 주로 '산자'와 '죽은 자'에 대해서만 복수가 이루어지는 것 같지만, 이물의 복수와 원한도 복수의 범위에 포함되며, '귀부鬼府'에 대한 호소를 다각적으로 보여준다. 비록〈굴돌중임혹살중생屈突仲任酷殺衆生 운주사마명전내질鄆州司馬冥全內侄〉에서는 동물들의 원혼이 직접 나서서 복수를 소청하지는 않지만, 가해자의 죄를 증명하기 위한 공개적 판결에서 이미 처벌에 대한 호소와 강력한 복수의 욕구를 보인다. ≪초각박안경기初刻拍案驚奇≫제37권第三十七卷〈굴돌중임혹살중생屈突仲任酷殺衆生 운주사마명전내질鄆州司馬冥全內侄〉의 중임仲任은 평상시 동물들을 학대할 뿐만 아니라 기이한 동물을 먹는 것을 취미로 삼았다. 그에게 학대를 받았거나 먹힌 짐승 집단은 귀부鬼府에 나서서 그의 죄를 증명한다. 중임仲任은 귀졸鬼卒에 이끌려 지옥으로 가게 되고 귀부鬼府에서 판결을 받게 된다.

명관冥官은 중임仲任을 청사廳事 앞의 방에 가두었다. 그 후 중임仲任에게 살해된 무리들을 법정으로 불러들였다. 법정은 백무가 넘는 넓은 장소였는데 중임仲任이 죽인 생명들을 모두 불러 모으니, 한순간에 발 디딜 틈 없을 정도로 꽉 찼다. …… 피해 입은 짐승들을 보자면 소·말·나귀·노새·돼지·양·노루·사슴·꿩·토끼 및 고슴도치, 조류에 이르기까지 그 수를 헤아릴 수가 없었다. 그들의 우두머리는 "왜 우리들을 부르셨습니까?"라고 물었다. 관관은 중임仲任이 이미 도착했다고 말하였다. 말이 끝나기가 무섭게 동물들은 일제히 포효하며 크게 분노하였다. 푸드덕 거리며 발길질하면서 "원수 같은 놈! 내 목숨을 돌려줘! 내 목숨을 돌려줘!"라고 소리쳤다. 동물들은 분개하기 시작했으며, 모두 몸이 평상시보다 몇 배나 커졌다. 돼지와 양은 말과 소 같았고, 말과 소는 코뿔소와 코끼리 같았다. 중임仲任이 나오자 다들 그를 삼킬 듯하였다.[27]

---

27 明法人將仲任鎖在廳事前房中了, 然後召仲任所殺生類到判官庭中來, 庭中地可有百畝, 仲任所殺生命聞召都來, 一時塡塞皆滿. ……說這些被害衆生, 如牛、馬、驢、騾、猪、羊、獐、鹿、雉、兔, 以至刺蝟、飛鳥之類, 不可悉數, 凡數

이 작품에서는 동물들의 분노와 원한도 인간 못지않게 강렬하고 거세
다는 것을 보여준다. 비록 작품 전체에서는 소송에 대한 내용에 많은
분량을 할애하지 않고 주로 중임仲任의 뉘우침과 깨달음에 이르는 과정
에 중점을 두지만, 중임仲任이 귀부鬼府에 가게 된 주된 원인을 동물들의
원한과 분노로 본다면, 귀부鬼府 판결을 통한 복수의 내용과 의미를 직접
적으로 나타내고 있다고 할 수 있다.

귀부鬼府에 대한 소청을 통한 복수는 표면적으로는 대상을 직접 처벌
하는 복수보다는 덜 적극적이지만, 복수하기 전까지의 심리적인 고통에
있어 별다른 차이가 없다. 귀부鬼府에 대한 호소는 누군가에게 자신의
억울함을 고함으로써 자신의 결백과 원망을 전달하고자 하는 심리가 큰
작용을 한다. 또한 현실의 관부官府에서의 판결에 수긍하지 못하고서 저
승세계에 소청하는 과정은 현실에서의 판결의 불합리성과 처벌에 대한
우회적 비판과 공정한 판결을 기대하는 상상적 출로라고 할 수 있다.
귀부鬼府에서는 혼령이 있는 모든 생물들은 소청을 할 수 있으며, 정당하
게 판결을 받는다. 이러한 점은 현실사회의 '백성을 규제하고 통제하는
데만 치중하고 정당한 법치를 세우는 것에는 소홀히 하는有治人而無法治'[28]
폐단을 은연중에 강조하고 있는데, 이는 이상적인 법치 사상의 확대와
현실의 거리감을 간접적으로 반영하는 것이라고도 할 수 있다.

萬頭, 共作人言道: "召我何爲?" 判官道: "屈突仲任已到。" 說聲末了, 物類皆咆
哮大怒, 騰振蹴踏, 大喊道: "逆賊還我債來!還我債來!" 這些物類忿怒起來, 個個
身體, 比常倍大。猪羊等馬牛, 馬牛等犀象。只待仲任出來, 大家吞噬。

[28] 중국 명말明末 청초淸初의 저명한 학자인 황종희黃宗羲(1610~1695)는 명청明淸시대의
법사상과 시행에 따른 비판적 관점에서 '有治人而無法治'를 언급하였다. 자세한 내용
은 楊鶴皐, ≪宋元明淸法律思想硏究≫, 北京: 北京大學出版社, 2001年, 242~243
쪽 참조.

4) 죄상 폭로를 통한 규죄糾罪: 개인의 복수에서 대중·공개복수로의 전환

귀부鬼府에 대한 소청과 호소가 개인적 복수에서 귀부鬼府 처벌로의 전환이라고 한다면, 공개적으로 죄상을 폭로하는 경우는 처벌을 대중에게 맡기면서 개인적인 복수를 대중의 복수로 전환하는 형태라고 할 수 있다. 귀부鬼府에 대한 소청의 경우는 처벌의 주체가 '귀부鬼府'이거나 귀부鬼府의 '명관冥官'이지만, 죄상 폭로를 통한 복수는 다수의 민중이다. 대중복수에는 차별적 처벌이 이루어지는데, 바로 '도의적 비판'과 '구체적 형벌'이다. 먼저 사회적·도의적 처벌은 다수의 민중에 의한 질책과 탄핵으로 진행되며, 구체적이고 실제적인 형벌은 '관부官府'에 의해서 진행된다. 여기서 말하는 '관부官府'의 판결은 대중의 의지가 적극적으로 반영된 공적인 처벌의 형태를 띠고 있다. 귀부鬼府에 대한 호소와 대중에게 죄상을 폭로하는 경우 모두 개인적 복수를 '공개화'하여 처벌하려는 특징을 가지고 있지만, 처벌 형식과 진행과정에서 차별을 보인다. 즉 귀부鬼府에 대한 호소는 개인과 그와 관련된 인물들에 한정되고, 귀부鬼府의 일방적인 처벌이라고 한다면, 죄상 폭로는 사회적 명예의 실추와 대중의 질책뿐만 아니라 결국에는 관부官府의 법적인 판결까지 동원하는 전면적인 복수행위라고 할 수 있다.

명청화본소설明清話本小說에서 죄상 폭로에 대한 복수 작품은 남의 몸에 '부신附身'하는 경우와 소리만을 통해서 죄상을 공개하는 유형으로 나뉜다. 먼저 '부신附身'을 통한 복수의 유형에는 ≪서호이집西湖二集≫제13권第十三卷〈장채련격년원보張彩蓮隔年冤報〉, ≪초각박안경기初刻拍案驚奇≫제14권第十四卷〈주모재우교사악酒謀材于郊肆惡 귀대안양화차시鬼對案楊化借屍〉가 있고, 형상은 보이지 않고 소리만을 통해 죄상을 공개하는 작품은 ≪환희원가歡喜冤家≫제8회第八回〈철염삼격노주음부鐵念三激怒誅淫婦〉, ≪도시환都是幻·매혼환梅魂幻≫제1회第一回〈귀탄금요룡조수겁鬼彈琴妖龍造水劫〉이 있다. 공개적인 '부신附身' 통한 복수를 살펴보면, 귀혼이 산자(가해자, 혹은 타인)의 몸에 여러 차례 접신해 가해자의 죄상을 대중 앞에서 폭로하는 경우이다. 부신附身을 통한 직접복수와는 달리, 이 경우에는 피해자(귀혼, 혼령)는 가해자의 처벌에 직접 관여하지는 않는다. 어떤 경우에는 약간의 신체적 고통을 주기도 하지만, 죽음에 이를 정도로 치명적이지는 않다. 죄상에 대한 처벌은 대부분 대중의 질책과 함께 관부官府의 처벌을 순차적으로 받게 된다. 귀혼의 접신이 있기 전에는 가해자는 이전에 지은 죄에 대해서 은폐하지만, 일단 죄상이 공개되면 순순히 자신의 잘못을 인정하고 처벌을 받는다. 부신附身을 통한 공개복수의 과정이 잘 나타나 있는 작품이 《초각박안경기初刻拍案驚奇》제14권第十四卷 〈주모재우교사악酒謀材于郊肆惡 귀대안양화차시鬼對案楊化借屍〉이다.

이야기 전개는 다음과 같다. 우수종于守宗은 선조 때부터 전해 내려오는 군적軍籍으로 인해 변방인 흥주興州에서 수자리를 살았으며, 몇 년에 한번씩 즉묵卽墨에 가서 친척들로부터 군역비용을 얻어오곤 하였다. 이 해에도 우수종于守宗은 양화楊化를 통해 고향에 가서 군역비용을 거두어 오게 하였다. 친척인 우대교于大郊는 친척들이 거둔 군역비용에 욕심이 생겨, 양화楊化에게 술을 먹여 죽이고서는 바다에 버렸다. 양화楊化의 시체는 물에 떠밀려 즉묵卽墨에 돌아오게 되고, 이지현李知縣은 검시결과 목에 포승줄 자국이 있는 것으로 보아 교살된 것을 밝혀내고 살인자를 찾으려 하였다. 며칠 후 평민인 우득수于得水의 처가 갑자기 혼절하고, 양화楊化의 목소리로 우대교于大郊가 군역비용을 가로채기 위해서 살인을 저질렀던 일체의 범행을 말한다.

우량于良과 소강邵强 등의 같은 마을 사람들이 모두 우대교于大郊의 집으로 몰려가 대교大郊에게 나오라고 하면서 소리쳤다. "너 나쁜 짓을 했구나! 지금 원혼이 우득수于得水 집에 있다. 네가 빨리 가서 봐!" 대교大郊는 마음에 걸리는 것이 있어서 이 말을 듣고 매우 놀랐지만, 오히려 "어디 원혼이 우득수于得水

의 집에 있단 말이야? 어디서 이런 괴상한 이야기를 또 만들어 내! 내가 가서
한번 보지, 뭐가 무서워!" 하며 큰소리 쳤다. 사람들이 데려가려고 하는 것을
거절할 수가 없어서 하는 수 없이 축져진 채로 사람들을 뒤따라갔다. 득수得水
의 집에 도착하니, 이씨李氏는 크게 소리쳤다. "우대교于大郊, 너 왔느냐? 내가
너에게 무슨 원한이 있다고, 내 물건을 탐내고, 악랄한 수를 써 나를 해하였느
냐!" …… 대교大郊는 그가 말한 은자의 수가 맞는 걸 보고서야, 과연 양화楊化
의 귀혼이 쐬인 것을 알았다. 일이 이렇게 되어 사실을 숨길 수 없어 사람들
앞에서 말하였다. "모든 일이 사실이요. 생각지도 않게 귀신이 사람 몸에 달
라붙어 이렇게 명확히 밝혀내는구나. 이제 죽으러 가는 수밖에!"[29]

    우득수于得水의 처 이씨李氏는 이 살인사건과의 직접적인 연관은 없다.
갑자기 쓰러지면서 양화楊化의 혼령이 들어와 마을 사람 앞에서 우대교
于大郊의 죄상을 폭로한다. 이때 우대교于大郊는 모든 증거가 완벽하고
또한 죽은 양화楊化가 이씨李氏에게 접신하여 살인에 대해 질책하자, 어
쩔 수 없이 자신의 죄를 인정하게 된다. 귀혼이 공개적으로 죄상을 폭로
하는 것은 사건 해결의 상당한 영향을 미친다. 관부官府에서는 이미 범인
을 색출하려고 노력하였으나 찾지 못한다. 그들은 양화楊化의 환혼還魂을
통해서 사건을 해결하게 된다. 접신의 경우를 보면 남자인 양화楊化의
혼이 여성인 이씨李氏에게 들어가게 되는데, 이러한 정신과 육체의 성별
대비를 통해서 서사의 극적인 효과와 사건의 전환을 가져올 수 있다.
작품에서는 인귀人鬼의 접신을 통해서 직접적이고 구체적으로 사건해결
에 관여하며, 또한 죄상공개를 통해서 복수의 효과를 극대화한다. 제3자

---

29 于良、邵强遂同地方人等。一擁來到于大郊家裡。叫出大郊來道: "你幹得好事!
今有寃魂在于得水家中。你可快去面對。" 大郊心裡有病。見說著這話。好不心
驚! 卻又道: "有甚麼寃魂在得水家裡? 可又作怪! 且去看一看。怕做甚麼!" 違不
得衆人。只得軟軟隨了去. 到得水家。只見李氏大喝道: "于大郊。你來了麼? 我
與你有甚麼寃仇? 你卻謀我東西。下此毒手! 害得我好苦!"……大郊見他說出銀
子數目相對。已知是楊化附魂。不敢隱匿。遂對衆吐稱: "前情是實。卻不料
陰魂附人。如此顯明。只索死去休!"

의 접신과 진술은 사건 진술의 객관성을 확보할 뿐 아니라 독자의 작품에 대한 흥미를 유발하여 작품에 대한 흡인력과 의미를 높인다.

〈주모재우교사악酒謀材于郊肆惡 귀대안양화차시鬼對案楊化借屍〉 외에도 '부신附身'을 통한 공개적인 복수가 진행되는 작품으로는 ≪서호이집西湖二集≫제13권第十三卷〈장채련격년원보張彩蓮隔年冤報〉가 있다. 이 작품에서의 원귀冤鬼는 바로 가해자에게 접신해 죄상을 직접 공개한다. 진회秦檜가 죽은 후에 호위병인 왕립王立은 도박으로 가진 것을 다 잃고, 주사강周思江의 점포에 들어가 돈을 훔친다. 마침 이때 시녀인 장채련張采蓮은 오빠인 장태약張泰約과 함께 야반도주를 한다. 장채련張采蓮은 왕립王立을 오빠로 착각하고 따라 도망을 가지만, 후에 왕립王立이 이를 알고 장채련張采蓮을 죽인다. 장태약張泰約은 장채련張采蓮을 죽인 혐의로 옥에 갇히게 된다. 왕립王立은 이후에 아름다운 처자를 아내로 맞이하게 되는데 그녀가 장채련張采蓮의 원혼冤魂임을 알게 된다. 장채련張采蓮는 왕립王立에게 접신해 여러 사람 앞에서 자신을 죽인 죄상을 모두 폭로한다. 잠시 후 왕립王立은 깨어나나, 이미 모든 진상이 밝혀진 후였다. 부윤府尹은 이 사실을 알고 장채련張采蓮 시체를 찾아내고, 왕립王立은 법에 따라 처벌을 받는다. 이 작품에서는 타인을 통해서 죄상을 공개하는 것과는 달리 가해자의 본인이 직접 죄상을 폭로하는 복수방식을 취한다. 이는 복수의 효과에 있어서 다른 이에게 접신하는 것보다 더 직접적이면서도 강력한 효과를 발휘한다. 왕립王立은 결국 자신의 죄를 스스로 인정하면서 인생의 가장 행복한 순간에 부와 행복을 동시에 무너뜨리는 잔인한 복수와 맞닥뜨리게 된다.

〈주모재우교사악酒謀材于郊肆惡 귀대안양화차시鬼對案楊化借屍〉와 〈장채련격년원보張彩蓮隔年冤報〉같이 '부신附身'의 형태를 통해서 죄상을 드러내는 경우도 있고, 이와는 달리 단지 '소리'를 통해서 죄상을 폭로하는 작품도 있다. 이 경우에는 '부신附身'의 형태와 마찬가지로 많은 사람에게 죄상을 폭로하는 공통점을 가지고 있지만, 자신이나 타인의 육체를 통해 폭로되는 대신 '소리'를 통해서 죄상을 공개한다. '부신附身'의 경우처럼 본인이나 타인에게 접신하였을 때 정신을 잃고 본인의 자아가 존재하지 않는 경우와는 달리, 가해자 본인뿐만 아니라 많은 대중이 증인이 되는 상황에서 죄상고발이 이루어짐으로 가해자에 대한 '공개복수'이면서 다수가 심판자가 되는 '대중복수'라고 할 수 있다. 앞에서 살펴본 '부신附身'의 경우는 '유형유성有形有聲'의 형태를 보인다면, 이와 같은 방식은 '무형유성無形有聲'의 복수 형태를 띤다. ≪환희원가歡喜冤家≫제8회第八回〈철염삼격노주음부鐵念三激怒誅淫婦〉에서의 대중복수는 이러한 '무형유성無形有聲'의 특징을 구체적으로 보여주고 있다.

심성沈成은 철염삼鐵念三이라고도 불리는데 최복崔福과 자주 왕래를 하였다. 최복崔福의 아내 향저香姐는 본래 음란하여 철염삼鐵念三을 유혹하였고, 철염삼鐵念三과 사통한 후에는 최복崔福과는 소원해져 그를 독살하려고 철염삼鐵念三과 상의하였다. 그러던 중에 철염삼鐵念三은 오히려 그만 향저香姐를 죽이고, 하례何禮가 누명을 쓰게 된다. 향저香姐의 영전靈前에서 들리는 목소리는 철염삼鐵念三이 자신을 죽이고 하례何禮에게 누명을 씌운 것을 폭로한다.

　　염삼念三은 이미 온주溫州에 돌아왔다. 동료 중에서 그에게 최씨崔氏 집안의 일에 대해 말해주었다. 거짓으로 한숨을 쉬며 하는 수 없이 최씨崔氏 집에 향이나 꽂으러 갔다. 은자 한 냥을 손해 보는 셈 치고 최씨 집으로 향하였다. 상주를 보고 영전 앞에서 인사를 올리며, "하례何禮! 이 나쁜 놈! 이번 재판에서 내가 증명할 것이니 두고 보거라!" 그의 말이 끝나자 바로 영전에서 소리가 났다. 염삼念三은 놀라 자빠졌다. "이 배은망덕한 놈아! 내가 남편과 함께 자지 않은 것은 네놈을 위한 것이었다. 난로를 끈 것도 역시 네놈을 위한 것이었다. 그런데 오히려 나를 죽였느냐! 어떻게 그 가난한 물장수 모자의 목숨을 해치려 하느냐!" 길거리의 수백 명의 사람들이 떠들썩거렸다. 한쪽에서는 "그가 죽인 것은 의심할 여지가 없다. 그를 잡아 관가에 가자."라고 말하며 염삼念三의 몸을 끌어 당겼다. 염삼念三은 마치 꿈을 꾸는 것만 같아서, 통 무슨 소리인지를 몰라 잡아뗐지만 사람들은 이유를 묻지 않고 그를 곧장 관가로 끌고 갔다.[30]

철염삼鐵念三은 향저香姐를 죽이고도 태연하게 향저香姐의 영전에 조문을 한다. 하지만 향저香姐의 혼령은 철염삼鐵念三을 질책하며, 분노와 원망을 노골적으로 드러낸다. 이러한 사건은 당시 거리에 있던 수백 명을 불러 모았다. 향저香姐의 혼령을 통해 사실을 알게 된 사람들은 바로 철염삼鐵念三을 잡아 관가로 끌고 가 처벌을 받도록 하였다. '무형유성無形有聲'의 보복 방식은 복수의 개방적인 면이 구체적으로 드러난 방식이다. 귀혼의 복수방식에서 공개적인 복수 유형은 구체적인 주체가 나타나지만, 여기서는 단지 '소리'만을 통해서 모든 죄상이 밝혀진다. 〈철염삼격노주음부鐵念三激怒誅淫婦〉와 마찬가지로 직접적 보복 보다는 죄상 폭로와 그로 인한 규죄에 중점을 두고 있는 작품도 있다.

≪도시환都是幻・매혼환梅魂幻≫제1회第一回〈귀탄금요룡조수겁鬼彈琴妖龍造水劫〉에서는 공중에서 갑자기 가해자와 피해자의 목소리가 번갈아 들리고, 죄상 폭로와 더불어 그 처벌의 결과를 모든 사람에게 알려준다. 이 작품에서의 피해자와 가해자는 모두 죽은 후 귀혼이 되었고, 피해자는 죽은 후에야 비로소 동등한 위치에서 복수할 수 있게 된다. 이처럼 가해자의 '애원哀願'과 피해자의 '소성笑聲'은 '너의 아픔이 곧 나의 기쁨'[31]

---

30 念三溫州已回, 夥伴中與他說知崔家之事, 假意嘆息一番, 不免往崔家揷枝燭兒. 折了一錢銀子, 往崔家而來. 見過了哥哥, 往靈前作幾個揖道: "何禮這廝可惡, 這番審時, 待我執證他." 他說罷, 祇見靈前一聲響, 驚得念三仆倒, 罵道: "好負心賊子! 就是我不與丈夫來睡, 也爲你這賊子; 不與火, 也爲你這賊子. 你倒把我殺死! 怎生害那賣水的窮人母子二命!" 祇見街坊上鬧哄了幾百人, 那一班地方道: "是他殺的無疑矣, 把他拿去見官." 扯起了念三身子. 念三猶在夢中, 並不知這番說話, 尙自抵賴. 衆人不由分說, 扯到府中.

31 전재경은 그의 저서 ≪복수와 형벌의 사회사≫에서 '프로크네의 이야기'를 인용하면

인 복수 심리를 바탕으로, 과거 상황과는 판이하게 다른 입장과 처지를 보여준다. 이처럼 소리를 통한 공개복수는 복수의 주요 목적인 고통에 대한 개인적 보상과 이를 통한 심리적 만족뿐만 아니라, 정의의 구현과 이를 위해 형벌의 정당성을 알리는 구체적 방법으로도 작용하고 있다.

죄상 폭로를 통한 대중·공개복수는 귀혼의 복수 유형에 있어 상당히 독특한 방식이지만, 명청화본소설明淸話本小說에서 빈번하게 나타나지는 않는다. 대중·공개복수는 '유형유성有形有聲'의 '부신附身'복수와 '무형유성無形有聲'의 복수로 진행되지만, 복수의 마지막 순간에는 언제나 현실의 법 처벌로 종결되고 있다. 이것은 대중·공개복수가 귀혼을 통한 비현실적인 복수와 개인의 사사로운 보복이라는 차원에서 벗어나, 현실적인 법 집행을 통한 처벌과 함께 이것을 통해서 사회질서를 확립하고, 나아가 인륜적 '도의'와 '정의'를 실천하려는 목적을 가지고 있기 때문이다. 그러므로 대중·공개복수는 비현실적, 개인적 복수 형식에서 현실적이면서 공공의 처벌로 전환하는 중요한 과정을 보여준다고 할 수 있다.

대중·공개복수는 외적인 명예와 내적인 존엄성을 동시에 회복한다. 만약 직접 복수만을 한다면 외적인 명예를 회복할 수는 있지만, 내적인 존엄성의 회복은 기대하기 힘들다. 이러한 가해자의 죄상 폭로는 복수

서, 복수의 내부적 심리구조를 설명하고 있다. 이 이야기에서는 프로크네가 남편 테레우스에게 복수하는 과정을 상세히 묘사하고 있다. 프로크네는 남편이 자신의 여동생인 필로멜라를 유린하고 고통을 준 것을 복수하기 위해 남편과 똑같이 생긴 자신의 아들을 죽여서 남편 식사에 내 놓는다. 남편은 그것도 모른 채 맛있게 식사하던 중 그가 사랑하는 아들 이튀스를 불러오게 한다. 프로크네는 이때를 놓치지 않고 지금 당신이 맛있게 먹고 있는 것이 바로 당신의 아들이라고 대답해준다. 이 복수이야기를 통해서 직접 가해자에게 육체적으로 행하는 복수가 아니라 가장 아끼고 사랑하는 것을 파괴함으로써 가장 치명적인 상처를 주는 잔인함을 보여 준다. 이러한 복수는 '당신의 아픔이 곧 나의 기쁨'이라는 심리구조를 사실적으로 보여주고 있다. 전재경, ≪복수와 형벌의 사회사≫, 서울: 웅진출판, 1996년, 93~94쪽.

의 주체가 개인에게 한정되지 않고 사회와 대중으로 확대되며, 또한 죄상 폭로를 통해서 다수가 개인에 대한 집단복수의 형태로 나타난다. 죄상 폭로의 복수는 표면적인 의미로는 복수의 '밖으로의 전개'로 볼 수 있지만, 내적으로는 복수 심리의 '안으로 침전'이라고 할 수 있다. 개인적으로 잔인하게 복수를 하지 않고, 그 분노와 원망을 오히려 안으로 축적해 밖으로의 공개를 통해 개인적 처벌을 대신하는 것이다. 이러한 복수과정은 안으로의 복수의지를 밖으로 표현하는 과정을 구체적이면서도 생동적으로 보여준다.

4. 나오는 말篇尾

이상으로 명청화본소설明淸話本小說에서 나타난 귀혼의 복수 유형 네 가지를 중심으로 복수 속에 감춰진 내용과 그 의미를 살펴보았다. 귀혼의 복수는 인간의 심리적 부담에서 벗어나는 일종의 출구이며, 자신의 상처를 위로받으면서 가해자에게 가장 치명적인 고통을 전가하는 방법이다. 작품 속 귀혼의 복수는 생전에 받았던 가해와 핍박을 똑같이 가해자에게 복수하는 것뿐만 아니라 귀부鬼府에 호소하거나 부신附身, 공개적 죄상 폭로를 통해서 대칭적 구조를 형성하여 복수를 구체화하고 완벽하게 해결한다. 복수의 유형에는 이렇게 직접에서 간접복수, 개인에서 대중복수까지 다양한 형태로 나타나고 있다.

귀혼은 복수를 통해서 외적인 명예와 동시에 자신의 존재에 대한 내적 가치를 구하고, 현실과 소망의 균형을 이룬다. 귀혼의 복수를 통해, 피해자가 귀혼이 되어 가해자와 동등한 기반을 조성하거나 우월적 위치를 점하며, 피해자(개인)의 신분에서 가해자(다수)의 신분으로 전환하는 과정을 상세히 볼 수 있다. 또한 귀혼의 복수는 동물적 속성에 가까운, 인간의 규범을 넘어서는 폭력적 자아를 반영한다. 그러므로 귀혼의 복수는 귀혼으로서의 복수만을 보여주는 것뿐만 아니라, 인간의 가장 원초적인 복수 의지를 귀혼의 형상과 행동을 통해서 구현하고 있다고 할 수 있다.

명청화본소설明淸話本小說 속의 다양한 귀혼의 복수고사는 인간의 복수 심리를 이해하고 또한 인간이 귀혼이라는 매체를 통해 정신적 상처에 대한 균형을 이루고자하는 과정을 상세히 보여주고 있다. 이 과정에서 가해자 혹은 어떤 대상으로부터 받은 '파형'을 회복하고자 하는 '균형'의 의지를 수반한다. 복수를 통해서 가해자와 피해자 양측은 동일한 기반 위에 있으며, 복수를 통해서 비로소 생전의 피해에 대해서 주목받게 된다. 또한 작품 속 귀혼을 단순한 대상으로서의 객체라는 인식에서 벗어나, 인간의 억압된 심리를 간접적으로 투영된 '자아'로 이해할 수 있을 것이다. 이것은 이전의 작품에서 언제나 '주변'이었던 귀혼이 '중심'인 '인간'과 더불어 상호 영향을 미치고, 소통의 관계를 통해서 인간의 내면에 자리한 복합적 심리 기저를 살펴볼 수 있다는 점에서 중요한 의미를 지닌다.

제3장

공간과 귀혼鬼魂空間

1. 들어가는 말入話

'공간'이란 인류가 외부세계를 인식하는 기본 범주이자 존재적 의미를 지니는 구체적이며 독립적인 장소이다.[1] 공간은 더 큰 외부세계로의 경험을 가능케 하는 통로이자 인간의 내면세계를 제약하고 지배하는 구실을 한다.[2] 객관적이거나 물리적인 공간은 사물이나 외부의 시간적 제재

---

1 '공간'과 '장소'는 일반적으로 공통의 경험을 나타내는 단어이다. '공간'의 의미는 종종 '장소'의 의미와 융합된다. 이-푸 투안Yi-Fu Tuan은 그의 저서 《공간과 장소》에서 말하기를 "공간은 추상적이며, 장소는 구체적인 입지를 의미한다. 광범위한 공간에서 출발하여 우리가 공간을 더 잘 알게 되고 공간에 가치를 부여함에 따라 공간은 장소가 된다. 건축가들은 장소의 공간적 성질에 대해 말한다. 마찬가지로 그들은 공간의 입지적(장소) 성질에 대해 이야기할 수 있다." 즉, 공간은 움직임이 일어나는 곳이라고 한다면, 장소는 정지(멈춤)하거나 정지(멈춤)할 수 있는 곳이다. 움직임 속에서 정지할 때마다 입지는 장소로 변할 수 있다. 본 글에서 의미하는 '공간'은 공간의 이동과 전환, 장소의 정지와 고착을 모두 포함하는 광범위한 개념이라고 할 수 있다. 본 글의 서술 과정 중에서 구체적인 입지의 의미를 나타내고자 할 경우는 '장소'를 사용하고, 추상적, 관념적인 공간 특징 및 공간의 변화와 접속 등 특수성을 모두 포함하는 포괄적 관념으로 사용할 경우 '공간'을 사용하고자 한다. 공간과 장소에 대한 자세한 논의는 이-푸 투안 Yi-Fu Tuan, 《공간과 장소》, 서울: 도서출판대윤, 2007년, 19~20쪽 참조.
2 신은경, 〈자아탐구의 旅程으로서의 《山中新曲》과 「漁父四時詞」: 공간의식을 중심

를 받지 않는 독립적인 존재이다. 그러나 우리가 인식하는 공간은 공간
자체가 가지고 있는 물리적인 틀뿐만 아니라 주관적 이해로서의 장소적
의미도 함께 가지고 있다.[3] 공간을 인지하는데 있어서는 물리적으로 규
격화된 공간도 주관적 사고의 영향을 받아 개인적 공간으로 이해되기도
한다.[4] 인간을 중심으로 하는 사고 맥락 속에서 공간의 존재는 여전히
인간의 주관적 인식에 기인하고 있으며, 인간에 의해서 느끼는 현상들을
그대로 반영한다. 인간은 공간을 만들고 공간을 인지할 뿐만 아니라 동
시에 바로 자신을 공간에 포함시켜 일부분이 되게 한다.[5] 그러므로 공간
은 실재 존재를 인식하는 주요한 표상 중 하나이며, 사물을 인식하는
중요한 대상이 되기도 한다.

'공간'의 정의에 관해서는 많은 학자들이 사회학, 인류학, 철학을 기초
로 각각 독특한 공간 관념을 내세우고 있다. 이를 통해 형성된 다양한

으로), ≪한국문학이론과 비평≫제21집, 2003년 12월, 47~48쪽.

3 이푸 투안Yi-Fu Tuan은 그의 저서 ≪공간과 장소≫에서 물리학자 보어Niels Bohr(1885~1962)
와 하이젠베르크Werner Heisenberg(1901~1976)의 크론베르크 성Kronberg Castls을 방문했을
때의 경험을 예를 들어 이러한 현상을 설명하고 있다. "햄릿이 이 성에 살았다고 상상하자
마자 성이 달라져 보이는 것이 이상하지 않습니까? 과학자로서 우리는 저 성이 돌로 구성되
어 있다고 믿으며 건축가가 그 돌들을 어떻게 쌓아올렸는지에 대해 감탄하지 않을 수
없습니다. 돌, 고색창연한 녹색지붕, 교회의 나무 조각이 성 전체를 구성하고 있는데,
이들 가운데 어느 것도 햄릿이 여기에 살았다는 사실로 바뀌지는 않지만, 그것은 완전히
변했습니다. 갑자기 성벽은 색다른 언어를 구사합니다. 성의 안마당은 하나의 완전한
세계가 됩니다. …… 크론베르크는 우리에게 완전히 다른 성이 됩니다." 실질적으로
물리적이거나 혹은 관념 속의 추상적인 공간에 지나지 않는 그곳이 개인의 경험과 상상
에 의해 개인에게 의미 있는 구체적 장소로 변한다. 즉, 물리적인 공간도 주관적 사고의
영향을 받아 다양한 공간으로 이해되기도 한다. 이푸 투안Yi-Fu Tuan, ≪공간과 장소≫,
서울: 도서출판대윤, 2007년, 16~17쪽 참조.

4 金明求, ≪虛實空間的移轉與流動 - 宋元話本小說的空間探討≫, 臺北: 大安出版
社, 2004年, 1~2쪽 참조.

5 黃應貴, 〈導論 - 空間、力與社會〉, 黃應貴主編, ≪空間、力與社會≫, 臺北: 中
央研究院民族研究所, 1995年, 3쪽.

공간 개념들은 수천 년 동안의 인류 역사 경험을 통해 체득한 다양하고 복잡한 공간관념을 바탕으로 삼아, 제각기 다른 시각과 자신만의 관념 체계를 내세운다.

이를 크게 '물리적 공간', 즉 육체나 형체가 점유하고 있는 현실공간 space of action과 심리나 정신이 머무르는 형이상학적 공간인 '심리적 공간abstract space'으로 나누어 볼 수 있다. 그러나 중국 문학작품에서 다루는 공간의 관념은 단지 작품구성 요소의 하나로 인식되는 '배경'이 중심이 되는 물리적인 공간이나 인물 내면의 시간, 기억, 경험을 바탕으로 하는 추상적, 상상적 공간을 위주로 하는 심리적인 공간만 다루지 않는다. 문학적인 공간은 일종의 인문성에 바탕을 둔 공간으로, 지리ㆍ사회ㆍ역사ㆍ문화ㆍ문학ㆍ철학ㆍ미학ㆍ예술 등을 포함한다. 물리적인 형태에 얽매이거나 모호하고 추상적인 관념에만 몰입하지 않고, 사람을 주체로 하는 다양하고 복잡한 인식환경을 지향한다.

문학적 공간은 '총제적 인문공간整體人文空間'이라고 칭할 수 있다.[6] 이는 단순한 인문공간에서 나타나는 형이상학적이며 관념적인 공간개념을 초월하며, 물리적이거나 혹은 심리적인 것에 편중되지 않는다. 우주, 물질 세계, 자연현상과 미묘한 생명활동뿐만 아니라 짧은 시간 속에 사라지는 현상, 시간의 변화에 따라 달라지는 과정 등 심지어는 인간의 심리 활동과 환상세계까지도 포함한다. 이 공간은 외형적 틀에 정형화되지 않고 크기의 변화와 다양한 공간성을 생성하며, 공간 간의 접속을 유도하여 다른 공간으로의 전이와 이동을 자유롭게 일어나게 한다. 그러므로 이 '총체적 인문공간'은 인간과 공간의 특징과 접속관계 및 영향을 알 수 있는 중요한 요소가 된다. 이는 새로운 세계를 창조하고 인식하는

---

6 '총제적 인문공간整體人文空間'에 대한 자세한 설명은 金明求, ≪虛實空間的移轉與流動 - 宋元話本小說的空間探討≫, 臺北: 大安出版社, 2004년, 4쪽 참조.

중요한 기초가 될 수 있는 것이다.

'공간'은 소설, 희곡뿐만 아니라 시詩, 사詞, 산문散文, 희곡戲曲에서도 존재한다. 시詩, 사詞, 산문散文 등에서 나타나는 공간은 저자의 개인적인 심리공간으로, 단일화되고 일방적인 감정공간의 특징을 지닌다. 이로 인해 공간을 인식할 때, 작가의 개인적인 경험이나 개별적인 의식이 상당 부분 반영된다.[7] 희곡戲曲은 무대 위에서 공연하는 것을 전제로 하므로 무대 위의 환경과 장치가 중요한 의미를 가진다. 희곡戲曲의 공간은 물리적 공간에 기초하며, 다양한 전환과 이동을 진행한다. 이는 실질적 공간을 직접적으로 묘사할 뿐 아니라 인물의 다양한 심리현상을 물질을 통해 상징적으로 대변하기도 한다. 물론 물리적 공간에 치중해 묘사되다 보니 개인의 심리적인 공간은 상대적으로 모호하고 미약하게 표상되곤 한다. 또한 희곡戲曲은 무대장치의 변화나 인물의 등장이 제한되어 공간 간의 전이와 변화가 자유롭지 못하며, 상호 연관성이 미흡한 경우가 많아 공간의 특징과 변화를 구체적으로 보여줄 수 없다는 한계를 지닌다.

그에 반해 소설의 공간은 비록 실제적 공간이 아니라고 할지라고, 타 문학 장르보다 공간의 현상들을 사실적으로 반영하고 있다. 공간에 포함된 대상들 또한 상당히 포괄적이며, 공간 간 긴밀한 연관성을 지니며 전환도 자유롭다.[8] 소설 작품의 공간은 단순히 배경으로 제시되는 공간과 운동성을 지니고 인물에 적극적으로 대응하는 공간이 있다. 단순한 배경으로 작용하는 공간은 물리적 성격을 그다지 벗어나지 않는 장소,

---

7 詩詩의 공간은 단순히 詩詩에 나타난 공간을 입체적으로 묘사하는 것뿐만 아니라, 저자의 실제 생활에서 경험한 공간, 마음속으로 바라는 이상세계 등 실제적, 추상적 공간관념을 반영하고 있다. 詩詩에 있어서의 공간은 시인 자신의 인생경험과 사물에 대한 인식, 가치판단의 의식, 추상적인 세계에 대한 이해 등을 시인의 개인의지와 지향점을 충분히 보여 주고 있다. 李淸筠, ≪時空情景中的自我影像 - 以阮籍、陸機、陶淵明詩爲例≫, 臺北: 文津出版社, 2000年, 81쪽.

8 金健人, ≪小說結構美學≫, 臺北: 木鐸出版社, 1988年, 56쪽 참조.

배경의 차원에서 그친다. 후자의 경우에는 삶의 방향, 가치관을 함의하는 상징성의 차원으로까지 나아간다.[9] 모든 크고 작은 인물들이 작품 속의 유동적인 공간을 중심으로 움직이며 반응하고 있다. 이러한 공간은 인물들의 실질적인 활동무대일 뿐만 아니라, 인물의 공간 의식과 공간 간의 상호 관계를 전방위적으로 고찰할 수 있는 요소이다. 이것을 통해 인물의 성격, 취향, 행동뿐만 아니라, 작품의 전체적인 내용과 구조, 함축된 다중적 의미까지도 세밀하게 파악할 수 있다. 특히 공간의 접속과 이동은 인물 간의 교섭과 활동이 어떻게 구체적으로 재현되었는지 보여 준다. 인물의 출현에 따라 공간이 전환되기도 하는데, 이러한 변화가 작품 전체에 어떠한 영향을 미치는지 다각적으로 살펴볼 수 있다.

본 장은 명청화본소설明淸話本小說에서 나타나는 귀혼공간과 현실공간의 접속을 중심으로 살펴보고자 한다. 현실공간의 주체는 인간으로, 공간은 인간과 상호 작용하는 형태에 따라 '개인적 공간', '공개적 공간', '환상적 공간'으로 나뉠 수 있다. 이 중에서 '개인적 공간'은 귀혼공간과 배경, 구성, 의미와 밀접하게 연관되어 있다. 개인적 공간과 귀혼공간의 접속 관계에 관한 연구는 이야기 구성의 긴밀함이나 인물의 다각적인 면을 고찰할 수 있는 계기가 된다. 아울러 서사의 전개와 주제를 부각하는 방식을 고찰할 수 있는 중요한 역할을 담당하기도 한다.

그러나 지금까지 수행된 소설 공간에 관한 연구들은 인물의 활동 배경이 되는 장소의 기능이나 서사 구성의 기여에만 치중된 경향이 있다. 비록 인간과 공간 상호 간의 밀접한 관계에 기초하였다고는 하나, '공간'보다는 '인간'에 편향된 셈이다. 인간과 이물의 관계 연구에서 각 대상이 관계하는 공간을 비교하거나 접속과 이탈의 특징을 통해 다각적인 이해

---

9 신태수, 〈군담소설에 나타난 공간과 영웅의 관계〉, ≪국어국문학≫ 131호, 2002년 9월, 284쪽.

를 시도한다면, 기존 인간 중심의 연구 편향성을 탈피하고 관계의 인식과 심리의 변화 등을 종합적으로 살펴볼 수 있다.

존재자의 공간성은 자발적 심리변화가 아닌 외부 공간의 접속을 통해 급변한다. '귀혼鬼魂'의 접속을 통해 공간성의 변화는 신속하고 구체적으로 진행되고 드러난다. 이처럼 상호 대립하는 이질적인 공간과의 접속은 작중 인물을 입체적으로 분석할 수 있는 계기를 제공한다. 이는 인물의 행동과 언어, 심리를 좀 더 세밀하게 살펴볼 수 있을 뿐 아니라 공간의 접속과 변화 과정을 통해 작품의 구조와 줄거리를 다각적으로 고찰할 수 있게 한다. 작품의 주제와 인물의 심리, 서사 구조는 공간의 접속·변화·이동 과정을 통해 보다 선명하게 제시된다고 볼 수 있다.

명청화본소설明淸話本小說에서 개인적 공간에 귀혼이 출현하는 작품은 모두 10여 편 정도이다.[10] 개인적 공간과 공개적 공간이 함께 출현하거

---

10 명청화본소설明淸話本小說에서 귀혼有形, 무형無形이 출현하는 작품은 모두 70여 편이며, 귀혼출현 장소와 개인공간의 분류에 따른 귀혼공간의 접속을 살펴보면 다음 표와 같다.

明淸話本小說	篇 名	귀혼출현장소	개인공간			비고
			개인적 거주공간	내적 공간의 확대	개방된 거주공간	
喩世明言	第16卷 范巨卿雞黍死生交	집(집앞 → 거실 → 내실)			○	
警世通言	第32卷 杜十娘怒沉百寶箱	배(船室, 船房)		○		
初刻拍案驚奇	第23卷 大姊魂遊完宿願 小妹病起續前緣	서재	○			
二刻拍案驚奇	第11卷 滿少卿饑附飽颺 焦文姬生讎死報	後堂(廳舍) 침실	○	○		滿少卿-焦文姬, 靑箱 朱氏-焦文姬
	第30卷 瘞遺骸王玉英配夫 償聘金韓秀才贖子	書館	○			
淸夜鐘	第13回 陰德獲占巍科 險腸頓失高第	침실		○		

나 개인적 공간과 공개적 공간에 환상적 공간이 연계되어 나타나는 경우 등이 있다. '음혼'은 '집 안' 등 개인적인 공간의 사적인 장소에 출현한다. 개인적 공간은 여러 실제와 허상 공간 및 다양한 형태의 공간과 결합하며 구체적이고 유일한 한 곳만이 아닌 여러 곳이 될 수 있지만, 대부분 사적인 장소의 범위에서 벗어나지 않는다.[11] 본 글에서는 작품의 주요 배경인 개인공간에 주목하는 대신 공간의 접속과 이동을 통해 작중 인물의 공간에 대한 인식의 변화를 살펴보고 공간의 접속이 작품 전체에 미치는 영향과 의미를 종합적으로 고찰해 보고자 한다. 특히 현실공간과 귀혼공간의 대립과 조화를 통해 작품 속에서 나타난 공간의 접속과 연계를 좀 더 자세하고 심도있게 살펴보려고 한다.

明清話本小說	篇 名	귀혼출현장소	개인공간			비고
			개인적 거주공간	내적 공간의 확대	개방된 거주공간	
西湖二集	第11卷 卷奇梅花鬼鬧西閣	旅舍			○	
	第13卷 張彩蓮隔年冤報	집 안, 계단	○			
歡喜冤家	第4卷 愚郡守玉殿生春	客房		○		
	第17回 孔良宗負義薄東翁	침실		○		
	第19回 木知日眞托妻寄子	집 안			○	
계	12		4	5	3	

11 명청화본소설明清話本小說의 개인공간에서 귀혼이 출현하는 장소는 대부분 구체적으로 나타나 있지만, 간혹 구체적으로 드러나지 않은 경우도 있다. 집 안의 어떤 장소이거나 여사旅舍 혹은 청사廳舍의 후당後堂이기도 한데, 인물들의 공간 이동과정과 묘사, 전체적인 줄거리 전개 및 배경 묘사 등을 참고할 때, 비록 작품 속에서는 구체적인 장소를 제시하고 있지는 않지만, 이러한 곳이 개인적 공간성이 강한 장소임을 쉽게 유추할 수 있다.

2. 현실공간과 귀혼공간의 접속

작품 속에서 '귀혼공간鬼魂空間'은 '귀신공간', '음혼공간'이라고 명명되기도 한다. 공간의 명명에 있어, '귀신공간'은 '귀신'에만 한정된 공간으로 작품 속에 나타나는 다양한 혼령과 이물의 형태 및 출현 과정을 반영하지 못한다. '음혼공간'은 일반적으로 '귀신'과 '혼령' 전체를 포함한 공간이나, 비교적 추상적 의미를 지니고 있어서 작품에서 자주 등장하는 귀졸이나 염라대왕, 해골, 요괴, 이물, 정령 등 귀신에 속할 수 없는 구체적 대상까지는 포함하지 못한다.[12] '귀혼공간'은 귀신으로 일컫는 대상뿐 아니라 모든 혼령을 포함하며, 정령, 저승사자, 귀졸鬼卒, 귀관鬼官 등도 포함하는 광범위한 개념이다. '귀혼공간'에서의 '귀鬼'는 '음陰' 혹은 '명冥'의 공간 관념을 가지며, 인간세계에 속하지 않는 이역異域과 타계他界의 공간과 대상을 의미한다. '혼魂'은 실제적인 것이 아닌 대상, 즉 귀신과 혼령뿐만 아니라 저승사자, 야차, 정령, 요괴, 이물까지도 포함한다. '요괴'와 '이물'의 경우 실체가 있어 혼령과 다르다고 여겨질 수 있으나 중국 고전소설에서는 구분이 명확하지 않으며 귀혼과 한 공간에 공존하는 경우도 자주 찾아볼 수 있다. 요괴와 이물 등 귀혼과 같은 공간적 특징을 지니고 역할을 수행하는 존재들은 귀혼과 구분해서 설명하기 어려운 것

---

12 귀신이나 혼령, 정령, 요괴, 이물 등이 나타나는 전체적인 공간을 포괄적으로 '귀혼공간'이라고 칭하지만, 본 장의 서술 과정 중 어떤 장소에 나타나는 대상과 그 공간의 구체적 특징을 명확화하기 위해 '귀신의 공간', '혼령의 공간', '요괴의 공간', '이물의 공간' 등을 사용하고자 한다. 또한 인간과 대비되는 주체로서 귀신이나, 또는 귀신과 혼령, 이물 등을 모두 포함하는 '음혼', '귀혼'을 사용하기도 한다. '음혼'은 귀신, 혼령, 이물에 대한 포괄적 개념이면서도 추상적인 의미를 동시에 가지고 있기 때문에 구체적인 주체나 대상을 서술하기에는 '귀혼'이 비교적 적절하다. '귀혼공간'은 공간의 포괄성에 기초하여 내포된 의미가 광범위하고 전체적 시각에 입각한 공간을 고찰한 개념이고, '귀혼'은 대상의 구체성 기초하여 대상의 명확성을 제시한다고 할 수 있다.

이다. 이에 본 글에서는 귀신과 혼령, 귀판과 야차, 요괴와 이물 등을
광범위하게 포함하는 '귀혼공간'의 개념을 사용하고자 한다.

작품 속의 '귀혼공간'은 실질적 공간인 고분古墳, 음부陰府, 귀역鬼域 뿐
만 아니라 일상의 저잣거리나 집에 이르기까지 귀혼이 나타나는 모든
공간을 말한다. 이 연구에서 언급되는 공간은 물질적 공간 뿐 아니라
문화·사회적 공간과 정신적 공간, 추상적 관념 공간이면서 공간에 존
재하는 개인(현존재)의 경험과 상상까지 아우르는 종합적 공간이다.

귀혼공간의 주체는 귀혼으로, 귀혼과 인간이 공간과 상호 작용하는
형태에 따라 '개인적 공간', '공개적 공간', '변역邊域의 공간'으로 나누어
볼 수 있다.[13] '개인적 공간'은 현실공간과 배경, 구성, 의미와 밀접하게
연관된 공간이며 '귀혼공간'은 귀신이나 혼령, 요괴, 이물, 정령 등이 출
현하거나 거주하는 공간이다. '귀혼공간'은 현세 속의 장소인 서방書房,
객방客房, 여사旅舍, 영당靈堂, 후원後園이나 현세의 폐허인 고분古墳, 고정
古井, 폐옥廢屋, 고묘古廟도 될 수 있고, 변역邊域의 공간인 깊은 산속, 어
두운 동굴, 심지어는 상상 속의 공간인 음부陰府, 귀역鬼域, 선계仙界, 용
궁龍宮도 포함될 수 있다.

현세現世의 공간은 개인적 공간과 공개적 공간으로 나뉠 수 있다. 개
인적 공간은 침실, 서재, 정원 등 '집'이나 개인적 장소를 중심으로 한

---

13 '변역邊域'의 공간은 이역異域의 공간보다 더 포괄적인 의미로 쓰이며, 현실공간에서
  귀혼이 자주 등장하는 특정 장소 및 상상의 공간까지 모두 포함한다. 예를 들면, 고분
  古墳, 동굴洞窟, 폐가廢家, 고정古井 등의 현실 속 외연공간外延空間이나, 지옥地獄, 천계
  天界, 선계仙界, 용궁龍宮 등의 환상의 공간도 이에 해당한다. 전통적으로 변역邊域의
  공간은 현실 속의 외연공간外延空間이므로 현실의 공간에서 다루어져왔고, 이역異域의
  공간은 현실이 아닌 타계他界의 범위에서 다루어져 왔다. 비록 이 두 공간이 단지
  실제 생활공간에서 멀어진 현실공간이거나 아니면 완전히 환상 속의 공간이라는 차이
  점은 있지만, 모두 인간의 생활공간과는 거리가 먼 공간에서 일어나는 사건이라고
  가정할 때, 변역邊域의 공간에서 다루어도 좋을 것이다.

사적인 장소나 다른 개인적 공간 특징이 강하게 나타나는 장소를 말한다. 공개적 공간은 저잣거리, 나루터, 찻집, 상점, 누각, 관청 등 공개되고 다른 사람과 왕래하는 장소를 뜻한다.[14] 공간의 분류 기준은 외형적인 공간의 특징과 인물의 심리적인 공간의 특징, 비교적 명확하게 드러나는 공간성을 고려한다. 단순히 물리적이거나 사회적인 특징에 의해 결정되지 않으며, 공간의 내적 특징이 개인적인지 공개적인지에 따라 결정된다. 그러므로 표면적으로 개방적 공간일지라도 개인적 공간성이 더 뚜렷할 수 있다. 개인의 공간성은 공간에 대한 개인의 복잡한 사고와 행동을 반영하며 공간의 특징과 형태를 규정짓는다. 공간은 개인의 사고와 특징에 따라 다양하게 나타나므로 물리적으로 같은 공간이라 할지라도 개인마다 가지는 공간성은 다르다.

　현실공간은 공간 그 자체의 물리적 특징 외에도 현존재자의 공간성에 의해 다양한 공간적 특징을 지니게 된다. 공간성은 존재자의 입장에 기반한 공간적 성질로, 물리적 성질을 지니고 그 자체로 존재하는 한편 존재자와 철저히 결부되어 있다. 공간이 물리적이고 객관적으로 존재한다면, 공간성은 존재자의 인식에 기반해 존재를 입증한다. 그러므로 공간의 접속은 공간의 물리적 접합만이 아닌 존재자의 다양한 공간성이

---

14 소설 속의 공간은 모두 상대적인 독립성을 가지고 있다. 그러나 각각의 공간은 완전히 고립된 존재는 아니며 반드시 다른 공간과 관계를 맺는다. 소설 작품에 있어서 공간과 공간과의 관계는 상당히 복잡하지만, 크게 횡적, 종적 구조로 나눌 수 있다. 횡적 구조는 공간 간의 관계가 수평적이며 병렬적이다. 공간의 크기나 범위가 비슷하며, 공간 간의 왕래하는 인물에 의해서 소통이 일어난다. 소설 공간의 종적 관계는 공간 간의 관계가 층차별로 상호 포용관계를 가진다. 하나의 공간은 그 보다 훨씬 규모가 큰 공간의 일부분이 되거나, 공간 간 서로 교차되기도 한다. 공간 간의 관계가 횡적 혹은 종적 구조로 구분되더라도 모두 처음과 끝, 앞과 뒤가 서로 호응하고 반응하는 특징을 가지고 있다. 韓曉, ≪中國古代小說空間論≫, 上海復旦大學中國語文學系博士學位論文, 2006년, 50쪽 참조.

반영된다.[15] 즉, 공간은 물리적 특성과 존재자의 다양한 공간성을 내포하고 있는 것이다. 예로 주인공의 개인적 공간인 '침실'에 귀혼이 나타난 경우를 살펴보자. '침실'은 현실공간과 귀혼공간의 접속이 이루어지는 공간이자 객관적 인식이 가능한 물리적 공간인 동시에 존재자 개인의 평안, 휴식, 수면이 가능한 개인적 공간성을 가진다. 귀혼이 나타나면서 주인공의 존재 공간이었던 침실은 귀신의 현시공간이자 현실공간과 귀혼공간의 접속이 이루어지는 곳이 된다. 귀혼공간의 접속으로 주인공이 주체였던 평화롭고 비밀스러웠던 '침실' 공간은 위협받고, 공간의 주체자는 인간에서 귀신으로 옮아간다. '침실'은 '공포', '고립', '죽음'의 공간이 된다. 이처럼 서로 다른 공간의 접속은 양자의 대립을 보여주며, 그 현상을 존재자의 감정과 인식 태도의 변화를 통해 구체적으로 나타내고 있다. 작품 속 공간은 획일적이고 독립적인 공간이 아니라 다른 공간과 접속·충돌·격리를 반복하는 공간이다. 공간은 존재자의 인식에 따라 다르게 나타나며, 다른 공간과의 관계상 언제나 유동적이다.

일상공간에 귀신이나 혼령이 나타나는 순간, 귀혼공간과 현실공간의 접속이 이루어진다. 귀혼이 거주하거나 나타나는 변역공간 뿐 아니라 현실의 공간에서도 귀혼공간의 특징을 찾아볼 수 있다. 귀혼공간은 전통적으로 고분古墳, 산중山中, 폐가廢家와 같이 현실에서 유리된 장소이거나, 명부冥府, 귀역鬼域, 지옥地獄과 같이 현실에서는 도저히 도달할 수 없는 이계異界처럼 어떤 외형적인 실체가 있어야만 한다고 생각하는 경우가 많다. 하지만 공간은 인간의 행위와 사고에 따라 얼마든지 물리적인 형태를 초월하여 다르게 인식될 수 있다. 귀혼공간 역시 개인의 공간성에 따라 나타나고 사라지는 과정을 반복하고 있으며, 다른 공간과도 접속과 분리를 통해서 현실공간과의 관계를 지속하고 있다. 그러므로

---

15 성홍기, 〈현존재의 존재세계〉, 《철학논총》第17輯, 1999년, 95~96쪽.

명부冥府, 귀역鬼域, 지옥地獄뿐 아니라 실제 생활의 어떤 공간이라도 귀혼이 출몰하는 귀혼공간이 될 가능성이 있다. 이는 단순히 귀혼이 등장하고 사라지는 현상뿐 아니라 이를 통해 내포된 여러 공간적 특징과 의미도 드러날 수 있는 계기가 된다.

위진남북조지괴소설魏晉南北朝志怪小說에서의 귀혼공간은 현실과 동떨어진 이역異域, 시정市井과 완전히 격리된 변역邊域의 공간인 경우가 많다. 송원화본소설宋元話本小說에서의 귀혼공간은 크게 현실과 밀접하게 연계된 시정市井의 공간과 시정市井과 완전히 멀어진 이물異物의 공간으로 나누어 볼 수 있다. 귀혼은 산속, 무덤, 폐가, 동굴 등 사람이 거주하기 힘든 곳에 나타나며, 종종 저잣거리의 공개적 장소나 사적 장소에 나타나기도 한다.

명청화본소설明淸話本小說에서는 귀혼공간을 자주 찾아볼 수 있으며, 귀혼공간은 현실공간과 별도로 존재하는 것이 아니라 연계된 공간으로 나타난다. 명청화본소설明淸話本小說에서의 귀혼공간은 송원화본소설宋元話本小說처럼 이역異域, 변역邊域의 형태가 자주 보이지 않는다. 대부분 시정市井이거나, 개인적인 장소에서 나타나는 경향이 짙다. 명청화본소설明淸話本小說에서 귀혼이 등장하는 고사에서는 대부분 음부陰府과 양세陽世, 인계人界과 귀역鬼域, 현실계現實界과 환계幻界의 공간들이 서로 접속과 단절을 진행하고 있는데, 현실과 완전히 멀어진 귀역鬼域이나 변역邊域의 등장은 송원화본소설宋元話本小說보다 상당히 적은 편이다.

3. 개인적 거주공간 – 단절된 공간에서의 귀신출현

개인적 공간의 대표적인 장소인 '집'은 인간 최초의 세계이자 사상과 추억, 꿈과 이상을 한 데 통합하는 정신적 기저이다. 사람들은 '집' 안에서 원초적 충족성을 통해 보호받고 평화롭게 살아간다. 집은 외부(시정

市井, 변계(邊界)로부터 단절되고 고립된 공간으로, 삶은 집 안에서 포근하게 숨겨지고 보호되어 안락한 상태를 유지하게 된다.[16]

명청화본소설明淸話本小說의 귀혼은 집안의 폐쇄성이 강조된 개인적 공간에 출현하는 경우가 많다. 귀혼은 주로 개인이 외부와의 접촉이 없고, 혼자 있을 때 나타난다. 귀혼은 외부의 개방적 공간이 아닌, 외부와 철저하게 단절되어 있고 개인성이 두드러진 공간에 나타난다. 덕분에 귀혼은 인간과 자유롭게 접촉할 수 있을 뿐 아니라 공간들이 접속할 때 자신의 결합의지를 강하게 드러내거나 일방적으로 공간 접속을 요구하기도 한다. 개인적 공간은 작품 속에서 보통 '집'과 '서재', '처소'로 한정되며, 외부 공간의 단절을 진행하는 동시에 귀혼과 연결된다. 이러한 접속을 토대로 삼아 개인적 공간은 귀혼공간을 적극적 혹은 소극적으로 수용한다. 외부와의 단절이 분명하고 개인적인 공간성이 뚜렷할수록 귀혼공간과의 접속은 더욱 강하게 나타난다.

개인공간에서 귀혼이 나타나는 작품으로, ≪초각박안경기初刻拍案驚奇≫ 제23권第二十三卷〈대자혼유완숙원大姊魂遊完宿願 소매병기속전연小妹病起續前緣〉, ≪초각박안경기初刻拍案驚奇≫제33권第三十三卷〈장원외의무명령자張員外義撫螟蛉子 포룡도지잠합동문包龍圖智賺合同文〉, ≪이각박안경기二刻拍案驚奇≫ 제11권第十一卷〈만소경기부포양滿少卿饑附飽颺 초문희생수사보焦文姬生讎死報〉, ≪이각박안경기二刻拍案驚奇≫제30권第三十卷〈예유해왕옥영배부瘞遺骸王玉英配夫 상빙김한수재속자償聘金韓秀才贖子〉, ≪서호이집西湖二集≫제13권第十三卷〈장채련격년원보張彩蓮隔年冤報〉 등을 찾아볼 수 있다. 이 중에서 개

---

16 바슐라르는 '집'을 인간의 사상과 추억과 꿈을 한 데 통합하는 가장 큰 힘의 하나이며, 몽상의 원천이고 세계 안의 우리들의 구석이라고 주장하고 있다. 집은 어떤 추억이나 가치를 간직하고 있으며, 몽상은 이러한 것에 가치를 부여하는 특권을 가지고 있다. 인간은 집의 편안하고 따뜻함 속에서 보호받으며 안락한 상태를 유지한다. 가스통 바슐라르 지음, 곽광수 옮김, ≪공간의 시학≫, 서울: 동문선, 2003년, 75~82쪽 참조.

인공간에서 귀혼이 접속하는 현상을 가장 구체적으로 보여주는 작품은
≪초각박안경기初刻拍案驚奇≫제33권第三十三卷〈장원외의무명령자張員外
義撫螟蛉子 포룡도지잠합동문包龍圖智賺合同文〉이다. 먼저 작품의 줄거리
를 살펴보면 다음과 같다.

  오방어吳防禦에게는 흥낭興娘과 경낭慶娘 두 딸이 있었다. 흥낭興娘이
어렸을 때 최흥가崔興哥와 정혼을 하였으며, 최공崔公은 금봉채金鳳釵 하
나를 납례의 예물로 주었다. 얼마 지나지 않아 최공崔公은 관직을 제수
받아 먼 곳으로 가게 되었고, 최흥가崔興哥도 아버지를 따라 떠나게 되었
다. 15년 동안 아무런 소식이 없자, 최흥가崔興哥를 기다리던 흥낭興娘은
그리움에 병들어 죽고 말았다. 흥낭興娘이 죽고 난 2개월 뒤 최흥가崔興哥
는 이전의 정혼 약속을 지키려 오방어吳防禦를 찾아 왔다. 오방어吳防禦는
최흥가崔興哥를 후하게 대접하였으며, 흥낭興娘의 여동생인 경낭慶娘으로
하여금 최흥가崔興哥와 왕래하며 조석으로 보살펴 주도록 했다. 두 사람
은 서로 정이 들어 몰래 도망쳤다. 1년이 지나자 경낭慶娘은 고향으로
돌아가고 싶어 하여 두 사람은 같이 돌아가기로 하였다. 경낭慶娘은 배에
머무르고, 최흥가崔興哥가 먼저 가서 그 동안의 자초지종을 이야기하는데,
오방어吳防禦는 놀라며 경낭慶娘은 줄곧 아파서 누워 있었다고 말한다. 최
흥가崔興哥는 다시 배로 돌아와 경낭慶娘을 찾았으나 보이지 않았다. 원래
최흥가崔興哥와 몰래 도망간 여인은 경낭慶娘이 아니라 흥낭興娘의 혼령이
었다. 이후 최흥가崔興哥는 병상에서 일어난 경낭慶娘과 결혼하였다.

  이 작품에서 귀혼이 출현하는 장소는 대부분 서재인데, 이 공간은 일
부 외형적으로는 공개적 특징을 지니지만 '인문공간人文空間'의 관념상 외
부와 단절된 개인적 공간이라고 할 수 있다. 이곳은 개인이 외부의 물리
적 세계와 단절됨과 동시에 평온과 안정을 취하는 장소이며, 외부와 경
계를 짓고 분절하는 공간이기도 하다. 최흥가崔興哥의 서방書房(오공吳公
의 내실에 위치)[17]은 바로 이러한 특징을 구체적으로 보여 준다.

(최생崔生은)서재로 돌아와서 주운 금봉황 비녀를 책상자 안에 잘 보관해 두었다. 촛불을 밝히고 홀로 앉아 혼사가 성사되지 않은 것을 안타까워하였다. 그는 혈혈단신인데다가 외롭고 가난해 잠시 여기에 기탁하게 된 것이다. 오공吳公이 비록 사위처럼 잘 대해주지만 결코 길고 오랜 계책은 되지 못하니 나중에 결과가 어떻게 될지 어찌 모르겠는가? 가슴이 답답해져서 한숨을 몇 차례 쉬고는 침대에 올라가 잠을 자려고하니 갑자기 누가 문을 두드리는 소리가 들렸다. 최생崔生은 "누구십니까?" 라고 물었지만 대답이 없었다. 최생崔生은 잘못 들은 것이라 생각하고, (다시 누워)막 잠이 들려고 하는 순간 또 똑똑 문 두드리는 소리가 들렸다. 최생崔生은 다시 큰 소리로 물었지만 또 대답이 없었다. 최생崔生은 기이하게 생각하고 침상 끝에 앉아 있다가 신발을 신고 문 쪽으로 가서 조용히 들으려 하였으나 또 두드리는 소리만 들리고 대답이 없었다. 최생崔生은 참지 못하고 일어섰다. 다행히 남은 등불이 아직 꺼지지 않아 다시 불을 밝혀서 손에 들고 문을 열어서 둘러보았다. 등이 밝아서 밖을 분명히 볼 수 있었는데 예닐곱 여덟 살 정도의 한 아름다운 아가씨가 문 앞에 서 있었다. 그녀는 문이 열리는 것을 보고 곧바로 주렴을 걷어 올리며 안으로 들어오려 했다. 최생崔生이 크게 놀라 뒤로 두 걸음이나 물러났다. 그 아가씨는 얼굴 가득 미소를 머금고 낮은 소리로 말했다. "낭군께서는 소첩을 몰라보시겠습니까? 소첩은 흥낭興娘의 누이동생 경낭慶娘입니다. 오늘 중문中門으로 들어갈 때, 가마 아래로 비녀를 떨어뜨렸는데, 이 때문에 밤에 찾으러 온 것입니다. 낭군께서 혹시 줍지 않으셨습니까?" 최생崔生은 말하는 아가씨가 흥낭興娘의 동생 경낭慶娘인 것을 알고 공손하게 대답하였다. "조금 전에 낭자께서 가마에 탄 후에, 과연 비녀를 땅에 떨어뜨렸습니다. 당시 제가 그것을 주워서 돌려드리려 했으나, 이미 중문中門이 닫힌 것을 보고 감히 시끄럽게 할 수 없어 다음날에 돌려드리려 가지고 있었습니다. 지금 낭자께서 친히 여기까지 찾으러 오셨으니 즉시 돌려드리겠습니다." 바로 책상자에서 꺼내 탁자위에 놓았다. "낭자께서 가지고 가십시오!" 아가씨는 가늘고 여린 손으로 비녀를 집어서 머리에 꽂고는 미소를 띠우며 말하였

---

17 '서방書房'은 주인이나 가족의 개인적인 '서재'를 의미하지만, 작품 속에서는 주인의 개인적 서재의 특징보다는 손님에게 잠시 머무르게 하는 '객방客房'의 기능을 하고 있다. 고전소설 작품에서는 멀리서 귀한 손님이 오거나, 친한 친구가 방문했을 때 자신의 서재를 쉽게 내어주어 머무르게 하는 경우가 자주 보인다. 서재가 주인의 개인적 공간이든, 아니면 손님의 임시 거주 공간이든 이 공간은 거주자 개인의 사적인 공간임을 분명히 보여주고 있다.

다. "일찍이 낭군께서 주운 것을 알았다면, 소첩 또한 밤에 찾으러 올 필요가 없었을 겁니다. 소첩이 밤이 깊었을 때 나와서 다시 돌아갈 수 없습니다. 오늘 밤 낭군의 침석을 빌려 하룻밤을 모시고자 합니다."[18]

최흥가崔興哥는 하인도 거느리지 않고 오직 혼자서 서재에 머무른다. 그는 서재에서 잠들기 전에 빗장을 걸어 외부인이 불시에 들어오는 것을 미리 예방하며, 문 앞에서 누군가 문을 두드리는 소리가 들려도 바로 문을 열어주지 않고 먼저 누가 찾아왔는지 확인한다. 이러한 행동은 이 서재가 개인적인 공간, 사적인 공간이며 외부와 경계를 짓는 자신만의 공간이라는 것을 보여준다. 비록 그가 오공吳公 저택에 거주하면서 후한 대접을 받고 있지만 그가 이방인인 이상, 저택은 여전히 타자의 공간이다. 그는 이 낯선 공간에서 자신만의 공간을 획득하고 확정짓고자 한다. 이 서재가 최흥가崔興哥에게 있어서 외부와 단절된 개인적인 공간이라면, 흥낭興娘에게는 최흥가崔興哥를 다시 만날 수 있는 유일한 공간이자 귀혼이 쉽게 접촉할 수 있는 공간이기도 하다. 즉, 인간의 공간과 음혼의

---

18 回到書房, 把釵子放好在書箱中了。明燭獨坐, 思念婚事不成, 隻身孤苦, 寄跡人門, 雖然相待如子婿一般, 終非久計, 不知如何是個結果? 悶上心來, 嘆了幾聲, 上了床, 正要就枕, 忽聽得有人扣門響。崔生問道: "是那個?" 不見回言, 崔生道是錯聽了, 方要睡下去, 又聽得敲的畢畢剝剝。崔生高聲又問, 又不見聲響了。崔生心疑, 坐在床沿, 正要穿鞋到門邊靜聽, 只聽得又敲響了, 卻只不見則聲。崔生忍耐不住, 立起身來, 幸得殘燈未熄, 重拵亮了, 拿在手裡, 開出門來一看。燈卻明亮, 見得明白, 乃是十七八歲一個美貌女子, 立在門外, 看見門開, 即便褰起布簾, 走將進來。崔生大驚, 嚇得倒退了兩步。那女子笑容可掬, 低聲對生道: "郎君不認得妾耶? 妾即興娘之妹慶娘也。適纔進門時, 墜釵轎下, 故此乘夜來尋。郎君曾拾得否?" 崔生見說是小姨, 恭恭敬敬答應道: "適纔娘子乘轎在後, 果然落釵在地, 小生當時拾得, 即欲奉還, 見中門已閉, 不敢持動, 留待明日。今娘子親尋至此, 即當持獻。" 就在書箱取出放在桌上道: "娘子請拿了去。" 女子出纖手來取釵, 插在頭上了, 笑嘻嘻的對崔生道: "早知是郎君拾得, 妾亦不必乘夜來尋了。如今已是更闌時候, 妾身出來了, 不可復進。今夜當借郎君枕席, 侍寢一宵。"(《初刻拍案驚奇》第二十三卷〈大姊魂遊完宿願 小妹病起續前緣〉)

공간이 겹쳐지는 접속의 공간인 것이다.

홍낭興娘의 혼령은 최흥가崔興哥가 머무는 서재에 나타난다. 서재는 외부인뿐만 아니라 내부인과도 철저히 통제된 공간이다. 오공吳公은 경낭慶娘에게만 최흥가崔興哥의 시중을 들게 하면서, 다른 가족이나 하인들의 왕래는 제한했다. 서재는 외부와 단절되고 집안사람들에게도 공개되지 않은 공간이다. 경낭慶娘(실제로는 홍낭興娘) 외에는 아무도 드나들 수 없다. 더군다나 최흥가崔興哥가 경낭慶娘과 동침한 시간은 한밤중이다. 서재는 둘만의 밀애의 장소가 된 것이다. 경낭慶娘은 밤이 깊고 인적도 드문 서재에서 최흥가崔興哥와 같이 있고자 하며, 이는 그녀의 강한 접속의지를 보여준다. 서재는 최흥가崔興哥의 개인적 공간이자, 최흥가崔興哥와 경낭慶娘이 접속을 이루며 인간과 귀혼이 교차하는 공간으로 변한다.

'인문공간人文空間'의 관념상, 귀혼의 출현은 귀혼이 가진 공간성의 특징을 구체적으로 보여준다. 공간은 물리적인 공간의 접속과 더불어 공간의 주체인 대상이 이동할 때 다양하게 변화될 수 있다. 서재는 외부와 경계를 짓고 단절된 공간이지만, 귀혼과의 접속을 허용하는 새로운 접속의 공간이 된다. 이 공간의 외형적 주체는 공간을 점유하고 있는 최흥가崔興哥이지만, 귀혼이 나타난 후로 경낭慶娘이 주도하는 공간으로 바뀐다. 서재는 외형상 최흥가崔興哥의 개인적 공간처럼 보이지만, 그는 더 이상 스스로 자신의 공간을 주장하거나, 자신의 임의대로 공간을 주재할 수 없게 된다. 공간의 주도권은 경낭慶娘(실제로는 홍낭興娘)에게 넘어가며, 서재는 그녀의 지배하에 접속이 이루어지는 타자의 공간이 된다.

≪이각박안경기二刻拍案驚奇≫제30권第三十卷〈예유해왕옥영배부瘞遺骸 王玉英配夫 상빙금한수재속자償聘金韓秀才贖子〉에서도 외부와 단절된 개인적 공간과 귀혼공간의 접속이 일어난다. 이 작품의 전체적인 줄거리를 살펴보면, 복건福建 복주부福州府 복청현福淸縣의 수재인 한경운韓慶雲은

남전藍田의 석용령石龍嶺 아래 서당을 열고 후학을 가르쳤다. 하루는 산 등성이를 산책하다가 길에 나뒹구는 해골을 보고서 친히 묻어 주었다. 밤이 되자 낮에 해골을 묻어준 왕옥영王玉英의 혼령이 나타나고, 보은의 뜻으로 부부가 된다. 일 년 동안 부부로 지내다가 아이를 낳았으나, 그녀는 아이를 안고 떠나버렸다. 왕옥영王玉英은 아이의 허리띠에다가 '18년 후에 돌아오리라'는 글을 남기고 아이를 상담湘潭에 버린다. 황옹黃翁은 이 아이를 거두어 이름을 학령鶴齡이라고 지었다. 18년 후에 한경운韓慶雲은 점쟁이로 변장하고 아이를 찾으러 온다. 그러나 황옹黃翁은 금 40량을 배상하라고 요구한다. 한경운韓慶雲은 고향으로 돌아와 왕옥영王玉英의 도움으로 배상금을 마련하고 다시 학령鶴齡을 찾으러 간다. 하지만 학령鶴齡은 역씨易氏 집안의 딸과 혼인하지 않으면 그곳을 떠나지 않겠다고 한다. 한경운韓慶雲은 어쩔 수 없이 학령鶴齡을 그곳에 두고 홀로 돌아온다. 후에 학령鶴齡은 과거에 급제하여 고향에 돌아오고, 왕옥영王玉英의 무덤 앞에서 인사를 올린다. 그후 왕옥영王玉英은 인간세상을 20여 년 동안 왕래하였는데, 한경운韓慶雲이 보고자 하면 매일 조용한 밤에 나타났다. 그러다 속세의 인연이 다하자 왕옥영王玉英은 다시 나타나지 않았다.

〈대자혼유완숙원大姉魂遊完宿願 소매병기속전연小妹病起續前緣〉에서 최흥가崔興哥의 서재가 외부와 완전히 단절된 공간이자 집안의 다른 이들로부터 격리된 장소라면, 〈예유해왕옥영배부瘞遺骸王玉英配夫 상빙김한수재속자償聘金韓秀才贖子〉의 '서관書館'은 낮에는 학생들이 공부하고 생활하는 공개된 장소인 동시에 밤에는 한경운韓慶雲의 개인적 공간이 되는 이중적 특징을 가지고 있다.

　　한생韓生은 밤에 홀로 서당에서 지내는데 갑자기 울타리 밖에서 똑똑 울타리문을 두드리는 소리가 들렸다. 한생韓生은 일어나 문을 열고 나가 보니 단정하고 아름다운 여인이 서 있었다. 한생韓生은 황급히 인사하였다. 여인은 말하였다. "귀관貴館에 온 것은 알려드릴 말이 있어서입니다." 한생韓生은 안으로 맞이하며 함께 서당 안에 이르렀다. 여인은 말하였다. "소첩의 성은 왕王이요, 이름은 옥영玉英으로 본래 초楚지방 상담湘潭 사람입니다. 송宋나라 덕우德祐 연간에 아버지께서 민주閩州 지방을 지키기 위해 병사를 거느리고 원나라 병사와 전쟁을 치르다 돌아가셨습니다. 소첩은 오랑캐의 포로가 되는 수모를 당하지 않으려고 여기 고개 아래에서 죽었습니다. 당시 사람들이 저의 절의를 불쌍히 여겨 흙을 돋아 덮어주었습니다. 지금 이백여 년이 흘렀고, 유골이 밖으로 나왔으나 낭군께서 묻어 주셨습니다. 그 은혜가 깊어, 깊은 밤 이곳에 와 보답하고자 합니다." 한생韓生은 말하였다. "유골을 다시 묻어주는 일은 작은 일이어서 언급할 필요조차 없습니다. 사람과 귀신의 서로 길이 다른데, 노고에 대해 마음 쓸 필요가 있겠습니까?" 옥영玉英은 말하였다. "소첩이 비록 사람이 아니라고 해서 어찌 사람으로서 지켜야 할 도리가 없다고 할 수 있겠습니까? 낭군께서는 공부하는 사람으로, 산 사람과 혼령과의 혼인은 세상에 늘 있는 일임을 알고 계실 것입니다. 소첩의 유골을 낭군께서 다시 묻어주셨으니, 곧 부부의 정이 있는 것이나 다름없습니다. 게다가 전생의 인연 또한 중하여 침석에 모시기를 바라오니 아무쪼록 의심치 말아 주십시오." 한생韓生은 홀로 서당에서 외롭고 쓸쓸하게 지내다가 이 아름다운 여인을 보니, 비록 분명히 귀신이라고 말했으나 행보에 그림자가 있고 옷에는 꿰맨 자리가 있어 행태가 분명한 것이 결코 귀신의 기운이 느껴지지 않았다. 또한 말하는 것이 분명한데 어찌 마음이 끌리지 않을 수 있겠는가? 바로 흔쾌히 그녀와 동침하니, 교감을 나누는데 사람의 그것과 조금도 다를 것이 없었다.[19]

---

19 (韓生)夜獨宿書館, 忽見籬外畢畢剝剝, 敲得籬門響。韓生起來, 開門出看, 乃是一個端麗女子。韓生慌忙迎揖。女子道: "且到尊館, 有話奉告。"韓生在前引導, 同至館中。女子道: "妾姓王, 名玉英, 本是楚中湘潭人氏。宋德祐年間, 父爲閩州守, 將兵禦元人, 力戰而死。妾不肯受胡虜之辱, 死此嶺下。當時人憐其貞義, 培土掩覆。經今二百餘年, 骸骨偶出, 蒙君埋藏, 恩最深重, 深夜來此, 欲圖相報。"韓生道: "掩骸小事, 不足卦齒。人鬼道殊, 何勞見顧。"玉英道: "妾雖非人, 然不可謂無人道。君是讀書之人, 幽婚冥合之事, 世所常有。妾蒙君葬埋, 便有夫妻之情, 況夙緣甚重, 願奉君枕席, 幸勿爲疑。"韓生孤館寂寥, 見此美婦, 雖然明說是鬼, 然行步有影, 衣衫有縫, 濟濟楚楚, 絶無鬼息。又且說話明白可聽, 能不動心? 遂欣然留與同宿, 交感之際, 一如人道, 毫無所異。(≪二刻拍案驚奇≫

작품 속 서당은 한경운韓慶雲이 학생들을 가르치는 개방적인 공간이자 개인적 공간이기도 하지만, 외부와 단절된 개인적 공간 특징이 더 부각되어 있는 편이다. 한경운韓慶雲은 남전藍田 석용령石龍嶺 아래에서 서당을 열어 학생을 가르쳤다고 하지만, 정작 이 서당에는 한경운韓慶雲과 왕옥영王玉英 외에 출현하는 이가 없다. '서당'은 모든 이들에게 개방된 것처럼 보이지만, 사실은 서당을 지키는 한경운韓慶雲이 '고관적요孤館寂寥(홀로 서당에 있으니 외롭고 쓸쓸하다)'라고 묘사할 만큼 철저하게 개인화된 공간이다. 귀혼의 접속은 늦은 밤에만 이루어지고, 이는 서당의 음침함, 외로움, 고독함을 부각시킨다. 한경운韓慶雲의 '서당'은 본질상 개방적인 한낮보다는 조용하고 쓸쓸한 한밤중의 폐쇄적 공간에 가까우며, 일체의 외부 간섭을 받지 않는 고립된 곳인 덕분에 왕옥영王玉英은 더욱 강한 공간 접속 능력을 발휘할 수 있다.

개인적 공간이 독립적이고 고립적인 특징을 지닐 때, 귀신은 개인적 공간에 용이하게 접속할 수 있다. 생전의 원한이나 복수, 부탁이나 혹은 강력한 호소를 위해 강제적으로 나타나는 경우를 제외한다면, 귀혼의 출현은 공간의 개인성이 강화되거나 독립성이 강조될 때 비로소 이루어진다. 서당에서 한경운韓慶雲이 외부로부터 고립되어 내면의 경계가 느슨해질 때, 그는 인계人界와 귀계鬼界의 경계를 모호해지고 다른 공간을 받아들일 수 있게 된다. 비록 왕옥영王玉英이 주동적으로 서당에 나타나지만, 그녀의 존재를 인정하고 귀혼공간의 접속을 수용하는 것은 여전히 한경운韓慶雲 자신의 결정에 의한 것이다. 한경운韓慶雲은 왕옥영王玉英이 귀혼임에도 불구하고 두려워하거나 경계하지 않으며, 오히려 인간과 다름없이 대하고 부부의 연을 맺는다. 이는 명청화본소설明淸話本小說 '인귀통몽人鬼通夢'고사에서 보이는 애정과 교환, 호소와 부탁, 시은施恩과 보

第三十卷〈瘞遺骸王玉英配夫 償聘金韓秀才贖子〉〉

은報恩 등에서 보이는 인귀人鬼의 접속처럼 인간과 귀혼의 상호 소통을 보여준다. 〈대자혼유완숙원大姊魂遊完宿願 소매병기속전연小妹病起續前緣〉의 최홍가崔興哥가 자신과 야반도주했던 경낭慶娘이 이미 죽은 흥낭興娘이라는 것을 알지 못하고 그녀와의 만남을 통해 공간의 접속을 이끌어 냈다면, 〈예유해왕옥영배부瘞遺骸王玉英配夫 상빙김한수재속자償聘金韓秀才贖子〉에서 한경운韓慶雲은 왕옥영王玉英이 귀혼인 줄 알면서도 그녀를 기꺼이 수용하고 공간의 소통을 이끌어낸다.

이외에도 ≪이각박안경기二刻拍案驚奇≫제11권第十一卷〈만소경기부포양滿少卿饑附飽颺 초문희생수사보焦文姬生讎死報〉에 나타난 제주齊州 청사廳舍의 후당後堂도 개인공간과 귀혼공간의 접속을 분명하게 보여주고 있다. 이 작품의 내용을 살펴보면, 만소경滿少卿은 초대랑焦大郎의 도움으로 경제적인 어려움에서 벗어나게 된다. 만소경滿少卿은 초대랑焦大郎의 거처에 머무르면서 초대랑焦大郎의 딸인 초문희焦文姬와 사랑에 빠진다. 초대랑焦大郎도 어쩔 수 없이 만소경滿少卿을 사위로 맞아들이고 과거 준비를 위한 모든 지원을 아끼지 않는다. 만소경滿少卿은 과거에 합격하자 초대랑焦大郎은 가산을 털어서 만소경滿少卿이 좋은 관직을 얻을 수 있도록 후원을 한다. 만소경滿少卿은 임해현臨海縣의 현위縣尉로 부임을 가는 중, 고향친지의 권유로 주대부朱大夫의 딸과 결혼하게 되었다. 만소경滿少卿은 결혼 후에 자신의 성공을 위해서 지원을 아끼지 않았던 초대랑焦大郎과 사랑을 약속했던 초문희焦文姬는 모두 잊고서 10년을 세월을 온갖 부귀영화를 누리며 행복하게 보낸다. 임기가 만료되어 새 부임지로 가는 중, 결혼을 약속했던 초문희焦文姬를 다시 만나게 되고, 그동안 집안의 몰락과 궁핍한 사정을 듣게 된다. 초문희焦文姬는 첩이라도 좋으니 받아들여 달라고 간청하고, 이에 만소경滿少卿은 부인 허락을 얻어 그녀를 첩으로 들이게 된다. 10년 만의 재회를 가지게 된 두 사람은 아침 늦도록 일어나지 않는데 문을 열고 들어가 보니 만소경滿少卿은 이미 싸늘하게 죽어있었다.

만소경滿少卿이 새로 부임한 임지任地인 제주齊州 청사廳舍는 상당히 넓어서 부인과 식솔들이 마음대로 흩어져서 구경하게 되는데, 만소경滿少卿은 식솔들과 떨어져 혼자 후당後堂에 남게 된다.[20] 제주齊州 청사廳舍는 외형상 이미 다른 이들에게 공개되어 있으나, 후당後堂은 만소경滿少卿이 고립된 개인적 공간이다.[21]

　　소경少卿은 우연히 후당後堂 오른쪽 뜰로 가니 작은 문 하나가 보였다. 소경少卿이 문을 열어보니 안쪽에는 청색 옷을 입은 하녀가 있었는데, 소경少卿을 보고는 날듯이 뛰어 들어갔다. 소경少卿이 재빨리 쫓아가 보았을 때, 하녀는 이미 낡은 주렴 안으로 들어가 버렸다. 소경少卿이 주렴 쪽으로 걸어가는데, 주렴 안에서 한 여인이 나오는 것을 보았다. 소경少卿이 자세히 살펴보니 바로 봉상鳳翔의 초문희焦文姬였다. 소경少卿은 마음속에 거리낌이 있어, 본래 그녀를 보는 것이 약간은 두려웠다. 마침 이일이 뜻밖에 발생한 것이라 놀라 허둥대며 어쩔 줄을 몰랐다.[22]

만소경滿少卿은 후당後堂에서 이미 죽은 초문희焦文姬와 하녀 청상青箱을

---

20 少卿分付衙門人役盡皆出去。屛除了閒人, 同了朱氏, 帶領著幾個小廝、丫鬟、家人媳婦, 共十來個人, 一起到後堂散步, 各自東西閒走看要。(《二刻拍案驚奇》第十一卷〈滿少卿饑附飽颺 焦文姬生讎死報〉)

21 귀혼은 주로 폐쇄적인 개인적 공간에 자주 나타나며, 개방적 공간에서 혼자 있거나, 다른 사람들과 같이 있을 때 당사자인 개인에게만 보여 지는 경우가 많다. 만소경滿少卿의 경우에는 개방적 공간이지만 혼자 있을 때 귀혼의 접속이 이루어지는 경우이다. 제주齊州 청사廳舍의 후당後堂은 외형적으로는 공개적 공간 특징이 뚜렷한 것처럼 보이지만, 만소경滿少卿 이외에는 어떤 이들도 왕래하지 않는다. 결국 다수의 공간이지만 결국 다수의 공간 속의 소수의 개인적 공간, 사적인 공간 특징을 가지고 있다고 할 수 있다.

22 少卿偶然走到後堂右邊天井中, 見有一小門。少卿推開來看, 裡頭一個穿靑的丫鬟, 見了少卿, 飛也似跑了去。少卿急趕上去看時, 那丫鬟早已走入一個破簾內去了。少卿走到簾邊, 只見簾內走出一個女人來, 少卿仔細一看, 正是鳳翔焦文姬。少卿虛心病, 元有些怕見他的, 亦且出于不意, 不覺驚惶失措。(《二刻拍案驚奇》第十一卷〈滿少卿饑附飽颺 焦文姬生讎死報〉)

만나게 된다. '청사廳舍'는 공적인 업무처리를 하는 관청官廳과 식솔들이 거주하는 관사官舍의 공간으로 나뉘지만, 만소경滿少卿에게 청사廳舍의 후당後堂은 공무를 처리하는 관청의 의미보다 유유자적하며 지내는 사적인 처소에 가깝다. 귀혼이 나타나면서 '청사廳舍'의 후당은 현실공간과 귀혼공간이 접속하는 곳이자 두 공간이 공존하는 이중공간이 된다. 외부와 격리된 개인적 공간은 다른 공간의 간섭을 배제하나, 이로 인해 귀혼공간의 접속이 용이해지며 귀혼이 가지는 공간적 특징이 드러나게 되는 것이다.

개인적 공간과 귀혼공간의 접속은 공간의 이분법적 구조 아래 진행된다. 귀혼의 세계에서 귀혼은 주도자가 되지만, 현실공간에서는 여전히 인간에 비해 미약하다. 하지만 개인적 공간에서는 이와 다른 양상을 보인다. 개인적 공간은 귀혼의 접속과 귀혼공간에 의해 흡수되고, 귀혼이 공간의 점유자가 되어 본래 공간의 주인이었던 인물은 귀혼의 의지와 요구대로 움직이게 된다. 공간에서 일어나는 현상들은 귀혼에 의해 일방적으로 제시되며, 인간의 공간성 또한 귀혼에 의해 왜곡된다. 현실에서 약자였던 귀혼은 접속을 통해 적극적으로 공간을 확장하며, 반면 본 주인이었던 개인은 철저히 위축되고 축소된다. 귀혼이 공간의 통제력을 지속하지 못하거나 사라질 때 개인적 공간과 귀혼공간이 분리된다. 그러나 개인공간은 귀혼공간의 접속 이전과 다른 양상으로 나타난다. 공간 간의 접속은 인간과 귀혼의 접속을 바탕으로 공간의 축소와 확대, 공간 주체의 능동적이고 수동적인 태도, 접속과정의 주도와 수용적 경향의 상반된 구체적인 양상들을 재현한다.

4. 내적 공간의 확대 – 꿈을 통한 공간접속

개인적 공간은 사회적 가치와 물리적 경계, 이성과 감성의 경계에 위치한다. 개인적인 공간은 물리상 협소하고 폐쇄적이며, 외부와 쉽게 단절된다. 다른 공간에 비해 편향적이며 고립되어 있고, 독립적이라는 특징을 지닌다. 개인공간은 이성과 감성이 맞물려 있어 외부에 대해 폐쇄적이지만, 반대로 내면으로는 자신의 정서를 활성화하고 개방성을 획득하게 된다. 이를 통해 다양한 비이성적인 접속이 가능해지며, 또 다른 세계에 접속할 수 있게 된다. 외부와의 접속은 철저히 단절되고 거부되는 반면, 내적 공간의 무한한 확장이 가능해지는 것이다. 내적 공간의 확장은 자유롭게 상상할 수 있는 상상공간의 기초를 제공한다.

작품 속에서 내적 공간의 확대는 꿈을 통해 구체적인 양상으로 재현된다. 현실의 이성적인 사고는 귀혼과의 접속을 통제하는 반면, 꿈은 현실의 규제를 느슨하게 하고 여러 제약으로 인해 불가능했던 일들을 가능하게 만든다. 꿈속에서는 비현실적인 일이 현실적인 일로 바뀌거나 현실 속에서 비현실적인 이야기를 핍진하게 그려내기도 한다.[23] 개인공간과 꿈의 공간의 용이한 접속으로 귀혼공간의 접근이 가능해지며, 이러한 접속은 내적 공간의 확대와 상상력의 증폭을 불러일으킨다. 내면적 공간의 확장은 비이성적이고 감성적이며 자유롭고 해방적인 특징을 가지고 있어서, 구속과 틀에 제한된 공간에서 벗어나 다른 공간과의 자유로운 접속과 연계를 유도한다. 예를 들어 작품 속의 인물이 귀혼과 접속할 때, 인물의 반응은 이성보다는 귀혼을 수용하고자 하는 감성적 반응에 가깝다. 만약 철저히 이성적이고 합리적인 사고만을 가졌다면, 귀혼의 접속은 강압적이고 일방적일 것이다. 그러나 감성적인 내면세계와 귀신의 접속은 또 다른 세계로 진입할 수 있는 연결 통로를 만들며 심리적·감성적·환상적인 공간성을 부여한다. 귀혼공간의 접속은 이성적인 공간의 억제와 감성적·상상적 공간성의 회복을 필요로 한다.

개인공간에서 내적인 공간의 확장은 귀혼을 인정·이해하고 접촉하

---

23 라인정, 〈人鬼交媾說話 연구〉, 《語文研究》제24집, 1993년 10월, 147쪽 참조.

는 과정이 수반된다. 귀혼에 대한 이해와 동정은 귀혼공간과 소통할 수 있게 하며, 이를 통해 내적인 공간을 확장할 수 있게 된다. 내적 공간의 확장은 물리적인 형태의 증폭이나 확대가 아니라 자신에 대한 성찰과 갈등에 대한 부조화 해소, 대상에 대한 깊은 이해와 상호 긴밀한 연계 구성, 분노와 울분의 정화 등을 의미한다. 이러한 확장은 공개적 공간에서는 불가능하며, 개인적 공간에서만 이루어질 수 있다. 귀혼공간의 접속을 통해 확장은 더욱 분명해진다. 개인적 공간에서 자신만의 환상과 생각을 통해 일방적으로 진행되던 상상의 공간은 더 강한 밀착력을 지니는 귀혼공간과의 접속을 통해 다각적인 양상으로 전환된다. 귀혼공간은 개인적 공간에서 좀 더 쉽게 접촉할 수 있으며, 공간 주체자의 출현과 현실공간에 의해 나타나고 사라지는 것을 반복하며 현실공간과의 접속 유무를 결정한다.[24] 귀혼공간의 접속은 내적 공간의 확장에 상당히 중요한 의미를 가진다고 볼 수 있다.

귀혼은 구체적인 실체가 없거나(소리를 통해 존재를 알리거나), 실체가 있더라도 순간적으로 나타났다가 사라진다. 귀혼은 대부분 모호한 상징성을 지니나, 인물이 현실공간의 제약이나 규제에서 벗어나 상상의 공간을 펼칠 때 접속해 인간과 대등한 위치에서 교감을 주재한다. 귀혼공간의 접속은 개인의 감성과 내면의 이해를 기초로 하며, 무형의 상상적 공간의 확대는 귀혼공간을 적극적으로 수용할 수 있게 한다. 귀혼은

---

24 귀혼이 현실공간에 나타난 것은 현실공간과 귀혼공간의 '접속'을 의미한다. 인간이나 귀혼은 공간에 존재하는 것과 동시에 그 공간에 대한 각각의 공간성을 가진다. 귀혼이 현시되는 것은 단지 귀혼형상만 보여주는 것이 아니라 그것이 가지고 있는 공간도 함께 대동한다. 이것은 인간도 마찬가지이다. 인식을 가진 객체는 그 존재 자체만으로 각각의 공간과 함께 공간성도 가지게 된다. 그러므로 귀혼이 현실공간(가옥家屋, 시정市井, 몽계夢界 등)에 나타나는 것은 단지 혼령이 인간에게 나타나는 단편적이고 일방적인 현상이 아닌 현실공간과 귀혼공간의 접속을 보여 준다고 할 수 있다. 현실공간이 비교적 고정적인 것에 반해, 귀혼공간은 유동적이어서 현실공간과 접속과 분리를 반복한다.

인간과의 접속을 통해 자신의 의도를 전달하며, 인간은 이를 통해 귀혼을 이해하고 받아들이는 것이다.

이러한 특징이 구체적으로 잘 나타나 있는 작품으로는 ≪서호이집西湖二集≫제4권第四卷〈우군수옥전생춘愚郡守玉殿生春〉, ≪청야종淸夜鐘≫제13회第十三回〈음덕획점외과陰德獲占巍科 험장돈실고제險腸頓失高第〉, ≪경세통언警世通言≫제32권第三十二卷〈두십낭노침백보상杜十娘怒沉百寶箱〉, ≪환희원가歡喜冤家≫제17회第十七回〈공량종부의박동옹孔良宗負義薄東翁〉, ≪이각박안경기二刻拍案驚奇≫제11권第十一卷〈만소경기부포양滿少卿饑附飽颺 초문희생수사보焦文姬生讎死報〉 등이다. 이 작품들에서 귀혼들은 인간의 꿈속에 나타난다. 꿈은 단순히 개인적인 상상의 구현, 희망의 투영이 아니라 내적 공간의 무한한 확장을 보여주며 귀혼을 이해하고 수용할 수 있는 장치가 된다. 먼저 ≪서호이집西湖二集≫제4권第四卷〈우군수옥전생춘愚郡守玉殿生春〉 전반부의 줄거리를 살펴보면, 조웅趙雄은 길가에 유골이 나 뒹구는 것을 보고 측은하게 여겨 하인과 함께 묻어주고서 제를 지내준다. 그날 밤 그가 여사旅舍에서 잠을 청하는데 한 여인이 나타나 유골을 묻어 준 것과 제사를 지내 준 것에 대한 답례로 과거 시험에 '고古'자를 세 번 쓰면 합격할 수 있다고 일러준다. 조웅趙雄은 꿈에서 깨어나 반신반의하면서 시험장에 들어가 꿈속의 여인이 일러준 대로 하게 되며, 결국 과거에 합격한다. 소설 작품에서의 여사旅舍는 보통 개인적 공간보다는 개방적인 공간을 의미하지만, 나그네가 머무는 객방客房은 개인적 공간에 가깝다. 조웅趙雄이 머무르는 여사旅舍의 객방客房도 마찬가지로, 꿈을 통한 조웅趙雄과 여귀女鬼의 접속과 여귀女鬼의 의지 전달이 가능해진다.

한차례 차가운 바람이 불어오고, 바람이 지나가는 곳에 갑자기 한 여인이 나타났다. 그녀는 탁자 앞에 이르러 깊이 감사드리며 말하였다. "소첩은 근일 내에 땅에 묻어진 유골입니다. 하루 종일 비바람에 시달리고 낮에는 햇볕에 내리 쬐이며 사납게 부는 바람에 근심 걱정으로 고통스러웠습니다. 감사하게도 상공께서 저를 묻어주신 덕을 입었고, 또 제주祭酒를 올려 제사를 지내주신 은혜는 하늘과 땅같이 깊으나 갚을 길이 없어 상공께서 과거에 급제할 수 있도록 돕기를 바라옵니다. 상공은 과거 시험장에 들어가는 날, '고古'자 세 개를 이용해 논하시기만 하면, 분명히 합격할 것입니다. 깊이 마음에 새기시고 결코 사람들에게 알리지 마십시오!" 말을 끝내고 사라졌다. 조웅趙雄이 깨어나서 꿈속의 일들을 크게 이상하게 여기며 속으로 말하였다. "(이런 일이)있다고 믿고 조심해야지, 없다고 생각하고선 경솔하게 행동해서는 안 되겠구나!" 과거 시험장에 들어가는 날, 간신히 '고古'자 세 개를 이용했고 그 문장도 협운에 불과했다. 뜻밖에 합격자를 발표하는 날, 과연 합격하였다.[25]

꿈은 개인적 공간의 확장이자 귀혼공간을 연결하는 매개의 역할을 수행하고 상호 수용적인 태도를 이끌어내는 장치이다. 비록 조웅趙雄은 당시에 꿈이라는 것을 전혀 인식하지 못하지만, 현실에서의 일방적인 접속 과정보다 비교적 쉽게 여귀女鬼를 받아들인다. 그는 여귀女鬼의 출현에 크게 놀라거나 당황하지 않으며, 여귀女鬼의 말을 쉽게 믿고 따른다. 이는 꿈이 심리적 긴장을 늦추게 해 다른 이공간異空間을 쉽게 받아들일 수 있게 만들기 때문이다. 그러므로 ≪이각박안경기二刻拍案驚奇≫제30권第三十卷〈예유해왕옥영배부瘞遺骸王玉英配夫 상빙김한수재속자償聘金韓秀才贖子〉에서 한경운韓慶雲이 "사람과 귀신의 길은 다르다人鬼道殊."라고 한

---

25 只見一陣冷風逼人, 風過處, 閃出一個女子, 到桌子前面, 深深拜謝道: "妾卽日間所埋之骸骨也。終朝暴露, 日曬風吹, 好生愁苦。感蒙相公埋葬之德, 又蒙滴酒澆奠, 恩同天地, 無以爲報, 願扶助相公名題金榜。相公進場之日, 但於論冒中用三個古'字, 決然高中。牢記牢記, 切勿與人說知！"道罷而去。趙雄醒來, 大以爲怪, 暗暗道: "寧可信其有, 不可信其無。"進場之日, 勉强用了三個古'字, 那文章也不過是叶韻而已。不意揭榜之日, 果然高中。(≪西湖二集≫第四卷〈愚郡守玉殿生春〉)

것처럼, 비록 사람과 귀혼은 서로 속한 세계가 다를지라도 꿈은 대립과
충돌을 일소하고 이질적인 두 대상과 공간의 소통을 가능하게 만든다.
≪청야종淸夜鐘≫ 제13회第十三回 〈음덕획점외과陰德獲占巍科 험장돈실고제
險腸頓失高第〉에 표현된 주효렴周孝廉의 꿈에서는 내적 공간의 확장이 잘
나타나 있다.

> 어느 날 밤, 술 두 잔을 마시고 잠이 들었다. 얼핏 밖에서 "나으리, 인사드
> 립니다!"라는 소리를 들었다. 주효렴周孝廉은 누구인지 모른 채 밖으로 나와
> 보니 붉은 두루마기에 은색 띠를 두르고 검은색 장화를 신고 오사모를 쓴
> 관리였다. 주효렴周孝廉은 "앉으시지요. 제가 공복을 입고 뵙겠습니다."라고
> 말했다. 관리는 "그럴 필요 없습니다! 제가 군의 훌륭한 품덕을 입어 특별히
> 감사드리러 왔습니다." 라고 말하고 (끝까지) 절을 하려고 하였다. 절을 하고
> 는 서로 마주보고 앉았다. 관리가 말하기를, "저는 공역에 종사하는 조그마
> 한 벼슬살이로 京邸(지방관청)에 잠시 머물러 있다가, 갓 말단 관직을 얻었
> 으나, 그만 명을 달리하고 말았습니다. …… 뜻밖에 군께서 불쌍히 여기시어
> 야트막한 무덤이라도 할 수 있도록 해주시니 그 고마움을 이루 말로 표현할
> 길이 없습니다. 작은 힘이나마 은혜에 보답하기를 바랍니다. 군께서는 과거
> 시험 기일이 가까워지고 있으니 동사패루東四牌樓 두 번째 골목 양씨楊氏 작은
> 뜰로 가서 잠시 머무시면서 문에 작은 글씨로 '광동廣東의 주춘원周春元의 거
> 처廣東周春元寓' 라고 한 줄 적으면 장래에 시험 합격에 크게 이로울 것입니다.
> 누군가가 몰래 도와주어 장원을 얻을 수 있을 겁니다. 게다가 이 가난한
> 집안이 후에 당신 집안과 혼인의 연분도 있어 특별히 와서 알려드리니 아무
> 쪼록 잊어버리지 말아 주십시오." 말이 끝나자 신속히 가버렸다. 놀라 깨어
> 보니 꿈이었다.[26]

---

26 一夜, 喫了兩盃酒睡去。只見外邊傳: "李爺拜!"周孝廉不知甚人, 出來相見, 却
　　是一位縉紳: 紅袍銀帶, 皂靴烏紗。周孝廉道: "請坐, 待學生公服相見。"□□
　　紳道: "不須得!學生感蒙鄕翁盛德, 特來奉謝。"竟拜將下去。拜了, 相對而
　　坐。這縉紳道: "學生爲微名所役, 棲遲京邸, 甫沾一命, 又復捐館。……不意鄕
　　翁見憐, 得歸淺土, 不勝感激!思欲少効細結。鄕翁會試期近, 可移向東四牌樓
　　二條衚衕楊家小院子暫住, 門上可寫小字一行, 道: "廣東周春元寓。"將來大利
　　科名。某於暗中相助, 魁可得也。且寒家後與君家有姻緣之分, 特來相報, 幸勿

주효렴周孝廉은 길을 가다가 들판에 백골이 그대로 드러난 것을 보고 불쌍히 여겨 관을 사서 새로 매장해 준다. 그날 밤 꿈속에 혼령이 나타나 감사의 말을 전하며 그가 과거에 급제할 수 있도록 도와준다. 주효렴周孝廉은 남귀男鬼와 만나는 곳은 침실이다. 귀혼은 현실에서 주효렴周孝廉 앞에 직접 현현할 수도 있지만, 꿈을 통해 접속한다. 침실에서의 꿈은 개인공간의 특성을 보다 직접적으로 보여 준다. 잠을 자는 장소는 대부분 침실이나 서재, 안방과 같은 개인적 공간에 한정된 경우가 많지만, 간혹 개인적 공간이 아닌 공개적 장소에서도 꿈의 형식으로 귀혼이 나타나기도 한다.[27] 공개적 장소에서의 꿈, 혹은 다른 사람이 지켜보는 장소에서의 꿈(꿈을 형식을 빌은 정신이탈)은 개인적 정서와 심리를 반영하기보다는 어떤 사건의 해결이나 주제를 강력하게 암시하거나 다른 대상과의 관계를 부각하기 위한 장치인 경우가 많아 개인적인 공간성이나 의미 표현에는 한계가 있다. 반면 개인적 공간에서의 꿈은 개인적 공간성을 강화하는 동시에 개인공간의 내적 크기를 확대하고, 확대된 만큼 다른 공간을 수용하고자 한다. 개인적 공간의 경우 귀혼의 접속은 원한이나 복수가 아닌 이상 억압적이고 강력하게 시도되지 않으며, 현실공간과 귀혼공간은 균형과 절충의 입장을 기반으로 소통하게 된다. 〈음덕획점외과陰德獲占巍科 험장돈실고제險腸頓失高第〉 이외에도 ≪경세통언警世通言≫제32권第三十二卷〈두십낭노침백보상杜十娘怒沉百寶箱〉[28]에서도 이러한 현상이

遺忘。"言罷, 飄然而去, 驚醒正是一夢。(≪淸夜鐘≫第十三回〈陰德獲占巍科 險腸頓失高第〉)

27 중국 고전소설 속에서 귀혼의 등장은 개인적인 장소, 공개적 장소에서 직접적으로 나타나든지, 또는 꿈의 형식을 빌리든지 모두 자신의 가치를 증명하기 위한 마지막 방어 기제인 셈이다. 귀혼의 출현으로 인해 감추어져 있던 진실이 폭로되며, 인간의 숨겨진 욕망이 드러난다. 또 귀혼이 출몰하여 일으킨 일련의 사건으로 인해 부정적인 현실적 상황이 반전되어 향상을 이룬다고 볼 수 있다. 김재용, 〈귀신 이야기의 기호학〉, ≪한국학논집≫제30권, 2003년 12월, 68쪽 참조.

분명하게 나타나는데, 먼저 작품의 전체적인 줄거리를 살펴보면 다음과
같다.

두십낭杜十娘은 자기를 사랑하는 고위관리의 아들인 이갑李甲과 기생
생활을 정리하고 함께 고향으로 돌아간다. 그러나 이갑李甲은 부모님이
결혼을 허락지 않을 것이라는 두려움과 그 동안 탕진해버린 돈에 대한
죄책감으로 인하여 그녀를 부상富商 손부孫富에게 팔아넘긴다. 이에 두십
낭杜十娘은 이갑李甲과 손부孫富가 보는 앞에서 기생 생활을 하면서 모은
수천 금에 해당하는 보물들을 강물 속에 던지고 자기도 물속에 뛰어 들
어 죽는다. 두십낭杜十娘이 기생의 적에서 벗어나 이갑李甲과 함께 고향
으로 돌아갈 수 있도록 결정적인 도움을 준 사람은 류우춘柳遇春이다.
손부孫富의 등장으로 인하여 이갑李甲은 두십낭杜十娘을 버리게 되고, 류
우춘柳遇春의 도움은 모두 물거품이 되어버린다. 두십낭杜十娘은 죽어서
도 그의 도움을 잊지 못하며 꿈에 나타나 자신을 도와준 것에 대해서
감사의 답례를 한다.

작품 속에서 현실공간과 귀혼공간의 접속 장면은 류우춘柳遇春과 두십
낭杜十娘의 꿈속에서의 조우에서 잘 나타나 있다.

---

28 이 작품의 전체적인 줄거리를 살펴보면, 두십낭杜十娘은 자기를 사랑하는 고위관리의
아들인 이갑李甲과 기생생활을 정리하고 함께 고향으로 돌아간다. 그러나 이갑李甲은
부모님이 결혼을 허락지 않을 것이라는 두려움과 그 동안 탕진해버린 돈에 대한 죄책
감으로 인하여 그녀를 부상富商인 손부孫富에게 팔아넘긴다. 이에 두십낭杜十娘은 이갑
李甲과 손부孫富가 보는 앞에서 기생 생활을 하면서 모은 수천 금에 해당하는 보물들을
강물 속에 던지고 자기도 물속에 뛰어 들어 죽는다. 두십낭杜十娘이 기생의 적에서
벗어나 이갑李甲과 함께 고향으로 돌아갈 수 있도록 결정적인 도움을 준 사람은 류우
춘柳遇春이다. 손부孫富의 등장으로 인하여 이갑李甲은 두십낭杜十娘을 버리게 되고, 류
우춘柳遇春의 도움은 모두 물거품이 되어버린다. 두십낭杜十娘은 죽어서도 그의 도움을
잊지 못하며 꿈에 나타나 자신을 도와준 것에 대해서 감사의 답례를 한다.

류우춘柳遇春은 북경에서 좌감坐監 임기가 끝나 여장을 꾸려 고향으로 돌아오는 길에 과보瓜步에서 잠시 배를 멈추었다. 우연히 임강臨江에서 세수를 하다가 실수로 세숫대야를 강물에 빠뜨리자 어부를 불러 건져내게 하였다. 물건을 건져내었는데 작은 상자였다. 류우춘柳遇春이 상자를 열어보니 안에는 귀중한 구슬과 진귀한 보물들로 가득한데, 값을 매길 수 없는 것들이었다. 류우춘柳遇春은 어부에게 후한 상을 내린 후, 그것을 머리맡으로 두고 손으로 만지작거리며 감상하였다. 그날 밤 꿈에 강물 속에서 한 여인이 사뿐히 걸어 나왔는데, 그녀를 보니 바로 두십낭杜十娘이었다. 그녀는 가까이 다가가 인사를 올리고 이갑李甲의 박정한 일을 하소연하였다. 또 "예전에 선비님께서 흔쾌히 백오십 냥을 내어 도와 주셨지요. 본래는 짐을 던 후, 천천히 보답하려 했습니다. 뜻밖에 일이 이렇게 되고 말았으나 베풀어주신 은혜는 항상 마음속에 간직하면서 걱정되어 잊지 못했습니다. 아침에 이미 작은 상자를 어부를 통해 전해 드린 것은 작은 성의나마 표시하고자 한 것입니다. 이제 다시 뵐 수 없을 듯합니다." 라고 말을 끝나자, 갑자기 놀라서 깨어났다. 그제야 두십낭杜十娘이 이미 죽었음을 알게 되었고 연일 탄식하였다.[29]

류우춘柳遇春이 꿈을 꾼 장소가 배의 어떤 곳인지 구체적으로 드러나지는 않지만, 작품 줄거리를 통해 류우춘柳遇春이 머무는 곳이 선실의 객방船房이라는 것을 쉽게 유추할 수 있다. 객방船房은 개인적 공간성이 강한 장소로, 두십낭杜十娘과의 접촉을 가능하게 한다. 류우춘柳遇春의 꿈은 서사를 진행보다는 관건의 역할보다는 인과응보에 대한 일종의 교화적인 의미를 지닌다. 류우춘柳遇春은 꿈속에서 두십낭杜十娘을 만나지만 전혀 놀라거나 이상하다고 느끼지 않으며, 실제 현실에서 맺은 관

---

29 柳遇春在京坐監完滿, 束裝回鄕, 停舟瓜步。偶臨江淨臉, 失墜銅盆於水, 覓漁人打撈。及至撈起, 乃是個小匣兒。遇春啓匣觀看, 內皆明珠異寶, 無價之珍。遇春厚賞漁人, 留於床頭把玩。是夜夢見江中一女子, 凌波而來, 視之, 乃杜十娘也。近前萬福, 訴以李郞薄倖之事, 又道: "向承君家慷慨, 以一百五十金相助, 本意息肩之後, 徐圖報答。不意事無終始; 然每懷盛情, 悒悒未忘。早間曾以小匣托漁人奉致, 聊表寸心, 從此不復相見矣。"言訖, 猛然驚醒, 方知十娘已死, 歎息累日。(≪警世通言≫第三十二卷〈杜十娘怒沉百寶箱〉)

계인 양 그녀의 처지를 깊이 동정한다. 류우춘柳遇春의 꿈은 두십낭杜十娘의 주도적인 접속으로 이루어지며, 두십낭杜十娘이 꿈속에서 나타나게 된 주된 이유는 은혜에 대한 보은이다. 두십낭杜十娘과 류우춘柳遇春의 만남은 두십낭杜十娘의 강한 의지로 시도되지만, 이는 류우춘柳遇春이 두십낭杜十娘을 수용하고자 하는 연민과 동정의 태도를 통해 가능해진다. 류우춘柳遇春의 꿈을 통해 내적 공간은 확대되며, 그가 두십낭杜十娘의 죽음에 대한 탄식과 동정, 안타까움과 애석함을 표출하면서 확대의 양상이 분명하게 나타난다.

앞에서 열거한 작품들이 사람과 귀혼이 꿈을 통해 만나는 과정에서 귀혼공간의 특성을 부각했다면, ≪환희원가歡喜冤家≫제17회第十七回〈공량종부의박동옹孔良宗負義薄東翁〉은 꿈을 통해 사람의 혼과 귀혼이 접속하는 특이한 양상을 보여준다. 이 작품의 전체적인 줄거리를 살펴보면, 강오상江五常은 나이가 많도록 자손이 없자, 동생의 둘째아들인 강문江文을 양자로 삼아 후손을 잇도록 하고 공량종孔良宗으로 하여금 가르치게 하였다. 공량종孔良宗은 강오상江五常의 첩인 이씨李氏의 미모에 반해 은밀히 사통하고자 하였다. 이 일은 강오상江五常의 또 다른 첩인 초초楚楚에 의해서 들통 나게 되고, 초초楚楚는 자식을 얻을 속셈으로 거짓으로 이씨李氏 이름을 빌어 공량종孔良宗과 사통한다. 초초楚楚는 아이를 낳게 되고, 강오상江五常은 이씨李氏와 공량종孔良宗이 사통한 일은 모두 초초楚楚가 꾸민 일임을 알게 되었다. 초초楚楚는 병들어 죽고, 원귀冤鬼가 되어 공량종孔良宗을 따라가 그를 죽게 한다. 후에 공량종孔良宗은 강씨江氏 집안의 개로 환생하고, 초초楚楚는 고양이로 환생하게 된다.

이 작품에서 혼과 귀혼의 만남은 산자의 영혼이탈과 귀신의 조우라는 독특한 양상을 형성한다. 이는 꿈이라는 공간을 통해서 이루어지며, 꿈을 통해 현실공간과 귀혼공간의 접속과 전이가 구체적으로 나타난다.

양종良宗이 가마에 올라 강어귀로 곧장 가는데 초초楚楚의 영혼이 그의 집까지 따라 갔다. 양종良宗은 부모와 아내를 만나니 대단히 기뻤다. 마침 단오절이라 모두가 함께 앉아서 술을 마셨다. 양종良宗은 딱딱한 음식을 많이 먹었고, 저녁에도 마음껏 만남의 회포를 풀었다. 이 병은 처음에는 귀신 놀음처럼 보였으나, 점점 진짜처럼 되어갔고, 하루하루가 지날수록 심해지더니, 집으로 돌아온 지 며칠 되지 않아 그만 명을 달리하게 되었다. 한 혼령은 이미 명부冥府로 갔고, 또 한 혼령은 주검을 지키고 있으며, 다른 혼령은 마침 초초楚楚에게 붙잡혀 있었다. 양종良宗이 "당신은 누구십니까?" 라고 묻자 초초楚楚가 말하였다. "저는 강씨江氏 집의 신이新姨인데 어떻게 저를 잊으실 수 있나요?" 양종良宗이 말하였다. "아니오. 용모도 닮지 않았고, 다리도 길다오." 초초楚楚는 사실대로 그 이유를 말하였다. "제가 이렇게 당신을 기다린 것은 송강松江에 있는 이왕李王의 전殿에 가서 공정하게 심판을 받고자 함입니다." 공량종孔良宗이 말하였다. "원래 당신은 소이蘇姨이지만, 신이新姨의 이름을 빌어 전생의 원업을 맺었소. 송강松江 이왕李王이 누구인지 알지 못하오."라고 하자, 초초楚楚가 말하였다. "그는 화정華亭의 뛰어난 선비로 인품이 강직하여 자신의 일에 조금도 소홀히 하지 않습니다. 상제께서 그 후덕함을 존경하시어 명부冥府 군왕의 직무를 부여하였는데, 모든 혼령을 관장하십니다. 저와 당신은 심문을 피할 수 없으니, 그들의 결정에 따라서 가기만 하면 됩니다."[30]

이 작품은 다른 작품들과 달리 내적 공간의 다른 확대 양상을 보인다. 다른 작품들의 경우, 개인공간에서 꿈을 통해 귀혼과 접속하고, 꿈에서 깨어나면 현실로 돌아오는 유형이 다수를 차지하고 있다. 꿈속에서는

---

30 良宗上轎, 直至江口, 楚楚靈魂隨他到家。父母妻子相見, 好生歡喜。恰好正是端陽, 大家一塊兒坐下吃酒。孔先生多吃了些硬東西, 晚上也要盡個久別之意。那病初時鬼渾, 漸漸弄得眞了, 一日重加一日, 未到歸家幾個日子, 便嗚呼哀哉了。一靈已赴冥府, 一靈守住死尸, 一靈恰被楚楚勾住。良宗道: "你是何人？"楚楚曰: "我乃江家新姨, 爲何忘了？"良宗曰: "非也, 容顏非似, 脚也長了。"楚楚方實訴其因。"爲此我來等你, 明白要赴松江李王殿下聽審。"孔良宗曰: "原來你是蘇姨, 冒了新姨之名, 結成夙世冤業。未識松江李王是何名也？"楚楚曰: "他是華亭秀士, 爲人耿直, 一絲不苟。上帝敬重厚德, 授以冥府君王之職, 掌管一切亡魂, 我與你免不得要一番審問, 聽彼發落, 就此去罷。"(≪歡喜冤家≫第十七回〈孔良宗負義薄東翁〉)

귀혼과 자유롭게 만날 수 있으며, 귀혼공간의 접속이 현실에 비한다면 용이한 편이다. 〈공량종부의박동옹孔良宗負義薄東翁〉은 산 자의 영혼이 이탈해 귀혼과 만난다. 공량종孔良宗은 현실에서는 가사假死의 상태에 처해 있지만, 사실 꿈을 통해 영혼이 분리된 상태이다. 꿈속에서 공량종孔良宗은 전혀 거리낌 없이 소이蘇姨를 받아들인다. 소이蘇姨는 공량종孔良宗에게 신이新姨의 모습으로 나타나지만, 공량종孔良宗은 그가 신이新姨가 아니라 소이蘇姨라는 것을 금방 알아차린다. 공량종孔良宗은 소이蘇姨와 동행하여 이승의 일에 대한 공정한 판결을 받으러 저승길에 쓸 명재冥財까지 마련해 송강松江 이왕李王에게 같이 가게 된다.[31] 그는 '꿈'이라는 개인적이고 초월적인 방식을 통해 죽음을 체험하고 명부冥府를 유람한다.[32]

---

31 영혼이 여러 곳으로 이동한다는 것은 전통적으로 사람이 죽으면 그 혼령은 하나여서 동시에 여러 곳으로의 이동이 불가하다는 관념과는 사뭇 다르다. 중국 고전소설의 여러 작품에서도 혼령은 인간의 몸에서 잠시 떠나 있다가 다시 돌아오는 경우는 여러 군데 보이지만, 혼령이 여럿이어서 각각 다른 곳으로 가는 경우는 상당히 드물다. 〈공량종부의박동옹孔良宗負義薄東翁〉에서 공량종孔良宗의 혼령은 셋이다. 하나는 이미 명부冥府에 가 있으며, 하나는 주검을 지키고 있으며, 다른 하나는 소이蘇姨와 함께 이왕李王에게 간다. 그러나 실제로 작품 속의 혼령은 둘이라고 할 수 있다. 이왕李王은 명부冥府 군왕의 직을 이어 받아 망혼을 관리하여, 사실 염라대왕과 같은 직위에 있다. 그러므로 공량종孔良宗과 소이蘇姨는 송강松江 이왕李王에게 같이 가는 것은 명부冥府에 가는 것과 같다고 볼 수 있다.

32 한국 고전소설에서 현실계의 인간이 저승으로 가기 위해서는 초월적인 방식, 즉, '꿈'과 '죽음'을 통하는 경우가 대부분이다. '꿈'이나 '죽음'은 그 경험 자체가 지극히 개인적이고 순간적이기 때문에 여정이 간략하고 추상화되어 있는 저승계를 체험하는 방식으로 자주 등장한다. 중국 고전소설에서는 '꿈'과 '죽음'이 각각 독립적으로 저승 왕복에 작용하는 경우보다 같이 연결되어 진행되는 경우가 많다. 이 때 주인공은 꿈을 꾸면서도 실제로는 죽음을 체험하며(현실에서는 이미 죽음), 저승에 들어갔다가 생전의 불만이나 의혹을 풀고, 갑작스럽게 깨어나 현실을 깨닫는 방식으로 나타난다. 한국 고전소설에서 '꿈'과 '죽음'을 통해 저승을 왕복하는 작품에 대한 연구는 조재현, 〈古典小說에 나타나는 저승계 硏究 - 閻羅大王의 地獄과 后土夫人의 冥司界를 중심으로〉, 《語文硏究》제35권 제2호, 2007년 여름, 169~175쪽 참조.

이처럼 꿈은 현실에서는 불가능한 일들이 실현될 수 있게 만들며 어떠한 외부 대상이라도 수용하고 다른 세계와 쉽게 접속할 수 있게 만든다. 중국 고전소설 작품들 중 극히 일부분의 작품을 제외하면, 대부분의 작품들에서 꿈은 공량종孔良宗과 마찬가지로 인물의 개인적 공간이며 귀신·요괴·이물 등 비인간적 객체를 제외한 대상과는 공유하지 않는다. 간혹 어떤 작품의 인물들이 비슷한 꿈을 꾸더라도 동일한 공간에 같이 있다기보다는 동일한 꿈으로 인식하곤 하며, 같은 공간에 같이 존재하는 경우는 드물다. 같이 존재하더라도 대부분 혼령이 된 상태에서 귀혼과 만나게 된다. 공량종孔良宗과 소이蘇姨는 '혼령'과 '귀신'으로 서로 다른 성격을 가지고 있지만, 작품 속에서는 비슷한 대상으로 그려지고 있다. 결국 공량종孔良宗의 꿈은 지극히 개인적인 꿈에 불과하지만, 공간의 내적 확장을 통해 소이蘇姨를 포함한 귀혼공간과 쉽게 접속할 수 있게 만드는 중요한 역할을 한다.

꿈은 현실과 환상의 공존이라는 이중적 성격상 현실의 여러 요소들을 직접적으로 반영하는 한편, 인간과 귀혼, 자아와 타자, 현실공간과 귀혼공간의 소통 등 불가능한 일을 이루는 수단이 된다. 꿈은 현실적 형태에 얽매이지 않고 자유롭게 다른 공간과의 접속을 시도하며, 외부의 형태에 의해 규정되지 않고 심리 상태에 따라 형태와 수용 범위가 정해진다. 이로 인해 접속 과정 역시 다양하고 포괄적으로 변한다. 개인적 공간이면서 내적 확장이 일어나는 꿈은 현실과 환상의 중간 단계로 상호 완급과 긴장을 조절하면서 거리를 조율한다. 꿈은 귀혼의 접속과 인물의 귀혼공간 접속 및 이동을 용이하게 만든다.

5. 개방된 거주공간 - 개인공간의 외부 확대

명청화본소설明清話本小說에서 나타나는 공간은 현실공간과 환상공간

으로 나눌 수 있으며, 현실공간은 개인적 공간과 공개적 공간으로 구분
될 수 있다. 현실공간의 구체적 특징은 폐쇄성과 개방성인데, 폐쇄성이
뚜렷하게 나타나는 공간으로는 '거주공간'을, 개방성을 위주로 하는 공간
으로 '시정공간'을 들 수 있다. 그러나 어떤 공간은 '거주공간'에 가깝더
라도 폐쇄성만이 아니라 개방성을 지니기도 한다. 개방적 거주공간은
기본적으로 개인적 공간성을 지니나, 약간의 개방성도 포함하고 있다.
이 개방된 거주공간의 대표적인 장소로 '집'을 들 수 있다. '집'은 개인적
인 공간이지만 외부인이 왕래하고 상호 관계를 맺을 가능성이 있는 이
상, 개방성의 범위에서 결코 벗어날 수 없다.[33] 개방적 거주 공간은 개인
적 공간성과 개방적 공간성을 동시에 지니며, 완전히 개방적인 공개적
공간이나 완전히 폐쇄적인 개인적 공간과 차별화된다.

개방된 거주공간은 개인적 공간에서 외부를 향해 열려있다. 이러한
현상은 개인적 공간의 외적인 확대라고 할 수 있으며, 안에서 바깥으로
향하는 '직방향성direct orientation'의 성질을 가진다.[34] 이러한 성질은 개
인적 공간을 외부로 확대하게 하고, 개인적 공간성을 잃지 않으면서 외

---

33 개인적 공간의 구체적인 장소는 '집'이다. 이 개인적 공간성이 강한 '집'은 때로는 개인
적 공간 특징을 가지고 있고, 반대로 공개적인 공간성도 가지고 있다. 이 공간은 시정
市井, 가도街道처럼 확대된 개방성보다는 한 곳에 집중되는 공간성을 가지게 된다. 또
한 개인적인 공간 특징이 강하지만, 공개적 공간으로도 쉽게 전환된다.
34 이어령은 그의 저서 ≪공간의 기호학≫, 서울: 민음사, 2000년에서 러시아 기호학자인
유리 로트만Juri Lotman(1922~1993)의 문화모델을 문학텍스트에 적용하여 '직방향성
direct orientation'과 '역방향성inverse orientation'을 설명하고 있다. 이어령의 분석에 따르면,
집안은 '내'의 공간이 되고, 집 바깥은 '외'의 공간이 된다. '내'의 공간에서 '외'의 공간으
로 이동하고 있는 방향성을 '직방향성'이라고 하고 그 반대의 경우를 '역방향성'이라고
한다. 시점을 가족이 집안에 있는 경우와 그 밖에서 집을 바라보는 것으로 나눌 수
있는데, 거기에 우리(가족, 안) ↔ 그들(타인, 외)의 관계가 생겨난다. 또한 가옥 구조도
안채, 바깥채로 분할되듯이 여자의 공간, 남자의 공간이 분할할 수도 있고, 같은 가족이
라고 하더라도 성에 따라 아내의 경우 '직방향성'이 나타나고 남편의 경우는 '역방향성'
이 나타난다. 이어령, ≪공간의 기호학≫, 서울: 민음사, 2000년, 269~271쪽 참조.

부 공간을 수용하고 접속을 유지할 수 있게 한다. 실제로 귀혼이 '집'에서 출현하는 현상을 살펴보면, 귀혼이 집안의 한 곳에 집중되어 개인이 목격할 수 있게 하거나 집안의 많은 사람 앞에 동시적으로 나타나기도 한다. 귀혼은 구체적으로 거실, 정원, 서재 등 '집'의 일부에 해당하는 장소에서 나타난다. 개방성의 정도는 같이 거주하는 타인의 유무, 왕래하는 관계에 따라 정해진다. 개방된 거주공간은 철저하게 외부와 단절되거나 또는 순식간에 외부에 개방하거나, 외부인을 개인적 공간에 쉽게 들어오게 할 수도 있다. 이처럼 개방적 거주공간은 비록 개인적 공간 특징을 가지고 있지만 외부와의 단절에서 연계, 고립에서 개방으로 유동적인 공간 특징을 분명하게 보여주고 있다. 그러므로 같은 장소이지만, 경우에 따라 공간의 은폐와 개방이 상호 전환되는 이중적 특징을 가지게 된다.

개방적 거주공간이 구체적으로 나타난 작품으로는 ≪환희원가歡喜冤家≫제19회第十九回〈목지일진탁처기자木知日眞托妻寄子〉, ≪서호이집西湖二集≫제11권第十一卷〈권기매화귀료서각卷寄梅花鬼閣西閣〉, ≪유세명언喩世明言≫제16권第十六卷〈범거경계서사생교范巨卿雞黍死生交〉, ≪환희원가歡喜冤家≫제19회第十九回〈목지일진탁처기자木知日眞托妻寄子〉 등을 들 수 있다. 먼저 ≪환희원가歡喜冤家≫제19회第十九回〈목지일진탁처기자木知日眞托妻寄子〉에서는 개방적 거주 공간에 있어서 개인적 공간의 외부 확대가 분명하게 나타나고 있다.

방씨方氏의 남편인 강인江仁은 안동安童의 혼령에 씌여 갑자기 난폭해지고 방씨方氏가 목지일木知日과 정을 통했다고 주장하며 그녀를 죽이려 든다. 방씨方氏는 잠시 목지일木知日 집에 피신한다. 목지일木知日의 부인 정씨丁氏는 아순阿順을 비롯한 하인 여러 명을 강인江仁의 집으로 보내 정황을 살피게 한다. 하인들이 집에 들어가 문을 열자, 집 안에 있던 강인江仁이 갑자기 뛰쳐나와 하문계下汶溪의 다리 위에서 강물에 뛰어들어 죽는다. 하인들은 시신을 수습하여 장례를 치르고 집으로 돌아와 잠을 청한다. 그날 밤, 귀혼의 곡소리가 들리며 광풍이 몰아친다. 네 사람은 놀라서 날이 밝도록 기다렸다가 방씨方氏에게 이 사실을 알린다.

방씨方氏는 훌쩍거리며 입관을 하였다. 지일知日은 사람을 불러서 관을 들
고 강씨江氏 조상 무덤에 가서 임시로 안치하고, 방씨方氏와 지일知日은 묘
옆까지 배웅하였고, 제례를 행하였다. 방씨方氏는 울면서 일이 끝났음을 고
하고 결국 집으로 돌아갔다. 방씨方氏는 사람들을 시켜 자신의 집에 위패를
세우게 하고 다음날 옮겨갔다. 아순阿順 등 네 사람은 집으로 돌아와 묵었다.
한밤중에 잠을 자는데 처절하게 통곡하는 소리가 들리고 모래와 진흙이 흩
날리자, 놀란 네 사람은 일제히 고함치며, 재빨리 날이 밝아 목지일木知日가
오기만을 간절히 바랐다. 네 사람은 돌아오는 길 내내 상의했다. "간밤에
일어난 일이 이처럼 놀랍고 무서운데, 만약 마님께서 우리더러 또 묵으라고
한다면 어찌 한단 말이냐?" 아순阿順이 말하였다. "마님께 고할 때는 부풀려
서 이야기해서, 마님조차도 감히 다시 돌아오지 못하게 하는 것이 낫지!
너희들은 함부로 입을 놀리지 말고, 내가 입을 열 때 좀 도와준다면 자연히
우리들을 다시 보내지 않을 것이야!" 이야기하는 동안 이미 도착하였다. 방
씨方氏를 만나자, "밤에 사실 무서워 죽는 줄 알았습니다. 일경에는 아무
일이 없었고, 이경에도 고요했으나, 삼경이 되었을 때 귀신들이 주위에서
끊임없이 통곡하며 위층의 탁자와 의자를 심하게 쳐서 온 집안이 시끄러웠
습니다. 희미한 가운데 수십 명의 머리를 풀어 헤친 귀신들이 이리 저리
뛰어 다니고 부수고 해서 새벽에 이르러서야 겨우 조용해졌습니다. 오늘은
죽어도 돌아가지 않겠습니다."라고 말하였다. 방씨方氏는 얘기를 듣고서 지
레 겁을 먹고서 돌아가고 싶은 마음이 싹 가셨다.[35]

---

35 方氏啼啼哭哭, 送入了棺。知日喚人抬至江家祖塋權措, 方氏與知日送到墳邊,
辦下祭禮, 方氏哭告事畢, 一竟回家。方氏着人在自己家中, 設立靈位, 次日移
回。阿順等四人歸家歇宿, 睡到半夜, 聽得神號鬼哭, 撒着沙泥, 驚得四個人一
齊吶喊, 巴不得到天明一溜風往木家來。四個人一路商量: "夜間如此驚怕, 倘
大娘子又要我們來歇, 如之奈何？"阿順說: "再說得利害些, 連他不敢回來方
好。你們倒不要七差八纏, 待我一個開口, 你們只要贊助些兒, 自然不着我們
來了。"說話之間, 不覺已到。見了方氏道: "夜來實是怕死人也, 一更無事, 二
更悄然, 一到三更時候, 一把泥沙, 那鬼四下裏哭哭啼啼, 把樓上桌椅打得好
響。隱隱之中, 有數十個披頭散髮的跑來打去, 直至雞鳴, 方纔無事, 今日死也
不回去了。"方氏見說, 先自害怕, 把那回去心腸, 丟得冰冷。(≪歡喜冤家≫第

이 작품에서 공간을 외부로 확대시키는 주체는 하인들이다. 아순阿順을 비롯한 하인들은 강인江仁의 집에 거주하면서 혼령의 존재를 느낀다. 그들에게 강인江仁의 집은 개인적 공간이면서 동시에 개방적 공간이다. 강인江仁의 집은 개인적·공개적 특성이 혼용된 공간으로, 시정의 개방 공간보다는 폐쇄적이지만 다른 개인적 공간에 비하면 공개적인 특징을 지닌다. 강인江仁의 집은 기존의 집에서 느껴지던 평온·안정·애정의 보편적인 공간성을 상실하고 혼령의 곡소리로 인해 위협·공포·죽음의 공간으로 바뀐다. 이는 변화된 공간 속에서 인간의 적응과 변화의 과정을 구체적으로 보여준다.[36] 귀혼은 개인적 공간처럼 한 사람에게만 보여지지(혹은 느끼거나) 않고, 집안의 다수 앞에 나타난다. 귀혼의 접속을 통해 개인적 공간은 다수의 하인들이 동시에 귀혼을 인지하는 공간으로 변화한다. 이는 기존의 내적 확장보다는 공개성을 통한 밖으로의 확대를 보여주는 것이다. 개인적 공간과 귀혼공간의 접속을 목격한 이들은 네 명에 불과하지만, 이들의 경험을 통해 개인적 공간이 외부로 확대되며 귀혼공간의 접속도 원활하게 진행된다.

≪환희원가歡喜冤家≫제19회第十九回〈목지일진탁처기자木知日眞托妻寄子〉가 개인공간의 대표적인 장소인 '집'에서의 공간 접속에 치중했다면, ≪서호이집西湖二集≫제11권第十一卷〈권기매화귀료서각卷寄梅花鬼閙西閣〉은 '여사旅舍'의 공간 확대를 명확하게 보여준다. 이 공간은 개방적 공간에 해당하지만, 개방적 특징보다는 개인적 특징을 뚜렷하게 드러낸다.

十九回〈木知日眞托妻寄子〉)

36 작품 속에서 인물의 심리, 행동의 변화로 야기되는 공간성의 변화는 한국 현대소설에서도 예외가 아니다. 한국 현대소설은 종종 인물이 어떠한 공간에 놓여 있느냐에 따라서 인간성이 변하는 모습을 보여주기도 하고, 그 과정 속에서 인간이 어떻게 새로운 공간을 창조하고 모색하는지도 보여준다. 옥태권은 한국 현대 해양소설을 예를 들어 구체적으로 이러한 현상을 설명하고 있다. 옥태권, 〈한국 현대 해양소설의 공간연구〉, ≪동남어문집≫제18집, 2004년 12월 참조.

몇 차례 바람이 지나가고 주인과 노복 두 사람은 온 몸이 얼음같이 차갑
고 솜털이 뿌리째 쭈뼛쭈뼛 서기 시작했다. 탁자 위의 가물가물한 등불이
꺼지려다 다시 밝아지더니, 멀리서 흐느껴 우는 소리가 들리는데 매우 처량
하고 슬펐다. 주인과 노복 두 사람은 이상하게 여기고 있는데, 우는 소리가
점점 서재 문 앞으로 가까워지더니, 문이 갑자기 덜커덕 열렸다. 한 사람이
갑자기 들어오는데 여인인 것 같았다. 두 사람은 서둘러 머리를 들어 살펴
보니 바로 마경경馬瓊瓊이었다. 머리를 풀어헤치고 목에는 수건 하나를 두르
고 있었으며 온 얼굴이 눈물로 뒤범벅이었다. 그녀는 소리 내어 울며 말하
였다. "이 의리를 저버린 왕괴王魁, 나를 이렇게 고통스럽게 하다니!" 주인과
노복 두 사람은 일제히 크게 놀라서 물었다. "대체 왜 그러시오?" 마경경馬瓊
瓊이 말하였다. "일전에 제가 설매사雪梅詞를 보냈을 때, 원래 동각東閣이 모
르도록 했습니다. 동각東閣은 평두平頭가 집에 없는 것을 알게 되었고, 이
일의 사정을 모두 알게 되었습니다. 저를 원망하는 마음이 골수에 파묻힐
만큼 깊어, 매일 저를 못살게 굴었습니다. 3개월 남짓 지나서 그의 괴롭힘을
차마 피할 수 없어, (일전에) 밤에 수건에 목매어 죽을 수밖에 없었습니다.
오늘 밤 특별히 바람을 타고 찾아와 이 고통을 하소연 하는 것입니다. 정말
괴롭습니다!" 이야기가 끝나자 대성통곡하였다. 주정지朱廷之가 앞으로 가서
끌어안으려 하니 마경경馬瓊瓊이 "저는 음귀陰鬼이고 상공께서는 양인陽人이
십니다. 절대 이쪽으로 오지 마십시오!"라고 하자, 주인과 노복 두 사람은
대성통곡하며, "당신은 이미 죽었는데, (그 사람을)어떻게 처벌하면 좋단
말이오?"라고 물었다. 마경경馬瓊瓊은 "소첩은 단지 상공께서 불법佛法으로
혼령을 구제하여 명복을 빌어주십시오."라고 대답했다. 말이 끝나자 또 대
성통곡하며 갔다. 주정지朱廷之는 서둘러 앞으로 가서 옷소매를 붙잡으려
했으나 한차례 찬바람이 불더니 마경경馬瓊瓊의 모습은 이미 보이지 않았다.
주정지朱廷之는 울며 쓰러졌다.[37]

---

37 這幾陣風過處, 主僕二人吹得滿身冰冷, 毫毛都根根直竪起來, 桌上殘燈滅而復明,
卻遠遠聞得哭泣之聲, 嗚嗚咽咽, 甚是悽慘。主僕二人大以爲怪, 看看哭聲漸近於
書房門首, 門忽呀然而開, 見一人搶身入來, 似女人之形。二人急急抬頭起來一看,
恰是馬瓊瓊, 披頭散髮, 項脖上帶著汗巾一條, 涙珠滿臉, 聲聲哭道: "你這負義王
魁, 害得我好苦也！"主僕二人一齊大驚道: "卻是爲何？"瓊瓊道: "前日我寄雪梅
詞來之時, 原不把東閣知道。東閣知平頭不在家, 情知此事, 怨恨奴家入於骨髓,
日日凌逼奴家。三個月餘, 受他凌逼不過, 前日夜間, 只得將汗巾一條自縊而死。
今夜特乘風尋路而來, 訴說苦楚, 眞好苦也！"說單, 大哭不止。廷之要上前一把

작품 속에 나타난 '서방書房'은 주정지朱廷之의 임지任地에 있는 장소로, 주정지朱廷之가 본래 혼자 지내는 곳이다. 그는 첩인 서각西閣의 편지를 가져온 하인 평두平頭와 잠시 같이 머물게 되었다. 평두平頭가 차를 끓이며 시중을 들 때, 주정지朱廷之는 마경경馬瓊瓊을 맞이하게 된다. 만약 평두平頭가 편지를 전해주려고 찾아오지 않았다면, 이 공간은 순전히 주정지朱廷之의 개인공간이었을 것이다. '서방書房'은 평두平頭와 같이 머무르면서 개인적 공간에서 약간의 공개적 공간성을 가진 공간이 된다. 서방書房은 완전히 밖으로 공개된 공간이나 시정의 개방적인 공간과는 다르며, 개인공간이라고 하기에는 은밀함이나 폐쇄성이 부족하다. 서방書房은 두 사람에게만 주어진 공간이므로 개인적 공간성이 비교적 뚜렷하며, 개인적 공간에서 외부공간으로 확대된 형태라고 할 수 있다. 공간의 외부적 특징상, 서방書房은 일반적인 특징으로 규정되는 임지任地에서의 객사客舍에 해당하나 공간의 내용적·상징적 측면에서 살펴보면 외부와 완전히 격리되지 않고 외부의 인물을 어느 정도 수용하는 개인적 공간이라고 할 수 있다.

마경경馬瓊瓊은 자신의 존재를 알리기 위해 주정지朱廷之와 평두平頭가 같이 있을 때 나타난다. 이는 깊은 원한으로 직접적이고 강력한 암시를 주거나 의지와 호소를 토로하기 위한 접속 방식이라고 볼 수 있다. 현실공간인 서방書房에 마경경馬瓊瓊이 나타나면서, 그녀가 존재하는 귀혼공간이 현실공간에 진입하게 된다. 현실공간은 단순히 고립된 개인적 공간에서 탈피해 외부의 공간으로 확대되고, 개인적 공간성에서 개방적 공간성으로 변화하게 된다. 비록 인간과 귀혼의 접속은 마경경馬瓊瓊의 일방적인 출현으로 시작되어 주정지朱廷之와 평두平頭는 극심한 공포와 두려

抱住, 瓊瓊又道: "妾是陰鬼, 相公是陽人, 切勿上前！"主僕二人大哭道: "今既已死, 卻如何處置？"瓊瓊道: "但求相公作佛法超度, 以資冥福耳。"說畢, 又大哭而去。廷之急急上前扯住衣袂, 早被冷風一吹, 已不見了瓊瓊之面。廷之哭倒在地。(≪西湖二集≫第十一卷〈寄梅花鬼鬧西閣〉)

움을 보인다. 그러나 주정지朱廷之와 평두平頭는 마경경馬瓊瓊의 슬픔을
동정하고 그녀를 이해하며, 그녀가 이승에서 벗어날 수 있도록 도와준
다. 인간과 귀혼은 대립 관계에서 벗어나 서로 인정하고 연대하는 관계
로 발전하게 되는 것이다. 현세의 서방書房과 귀혼공간은 서로 융화하면
서 양자 간 긴밀한 소통을 이루게 된다.

개인적인 현실공간과 귀혼의 접속은 인물의 외부에의 수용을 전제로
한다. 처음에 귀혼이 일방적으로 나타났다고 하더라도, 이후에는 귀혼의
일방적 노력 뿐 아니라 인물의 수용의지가 요구된다. 이는 개인공간이
외부로 공간성을 개방하면서 범위가 확대되어 귀혼공간을 수용하게 되
는 것이다. 귀혼공간의 접속은 철저히 격리된 개인공간을 외부로 확장시
키며, 현실공간과 귀혼공간의 상호 소통을 유도한다. 이러한 과정은 〈권
기매화귀료서각卷寄梅花鬼鬧西閣 외에도 ≪유세명언喩世明言≫제16권第十
六卷〈범거경계서사생교范巨卿雞黍死生交에서도 잘 나타나 있다.

〈범거경계서사생교范巨卿雞黍死生交〉에서도 장소張劭는 객사에 병들어
있던 범거경范巨卿을 돌보느라 과거 시험을 치르지 못한다. 범거경范巨卿은
장소張劭에게 고맙다고 말하며 1년 후 중양절重陽節에 다시 만나자고 기약
한다. 그러나 범거경范巨卿은 생활에 바빠 그만 약속한 날을 잊어버린다.
중양절重陽節이 되어서야 범거경은范巨卿 장소張劭와 약속했던 것을 떠올리
고, 죽어서 귀혼이 되면 당일 안에 도달할 수 있을 것이라 믿고 자결한다.
범거경范巨卿은 밤이 되어서야 하루 종일 기다린 장소張劭에게 찾아온다.

장소張劭는 마치 술에 취한 듯 멍하니 문에 기대어 서 있었다. 바람이 불어
초목이 소리를 내니, 범거경范巨卿이 온 것이 아닐까하고 모두 놀라워했다.
은하수가 반짝거리고 우주가 맑더니, 점차 삼경이 되자 달빛이 모두 사라졌
다. 희미한 가운데 컴컴한 곳에서 한 사람이 바람처럼 오는 것이 보였다.
장소張劭가 보니 바로 범거경范巨卿이었다. 들뜬 마음으로 예를 갖추고 크게
기뻐하며 말하였다. "저는 아침 일찍부터 지금까지 기다리며, 형님께서 약속

을 어기지 않을 것을 알고 있었습니다. 형님께서 과연 오셨습니다. 지난해에 약속했던 닭과 기장은 오래전에 이미 준비해 두었습니다. 길이 멀고 고된 여정이라 달리 다른 사람과 함께 올 수 없었군요! 누추하지만 저희 집에 들어와 노모를 뵙지요." 범거경范巨卿은 대답하지 않고, 집안으로 들어갔다. 장소張劭는 의자를 가리키며 말하였다. "특별히 이 자리를 만들어 형님이 오시기만을 기다렸습니다. 형님께서 응당 상석에 앉으셔야합니다."[38]

범거경范巨卿이 장소張劭와 대화를 나누는 공간은 일반적인 외부 개방공간과는 다르다. 장소張劭의 집은 철저한 개인적 공간은 아니지만, 장소張劭의 개인적 공간인 동시에 다른 가족들(노모, 형, 형수 등)과 함께 공유하는 공간이기도 하다. 그의 집은 ≪이각박안경기二刻拍案驚奇≫제11권第十一卷〈만소경기부포양滿少卿饑附飽颺 초문희생수사보焦文姬生讐死報〉에서 묘사된 제주齊州 청사廳舍처럼 가족과 식솔들이 함께 거주하고 있는 공간이지만, 많은 이들이 빈번하게 왕래하는 것과는 달리 상당히 작고 소박한 공간이다. 작품의 초점은 집의 외부와 내부 묘사보다 인물의 이동에 맞추어져 있다. 두 사람의 공간 이동은 범거경范巨卿 위주로 진행되는데, 먼저 범거경范巨卿이 집 앞에서 장소張劭를 만나고, 거실에서 노모와 인사를 나누고, 다시 방(거실)으로 이동한다. 개인적 공간은 범거경范巨卿가 장소張劭과 만나는 문 앞에서부터 거실 등이 포함되는데, 이 곳들은 장소張劭의 개인적 공간이면서 가족들과 함께 살아가는 개방된 거주공간이다.

장소張劭는 범거경范巨卿이 혼령이라는 것을 알고 난 후에도 전혀 당황하지 않는다. 장소張劭의 반응은 ≪서호이집西湖二集≫제11권第十一卷〈권

---

38 劭倚門如醉如癡, 風吹草木之聲, 莫是范來, 皆自驚訝. 看見銀河耿耿, 玉宇澄澄, 漸至三更時分, 月光都沒了, 隱隱見黑影中一人隨風而至. 劭視之, 乃巨卿也, 再拜踴躍而大喜曰: "小弟自蚤直候至今, 知兄非爽信也, 兄果至矣. 舊歲所約雞黍之物, 備之已久. 路遠風塵, 別不曾有人同來. 便請至草堂, 與老母相見."范式並不答話, 逕入草堂. 張劭指座榻曰: "特設此位, 專待兄來, 兄當高座."(≪喩世明言≫第十六卷〈范巨卿雞黍死生交〉)

기매화귀료서각卷寄梅花鬼閣西閣〉에서 주정지朱廷之와 평두平頭가 마경경
馬瓊瓊을 처음 만났을 때 당황하며 두려워했던 것과는 사뭇 다르다. 물론
장소張劭가 범거경范巨卿과 이미 상당한 친분을 가지고 있기 때문이기도
하지만, 장소張劭의 집이 혼령을 배척하고 거부하는 공간이 아니라, 귀혼
을 이해하고 수용하는 특징을 가지고 있기 때문이기도 하다. 장소張劭의
집에서는 그와 그의 노모老母를 비롯한 다른 가족들이 모두 범거경范巨卿
을 받아들이며, 마치 산 사람과 같이 대해준다. 이를 가능하게 하는 건
대상을 안으로 끌어들이는 심리적 자질이라고 할 수 있다.[39]

　이 작품에서는 귀혼공간과의 분리 과정(혼령이 사라지는 장면)이 분
명하지 않으며, 묘사는 공간 간의 분리보다는 접속에 치중되어 있다.
그러나 앞에서 살펴본 개인적 공간의 내적 확장(꿈)의 경우, 공간 접속의
시작과 분리보다는 꿈속에서의 경험과 꿈에서 깨어나는 과정이 중요하
게 다루어진다.

　작품 속 개방된 거주공간에서는 개인적이고 일방적인 폐쇄성보다는
개방적인 특징이 분명하게 드러난다. 여기서 말하는 공간성은 개인적
공간보다는 개방적이지만 시정市井, 가도街道, 객사客舍 등 공공장소보다
는 개방적이지 못하다. 개방된 거주공간은 일정 부분의 공개성과 '개인'
이라는 폐쇄적이고 고립된 공간성이 공존하며, 귀혼과 접할 수 있는 개
인공간이자 외부로 확대된 공간을 가리킨다. 개방적인 공간에서 귀혼이
현현할 경우, 귀혼은 다수에게 영향을 끼친다. 이로 인해 인간과 귀혼,
인귀人鬼의 관계 및 공간 사이의 관계가 모호해지고 분산되어 나타나게
된다. 반면 개인적 공간에서 인귀人鬼의 접속과 공간의 접속은 인귀人鬼

---

39 귀혼과 같은 신이한 현상에 대한 인간의 반응은 '믿음'과 '두려움'이라는 두 가지 심리
　적 자질로 상정해 볼 수 있다. '믿음'은 대상을 안으로 끌어들이는 것이고, '두려움'은
　대상을 밖으로 밀어내는 것이다. 조현설, 〈조선 전기 귀신이야기에 나타난 新異 인식
　의 의미〉, ≪古典文學研究≫第23輯, 2003년 6월, 159쪽 참조.

의 관계를 단순화하면서 긴밀성을 높이고, 공간의 집약을 증가시킨다. 공개적인 장소에서의 귀혼의 출현과 귀혼공간의 접속은 개인적인 접속에 비해 순간적으로 이루어지고 일방적으로 진행된다. 이러한 경우, 어떤 사실을 전달하거나 강력한 호소, 원한을 갖는 일에 치중하기 때문에 양자의 긴밀한 소통과 이해에 있어 상당히 미흡한 면이 있다. 개인공간과 귀혼공간의 접속은 보통 귀혼의 강한 접속의지에 기인하며, 귀혼은 인간과 다양한 접속을 실현하기 위해 접속의지를 집중적으로 표출한다. 이러한 과정을 통해 공간의 특징은 단순히 귀혼이 출현하는 것에서만 드러나는 것이 아니라 인간과 긴밀한 관계 속에서 이해할 수 있으며, 귀혼공간과 개방된 거주공간의 접속을 통해 더욱 구체적으로 나타나고 있다.

6. 나오는 말篇尾

이상으로 명청화본소설明淸話本小說속에 나타난 개인공간에서 귀혼이 출현하는 양상과 귀혼공간의 접속 방식들을 살펴보았다. 개인공간은 보통 '집'을 중심으로 서재, 거실, 침실 및 청사廳舍의 후당後堂, 여사旅舍의 객방客房, 서관書館, 선방船房 등이며, 개인적 공간성이 분명하게 나타나는 공간이다. 귀혼공간은 귀혼이나 혼령이 거주하거나 구체적으로 현현되는 공간인데, 주로 사적인 공간 혹은 개인적 공간 특징이 분명한 장소, 혹은 꿈을 통해서 나타난다. 명청화본소설明淸話本小說에서 개인공간은 외부와 단절되거나 내적인 확장 및 외부로 확대되면서 귀혼공간과의 상호 접속 및 분리를 진행한다.

작품 속에서 귀혼은 주로 크게 현실공간의 범위를 벗어나지 않는 집 안의 어떤 곳, 어떤 개인적 장소에 한정적으로 출현한다. 개인공간의 대표적인 장소인 '집'은 개인적 공간으로서의 특징만이 아니라 가족이나 하인이 드나드는 공개적 공간 특징도 함께 가지고 있다. 집은 개인에게 은밀하고 사적인 공간인 한편 외부인과의 접촉, 가족 내 다른 구성원과의 만남, 하인과 하녀의 시중도 집 안에서 이루어진다는 공개적 공간으로서의 가능성도 지니고 있다. 개인공간이었던 집은 등장인물의 개입과 접촉에 따라 그 특성이 변하기도 한다. 위 작품에서 묘사되는 '집'은 일부 공개성을 지니고 있으나, 개인적 공간의 특징을 더 많이 보여주고 있다. 개인공간은 다양한 특징과 변화 가능성을 지닌다. 개인공간은 귀혼공간의 접속을 통해 공간 간의 단절과 확장, 변화와 이동 등 여러 공간 현상들을 다각적으로 나타낸다. 작품 속 귀혼은 인물 개인에게 영향을 미칠 뿐 아니라 공간의 변화에도 관여한다. 이는 개인공간을 변화하게 한다.

이처럼 공간 사이의 접속과 분리의 과정에 관한 연구를 통해, 귀혼의 접속과 개인과의 관계를 다각적으로 고찰할 수 있다. 더불어 작품 속에 나타나는 다양한 인물 형상을 살펴볼 수 있으며, 작품의 주제와 내용, 묘사와 서사구조를 종합적으로 이해하는 데 주요하게 작용하고 있다.

끝내며(책으로 엮으며)

    이 책은 '인간과 귀혼'이라는 주제로 10년간 탐색한 연구 결과물을 엮은 것이다. 이 책에 실린 글들은 짧게는 1년, 길게는 4년에 걸쳐서 집필하였다. 원래는 1년에 1편씩 완성하여 발표하고자 하는 생각이었지만, 주변의 여러 상황으로 인해 계획보다 시간이 더 걸리게 되었다. 나의 연구 경력에 비추어보면, 하나의 주제로 이토록 오랜 시간 동안 천착한 경우도 처음이지만, 이처럼 하나의 주제를 다양한 시각으로 폭넓게 살펴본 것도 처음이다. 그런데 아이로니컬하게도 이렇게 긴 시간 동안 하나의 테마에 대해서 집착한 것이 결코 순수한 학문적 욕구에 있지 않았다. 사실 '인간과 귀혼'이라는 테마로 연구를 하게 된 동기가 '자의'라기보다는 '타의'에 가까웠다. 당시 나는 모 대학의 인문학연구소에 소속되어 '중심과 주변'이라는 공동 프로젝트를 시행하고 있었다. 내가 속한 연구팀에서는 '문학적 텍스트에 나타난 주변의 경계'라는 주제로 동아시아 각국의 문학, 문화 텍스트를 통해 '주변'의 특징을 살펴보는 것이었다. 나는 국어국문 전공과 같은 팀을 이루어 '몸과 정신'의 '주변성'을 살피는 연구를 수행하고 있었는데, 그때 중점적으로 다루고자 하였던 것이 바로 '고전문학에서의 귀신'이었다. 귀신(혼령, 이물 등)을 인간과 상대되는 주변의 시각으로만 볼 것이 아니라, 인간과 동일한, 혹은 대등한 위치로 상정해서 '중심'의 시각에서 다시 한 번 살펴보자는 것이 이 연구의 취지였다. 그래서 부득이하게 귀혼에 대해서 흥미 있는 소재 정도로만 치부했던 내가 이 연구를 시작하게 된 것이다. 그런데 연구를 계속할수록 고전문학 작품 속의 귀혼을 지금까지 가졌던 시각과는 다른 관점으로 바라보게 되었다. 이러한 관점은 문학 작품을 살펴보는데 새로운 지평을 열어주었고, 내면에 감추어졌던 창의적이고 도전적인 정신을 자극하였다. 그리하여 기존의 연구 방법과는 다른 방식으로 새롭게 접근하게 되었고, 다양한 인접 학문의 지식을 폭넓게 접목시킬 수 있었다. 하지만 연구하는 과정이 녹록치 않아 간간히 중단된 경우도 있었고, 한동안 답보상태에 빠졌던 것도 사실이지만, 이러한 탐색을 쉬지 않고 지속할 수 있었던 것은 바로 새로움에 대한 일종의 '강한 끌림' 때문이었다. 이 때 축척된 경험과 연구 방법은 이후 내가 고전문학 작품을 연구하는데 큰 도움이 주었고, 앞으로도 그럴 것으로 생각한다. 비록 이 책의 저술 동기가 순수하지 못하고, 다양한 이론적 배경을 완전히 숙독하지도 못했으며, 원문에 대한 이해도 어설프지만, 기존의 시각과는 다른 관점으로 살펴본 점에 있어서는 나름대로 가치를 부여하고 싶다. 이 책의 일부 내용은 나의 부족함과 무모함의 표상일 수도 있다. 이 책에 보이는 의견과 전혀 다른 견해도 겸허하게 받아들일 수 있다. 만약 학문을 하는 진정한 태도가 '끊임없이 보완하고 수정하면서 앞으로 나아가는 것'이라고 한다면, 이 책은 비록 미흡하지만 앞으로 내가 나아가야 할 긴 여정의 이정표이자 원동력이 될 것이다. 비록 그 노력이 헛될 수 있더라도 말이다.

2016년 立夏즈음 가재울에서
지은이씀

* 어려운 출판 상황에서도 기꺼이 출판을 허락해주신 하운근 대표님과 정성스럽게 다듬어서 아름다운 책으로 만들어주신 학고방 출판사 식구들에게 진심으로 감사의 인사를 전합니다.

참고문헌

원전자료

古本小說集成編委會 編, ≪古本小說集成≫, 上海古籍, 1990年.

劉世德、陳慶浩等 主編, ≪古本小說叢刊≫, 北京: 中華書局, 1991年.

馮夢龍 編, 徐文助 校注, 繆天華 校閱, ≪喩世明言≫, 臺北: 三民書局, 1998年.

馮夢龍 編, 徐文助 校訂, 繆天華 校閱, ≪警世通言≫, 臺北: 三民書局, 1992年.

馮夢龍 編, 廖吉郎 校訂, 繆天華 校閱, ≪醒世桓言≫, 臺北: 三民書局, 1995年.

凌濛初 著, 徐文助 校訂, 繆天華 校閱, ≪拍案驚奇≫, 臺北: 三民書局, 1995年.

凌濛初著, 徐文助 校訂, 繆天華 校閱, ≪二刻拍案驚奇≫, 臺北: 三民書局, 1993年.

洪梗 編輯, 石昌渝 校點, ≪清平山堂話本≫, 江蘇古籍出版社, 1994年.

熊龍峰等刊行, 石昌渝 校點, ≪熊龍峰刊行小說四種≫, 江蘇古籍出版社, 1994年.

周輯 著, 陳美林 校點, ≪西湖二集≫, 江蘇古籍出版社, 1994年.

西湖漁隱主人 編輯, 周有德等 校點, ≪歡喜寃家≫, 瀋陽: 春風文藝出版社, 1989年.

天然癡叟 著, 弦聲 校點, ≪石點頭≫, 江蘇古籍出版社, 1994年.

陸人龍 著, 陳慶浩 校點, ≪型世言≫, 北京: 新華出版社, 1999年.

周輯 著, 陳美林 校點, ≪西湖二集≫, 江蘇古籍出版社, 1994年.

金木散人 著, 劉葳 校點, ≪鼓掌絶塵≫, 江蘇古籍出版社, 1994年.

酌玄亭主人 編輯, 徐中偉等 校點, ≪照世杯≫, 江蘇古籍出版社, 1994年.

艾納居士 編輯, 張道勤 校點, ≪豆棚閑話≫, 江蘇古籍出版社, 1994年.

東魯狂生 編輯, 程有慶 校點, ≪醉醒石≫, 江蘇古籍出版社, 1994年.

陸雲龍 著, 李漢必、陸林 校點, ≪淸夜鐘≫, 江蘇古籍出版社, 1994年.

국내외저작

金健人, ≪小說結構美學≫, 臺北: 木鐸出版社, 1988年.

吳康, ≪中國古代夢幻≫, 湖南文藝出版社, 1992年.

宗憲, ≪宋代民間的幽冥世界觀≫, 臺北: 千華圖書出版公司, 1993年.

馬書田, ≪華夏諸神 - 鬼神卷≫, 臺北: 雲龍出版社, 1993年.

楊國樞、余安邦 編, ≪中國人的心理與行爲: 文化、敎化及病理篇(一九九二)≫,
　　　臺北: 桂冠圖書有限公司, 1994年.

黃應貴 主編, ≪空間、力與社會≫, 臺北: 中央研究院民族研究所, 1995年.

石育良, ≪怪異世界的建構≫, 臺北: 文津出版社, 1996年.

浦安迪, ≪中國敍事學≫, 北京大學出版社, 1996年.

肯內斯・克拉瑪 著, 方蕙玲 譯, ≪宗敎的死亡哲學≫, 臺北：東大圖書有限公
　　　司, 1997年.

郭建, ≪中國法文化漫筆≫, 上海: 東方出版中心, 1999年.

李淸筠, ≪時空情景中的自我影像 - 以阮籍、陸機、陶淵明詩爲例≫, 臺北: 文
　　　津出版社, 2000年.

駱冬靑, ≪道成肉身 - 明淸小說美學導論≫, 安徽文藝出版社, 2000年.

賈二强, ≪神界鬼域 - 唐代民間信仰透視≫, 陝西人民敎育出版社, 2000年.

楊鶴皐, ≪宋元明淸法律思想硏究≫, 北京: 北京大學出版社, 2001年.

金明求, ≪虛實空間的移轉與流動 - 宋元話本小說的空間探討≫, 臺北: 大安出
　　　版社, 2004年.

馬書田, ≪中國鬼神≫, 北京: 團結出版社, 2007年.

卜亞麗, ≪中國古代鬼觀念與戲劇的雙向滲透≫, 河南大學中語中文學科碩士
　　　論文(中國), 2004年.

佾向明, ≪"幻魅"的現代想像 - 論中國現代作家筆下的"鬼"≫, 中山大學博士學
　　　位論文, 2006年.

韓　曉, ≪中國古代小說空間論≫, 上海復旦大學博士學位論文, 2006年.

에리히 프롬Erich Fromm 著, 黃文秀 譯, ≪인간의 마음≫, 서울: 문예출판사, 1994년.

앙리 마스페로Henri Maspero 著, 김선민 譯, ≪고대중국≫, 서울: 까치, 1995년.

전재경, ≪복수와 형벌의 사회사≫, 서울: 웅진출판, 1996년.

이어령, ≪공간의 기호학≫, 서울: 민음사, 2000년.

고광필, ≪자아의 탐색≫, UBF출판부, 2001년.

우르슐라 리히터Ursula Richter 著, 손영미 譯, ≪여자의 복수≫, 서울: 다른 우리,
　　　2002년.

가스통 바슐라르Gaston Bachelard 지음, 곽광수 옮김, ≪공간의 시학≫, 서울: 동문선,
　　　2003년.

김상구 외, ≪타자의 타자성과 그 담론적 전략들≫, 부산대학교출판부, 2004년.

앤서니 엘리엇 지음, 김정훈 옮김, 《자아란 무엇인가》, 서울: 도서출판 삼인, 2007년.
이-푸 투안Yi-Fu Tuan, 《공간과 장소》, 서울: 도서출판 대윤, 2007년.
김용수, 《자크 라캉》, 서울: 살림출판사, 2008년.
김진숙, 《샤머니즘과 예술치료》, 서울: 학지사, 2010년.

국내외논문

石育良, 〈死亡與鬼魂形象之文化學闡釋 - 《聊齋誌異》散論〉, 《中山大學學報 (社科版)》, 1995年第2期.

史禮心, 〈論中國古代小說中"陰曹地府"的描寫〉, 《北方工業大學學報》第8卷 第2期, 1996年 6月.

孫 生, 〈鬼道・談風・女鬼 - 魏晉六朝志怪小說女鬼形象獨秀原因探析〉, 《西 北民族學院學報(哲社科版)》, 1997年第2期.

程邦雄, 〈"鬼"字形義,淺探〉, 《華中理工大學學報・社會科學版》, 1997년第3期.

王 立, 〈從複仇文學主題看複仇動機的傳奇質素〉, 《山西大學學報(中國)》, 2000年 2期.

金明求, 〈明淸話本小說中鬼魂形象與顯現之修辭藝術〉, 《修辭論叢(臺灣)》第7 輯, 2006年 10月.

俞曉紅, 〈古代哲學'鬼魂'意象的文化索解〉, 《湖南農業大學學報》第1卷第2期, 2000年 6月.

廖玉蕙, 〈從生眷屬到死冤家 - 談宋話本中的人鬼婚戀故事〉, 《聯合文學》第16 卷第10期, 2000年 8月.

陳美玲, 〈中國古典小說中的人鬼關係〉, 《弘光通識學報》第2期, 2003年 5月.

高梓梅, 〈解讀古代文學作品中的鬼魂托夢〉, 《河南社會科學》第13卷第2期, 2005 年 3月.

應錦囊, 〈中國鬼神文化與小說〉, 《福建商業高等專科學校學報》, 2005年 4月第 2期.

李 艶, 易文勇, 〈唐傳奇中復仇女性類型淺析〉, 《語文學刊(中國)》第9期, 2006年.

霍美麗, 〈論傳統鬼故事中的魂鬼與魄鬼〉, 《太原師範學院學報》第5卷第4期, 2006年7月.

劉苑如, 〈形見與冥報: 六朝志怪中鬼怪敍述的諷喩 - 一個'導異爲常'模式的考察〉, 《中國文哲研究集刊》第29期, 2006年 9月.

王瑞宏, 〈隱微幽蔽的女性身影 - 解讀《京本通俗小說》與《淸平山堂話本》中的 女性妖魅形象之意涵〉, 《東方人文學誌》第7卷第2期, 2008年 6月.

라인정, 〈人鬼交媾說話 연구〉, 《語文硏究》제24집, 1993년 10월.

라인정, 〈人鬼交媾 說話의 敍事文學的 展開〉, 《語文硏究》제26집, 1995년 5월.

김혜경, 〈《聊齋志異》에 나타난 蒲松齡의 作家意識 - 人鬼交婚小說을 中心으로〉, 《中國學報》제35집, 1995년.

서동욱, 〈주체의 근본 구조와 타자 - 레비나스와 들뢰즈의 타자에 대하여〉, 《세계의 문학》제79호, 민음사, 1996년 봄.

우찬제, 〈한국현대소설에 나타난 '타자'의 서사적 기능과 의미 연구 - 염상섭의 《삼대》를 중심으로〉, 《현대소설연구》제8집, 1998년.

강종임, 〈中國 古代 꿈 觀念과 唐代 꿈 小說〉, 《中國語文學誌》제5권, 1998년.

서경호, 〈소설적 서사의 형성과정에 대한 검토 - 귀신과 저승을 중심으로〉, 《中國語文論叢》第15輯, 1998년 12월.

성홍기, 〈현존재의 존재세계〉, 《철학논총》第17輯, 1999년.

신원기, 〈鬼神談에 나타난 人鬼의 關係 樣相과 意味 - 《於於野談》과 《靑邱野談》을 중심으로〉, 《어문학교육》제21집, 1999년 11월.

배인수, 〈魯迅 《鑄劍》의 復讐精神 硏究 - 東·西方復讐母題傳說의 비교를 중심으로〉, 《中國現代文學》第18號, 2000년 6월.

김종호, 〈'귀신'모티브와 '영원' 상징 체계 - 서정주 시를 중심으로〉, 《한국문예비평연구》第7輯, 2000년.

유세종, 〈루쉰의 귀신과 민중 - 《태평시대의 귀신노래》를 읽기 위하여〉, 《中國現代文學》第19號, 2000년 12월.

김태준, 〈동아시아에서의 神의 존재 - 〈死生鬼神論〉의 향방을 중심으로〉, 《東洋學》第31輯, 2001년 6월.

신태수, 〈군담소설에 나타난 공간과 영웅의 관계〉, 《국어국문학》131호, 2002년 9월.

신태수, 〈귀신등장소설의 본질과 그 변모과정〉, 《語文學》제76집, 2002년 6월.

김종주, 〈귀신의 정신분석 - 라깡 정신분석학적 입장〉, 《한국학논집》제30집, 2003년.

김열규, 〈도깨비와 귀신: 한국의 남과 여〉, 《한국학논집》제30집, 2003년.

조현설, 〈조선 전기 귀신이야기에 나타난 新異 인식의 의미〉, 《古典文學硏究》第23輯, 2003년 6월.

김재용, 〈귀신 이야기의 기호학〉, 《한국학논집》제30권, 2003년 12월.

최기숙, 〈귀신의 처소, 소멸의 존재론 - 《금오신화》의 '환상성'을 중심으로〉, 《돈암어문학≫제16집, 2003년 12월.

신은경, 〈자아탐구의 旅程으로서의 ≪山中新曲≫과 「漁父四時詞」: 공간의식을 중심으로〉, ≪한국문학이론과 비평≫제21집, 2003년 12월.

조희웅, 〈귀신의 정체〉, ≪한국학논집≫제30권, 2003년 12월.

최진아, 〈唐代 傳奇의 여성과 환상 - 선녀, 혹은 귀신, 요괴와의 연애〉, ≪中國語文學≫제43집, 2004년 6월.

옥태권, 〈한국 현대 해양소설의 공간연구〉, ≪동남어문집≫제18집, 2004년 12월.

김선하, 〈자아와 타자의 만남 - 해석학적 자기 이해〉, ≪해석학연구≫제15집, 2005년.

함은선, 〈화본소설에 나타난 女神·女鬼·女妖怪의 형상〉, ≪中語中文學≫第37輯, 2005년 12월.

박 진, 〈공포영화 속의 타자들: 정신질환과 귀신이 만나는 두 가지 방식〉, ≪우리어문연구≫제25집, 2005년.

선정규, 〈中國人의 靈魂觀〉, ≪중국학논총≫第20輯, 2006년.

송치만, 〈복수의 기호학적 분석 - 영화 '올드보이'를 중심으로〉, ≪프랑스학연구≫第37輯, 2006년 8월.

서유경, 〈아렌트 정치 - 윤리학적 관점에서 본 레비나스 '타자(the Other)' 개념의 문제〉, ≪정치사상연구≫제13집, 2007년.

조재현, 〈古典小說에 나타나는 저승계 硏究 - 閻羅大王의 地獄과 后土夫人의 冥司界를 중심으로〉, ≪語文硏究≫제35권 제2호, 2007년 여름.

찾아보기

● 저자 소개 ●

김명구金明求

부산대 중어중문학과를 졸업하고, 대만국립정치대 중문과에서 석사학위, 대만국립사범대 중문과에서 박사학위를 취득했다. 현재 명지대 중문과 교수로 재직 중이다. 『反覬人性的本質--從結構來探討〈杜子春〉』으로 第八屆陳百年先生學術論文奬(1999)을 수상했으며, 臺灣敎育部 成績優異奬(2001), 臺灣財團法人劉眞先生學術基金會 品學優異奬(2001)을 수상한 바 있다. 현재 중국소설과 문화관련 연구를 진행하고 있으며, 주요 저작으로는 『虛實空間的移轉與流動--宋元話本小說的空間探討』(臺灣, 大安出版社, 2004)와 『宋元明話本小說「入話」之敍事硏究』(臺灣, 大安出版社, 2009)가 있다. 논문으로는 「「典雅化」的敍事趨向: 明話本小說「入話故事」之「簡敍」、「略敍」、「鋪敍」敍事藝術」, 「같음과 다름: ≪聊齋志異≫의 〈曾友于〉 '재창작' 연구」, 「宋元話本小說 '篇尾'의 '修辭格' 운용 방식 연구」 등이 있다.

접속과 단절
중국 화본소설의 인간과 귀혼

초판 인쇄   2016년 5월 26일
초판 발행   2016년 6월   2일

저   자ㅣ김 명 구
펴 낸 이ㅣ하 운 근
펴 낸 곳ㅣ學古房

주   소ㅣ경기도 고양시 덕양구 통일로 140 삼송테크노밸리 A동 B224
전   화ㅣ(02)353-9908 편집부(02)356-9903
팩   스ㅣ(02)6959-8234
홈페이지ㅣhttp://hakgobang.co.kr/
전자우편ㅣhakgobang@naver.com, hakgobang@chol.com
등록번호ㅣ제311-1994-000001호

ISBN   978-89-6071-589-9   93820

값 : 23,000원

이 도서의 국립중앙도서관 출판예정도서목록(CIP)은 서지정보유통지원시스템 홈페이지(http://seoji. nl.go.kr)와 국가자료공동목록시스템(http://www.nl.go.kr/kolisnet)에서 이용하실 수 있습니다. (CIP제어번호: CIP2016012823)

■ 파본은 교환해 드립니다.